COLLECTION JULES VERNE

COLLECTION JULES VERNE
BAND 46

Der Südstern oder das Land der Diamanten

Pawlak Taschenbuch Verlag, Berlin, Herrsching

Nachdruck mit freundlicher Genehmigung des
Verlages A. Hartleben, Inh. Dr. Walter Rob, Wien I.
Die Vorlagen für die Umschlagillustrationen der
Collection Jules Verne sind Jules Verne Bänden,
erschienen im A. Hartleben's Verlag, Wien, entnommen.
Umschlaggestaltung: Bine Cordes, Weyarn
Die Orthographie wurde der heutigen Schreibweise angeglichen.

Gesamtherstellung: Elsnerdruck GmbH, Berlin
Printed in Germany
ISBN: 3-8224-1046-2

Inhalt

Erstes Kapitel

Rein toll, diese Franzosen

»Reden Sie, mein Herr, ich höre!«

»Ich erlaube mir um die Hand Ihrer Fräulein Tochter, der Miß Watkins anzuhalten.«

»Um die Hand Alices?«

»Ja, mein Herr. Meine Bitte scheint Sie zu überraschen, doch werden Sie verzeihen, wenn ich nur schwer begreife, warum Ihnen diese so außerordentlich erscheinen kann. Ich bin sechsundzwanzig Jahre alt und heiße Cyprien Méré. Meines Standes Mineningenieur, ging ich mit Nummer zwei aus der polytechnischen Schule ab. Meine Familie genießt ein verdientes Ansehen, wenn dieselbe auch nicht reich ist. Der französische Konsul in Kapstadt würde das, wenn Sie es wünschen, bezeugen, er und mein Freund, Pharamond Barthès, der Ihnen wohlbekannte unerschrockene Jäger, dessen Namen ganz Griqualand nennt, würde es bekräftigen können. Ich befand mich jetzt hier im Auftrage der Akademie der Wissenschaften und der Regierung Frankreichs. Letztes Jahr hab' ich vom Institut dcn Preis Houdart für meine Arbeiten über die chemische Zusammensetzung der vulkanischen Felsen der Auvergne errungen. Meine Abhandlung über das Diamantengebiet des Vaal, welche nahezu beendet ist, wird von der gelehrten Welt jedenfalls mit Freuden begrüßt werden. Nach der Heimkehr von meiner Mission werd' ich zum Hilfslehrer an der Bergwerksschule von Paris ernannt werden und habe mir schon eine Wohnung, Universitätsstraße Nr. 104, drei Treppen, vorbehalten. Meine Einkünfte belaufen sich vom nächsten ersten Januar ab auf 4800 Francs. Ich weiß, daß das kein Reichtum ist; doch durch Privatarbeiten, Untersuchungen, akademische Preise und Mitarbeiterschaft an wissenschaftlichen Zeitungen wird sich dieses Einkommen bequem verdoppeln. Ich füge hinzu, daß ich bei meiner bescheidenen Lebensweise nicht mehr brauche, um glücklich zu sein. Ich erlaube mir also, um die Hand Ihrer Fräulein Tochter, der Miß Watkins anzuhalten.«

Schon aus dem sicheren und entschlossenen Tone dieser Anrede war leicht zu entnehmen, daß Cyprien Méré die Gewohnheit hatte, in allen Dingen gerade aufs Ziel loszusteuern und frei von der Leber weg zu reden.

Sein Gesichtsausdruck strafte die Wirkung seiner Worte auch nicht Lügen. Es war der eines jungen, gewohnheitsgemäß mit ernsten wissenschaftlichen Fragen beschäftigten Mannes, der den minderwertigen Dingen dieser Welt nur die unumgänglich notwendige Zeit opfert.

Seine kastanienbraunen, sehr kurz geschnittenen Haare, sein blonder, aber auch kurz gehaltener Bart, die Einfachheit seines Reisekostüms aus grauem Zwillich, der Strohhut für zehn Sous, den er beim Eintritte höflich auf einen Stuhl abgelegt hatte – während sein Gegenüber mit der gewöhnlichen Ungeniertheit der anglo-sächsischen Rasse immer den Kopf bedeckt hielt –, alles an Cyprien Méré deutete auf einen ernsthaften Geist, ebenso wie sein klarer Blick auf ein reines Herz und unbeschwertes Gewissen hinwies.

Hierbei verdient bemerkt zu werden, daß der junge Franzose so vollkommen englisch sprach, als habe er sehr lange Zeit in den innersten Teilen des britannischen Königreichs gewohnt.

In einem Holzlehnstuhle sitzend, das linke Bein auf einen Strohsessel ausgestreckt, den Ellbogen auf die Ecke eines groben Tisches gestemmt und gegenüber einer Flasche mit Gin, nebst einem mit dieser starken alkoholischen Flüssigkeit halbgefüllten Glase, hörte ihn Mr. Watkins, eine lange Pfeife rauchend, gelassen an.

Bekleidet war der Mann mit weißer Hose, einer Weste aus grober blauer Leinwand und einem gelblichen Flanellhemd ohne Brustlatz und Kragen. Unter dem gewaltigen Filzhut, der gleich für immer auf seinem grauschimmernden Schädel festgeschraubt schien, zeigte sich ein ziemlich rotes, etwas aufgedunsenes Gesicht, welches wie mit Johannisbeergelee gefüllt erschien. Dieses wenig einnehmende Gesicht mit einzelnen Bartflocken war von zwei grauen Augen durchbohrt, welche nicht eben Geduld und Wohlwollen verrieten.

Zur Entschuldigung des Mr. Watkins muß freilich angeführt werden, daß derselbe heftig an Gicht litt, was ihn eben zwang, den linken Fuß wohl verpackt zu halten und die Gicht ist – im südlichen Afrika ebenso wie in anderen Ländern – keineswegs dazu angetan, den Charakter der Leute, deren Gelenke sie peinigt, zu mildern.

Der hier geschilderte Auftritt ging im Erdgeschoß der Farm des Mr. Watkins vor sich, etwa unter dem 29. Grade südlicher Breite und dem 25. Grade östlicher Länge von Greenwich, an der Westgrenze des Oranje-Freistaates, im Norden der englischen Kapkolonie, d. h. in der Mitte des südlichen oder englisch-holländischen Afrikas. Dieses Land, dessen Grenze gegen den Südrand der großen Wüste von Kalahari das rechte

Ufer des Oranjeflusses bildet, trägt auf älteren Landkarten noch den Namen Griqualand; wird aber seit etwa zehn Jahren richtiger »Diamonds-Field«, das Diamantenfeld, genannt.

Das Zimmer, in welchem diese diplomatische Verhandlung gepflogen wurde, war ebenso bemerkenswert wegen des auf einzelne Stücke seiner Ausstattung verschwendeten Luxus, wie wegen der Ärmlichkeit anderer Teile seiner Einrichtung. Der Fußboden zum Beispiel bestand nur aus festgeschlagenem Lehm, war aber da und dort wieder mit dicken Teppichen und kostbarem Pelzwerk belegt. An den Wänden, welche niemals eine Rolle Tapeten kennengelernt hatten, hing eine prachtvolle Pendule in ziseliertem Kupfer, reiche Waffen verschiedenen Fabrikats und bunte englische Bilder in teuren Umrahmungen. Ein Sammetsofa stand zur Seite eines weißen, hölzernen Tisches, der mehr für den Gebrauch in einer Küche bestimmt sein mochte. Direkt von Europa bezogene Lehnstühle streckten dem Mr. Watkins vergeblich ihre Armlehnen entgegen, da dieser ihnen einen alten, einst von eigener Hand geschnitzten Sessel vorzog. Im Ganzen verlieh diese unverständige Anhäufung von Wertgegenständen, vorzüglich aber das Durcheinander von Panther-, Leoparden-, Giraffen- und Tigerkatzenfellen, die über allen Mögeln ausgebreitet lagen, dem Raume den Charakter einer gewissen barbarischen Opulenz.

Die Gestalt der Decke wies deutlich darauf hin, daß das Haus kein weiteres Stockwerk hatte und nur aus dem Erdgeschoß bestand. Wie alle hierzulande, war es zum Teil aus Planken, zum Teil aus Lehm errichtet und mit Zinkwellenblech, das auf leichtem Sparrenwerk ruhte, abgedeckt.

Übrigens sah man, daß diese Wohnung erst vor nicht langer Zeit fertig geworden war. Man brauchte nur durch eines der Fenster zur Rechten hinauszusehen, um zur Rechten und zur Linken fünf oder sechs verlassene Baulichkeiten wahrzunehmen, welche sich alle glichen, aber von ungleichem Alter und offenbar dem raschen gänzlichen Verfall preisgegeben waren. Diese bildeten ebenso viele Häuser, welche Mr. Watkins nacheinander gebaut, bewohnt und verlassen hatte, je nach der Zunahme seines Wohlstandes, und welche also gewissermaßen die Stufen desselben bezeichneten.

Das entlegenste war nur aus Rasenstücken errichtet und verdiente kaum den Namen einer Hütte. Das nächstfolgende bestand aus Lehm, das dritte aus Lehm und Planken; das vierte aus Lehm und Zink. Man sieht hieraus, wie der Fleiß des Mr. Watkins ihm gestattet hatte, in der Herstellung seiner Wohnung immer höhere Ziele zu verfolgen.

Alle diese mehr oder weniger verfallenen Baulichkeiten erhoben sich auf einem kleinen, nahe dem Zusammenflusse des Vaal und der Modder – dem Hauptarme des Oranjeflusses in diesem Teile Südafrikas – gelegenen Hügels. In der Umgebung sah man, so weit der Blick nur reichte, nach Südwesten und Norden nichts als eine traurige, nackte Ebene. Der Veld – wie man sich im Lande ausdrückt, besteht aus rötlichem, trokkenem, unfruchtbarem und staubigem Boden, den nur da und dort etwas mageres Gras bedeckt oder ein Dornengebüsch unterbricht. Das völlige Fehlen von Bäumen ist der entscheidende Zug in diesen Gegenden. Rechnet man hierzu, daß es ebenso an Steinkohle gebricht, daß die Verbindung mit dem Meere eine langsame und beschwerliche ist, so wird man sich nicht wundern, daß es hier sehr an Brennmaterial mangelt und daß man für häusliche Zwecke sich genötigt sieht, den Mist der Herden zu verfeuern.

Auf diesem einförmigen Grunde von wirklich jämmerlichem Aussehen verliefen die Betten zweier Flüsse, aber so flach, so wenig eingedämmt, daß man kaum begreift, warum sie sich nicht gleich über die ganze weite Ebene ausbreiten.

Nur nach Osten hin wird der Horizont durch die entfernten Gipfel von zwei Bergen, dem Platberg und Paardeberg, unterbrochen, an deren Fuß ein sehr scharfes Auge vielleicht Rauchsäulen, Staubwirbel, kleine weiße Punkte – nämlich Hütten oder Zelte – und ringsum ein Gewimmel von lebenden Wesen erkennen kann.

Hier in diesem Veld liegen die in Ausbeutung begriffenen Diamantengruben, der Du Toi's Pan, der New-Rush und, vielleicht der reichste Platz von allen, die Vandergaart-Kopje. Diese verschiedenen, frei zutage und fast in gleicher Ebene mit dem Boden liegenden Minen, welche man unter dem Namen Dry-Diggings oder trockene Gruben zusammenfaßt, haben seit 1870 Diamanten und andere kostbare Steine im Werte von etwa vierhundert Millionen geliefert. Sie liegen alle in einem Umkreise von höchstens zwei bis drei Kilometern, und von den Fenstern der Farm Watkins, welche davon nur vier englische* Meilen entfernt ist, konnte man sie mit dem Fernrohre schon recht deutlich erkennen.

»Farm« erscheint hier übrigens als ein recht unpassendes Wort, denn auf diese Niederlassung angewendet, würde man in der Umgebung wenigstens vergeblich nach irgendwelcher Kultur gesucht haben. Wie alle sogenannten Farmer in Südafrika war Mr. Watkins vielmehr Schäfer, d. h. Eigentümer von

*Die englische Meile mißt 1609 Meter.

Ochsen-, Ziegen- und Schafherden, als wirklicher Leiter eines landwirtschaftlichen Betriebs.

Mr. Watkins hatte inzwischen noch nicht auf die ebenso höfliche, wie bestimmt ausgesprochene Anfrage Cyprien Mérés geantwortet. Nachdem er sich drei Minuten Zeit zur Überlegung gegönnt, kam er endlich dazu, die Pfeife aus dem Mundwinkel zu nehmen, und sprach den folgenden Satz aus, der offenbar mit dem Anliegen des jungen Mannes in sehr zweifelhafter Verbindung stand.

»Ich glaube, die Witterung wird umschlagen, lieber Herr. Noch nie habe ich von meiner Gicht heftiger zu leiden gehabt, als seit heute morgen!«

Der junge Ingenieur runzelte die Augenbrauen, wandte einen Moment den Kopf ab und mußte sich wirklich zusammennehmen, um seine Enttäuschung nicht gar zu sehr merken zu lassen.

»Sie würden guttun, auf den Gin zu verzichten, Herr Watkins«, antwortete er trocken, und zeigte dabei nach dem Steingutkrug, dessen Inhalt die wiederholten Angriffe des Trinkers schnell verminderten.

»Auf den Gin verzichten? By Jove, da geben Sie mir einen schönen Rat!« rief der Farmer. »Hat der Gin schon jemals einem ehrlichen Mann Schaden getan? ... Ja, ich weiß schon, wo Sie hinauswollen! ... Sie denken mich mit dem Rezepte zu beglücken, das einst einem Lordmajor verordnet wurde. Wie hieß doch gleich der betreffende Arzt? Abernethy, glaube ich. ›Wollen Sie sich wohl befinden‹, sagte dieser zu dem an Gicht leidenden Patienten, ›so leben Sie für einen Shilling täglich und verdienen Sie sich diesen durch körperliche Arbeit!‹ – Das ist ja ganz gut und schön! Aber bei dem Heile unseres alten England, wenn man, um gesund zu bleiben, für einen Shilling täglich leben sollte, wozu hätte man sich dann überhaupt ein Vermögen erworben? Solche Dummheiten sind eines Mannes von Geist, wie Sie, Herr Méré, unwürdig! ... Bitte, sprechen wir nicht mehr davon. Was mich angeht, halten Sie sich überzeugt, daß ich dann lieber gleich in die Grube fahren würde! Gut essen, tüchtig trinken, eine gute Pfeife rauchen, wenn mir die Lust dazu ankommt, eine andere Freude kenne ich auf der Welt nicht, und dieser wollen Sie mich noch berauben!«

»Oh, das lag mir gewiß gänzlich fern«, erwiderte Cyprien offenherzig. »Ich erinnerte Sie nur an eine gesundheitliche Vorschrift, welche mir richtig erschien. Doch schweigen wir von diesem Thema, wenn Sie es wünschen, Herr Watkins, und kommen wir lieber auf den eigentlichen Grund meines heutigen Besuches zurück.«

So wortreich Mr. Watkins eben noch gewesen war, verfiel er jetzt doch sogleich in merkwürdiges Stillschweigen und blies stumm Rauchwolken in die Luft.

Da öffnete sich die Tür. Mit einem Glase auf silbernem Präsentierteller trat eben ein junges Mädchen ins Zimmer.

Das hübsche Kind, der die große, auf den Farmen des Veld beliebte Haube ganz reizend stand, war mit einem einfachen, kleingeblumten Leinenkleide angetan. Neunzehn bis zwanzig Jahre alt, von sehr zartem Teint, mit schönem blonden, sehr feinem Haar, großen blauen Augen und sanften, aber heiteren Zügen, war sie ein Bild der Gesundheit, der Grazie und des frohen Lebensmutes.

»Guten Tag, Herr Méré«, sagte sie auf französisch, aber mit leichtem englischen Anklange.

»Guten Tag, Fräulein Alice«, antwortete Cyprien Méré, der sich bei dem Eintritte des jungen Mädchens erhoben und vor ihr verneigt hatte.

»Ich hatte Sie kommen sehen, Herr Méré«, fuhr Miß Watkins fort, wobei sie unter liebenswürdigem Lächeln die schönen weißen Zähne sehen ließ, »und da ich weiß, daß Sie den abscheulichen Gin meines Vaters nicht lieben, bringe ich Ihnen ein Glas Orangeade, mit dem Wunsche, daß es schön frisch sein möge.«

»Sehr liebenswürdig von Ihnen, mein Fräulein.«

»Ah, da fällt mir ein, denken Sie sich, was Dada, mein Strauß, heute verzehrt hat«, fuhr sie unbefangen fort. »Meine Elfenbeinkugel zum Ausbessern der Strümpfe. Und die war übrigens ziemlich groß. Sie kennen sie ja, Herr Méré, ich erhielt sie erst direkt vom Billard in New-Rush ... Und dieser Vielfraß, die Dada, hat sie verschluckt, als wenn's eine Pille wäre! Wahrlich, dieses böse Tier wird mich noch früher oder später vor Ärger umbringen.«

Während sie so sprach, bewahrte Miß Watkins im Winkel ihrer blauen Augen einen kleinen lustigen Strahl, der nicht auf besondere Lust, jene düstere Vorhersage, nicht einmal später, zu rechtfertigen, hinwies. Mit dem den Frauen eigenen Feingefühl bemerkte sie doch sehr bald das Stillschweigen ihres Vaters und des jungen Ingenieurs, sowie deren offenbar infolge ihrer Gegenwart verlegenen Mienen.

»Es sieht ja aus,als ob ich die Herren belästigte«, sagte sie; »Sie wissen, daß ich sofort gehe, wenn Sie Geheimnisse haben, die für mein Ohr nicht bestimmt sind. Übrigens hab' ich auch gar keine Zeit übrig. Ich muß noch eine Sonate üben, bevor ich das Essen zurechtmache. Ja, ich sehe schon, Sie sind heute zum Plaudern nicht aufgelegt, meine Herren! – Gut, ich überlasse Sie Ihren schwarzen Anschlägen!«

Damit ging sie schon hinaus, kehrte jedoch noch einmal um und sagte gelassen, obwohl sie einen sehr ernsten Gegenstand berührte:

»Wenn Sie mich nun über den Sauerstoff fragen wollen, Herr Méré, stehe ich gern zu Ihrer Verfügung. Das Kapitel der Chemie, welches Sie mir zum Lernen aufgaben, hab' ich nun dreimal durchgenommen, und jener ›gasförmige, farb-, geruch- und geschmacklose Körper‹ hat für mich kein Geheimnis mehr.«

Dabei machte Miß Watkins eine graziöse Verbeugung und verschwand wie ein lichter Meteor.

Gleich darauf erklangen aus einem entfernten Zimmer her die Akkorde eines vortrefflichen Pianos und verrieten, daß das junge Mädchen mit allem Eifer ihren musikalischen Übungen oblag.

»Nun also, Herr Watkins«, nahm Cyprien, dem diese liebliche Erscheinung seine Frage wieder in Erinnerung gerufen hatte, wenn er sie überhaupt hätte vergessen können, das Wort, »wollen Sie mir gefälligst Antwort geben auf die Frage, welche ich die Ehre hatte, an Sie zu richten?«

Mr. Watkins nahm die Pfeife feierlichst aus dem Mundwinkel, spuckte einmal auf die Erde aus, und warf dann schnell den Kopf zurück, während seine Augen einen forschenden Blick auf den jungen Mann schossen.

»Sollten Sie, Herr Méré«, fragte er, »mit ihr zufällig schon davon gesprochen haben?«

»Gesprochen, worüber? . . . Gegen wen?«

»Über das, was Sie eben sagten? . . . Gegen meine Tochter?«

»Für wen halten Sie mich, Herr Watkins!« erwiderte der junge Ingenieur mit einer Wärme, die keinen Zweifel aufkommen ließ. Ich bin Franzose, Herr Watkins! . . . Ich brauche Ihnen also wohl nicht zu versichern, daß ich mir nie erlaubt haben würde, ohne Ihre Zustimmung gegen Ihr Fräulein Tochter von einer Verheiratung zu sprechen!«

Mr. Watkins' Blick wurde wieder sanfter, und damit schien sich auch seine Zunge besser zu lösen.

»Das ist am besten! . . . Brav, junger Mann! Ich erwarte von Ihrer Diskretion gegenüber Alice nichts anderes!« antwortete er in ziemlich trockenem Tone. »Und da man zu Ihnen Vertrauen haben kann, werden Sie mit Ihr Wort geben, ihr in Zukunft auch nichts davon zu erwähnen.«

»Und warum, mein Herr?«

»Weil diese Heirat unmöglich und es am besten ist, wenn Sie dieselbe gänzlich aus Ihren Plänen streichen«, antwortete Mr. Watkins. »Sie sind ein ehrenwerter junger Mann, Herr Méré, ein vollkommener Gentleman, ein ausgezeichneter Chemiker, ein hervorragender Lehrer Ihres Faches, von großer Zukunft – daran zweifle ich nicht im mindesten –, meine Tochter aber werden Sie nicht erhalten, aus dem einfachen Grunde, weil ich bezüglich derselben ganz andere Absichten habe.«

»Indes, Herr Watkins . . .«

»Kommen Sie nicht darauf zurück. . . . Es wäre unnütz! . . .« erwiderte der Farmer. »Und wären Sie Herzog und Pair von England, so würden Sie mir doch nicht passen. Nun sind Sie nicht einmal englischer Untertan und erklären eben mit größter Unbefangenheit, daß Sie auch kein Vermögen besitzen. Nun aufrichtig, glauben Sie, ich hätte meine Alice so erzogen, wie es geschehen ist, hätte ihr die besten Lehrer von Victoria und Bloëmfontain gehalten, um sie mit kaum vollendetem zwanzigsten Jahre aus dem Hause zu schicken, um in Paris, Universitätsstraße, im dritten Stockwerke zu leben, und das mit einem Manne, dessen Sprache ich nicht einmal verstehe? . . . Überlegen Sie sich das, mein Herr Méré, und denken Sie sich an meine Stelle! . . . Nehmen Sie an, Sie wären der Farmer John Watkins, Eigentümer der Mine der Vandergaart-Kopje, und ich, ich wäre Herr Cyprien Méré, ein junger französischer Gelehrter, der zu Forschungszwecken nach dem Kap der Guten Hoffnung gekommen wäre. Malen Sie sich's aus, Sie säßen hier im Zimmer, in meinem Lehnstuhle, und schlürften Ihren Gin bei einer Pfeife, des besten Hamburger Tabaks; würden Sie dann eine Minute, ja nur eine einzige, daran denken, Ihre Tochter unter diesen Verhältnissen heiraten zu lassen?«

»Ganz gewiß, Herr Watkins«, antwortete Cyprien, und ohne zu zögern, »wenn ich an Ihnen diejenigen Eigenschaften gefunden zu haben glaubte, welche das Lebensglück meines Kindes gewährleisten könnten.«

»So! Dann täten Sie unrecht, mein lieber Herr, sehr unrecht!« erwiderte Mr. Watkins. »Sie handelten dann wie ein Mensch, der nicht würdig wäre, die Mine von Vandergaart-Kopje zu besitzen, oder Sie könnten diese vielmehr gar nicht besitzen. Denn glauben Sie vielleicht, sie wäre mir als gebratene Taube zugeflogen? Meinen Sie etwa, es hätte keiner Intelligenz, keines eisernen Fleißes bedurft, um sie anzulegen und vorzüglich mir deren Besitz zu sichern?... Nun also, Herr Méré, diese verständige Einsicht, von welcher ich damals, bei jener denkwürdigen und entscheidenden Angelegenheit Beweise an den Tag gelegt habe, ziehe ich gern bei allen Vorkommnissen meines Lebens zu Rate, und vorzüglich dann, wenn diese auch meine Tochter betreffen. Eben deshalb aber wiederhole ich Ihnen, streichen Sie diese Pläne aus Ihren Papieren. Alice ist nicht für Sie geschaffen!«

Nach diesen mit triumphierendem Tone ausgesprochenen Schlußworten ergriff Mr. Watkins sein Glas und tat daraus einen herzhaften Zug.

Der junge Ingenieur war wie vom Donner gerührt und wußte keine Antwort zu finden. Als der Farmer das bemerkte, trieb er ihn noch weiter in die Enge.

»Sie sind doch sonderbare Schwärmer, die Franzosen!« fuhr er fort; »sie halten wahrlich gar nichts für unmöglich. Sie kommen an, als wenn sie vom Monde herabgefallen wären, erscheinen im Herzen vom Griqualand bei einem grundehrlichen Manne, der bis vor drei Monaten noch kein Sterbenswörtchen von ihnen gehört, und den sie selbst kaum zehnmal in diesen neunzig Tagen gesehen haben. Sie suchen denselben auf und sagen ohne Umstände zu ihm: ›John Stapleton Watkins, Sie haben eine reizende, vortrefflich erzogene Tochter, welche allgemein als die Perle des ganzen Landes angesehen wird, und die, was nicht eben schädlich ist, Ihre einzige Erbin zu der reichsten Diamant-Kopje der beiden Welten ist! Ich, ich bin Cyprien Méré, Ingenieur aus Paris, und habe viertausendachthundert Francs jährliches Einkommen!... Sie werden mir also gefälligst diese junge Dame als Gattin überlassen, damit ich sie in meine Heimat entführe, und Sie nichts wieder von ihr hören – höchstens aus der Ferne durch die Post oder den Telegraphen...‹ Und das würden Sie antürlich finden?... Ich, ich halte es für die reine Tollheit!«

Ganz bleich geworden, hatte Cyprien sich erhoben. Er ergriff seinen Hut und bereitete sich, fortzugehen.

»Ja, die reine Tollheit«, wiederholte der Farmer. »Ah, ich überzuckere die Pille nicht, junger Freund. Ich bin eben Engländer von altem Schrot und Korn. Wie Sie mich hier sehen, bin ich zwar genau so arm gewesen wie Sie, ja, eigentlich noch weit ärmer. Ich habe mich in allem versucht!... Ich war Schiffsjunge an Bord eines Handelsschiffes; war Büffeljäger in Dakota, Minengräber in Arizona, Schafhirt im Transvaal!... Ich habe Hitze und Kälte, Hunger und Strapazen kennengelernt! Im Schweiße meines Angesichts habe ich zwanzig lange Jahre hindurch das bißchen Zwieback verdient, das mein Mittagsmahl bildete. Als ich die selige Mistreß Watkins, die Mutter Alices und die Tochter eines Boër von französischer Abstammung wie Sie* – um Ihnen das beiläufig mitzuteilen – heiratete, hatten wir beide zusammen nicht so viel, um eine Ziege ernähren zu können! Aber ich habe gearbeitet ... habe nie den Mut sinken lassen! Jetzt bin ich reich und denke die Früchte meiner Anstrengungen gemächlich zu genießen. – Meine Tochter will ich jedenfalls in der Nähe behalten – um mich bei den verteufelten Gichtanfällen zu pflegen und mir des Abends zum Zeitvertreib etwas vorzuspielen! ... Wenn sich dieselbe jemals verheiratet, so wird das hier an Ort und Stelle sein, und mit einem Sohne des Landes, der ihr ein entsprechendes Vermögen zubringt, der Farmer oder Diamantengräber ist, wie wir andere, und der mir nicht davon spricht, fortzugehen, um im dritten Stockwerk am Hungertuche zu nagen in einem Lande, wohin ich doch nimmermehr einen Fuß setzen werde. Sie könnte zum Beispiel den James Hilton oder einen andern Burschen seines Schlages zum Manne nehmen. An Bewerbern fehlt es ihr nicht, das dürfen Sie mir aufs Wort glauben. Kurz, es muß ein guter Engländer sein, der nicht vor einem Glase Gin Reißaus nimmt und der mir Gesellschaft leistet, wenn ich eine Pfeife Knaster rauche.«

Cyprien hatte schon die Hand auf den Drücker der Türe gelegt, um diesen Raum zu verlassen, in dem er fast erstickte.

»Na, nichts für ungut!« rief ihm Mr. Watkins zu. »Ich habe gegen Ihre Person sonst gewiß nicht das Geringste, lieber Méré, und werde Sie immer gern als Abmieter und Freund in meinem Hause sehen. Halt, warten Sie einmal, heut' abend werden gerade einige Personen zu uns zu Tische kommen ... wollen Sie uns vielleicht Gesellschaft leisten? ...«

»Nein, ich danke, Herr Watkins!« antwortete Cyprien kühl. »Ich muß bis zum Abgange der Post meine Korrespondenz fertigstellen.« Damit verließ er leicht grüßend den gichtbrüchigen Farmer.

»Rein toll, diese Franzosen ... rein toll!« wiederholte noch öfter Mr. Watkins, während er mit einem ihm stets zur Hand liegenden Schwefelfaden seine Pfeife wieder in Brand setzte.

Und mit einem tüchtigen Glase Gin suchte er sich wieder vollständig in Ordnung zu bringen.

---

*Eine große Anzahl von Boërs oder afrikanischen Holländer-Bauern stammen ursprünglich von Franzosen ab, welche infolge der Aufhebung des Edikts von Nantes erst nach Holland und dann nach dem Kap auswanderten.

Zweites Kapitel

Zum Diamantenfelde

Was dem jungen Ingenieur in der ihm von Mr. Watkins zuteil gewordenen Erwiderung auf seinen Antrag am meisten zu Herzen ging, war der Umstand, daß dieselbe – von der Rauheit ihrer Form einmal abgesehen – im Grunde gar nicht so ungerechtfertigt erschien. Bei näherer Überlegung erstaunte er jetzt selbst, nicht schon vorher die Einwendungen erwogen zu haben, die ihm der Farmer fast notwendig machen würde, und wunderte sich, wie er sich überhaupt einer solchen Zurückweisung auszusetzen vermocht hatte.

In der Tat hatte er freilich bis zum jetzigen Augenblicke niemals an die Kluft gedacht, die ihn wegen des Unterschiedes in Vermögensverhältnissen, Abstammung, Erziehung und Umgang von dem jungen Mädchen trennte. Schon seit fünf bis sechs Jahren gewöhnt, die Mineralien nur von rein wissenschaftlichem Standpunkte zu betrachten, besaßen z. B. Diamanten in seinen Augen nur den Wert eigentümlicher Exemplare von Kohlenstoffkörpern, die nur dazu geschaffen schienen, in den Sammlungen der Bergwerksschule ihren Platz auszufüllen. Da er in Frankreich überdem eine die der Familie Watkins weit überragende soziale Stellung einnahm, hatte er den kaufmännischen Wert der im Besitz des reichen Farmers befindlichen Fundstätte ganz aus den Augen verloren. Infolgedessen war ihm auch niemals in den Sinn gekommen, daß zwischen der Tochter des Eigentümers der Vandergaart-Kopje und ihm als französischem Ingenieur ein trennendes Mißverhältnis herrschen könne. Selbst wenn diese Frage vor ihm aufgetaucht wäre, würde er, in seinem gewohnten Vorstellungsgange als Pariser und ehemaliger Zögling der berühmten polytechnischen Schule daselbst wahrscheinlich zu dem Schlusse gelangt sein, daß vielmehr er mit jener Bewerbung einen Schritt tue, der ihn nahe an eine »Mißheirat« führte.

Die ganz unverblümte Strafpredigt des Mr. Watkins riß ihn jetzt sehr schmerzlich aus seinen Träumen. Cyprien besaß jedoch viel zuviel nüchternen Menschenverstand, um die sachlichen Einwürfe derselben nicht gebührend zu würdigen, und viel zuviel Ehrenhaftigkeit, um sich durch eine Entscheidung, die er im Grunde für richtig anerkannte, beleidigt zu fühlen.

Der Schlag, den ihm jene versetzte, wurde deshalb freilich nicht minder empfindlich, und gerade jetzt, wo er auf Alice verzichten sollte, bemerkte er plötzlich desto deutlicher, wie lieb und wert ihm diese während der verflossenen drei Monate geworden war.

In der Tat kannte Cyprien Méré das junge Mädchen seit kaum drei Monaten, d. h. seit seiner Ankunft im Griqualand.

Wie fern lag ihm das jetzt schon alles! Er sah sich noch, nach einer durch Hitze und Staub höchst beschwerlichen Landreise am Ziele seiner langen Fahrt von einer Erdhalbkugel zur andern eintreffen.

Nachdem er mit seinem Freunde Pharamond Barthès – einem alten Studiengenossen, der nun schon zum dritten Male einen Jagdausflug nach dem südlichen Afrika unternahm – gelandet, hatte sich Cyprien bereits am Kap von diesem getrennt. Pharamond Barthès war nach dem Lande der Bassutos aufgebrochen, um dort eine kleine Schar bewaffneter Neger anzuwerben, die ihn bei seinen zygenetischen Zügen begleiten sollten. Cyprien dagegen hatte in dem mit sieben Paar Pferden bespannten schwerfälligen Wagen Platz genommen, der auf den Straßen des Veld als Postomnibus dient, und war nach dem eigentlichen Diamantengebiete gereist.

Fünf oder sechs große Kisten und Koffer – ein vollständiges chemisches und mineralogisches Laboratorium bergend, von dem er sich nicht gern hatte trennen wollen – bildeten das Reisegepäck des jungen Gelehrten. Die Postkutsche gestattet jedem Reisenden aber nicht, mehr als fünfzig Kilo an Effekten mit sich zu führen, und so war er gezwungen gewesen, seine kostbaren Koffer einem Büffelfuhrwerk anzuvertrauen, das dieselben jedenfalls mit ganz merowingischer Langsamkeit nach dem Griqualande befördern sollte.

Der Postwagen, wie gesagt eine Art zwölfsitziger Omnibus mit Leinwandplane, war auf einem rohen Gestell mit vier ungeheuren Rädern aufgebaut, welche immer von dem Wasser der Flußläufe, die durch eine Furt passiert wurden, naß blieben. Die paarweise vorgespannten Pferde, welche im Notfall noch durch Maultiere Unterstützung fanden, wuden von zwei auf dem Bocke nebeneinandersitzenden Kutschern mit großer Geschicklichkeit geleitet; der eine Kutscher führt dabei die Zügel, während der andere mit Hilfe einer sehr langen, mehr einer Angelrute mit Schnur gleichenden Bambuspeitsche das Gespann nicht nur nachhaltig antreibt, sondern es auch gleichzeitig mit lenken hilft.

Die Straße verläuft über Beaufort, eine hübsche, am Fuße der Nieuweld-Berge erbaute Stadt, über den Kamm der letzteren, wendet sich dann nach Victoria und führt endlich nach Hopetown – der Stadt der Hoffnung – am Ufer des Oranjeflusses, und von da nach Kimberley und nach den bedeutendsten Diamantenfundstätten, welche nur wenige Meilen davon entfernt sind.

Durch den öden Veld hat man eine traurige, höchst einförmige Fahrt von acht bis neun Tagen. Die Landschaft bietet fast überall einen geradezu trostlosen Anblick – rötliche Ebenen, mit ähnlich wie Moränen darauf verstreuten Steinen, graue Felsmassen im Niveau des Erdbodens, gelbliches, spärliches Gras und halbverhungerte Gesträuche, das ist alles! Nirgends eine Spur von Kultur oder natürlichem Reiz. In weiteren Zwischenräumen eine elende Farm, deren Inhaber, wenn er von der Regierung die Landeskonzession erhält, auch die Verpflichtung übernimmt, Reisende zu verpflegen. Das geschieht freilich nur in der primitivsten Weise. In diesen eigentümlichen Herbergen gibt es weder Betten für die Menschen noch Lagerstätten für die Pferde; höchstens einige Büchsen mit konservierten Nahrungsmitteln, die womöglich schon ein paarmal die Fahrt um die Erde mitgemacht haben, und die man fast mit Gold aufwiegen muß.

Infolgedessen werden die Zugtiere in den Ebenen freigelassen, um sich selbst Futter zu suchen, wovon sie indes nur magere Grasbüschel zwischen den Feldsteinen finden. Wenn die Fahrt dann weitergehen soll, macht es nicht geringe und mit ziemlichem Zeitverlust verknüpfte Mühe, jene wieder einzufangen.

Und welche Stöße gibt es in dem höchst primitiven Wagen auf den noch primitiveren Wegen! Die Sitze werden einfach von den Kastendecken gebildet, welche zur Unterbringung der Gepäckstücke dienen und auf denen der unglückliche Insasse eine endlos lange Woche lang die Rolle einer Mörserkeule spielt. Wie zur Wiedervergeltung rauchen die Reisenden Tag und Nacht wie Fabrikschlote, trinken unmäßig und speien nach Belieben aus. An ein erquickendes Schlafen ist unter solchen Umständen natürlich nicht zu denken.

Cyprien Méré befand sich also hier in Gesellschaft einer ausreichenden Musterkarte jener flottierenden Bevölkerung, welche aus allen Enden der Welt nach Gold- oder Diamantfundstätten zusammenströmt, sobald von solchen etwas verlautet. Hier war ein lendenlahmer großer Neapolitaner mit rabenschwarzem Haar, lederbraunem Gesicht und wenig Gutes versprechenden Augen, der Annibal Pantalacci zu heißen vorgab; ein portugiesischer Jude namens Nathan, der sich als Aufkäufer von Diamanten in seiner Ecke immer sehr still verhielt und die Menschheit als Philosoph betrachtete, ein Bergmann aus Lancashire, Thomas Steel, ein großer Kerl mit rotem Barte und mächtigen Hüften, der von der Steinkohle desertierte, um sein Glück im Griqualand zu versuchen; ein Deutscher, Herr Friedel, der gleich einem Orakel sprach und offenbar sehr bewandert in der Diamantengräberei war, ohne jemals einen solchen Stein in seiner Gangart gesehen zu haben; ferner ein Yankee mit sehr dünnen Lippen, der nie mit jemand anderem als mit seiner Lederflasche sprach und auf den Konzessionen jedenfalls eine jener Kantinen errichten wollte, wo die Steinesucher einen Löwenanteil ihrer Beute sitzen zu lassen pflegen; ein Farmer vom Ufer der Hart; ein Boer aus dem Oranje-Freistaate; ein Elfenbeinhändler, der nach dem Lande der Namaquas ging; zwei Ansiedler aus dem Transvaal-Gebiete und endlich ein Chinese namens Lî – wie es einem Sohne des Himmlischen Reiches zukommt – vervollständigte die höchst scheckige nacktbrustige, zusammengelaufene und lärmende Gesellschaft, mit der ein andern Umgang gewöhnter Mann nur je in die Lage kommen konnte, sich abfinden zu müssen.

Nachdem sich Cyprien eine Zeitlang mit den Gesichtern und dem Benehmen der Leute beschäftigt, wurde er dessen doch bald müde. Es blieben ihm nur Thomas Steel mit seiner mächtigen Gestalt und dem erschütternden Lachen, und der Chinese Lî mit seinen geschmeidigen, katzenartigen Bewegungen übrig, für die ihn einiges Interesse erfüllte. Der Neapolitaner dagegen mit seinen Narrenspossen und der Galgenphysiognomie machte auf ihn einen völlig widerwärtigen Eindruck.

Seit zwei oder drei Tagen schon lief einer der Lieblingsspäße des Kerls darauf hinaus, dem Chinesen an seinen längs des Rückens hinabfallenden Zopf, den er entsprechend den Sitten seines Landes trug, eine Menge nichtsnutziger Gegenstände zu knüpfen, wie Grasbüschel, Krautstrünke, einen Kuhschweif oder ein vom Erdboden aufgelesenes Pferdeschulterblatt.

Ohne sich zu erhitzen, löste Lî den seiner langen Flechte heimlich hinzugefügten Appendix ab, gab aber weder durch ein Wort noch durch eine Bewegung zu erkennen, daß der ihm gespielte Scherz die erlaubten Grenzen überschreite. Sein gelbes Gesicht wie die kleinen geschlitzten Augen bewahrten eine unerschütterliche Ruhe, als ständ' er dem, was um ihn her vorging, gänzlich fremd gegenüber. Man hätte glauben können, daß er kein Wort von dem verstand, was in dieser Arche Noah auf dem Wege nach dem Griqualande gesprochen wurde.

Annibal Pantalacci unterließ auch niemals, seine Späße niederer Ordnung in schlechtem Englisch mit dem nötigen Kommentar zu begleiten.

»Glauben Sie, daß seine gelbe Hautfarbe anstecken könnte?« fragte er seinen Nachbarn ganz laut.

Oder auch:

»Wenn ich nur eine Schere hätte, ihm den Zopf abzuschneiden, da sollten Sie staunen, was er für ein Gesicht dazu machen würde.«

Die meisten andern lachten herzlich darüber. Die Heiterkeit wurde dadurch noch verdoppelt, daß die Boers immer einige Zeit brauchten, ehe sie verstanden, was der Neapolitaner eigentlich sagen wollte; dann überließen sie sich – gegen die übrige Gesellschaft meist um zwei bis drei Minuten im Rückstand – einer lärmenden, unbändigen Heiterkeit.

Endlich fing Cyprien an sich zu ärgern über diese Hartnäkkigkeit, den armen Lî als Zielscheibe fader Späße zu benützen, und sprach sich Pantalacci gegenüber dahin aus, daß sein Betragen nicht besonders wohlanständig sei. Dieser schien zwar schon eine unverschämte Antwort auf der Zunge zu haben, aber ein einziges Wort Thomas Steels genügte, ihm den Mund zu schließen und den Stachel seines giftigen Spottes einziehen zu lassen.

»Nein, das ist kein ehrliches Spiel, so mit dem armen Teufel umzuspringen, der nicht einmal versteht, was Sie sagen!« meinte der wackere Bursche, der sich schon Vorwürfe machte, mit den anderen gelacht zu haben.

Die Sache war damit also vorläufig abgetan. Bald nachher wunderte sich Cyprien einigermaßen, einen leichten ironischen Blick – in dem sich jedenfalls dankbare Anerkennung ausdrücken sollte – zu bemerken, den der Chinese ihm zuwandte, so daß er auf die Vermutung kam, Lî möge doch vielleicht mehr Englisch verstehen, als er durchblicken zu lassen wünschte.

Vergeblich suchte Cyprien jedoch bei der nächsten Haltestelle ein Gespräch mit ihm anzuknüpfen. Der Chinese blieb teilnahmslos und stumm. Mehr und mehr reizte der eigentümliche Mann den Ingenieur, ebenso wie ein Rätsel, dessen Lösung er finden müsse. Cyprien konnte sich infolgedessen auch nicht enthalten, seine Aufmerksamkeit wiederholt diesem gelblichen, platten Gesicht zuzuwenden, den feingeschnittenen Mund zu betrachten, der sich über einer Reihe sehr weißer Zähne öffnete, sowie die kurze, weit offene Nase, die breite Stirn und die schiefen Augen, welche der Mann fast immer niedergeschlagen hielt, als wolle er einen boshaften Blick verbergen.

Wie alt mochte Lî wohl sein? Fünfzehn Jahre oder sechzig? Das hätte man unmöglich entscheiden können. Wenn seine Zähne, sein Blick, die kohlschwarzen Haare noch auf die Jugend desselben hinzudeuten schienen, so sprachen doch die Falten der Stirn, wie die der Wangen und um den Mund für ein schon vorgeschritteneres Alter. Er war klein und schwach von Gestalt, lebhaft in seinen Bewegungen, hatte aber doch etwas Altmütterliches, überhaupt etwas Weibisches an sich.

War er reich oder arm? Wieder eine zweifelhafte Frage. Seine Beinkleider aus grauer Leinwand, die Bluse aus gelbem Seidenstoff, die Mütze aus geflochtener Schnur und die Schuhe mit Filzsohlen, welche Strümpfe von untadelhafter Weiße bedeckten, konnten ebensogut einem Mandarin erster Klasse, wie einem Manne aus dem Volke angehören. Sein Reisegepäck bestand in einem einzigen Koffer aus rotem Holz mit der schwarz mit Tinte angebrachten Aufschrift:

H. Lî
from Canton to the Cape,
d. h. H. Lî aus Canton, auf der Reise nach dem Kap.

Der Chinese erschien überdies ausgezeichnet reinlich, rauchte nicht, trank nur Wasser und ließ keine Haltestelle vorübergehen, ohne sich den Kopf mit größter Sorgfalt zu rasieren.

Mehr konnte Cyprien nicht in Erfahrung bringen, und verzichtete also bald darauf, sich mit diesem lebendigen Rätsel zu beschäftigen. Inzwischen verfloß Tag um Tag und reihte sich eine Meile an die andere. Manchmal trabten die Pferde ziemlich schnell dahin, ein andermal schien es unmöglich, ihren Schritt nur einigermaßen zu beschleunigen. Immerhin wurde der Weg nach und nach zurückgelegt, und eines schönen Tages kam der Personenwagen in Hope-town an. Noch eine Etappe, dann war Kimberley erreicht. Hinter diesem zeigten sich Holzhütten am Horizonte.

Das war New-Rush.

Der Lagerplatz der Minengräber unterschied sich kaum von den provisorischen Städten, wie sie in allen der Zivilisation unlängst erschlossenen Ländern fast durch Zauberschlag aus der Erde emporzuwachsen scheinen.

Häuser aus sehr dicken Brettern, meist sehr klein und etwa den Hütten entsprechend, wie man sie auf den Flößen europäischer Ströme findet; einige Zelte, ein Dutzend Kaffeehäuser oder Schänken, ein Billardsaal, eine Alhambra oder Tanzsalon, einige »Stores« oder Handelsläden mit den notwendigsten Lebensbedürfnissen – das war der Anblick, der sich zunächst dem Auge des Fremdlings bot.

In diesen Läden gab es alles: Kleidungsstücke und Hausgeräte, Schuhe und Fensterscheiben, Bücher und Sättel, Waffen und Stoffe, Besen und Jagdmunition, Lagerdecken und Zigarren, frische Gemüse und Arzneien, Pflüge und Toiletteseifen, Nagelbürsten und konzentrierte Milch, Backöfen und Steindruckbilder – mit einem Worte alles – nur keine Einkäufer.

Die Insassen des Lagerplatzes waren zur Zeit noch in dem drei- bis vierhundert Meter entfernten New-Rush in den Minen bei der Arbeit.

Wie alle neuen Ankömmlinge, beeilte sich Cyprien Méré, dahin zu gehen, während man in der prunkhaft mit dem Schilde »Hôtel Continental« geschmückten Hütte das Essen zurecht machte.

Es war jetzt gegen sechs Uhr nachmittags. Schon hüllte sich die Sonne am Horizonte in einen feinen, goldigen Dunst. Der junge Ingenieur beobachtete hier noch einmal den besonders großen Durchmesser, den die Sonne und der Mond in südlicheren Breiten zu haben scheinen, ohne daß es bisher gelungen wäre, eine zufriedenstellende Erklärung dieser auffälligen Erscheinung beizubringen. Dieser Durchmesser beträgt nämlich mindestens des Doppelte von dem, den man in Europa wahrnimmt.

Cyprien Méré erwartete aber ein noch weit ungewohnteres Schauspiel in der Kopje, das heißt in dem eigentlichen Diamantfelde.

Beim Anfang der Arbeit bildete die Mine einen flachen Hügel, der hier die im übrigen gleich der Meeresfläche glatte Ebene überragte. Jetzt aber erschien sie in Form einer gewaltigen Aushöhlung mit steilen Wänden, einer Art Zirkus von elliptischer Gestalt und vierhundert Quadratmeter Seitenfläche, der an derselben Stelle ausgehoben war. Auf dieser Fläche verteilt lagen nicht weniger als drei- oder vierhundert »Claims« oder Konzessionen von je einunddreißig Fuß Breite, welche deren Inhaber ganz nach Belieben ausbeuteten.

Die Arbeit dabei besteht ganz einfach darin, mittelst Spitzhaue und Schaufel den Boden auszuheben, der im allgemeinen aus rotem Sande mit Kieseln gemischt besteht. An den Rand der Minen befördert, wird diese Erde nach Erzscheidetischen geschafft, um gewaschen, zerkleinert, gesiebt und endlich mit größter Sorgfalt auf ihren etwaigen Gehalt an kostbaren Steinen untersucht zu werden.

Da diese Claims alle unabhängig voneinander ausgegraben wurden, bilden sie natürlich Gruben von sehr verschiedener Tiefe. Die einen reichen wohl hundert Meter und noch mehr hinunter, während andere nur fünfzehn, zwanzig oder dreißig Meter tief sind.

Aus Rücksicht auf die Arbeit und den Verkehr ist jeder Konzessionär durch amtliche Verordnung streng verpflichtet, an den Seiten seines Loches sieben Fuß Durchmesser unberührt stehen zu lassen. Diese Fläche bildet, im Verein mit einer gleich großen, welche der Nachbar liegen lassen muß, eine Art Straße oder Erdwall im Niveau mit dem eigentlichen Erdboden. Darauf kommt dann dicht aneinander eine Reihe Balken zu liegen, welche auf jeder Seite über den Rand noch einen Meter hinausragen, um dem Gang hinreichende Breite zu geben, daß zwei Karren bequem aneinander vorübergelangen können. Zum Schaden der Solidität dieses schwebenden Weges wie der Sicherheit der Minengräber unterlassen es die Konzessionäre leider nicht, den Fuß der Mauer allmählich und je weiter sie in die Tiefe dringen, zu untergraben, so daß dieser Wall, der oft die Höhe gewaltiger Kirchtürme übertrifft, endlich eine umgekehrte Pyramide bildet, die auf ihrer Spitze ruht. Die Folgen dieses unverzeihlichen Verfahrens sind leicht vorauszusehen. Die Minen stürzen eben häufig ein, entweder während der Regenzeit oder wenn eine plötzliche Temperaturveränderung die schon vorhandenen Sprünge in der Erdmasse erweitert. Trotz der periodischen Wiederkehr solcher Unfälle lassen sich die Diamantgräber aber nicht abhalten, ihre Wand bis zur äußersten Grenze abzuschachten.

Als Cyprien Méré sich der Mine näherte, sah er zunächst nichts als Karren, welche leer oder beladen auf dem schwebenden Wege dahinrollten. Weiter herangekommen, konnte er jedoch den Blick bis in die Tiefen dieses eigenartigen Steinbruchs fallen lassen und gewahrte nun die große Menge von Leuten jeder Rasse, Farbe und Tracht, welche eifrig im Grunde der Claims wühlten. Hier gab es Neger und Weiße, Europäer und Afrikaner, Mongolen und Kelten – die meisten fast ganz nackt oder höchstens bekleidet mit Leinensandalen, Flanellhemden, einem baumwollenen Schurz und auf dem Kopf einen häufig mit Straußfedern geschmückten Strohhut.

Alle diese Männer füllten die Erde in Ledereimer, welche dann sofort an den Rand der Gruben emporstiegen, indem sie an langen Eisenkabeln, gezogen von aus Kuhhäuten geschnittenen Riemen, welche über durchbrochenen Rollen liefen, dahinglitten. Hier wurden die Eimer ebensoschnell in Karren entleert und gelangten dann nach dem Grunde des Claims zurück, um wieder mit neuer Ladung emporzusteigen.

Diese langen Eisendrahtkabel, welche schräg über die von den Claims gebildeten länglichen Vierecke weggespannt sind, geben den »Drydiggings«, den trockenen Diamantgruben, ein ganz eigentümliches Ansehen. Man möchte glauben, die Fäden eines riesenhaften Spinnengewebes vor sich zu sehen, dessen Herstellung plötzlich unterbrochen wurde.

Cyprien amüsierte sich einige Zeit mit der Betrachtung dieses menschlichen Ameisenhaufens, dann kehrte er nach New-Rush zurück, wo alsbald eine gewaltige Tischglocke ertönte. Dort fand er im Laufe des Abends Gelegenheit, die einen von reichen Funden sprechen zu hören, Mineurs, so arm wie Hiob, welche durch einen einzigen Diamanten urplötzlich reiche Leute geworden waren, während wieder andere sich über erfolglose Bemühungen, über die Habsucht der Unterhändler oder die Unzuverlässigkeit der in den Gruben beschäftigten Kaffer beklagten, welche oft die schönsten Steine stehlen sollten. Überhaupt trug das Gespräch einen rein technischen Charakter. Es drehte sich einzig allein um Diamanten, Karatgewicht und gleich um Hunderte von Pfund Sterling.

Im großen und ganzen machten die Leute einen elenden Eindruck, und auf einen glücklichen »Digger«, der geräuschvoll eine Flasche Champagner verlangte, um sein Glück anständig zu begießen, sah man zwanzig traurige Gesichter, deren Eigentümer sich mit einem sehr dünnen Bier begnügten.

Gelegentlich ging wohl auch ein Stein an dem Tische von Hand zu Hand, wurde gewogen, geprüft und abgeschätzt, um endlich wieder in dem Gürtel seines Eigentümers zu verschwinden. Dieser halbgraue, glanzlose Kiesel, der nicht mehr Feuer zeigte, als jeder von einem Bergbache herabgerollte Feldstein, war der Diamant in seiner natürlichen Gangart.

Bei Einbruch der Nacht füllten sich die Kaffeehäuser, und wieder folgten sich die nämlichen Gespräche, welche schon das Mahl gewürzt hatten, jetzt aber begleitet von so manchem Glase Gin oder Brandy.

Cyprien selbst hatte sich beizeiten in einem Bette niedergelegt, das ihm unter einem dem »Hôtel« benachbarten Zelte angewiesen worden war. Hier schlief er bald ein, trotz des Geräusches eines Balles unter freiem Himmel, den sich die Kaffern aus der Umgebung gaben, und trotz des Geschmetters eines Klappenhorns, das in einem öffentlichen Salon den choreographischen Übungen der weißen Herren den Takt angab.

Drittes Kapitel

Ein wenig, in aller Freundschaft gelehrte Wissenschaft

Der junge Ingenieur, zu seiner Ehre sei es gleich hier gesagt, war nicht nach dem Griqualande gekommen, um seine Zeit in dieser Atmosphäre von Habgier, Trunksucht und Tabaksrauch zu vergeuden. Er war beauftragt, in gewissen Teilen des Landes topographische und geologische Aufnahmen vorzunehmen, Proben von diamantartigem Gestein und Erdarten zu sammeln und gleich an Ort und Stelle eingehende Untersuchungen derselben vorzunehmen. Seine erste Sorge bestand also darin, sich eine ruhige Wohnung zu verschaffen, wo er sein Laboratorium einrichten konnte, welches sozusagen als Mittelpunkt für die vorzunehmenden Ausflüge in dem Minendistrikte dienen sollte.

Der kleine Hügel, auf dem sich die Farm Mr. Watkins' erhob, erregte bald seine Aufmerksamkeit als eine Stelle, welche für seine Arbeiten besonders günstig gelegen war. Hinreichend entfernt von dem Lagerplatze, um von dieser lärmenden Nachbarschaft nicht zu sehr gestört zu werden, befand sich Cyprien hier etwa eine Stunde von den entfernten Kopjen – denn der ganze Diamantenbezirk hatte nur einen zehn bis zwölf Kilometer nicht übersteigenden Umfang. So genügte dem jungen Ingenieur denn ein halber Tag, um eines der verlassenen Häuser von John Watkins auszuwählen, sich mit letzterem über den Mietpreis zu einigen und sich daselbst einzurichten.

Der Farmer selbst kam ihm dabei ziemlich wohlwollend entgegen. Eigentlich langweilte er sich doch recht stark in seiner Einsamkeit und sah es mit großem Vergnügen, daß sich ganz in seiner Nähe ein junger Mann niederließ, durch den er einige Abwechslung in dem alltäglichen Treiben erwarten zu können hoffte.

Wenn Mr. Watkins darauf gerechnet hatte, in ihm einen Tischgenossen und Liebhaber der Ginflasche zu finden, so hatte er sich freilich arg getäuscht. Kaum fertig mit der Aufstellung seiner Retorten, Öfen und Reagenzgläser in dem verlassenen Häuschen, und selbst noch bevor die wichtigsten Stücke seines Laboratoriums eingetroffen waren, begann Cyprien schon seine geologischen Ausflüge in die Umgebung. Auch des Abends, wenn er gänzlich erschöpft und beladen mit Felsenbruchstücken in seiner Zinktrommel, in der Jagdtasche, in den übrigen Taschen und oft selbst im Hute heimkam, empfand er natürlich weit mehr Verlangen, sich niederzulegen und auszuschlafen, als auf die alten Erzählungen und das Geschwätz des Mr. Watkins zu lauschen. Übrigens rauchte er sehr wenig und trank noch weniger. Das entsprach aber gar nicht der Vorstellung von einem lustigen Genossen, die sich der Farmer vorher zurechtgelegt hatte.

Nichtsdestoweniger benahm sich Cyprien so gefällig und gutmütig, war er so einfach im Auftreten und trotz seiner reichen Kenntnisse bescheiden im Urteil, daß es unmöglich wurde, ihn täglich zu sehen, ohne ihn lieb zu gewinnen. Mr. Watkins empfand also – vielleicht gab er sich darüber selbst gar keine Rechenschaft – weit mehr Achtung vor dem jungen Ingenieur, als er je vorher gegen jemand gehabt hatte. Wenn der Bursche nur auch tüchtig getrunken hätte! Was soll einer aber anfangen mit einem Menschen, der seine Kehle niemals mit einem Tropfen Gin anfeuchtet? So lautete gewöhnlich der Schluß des Urteils, welches der Farmer gelegentlich über seinen Mietsmann abgab.

Die Miß Watkins hatte sich sehr schnell mit dem jungen Gelehrten auf guten, freundschaftlichen Fuß zu stellen gewußt. Da sie an ihm ebenso sein feines Benehmen wie eine geistige Überlegenheit erkannte, die ihrem gewöhnlichen Umgang völlig fehlte, ergriff sie eifrig die sich bietende Gelegenheit, durch Aneignung gründlicher Kenntnisse in der Experimentalchemie ihre übrigens nicht schlechte und ziemlich vielseitige Bildung zu bereichern, welche sie durch eigenen Fleiß aus verschiedenen wissenschaftlichen Werken geschöpft hatte.

Das Laboratorium des jungen Ingenieurs mit seinen merkwürdigen Apparaten interessierte sie ganz mächtig. Bezüglich alles dessen, was die Natur des Diamanten betraf, dieses kostbaren Steines, der in der Unterhaltung wie in dem Handel des Landes eine so hervorragende Rolle spielte, herrschte zwischen ihr und ihm eine merkwürdige Übereinstimmung. Im Grunde war Alice nämlich geneigt, diesen Stein kaum höher als einen gewöhnlichen Kiesel zu schätzen. Cyprien – das bemerkte sie sehr bald – teilte nach dieser Seite offenbar ihre eigenen Anschauungen. Die gegenseitige Mitteilung dieser Ansichten trug natürlich noch dazu bei, das schnell geknüpfte Freundschaftsband zwischen ihnen nur zu befestigen.

Man darf wohl sagen, daß sie im Griqualande wohl die einzigen Wesen waren, welche den Endzweck des Lebens nicht allein darin erkannten, die kleinen Steine zu suchen, zu schleifen und zu verkaufen, die überall in der Welt so warm begehrt werden.

»Der Diamant«, sagte eines Tages der junge Ingenieur, »ist

im Grunde weiter nichts als eine reine Kohle; er besteht nur aus kristallisiertem Kohlenstoff, man kann ihn durch Feuer vernichten wie jedes andere Brennmaterial, und eben diese Eigenschaft der Verbrennlichkeit hat zuerst zu einer Mutmaßung über seine eigentliche Natur geführt. Newton, der so vieles scharf beobachtete, hatte wahrgenommen, daß der geschnittene Diamant das Licht stärker als alle anderen transparenten Körper zurückwarf. Da er nun wußte, daß dieser Charakter vor allem den brennbaren Substanzen zukommt, schloß er mit dem ihm eigenen Scharfsinn aus dieser Tatsache, daß der Diamant auch brennbar sein ›müsse‹, und das Experiment bestätigte völlig seine Annahme.«

»Doch, Herr Méré, wenn der Diamant nichts anderes als Kohle ist, warum wird er so teuer verkauft?« fragte das junge Mädchen.

»Weil er sehr selten vorkommt, Fräulein Alice«, antwortete Cyprien, »und in der Natur bisher nur in ganz geringen Mengen gefunden wurde. Lange Zeit erhielt man denselben nur aus Indien, Brasilien und von der Insel Borneo. Ohne Zweifel entsinnen Sie sich, denn Sie mögen damals sieben bis acht Jahre alt gewesen sein, auch der Zeit, wo zum ersten Male auf das Vorkommen des geschätzten Edelsteins in dieser Südprovinz Afrikas hingewiesen wurde.«

»Gewiß erinnere ich mich dessen«, sagte Miß Watkins. »Hier im Griqualande waren die Leute rein toll geworden. Man sah gar nichts mehr als Männer mit Schaufeln und Hakken, welche den Boden untersuchten, den Bächen ein anderes Bett gaben, um darin den Grund zu besichtigen, und die nur noch von Diamanten träumten und von diesen sprachen. So klein ich damals auch war, Herr Méré, kann ich mich doch noch daran erinnern, daß ich manchmal nicht wußte, wo mir der Kopf stand. Sie sagten jedoch, der Diamant sei so teuer, weil er selten vorkommt ... Ist das seine einzige schätzenswerte Eigenschaft?«

»Nein, sicherlich nicht, Miß Watkins. Seine Durchsichtigkeit, sein Feuer, wenn er kunstgerecht geschnitten ist, um das Licht zurückzuwerfen, die Schwierigkeit dieser Bearbeitung selbst und endlich seine alles übertreffende Härte machen ihn zu einem Körper, der auch für den Gelehrten hohes Interesse bietet und, nicht zu vergessen, ihn für die Industrie nützlich erscheinen läßt. Sie wissen, daß man ihn nur mit seinem eigenen Staube polieren kann, und eben seine Härte ist es, die seit einigen Jahren seine Verwendung beim Durchbohren von Felsen veranlaßte. Ohne Mithilfe dieses Steines würde es nicht allein sehr schwierig sein, Glas und andere harte Substanzen zu bearbeiten, sondern auch die Durchbohrung von Tunnels, von Bergwerksstollen, artesischen Brunnen und dergleichen würde sehr bedeutend erschwert sein.«

»Ah, nun wird mir's klar«, sagte Alice, welche plötzlich eine gewisse Hochachtung vor den armen Diamanten, die sie früher kaum geschätzt hatte, bekam. »Doch, Herr Méré, diese Kohle, von der Sie sagen, daß sie sich in kristallisiertem Zustande befindet – nicht wahr, so ist es wohl richtig ausgedrückt –, was ist diese Kohle im Grunde?«

»Das ist ein sogenannter einfacher, nicht metallischer Körper, der sonst ungemein häufig in der Natur vorkommt«, antwortete Cyprien. »Alle organischen Verbindungen ohne jede Ausnahme, das Holz ebenso wie das Fleisch und Brot, enthalten davon eine gewisse Menge. Sie verdanken sogar der Gegenwart der Kohle oder des ›Kohlenstoffes‹ unter ihren Elementen den Grad der Verwandtschaft, welche man zwischen ihnen beobachtet.«

»Wie merkwürdig!« rief Miß Watkins. »Also das Gebüsch da, das Gras dieser Weide, der Baum, der uns beschützt, das Fleisch meiner Dada, des Straußes, und ich selbst, auch Sie, Herr Méré, wir bestehen zum Teil aus Kohle . . . wie die Diamanten? In der Welt ist wohl alles aus Kohle?«

»Wahrhaftig, Fräulein Alice, schon lange Zeit hat man das sozusagen vorausgefühlt, die heutige Wissenschaft aber bringt Tag für Tag neue Beweise dafür bei; oder mit anderen Worten, sie verkleinert immer mehr und mehr die Zahl der einfachen Elementarkörper, an der früher niemand zu rütteln wagte. Die Errungenschaften der Spektralanalyse haben in dieser Beziehung auf dem Gebiete der Chemie ganz neues Licht verbreitet. Es könnten vielleicht sogar die zweiundsechzig Substanzen, welche bisher als einfache Elemente oder Fundamentalkörper betrachtet wurden, nur auf einen einzigen Stoff zurückzuführen sein – z. B. auf Wasserstoff –, der nur infolge verschiedener elektrischer, dynamischer und kalorischer Verhältnisse in wechselnder Gestalt erschiene.«

»Oh, Sie machen mir Angst, mit so vielen hochtönenden Worten«, rief Miß Watkins, »erzählen Sie mir lieber mehr von der Kohle. Könnten die Herrn Chemiker diese denn nicht ebenso künstlich zum Kristallisieren bringen, wie zum Beispiel den Schwefel, von dem Sie mir kürzlich so hübsche Exemplare zeigten? Das wäre doch weit bequemer, als erst tiefe steile Löcher in die Erde zu graben, um darin Diamanten zu finden.«

»Wohl hat man häufig versucht auszuführen, was Sie da erwähnen«, sagte Cyprien, »und sich bemüht, durch Kristallisation ganz reinen Kohlenstoffes künstliche Diamanten herzustellen, und bis zu einer gewissen Grenze ist das sogar als gelungen zu betrachten. Im Jahre 1853 haben Despretz, und ganz neuerdings ein anderer Gelehrter in England, wirklichen Diamantstaub erzeugt, indem sie ganz reine, von allen Mineralbestandteilen befreite und übrigens aus Zucker gewonnene Kohle im luftleeren Raum einem sehr starken elektrischen Strome aussetzten. Das Problem ist jedoch noch nicht so weit gelöst, um schon eine gewerbliche Ausnützung desselben in Aussicht zu stellen. Mit hoher Wahrscheinlichkeit freilich darf man das aber wohl nur als eine Frage der Zeit betrachten. Heute oder morgen, vielleicht in der Stunde, wo wir darüber sprechen, Miß Watkins, kann die künstliche Erzeugung von Diamanten recht wohl entdeckt worden sein.«

So plauderten sie lustwandelnd auf der sandigen Terrasse, welche längs der Farm hinlief oder saßen auch gegen Abend auf der luftigen Veranda und bewunderten die glänzenden Sterne des südlichen Himmels.

Dann verließ Alice den jungen Ingenieur, wenn sie ihn nicht mitnahm, um ihre kleine Straußherde anzusehen, welche in einem Gehege am Fuße der kleinen Anhöhe – auf der John-Watkins'-Wohnung sich befand – gehalten wurde. Der kleine weiße Kopf der Tiere, der den schwarzen Körper so hoch überragt, ihre langen, steifen Beine, die Büschel gelblicher Federn, welche die Flügelenden und den Schwanz zieren, alles das interessierte das junge Mädchen, die es sich seit einem oder zwei Jahren zum Vergnügen machte, ein ganzes Volk dieser riesigen Stelzfüßler aufzuziehen.

Gewöhnlich geht man gar nicht darauf aus, diese Tiere zu zähmen, sondern die Farmer des Kaplandes lassen sie meist in halbwildem Zustande aufwachsen. Sie begnügen sich nämlich damit, dieselben in ein möglichst ausgedehntes Gehege einzuschließen, das von einem Zaune aus Messingdraht begrenzt ist – wie man in manchen Ländern solche Drahtwände längs der Eisenbahnstrecken errichtet sieht. Da die Flugfähigkeit der Strauße eine sehr beschränkte ist, vermögen sie nicht über diese ziemlich hohen Zäune zu gelangen. Hier leben sie also das ganze Jahr über in kaum empfundener Gefangenschaft, ernähren sich von dem, was sie finden, und suchen sich verborgene Plätze auf, wo sie ihre Eier ablegen, welche durch sehr strenge Gesetzbestimmungen vor den Händen Unbefugter geschützt sind. Nur zur Zeit der Mauser, wenn die von der Damenwelt Europas so gesuchten Federn eingesammelt werden sollen, treibt man die Strauße durch immer kleiner und kleiner werdende Gehege, bis sie zuletzt so dicht zusammengedrängt sind, daß sie leicht ergriffen und gerupft werden können.

Im Gebiete des Kaplandes hat diese Industrie seit einigen Jahren einen bedeutenden Umfang gewonnen, und man darf sich mit Recht darüber wundern, daß sie so zögernd in Algerien eingeführt worden ist, wo sie aller Wahrscheinlichkeit nach den gleichen Erfolg verspricht. Jeder in obiger Weise in Gefangenschaft gehaltene Strauß bringt seinem Eigentümer, ohne irgendwelche nennenswerte Spesen zu verursachen, ein jährliches Einkommen von hundertsechzig bis zweihundertvierzig Mark. Um das zu begreifen, muß man wissen, daß eine solche Feder von guter Qualität achtundvierzig bis fünfundsiebzig Mark Handelswert hat, und daß selbst die mittleren und kleinen Federn noch ziemlich hoch bezahlt werden.

Miß Watkins freilich züchtete etwa ein Dutzend dieser großen Vögel nur zu ihrem persönlichen Vergnügen. Es interessierte sie, dieselben ihre ungeheuren Eier ausbrüten, oder sie mit ihren Küchlein ebenso zum Füttern heraneilen zu sehen, wie man das von den Hühnern und Truthühnern kennt. Cyprien begleitete sie zuweilen und streichelte dann gern eines der schönsten Tiere der Herde, einen Strauß mit schwarzem Kopfe und goldigen Augen, eben jene besonders gepflegte Dada, welche die Elfenbeinkugel verschluckt hatte, die Alice beim Ausbessern von Strümpfen zu benützen pflegte.

Allmählich hatte Cyprien aber doch ein tieferes und wärmeres Gefühl für das junge Mädchen in seinem Herzen erwachen gefühlt, hatte sich gesagt, daß er, um sein Leben voller Arbeit und ernstem Streben zu teilen, keine Genossin von so unschuldigem Herzen, so lebhaftem Geiste und solcher Liebenswürdigkeit im Verein mit vielseitiger Bildung finden könne. Da Miß Watkins ihre Mutter sehr frühzeitig verlor und deshalb den väterlichen Haushalt zu führen genötigt gewesen war, hatte sie sich dabei ebenso zur erfahrenen Hausfrau, wie zur wirklichen Weltdame ausgebildet, und gerade diese glückliche Mischung ungezwungenen, vornehmen Anstandes und anziehender Einfachheit verlieh ihr einen ganz besonderen Reiz. Ohne die oft törichten Ansprüche so vieler europäischer Städterinnen, fürchtete sie sich nicht, mit eigener Hand den Teig zu einem Pudding zuzubereiten, den Mittagstisch zu überwachen und sich zu überzeugen, daß die Wäschevorräte des Hauses immer in gutem Zustande waren. Das hinderte sie aber wieder nicht, Sonaten von Beethoven ebensogut und vielleicht noch besser als manche andere zu spielen, zwei oder drei Sprachen geläufig zu sprechen, sich an Lektüre zu ergötzen, die Meisterwerke der Literatur aller Kulturvölker zu würdigen und endlich bei den kleinen Gesellschaften, welche zuweilen im Hause des einen oder des anderen reichen Farmers der Umgegend abgehalten wurden, mit unzweifelhaftem Erfolge aufzutreten.

Deshalb darf man nicht glauben, daß geistig höher stehende Frauen in jenen Kreisen eine Seltenheit wären. Im Transvaal wie in Amerika, in Australien und in allen neubesiedelten Ländern, wo die unerläßlichen Arbeiten einer sich überhastet vollziehenden Zivilisation alle Tätigkeit der Männer in Anspruch nahmen, ist die Pflege des geistigen Gebiets weit mehr als in Europa fast ausschließliches Vorrecht der Frauen.

So findet man sie auch in allgemeiner Bildung und künstlerischer Fertigkeit ihren Männern und Söhnen meist stark überlegen. Fast alle Reisenden haben Gelegenheit gehabt, nicht ohne Verwunderung bei der Frau eines australischen Goldgräbers oder eines Squatters aus dem fernen Westen musikalische Talente neben gründlichen literarischen und wissenschaftlichen Kenntnissen zu beobachten.

Die Tochter eines Lumpensammlers von Omaha oder eines Fleischwarenhändlers von Melbourne würde unzweifelhaft erröten, wenn sie von sich sagen müßte, bezüglich der allgemeinen Bildung, des gesellschaftlichen Anstandes und der Verfeinerung überhaupt unter einer beliebigen Prinzessin des alten Europas zu stehen. In dem Oranje-Freistaate, wo die Erziehung der Mädchen schon längst mit der der Knaben auf gleicher Höhe steht, wo die letzteren aber die Schulbänke zeitiger verlassen, ist der Unterschied zwischen beiden Geschlechtern noch greller als anderswo. Der Mann ist im Haushalte der »Bread-winner«, der Brotverdiener; er führt mit aller angeborenen Rauheit, mit der Rauheit, welche ihm seine Beschäftigung in freier Luft aufdrückt, ein Leben voller Anstrengung und Gefahren. Die Frau dagegen erwählt als ihr Gebiet neben der Erfüllung aller häuslichen Verpflichtungen die Fortübung in Wissenschaften und Künsten, welche ihr Gatte verachtet oder vernachlässigt.

So ereignet es sich nicht selten, daß eine Blume von Schönheit und vornehmem Reiz gerade am Rande der Wüste aufblüht, und das war der Fall mit der Tochter des Farmers John Watkins.

Alles das hatte Cyprien sich gesagt, und, da er stets gerade aufs Ziel loszugehen gewohnt war, nicht gezögert, seine Bewerbungen um Alice anzubringen.

Ach! Jetzt fiel er gänzlich aus den Wolken und bemerkte

zum ersten Male die weite Kluft, welche unübersteiglich zwischen ihm und dem jungen Mädchen gähnte. Es versteht sich von selbst, daß er nach dieser entscheidenden Verhandlung mit recht schwerem Herzen in die eigene Wohnung zurückkehrte. Er war jedoch nicht der Mann, sich einer leeren Verzweiflung zu überlassen, sondern entschlossen, hier, wo er sich befand, zu arbeiten, und bald hatte er in rastloser Tätigkeit ein geeignetes Ableitungsmittel für seinen Kummer gefunden.

Nachdem er sich an seinen kleinen Tisch gesetzt, vollendete der junge Ingenieur mit rascher und sicherer Schrift einen langen vertraulichen Brief, den er am Morgen begonnen und der an seinen verehrten Lehrer Mr. I . . ., Mitglied der Akademie der Wissenschaften und Titularprofessor an der Bergwerkschule, gerichtet war.

». . . Worauf ich in meinem offiziellen Bericht nicht eingehen zu dürfen glaubte«, schrieb er, »weil es vorläufig nur eine Hypothese von mir betrifft, ist die Anschauung, welche ich mir aufgrund zahlreicher geologischer Beobachtungen über die eigentliche Art der Bildung des Diamanten geschaffen habe. Weder die Hypothese, die ihm einen vulkanischen Ursprung zuschreibt, noch die, welche sein Vorkommen in den mächtigen Schichtenlagern von großen Wasserströmen herleitet, haben mich ebensowenig überzeugen können, wie Sie selbst, hochgeehrter Herr Professor, und ich habe deshalb nicht nötig, die Gründe zu wiederholen, welche uns zu dieser Ablehnung bestimmten. Die Entstehung des Diamanten an Ort und Stelle, und zwar unter Mitwirkung des Feuers, ist aber eine ebensowenig stichhaltige Erklärung, welche mich kaum mehr befriedigen könnte. Welcher Art sollte dieses Feuer sein, und warum hätte es nicht alle die andern kalkartigen Steine verändert, welche ganz regelmäßig in den Diamantenlagern vorkommen? Das erscheint mir, offen gestanden, etwas kindlich und ganz der Theorie der Wirbelstürme und der hakenförmigen Atome würdig.

Die einzige Erklärung, welche mir, wenn auch nicht ganz, so doch in gewissem Grade das Richtige zu treffen scheint, läuft darauf hinaus, daß die stofflichen Bestandteile des Edelsteins durch Wasser zugeführt wurden und daß sich der Kristall nachher an Ort und Stelle bildete. Mir fällt mit Bezug hierauf vorzüglich das Eigentümliche, man möchte sagen, ganz gleichmäßige Profil der verschiedenen Ablagerungen auf, die ich gesehen und mit möglichster Sorgfalt gemessen habe. Alle bilden mehr oder weniger die Form einer Schale, einer Kapsel oder, noch besser, unter Berücksichtigung der Kruste, welche sie überdeckt, einer auf der Seite liegenden Kürbis-Jagdflasche. Jedes solche Lager bildet ein Reservoir von dreißig- bis vierzigtausend Kubikmeter Inhalt, welches von einem ganzen Konglomerat von Sand, Lehm und überhaupt Alluvialboden ausgefüllt erscheint, und das auf Urgebirge abgesetzt ist und denselben Charakter zeigt. Vorzüglich tritt dieser bei der Vandergaart-Kopje hervor, einer der neuentdeckten Fundstätten, welche, um das nebenbei zu bemerken, dem Eigentümer des Häuschens gehört, in welchem ich jetzt an Sie schreibe.

Schüttet man in ein Gefäß eine verschiedene fremde Körper enthaltende Flüssigkeit, was geht dann vor? Die fremden Körper setzen sich speziell am Boden und längs der Ränder des Gefäßes ab. Nun gut, das ist genau derselbe Vorgang, der sich in einer Kopje abspielt. Diamanten findet man hier vor allem im Grunde und gegen die Mitte des Bettes, ebenso wie an den äußersten Rändern derselben. Diese Tatsache ist so unzweifelhaft beobachtet, daß die dazwischenliegenden Claims meist schnell im Preise sinken, während die in der Mitte liegenden Claims und diejenigen, welche sich nahe dem Umfange befinden, dagegen schnell einen ungeheuren Wert erhalten, sobald die Gestalt des Fundplatzes hinlänglich bekannt ist. Die Analogie spricht sonach deutlich für die Herbeischaffung des Materials unter Mithilfe von Wasser.

Außerdem weisen auch noch viele verschiedene Umstände, welche Sie in meinem Bericht aufgezählt finden, auf die Bildung der Kristalle an Ort und Stelle hin, während sie die Zuführung derselben in fertigem Zustande unwahrscheinlich machen. Um davon nur zwei oder drei zu wiederholen, sind die Diamanten fast stets in Gruppen von derselben Natur und der gleichen Farbe vereinigt, was gewiß nicht der Fall sein würde, wenn sie schon fertig von einem Wasserstrom mitgebracht worden wären. Häufig findet man zwei Stücke, die miteinander verklebt sind, so daß sie sich schon durch leichten Anschlag trennen lassen. Wie hätten diese also der Reibung und den sonstigen Zufälligkeiten bei einer Weiterführung durch Wasser widerstehen sollen? Dazu finden sich die großen Diamanten fast nur unterhalb eines Felsstückes, was darauf hinzuweisen scheint, daß gewisse, durch dieses bedingte Einflüsse, seine Wärmeausstrahlung oder irgendeine andere Ursache, die Kristallisation erleichtert haben. Endlich ist es selten, sogar sehr selten, daß große und kleine Diamanten nahe beieinander gefunden werden. Allemal, wenn man einen schönen Stein aufgräbt, liegt dieser isoliert. Es macht den Eindruck, als ob alle Diamantenelemente des betreffenden Restes sich in diesem Falle, unter dem Einflusse unbekannter Ursachen, zu einem einzigen Kristalle vereinigt hätten.

Diese Gründe, sowie noch mehrere andere, erfüllen mich mit der Überzeugung, daß nach Zuführung der Elementarstoffe der Kristallisation durch das Wasser die endliche Bildung der Steine an Ort und Stelle stattgefunden haben müsse.

Woher aber nehmen diese Wasser den Weg, welche den organischen Detritus, der sich in Diamanten umformen sollte, mit sich führten? Darüber hab' ich mir trotz eingehendster Studien der verschiedenen Lagerstätten noch kein Urteil bilden können.

Eine weitere Erklärung hierüber würde immerhin von weittragender Bedeutung sein. Wenn man dazu gelangte, den Weg, welchen einst das Wasser genommen, zu erkennen, warum sollte man dann nicht bei Rückverfolgung desselben zu dem Punkte kommen, von dem die Diamanten ausgegangen sind, und wo sich ohne Zweifel eine bedeutend größere Menge derselben finden dürfte, als in den bis heute ausgebeuteten Lagerstätten? Das würde meine Theorie nach allen Seiten bestätigen und mir eine große Befriedigung gewähren. Ich selbst habe diese Frage freilich ihrer Lösung kaum entgegenzuführen vermocht, denn ich stehe bereits nahe dem Ende meiner Mission, und es ist mir, wie erwähnt, bisher unmöglich gewesen, über jenen unaufgeklärten Punkt weiteres Licht zu verbreiten.

Mit mehr Erfolg habe ich viele Analysen der Felsarten ausgeführt . . .«

In seinem vertraulichen Berichte ging der junge Ingenieur nun bezüglich seiner Arbeiten in technische Details ein, welche zweifellos für ihn und den Adressaten von großem Interesse waren, über die jedoch der profane Leser nicht das gleiche Urteil fällen möchte. Es erscheint uns deshalb ratsam, ihn damit gänzlich zu verschonen.

Um Mitternacht, nachdem er seinen langen Bericht beendet, löschte Cyprien die Lampe, streckte sich in seinen Hamac, und schlief den Schlaf des Gerechten.

Arbeit überwindet jeden Kummer – wenigstens für einige Stunden –, aber ein reizendes Trugbild drängte sich mehrmals in die Träume des jungen Gelehrten und schien ihm zuzuflüstern, daß er noch nicht ganz verzweifeln solle.

Viertes Kapitel

Vandergaart-Kopje

»Ich muß entschieden abreisen«, sagte sich am anderen Morgen Cyprien, als er noch mit dem Ankleiden beschäftigt war, »muß das Griqualand unbedingt verlassen! Nach dem, was ich mir von dem kranken Mann da drüben habe sagen lassen müssen, wäre es Schwäche, noch länger zu verweilen. Er will mir seine Tochter nicht geben. Vielleicht hat er ja Recht, jedenfalls zeigt er keine besondere Geneigtheit, mildernde Umstände anzuerkennen. Ich muß schon seinen Ausspruch, so schmerzlich es mir auch ankommt, mit männlichem Stolze hinnehmen, und darf meine Hoffnung nur auf die freundlichere Zukunft setzen.«

Ohne weitere Zögerung ging Cyprien daran, jene Apparate in die Koffer und Kisten zu verpacken, die er inzwischen als Tische und Schränke benützt hatte. Mit vollem Eifer beginnend, arbeitete er jetzt schon ganz tüchtig während einer oder zwei Stunden, als ihn durch das offenstehende Fenster, durch welches die erquickende Morgenluft hereinzog, eine frische, reine Stimme, welche gleich dem Liede der Lerche jauchzend emporstieg, erreichte und eines der reizendsten Lieder des Dichters Moore sang:

Is is the last rose of summer,*
Left blooming alone
All her lovely companions
Are faded and gone, etc.

Cyprien eilte ans Fenster und bemerkte Alice, welche sich nach ihrem Straußgehege begab und eine Schüssel mit geeigneten Leckerbissen für ihre Lieblinge trug. Sie war es, die ihre schmelzende Stimme schon mit aufgehender Sonne ertönen ließ.

---

*Die englischen Verse entsprechen, wenn nicht ganz wort-, so doch ziemlich sinngetreu unserem:

Letzte Rose, wie magst du so einsam hier blüh'n,
Deine freundlichen Schwestern sind längst schon dahin,
Keine Blüte haucht Balsam mit liebendem Duft.
Warum blühst du so traurig im Garten allein?
Sollst im Tode mit den Schwestern vereinigt sein.
D'rum pflücke, o Rose, vom Stamm ich dich ab,
Sollst ruh'n mir am Herzen und mit mir im Grab.

I will not leave thee, thou lone one!
To pine on the stem,
Since the lovely are sleeping,
Go sleep with them...

Der junge Ingenieur hatte sich niemals für besonders empfänglich für die Poesie gehalten, und doch ergriff ihn dieses Lied so tief. Er trat dicht ans Fenster, hielt den Atem an und lauschte diesen Tönen, aber er trank vielmehr die süßen Worte.

Die Stimme schwieg eine Zeitlang. Miß Watkins verteilte die Vorräte an ihre Strauße, und es war wirklich ein Vergnügen zuzusehen, wie diese die schlanken Hälse noch verlängerten und mit geschicktem Schnabel nach der kleinen Hand pickten. Nach beendigter Verteilung kehrte sie um und sang wieder:

It is the last rose of summer,
Left blooming alone
Oh! who would inhabit
This black world alone?...

Mit feuchtem Auge und wie festgewurzelt stand Cyprien noch immer an der nämlichen Stelle.

Die Stimme entfernte sich, Alice ging offenbar nach der Farm zurück, und sie hatte bis dahin wohl kaum noch zwanzig Meter zurückzulegen, als der Schall eiliger Schritte sie veranlaßte, sich umzuwenden und stehen zu bleiben.

Getrieben von unüberlegter, auch unwiderstehlicher Bewegung, war Cyprien im bloßen Kopfe aus seinem Häuschen geeilt und lief jetzt auf sie zu.

»Fräulein Alice!...«

»Herr Méré?...«

Im vollen Glanze der Morgensonne standen sie sich auf dem Wege an der Grenze des Grundstückes Aug' in Auge gegenüber. Ihre Schattenbilder hoben sich deutlich von der weißen Bretterumzäunung der Farm ab. Jetzt aber, als Cyprien sich dicht bei dem jungen Mädchen befand, schien er selbst erstaunt über sein Benehmen und schwieg halb verlegen still.

»Sie hatten mir etwas zu sagen, Herr Méré«, sagte sie mit Interesse.

»Ich wollte von Ihnen Abschied nehmen, Fräulein Alice!... Ich reise noch heute ab!« antwortete er mit ziemlich unsicherer Stimme.

Das leichte Rot, welches den zarten Teint der Miß Watkins

belebte, war urplötzlich verschwunden.

»Abreisen? ... Sie wollen fortgehen ... nach? ...« fragte sie ganz verwirrt.

»Nach meiner Heimat ... nach Frankreich«, erwiderte Cyprien. »Meine hiesigen Arbeiten sind vollendet ... meine Mission ist damit erfüllt. Ich habe im Griqualande nichts mehr zu schaffen und bin deshalb verpflichtet, nach Paris zurückzukehren ...«

Während er so mit zögernder Stimme sprach, nahm er schon mehr den Ton eines Angeklagten an, der sich zu entschuldigen sucht.

»Ah ... Ja ...! Ganz richtig! ... Das geht ja nicht anders! ...« stammelte Alice, ohne recht zu wissen, was sie sagte.

Das junge Mädchen war wie vom Donner gerührt, diese Nachricht traf sie in ihrem unbewußten Glücke gleich einem Keulenschlage. Bald sammelten sich große schwere Tränen in ihren Augen und perlten an den langen, diese umschattenden Wimpern herab. Aber als ob dieser plötzliche Schmerz sie zur Wirklichkeit zurückführte, fand sie doch die Kraft, lächelnd zu sagen:

»Also abreisen wollen Sie? ... Nun, und Ihre ergebene Schülerin wollen Sie einfach verlassen, bevor diese den angefangenen Kursus in der Chemie vollendet hat? Sie wollen, daß ich beim Sauerstoff stehen bleibe und mir die Geheimnisse des Stickstoffes ein Buch mit sieben Siegeln bleiben sollen? ... Das ist nicht hübsch von Ihnen, Herr Méré!«

Wohl versuchte sie ihre Worte in scherzhaftes Gebilde zu kleiden, nur strafte sie der Ton ihrer Stimme Lügen. Unter diesem Scherze verbarg sich ein schwerer Vorwurf, der dem jungen Mann tief zu Herzen ging. In gewöhnlicher Sprache lautete derselbe nämlich:

»Nun, und ich? ... Mich rechnen Sie also für nichts? ... Sie werfen mich einfach in die frühere Unwissenheit zurück! ... Sie wären nur hierher gekommen, um sich unter den Boers und den habgierigen Minengräbern als höheres, bevorzugtes, stolzes, interesseloses Wesen zu zeigen! Sie hätten mich in Ihre Studien und Arbeiten eingeweiht, hätten mir Ihr Herz und sein ehrgeiziges Streben eröffnet, Ihre wissenschaftlichen Schatzkammern und Ihre künstlerischen Keime gewiesen; Sie hätten mir nur die Entfernung hervorheben wollen, die sich zwischen einem Denker wie Sie und den anderen Zweihändern, die mich umgeben, auftut! ... Das alles hätten Sie getan, um sich bewundern und lieben zu lassen, und wenn Ihnen das gelungen, dann erklären Sie ohne alle Umstände, daß Sie wieder weggehen, daß alles zu Ende ist, daß Sie nach Paris zurückkehren und sich beeilen wollen, mich ganz zu vergessen? Und Sie glauben auch, daß ich eine solche Lösung bestehender Verhältnisse mit philosophischem Gleichmut hinnehmen werde?«

Ja, das alles lag in Alices Worten, und ihr feuchtes Auge unterstützte es noch so deutlich, daß Cyprien sich fast versucht fühlte, auf diesen nicht ausgesprochenen und doch so beredten Vorwurf zu antworten. Es fehlte nicht viel, daß er ausgerufen hätte:

»Es muß sein! . . . Gestern hab' ich bei Ihrem Vater um Ihre Hand angehalten! . . . Er hat mich zurückgewiesen, ohne mir nur ein Fünkchen Hoffnung zu lassen. Begreifen Sie nun, weshalb ich fortgehe?«

Noch zur rechten Zeit erinnerte er sich aber jenes gegebenen Versprechens. Er hatte sich ja verpflichtet, der Tochter des John Watkins niemals von dem schönen Traum zu reden, den er sich gewebt, und er hätte sich für verächtlich gehalten, wenn er ein gegebenes Wort brach.

Gleichzeitig empfand er freilich, wie dieser Plan einer überstürzten Abreise, den er unter dem Drucke des erlebten Mißgeschicks gefaßt, doch etwas rücksichtslos erscheinen mußte. Es schien ihm unmöglich, das reizende Kind, welches er liebte, und das ihm – sah er's jetzt doch allzu deutlich – ebenfalls eine aufrichtige, tiefe Zuneigung entgegenbrachte, so ohne alle Vorbereitung, ohne Aufschub zu verlassen.

Der Beschluß, welcher sich ihm zwei Stunden früher mit dem Charakter unbedingter Notwendigkeit aufgedrängt hatte, erschreckte ihn jetzt selbst, und er wagte nicht, ihn ganz auszusprechen. Ja, er verleugnete seine eigentliche Absicht jetzt gleich gänzlich.

»Wenn ich vom Abreisen sprach, Fräulein Alice, so meine ich damit nicht diesen Morgen, auch nicht den heutigen Tag. Ich habe noch verschiedenes aufzuzeichnen . . . noch Vorbereitungen zu treffen . . . jedenfalls werd' ich noch die Ehre haben, Sie wiederzusehen und mit Ihnen über einen weiteren Studienplan zu sprechen!«

Sich schnell auf den Fersen umdrehend, entfloh Cyprien nach diesen Worten wie ein Irrsinniger, stürmte in seine Hütte und warf sich hier in einen hölzernen Stuhl, wo er in tiefes Nachdenken versank.

Sein Gedankengang hatte jetzt eine ganz andere Richtung angenommen.

»Auf soviel Schönheit und Liebreiz verzichten, wegen Mangels an ein wenig Geld!« murmelte er für sich. »Den Kampf schon beim ersten Hindernis aufgeben! Zeigt das soviel Mut, wie ich's mir dachte? Wär's nicht besser, einige Vorurteile zu opfern und danach zu streben, ihrer würdig zu werden? . . . So viele Leute erwarben schon durch Diamantgräberei binnen wenigen Monaten ein hübsches Vermögen; warum sollt' ich selbst das nicht versuchen? Wer hindert mich daran, auch einen Stein von hundert Karat zu finden, wie es anderen geglückt ist, oder noch besser, gleich eine neue Fundstätte zu entdecken? Ohne Zweifel besitze ich mehr theoretische und praktische Kenntnisse als die Mehrzahl jener Leute. Warum sollte mir die Wissenschaft nicht erreichen lassen, was anderen durch rauhe Arbeit mit ein wenig Zufall geglückt ist? Alles in allem wage ich ja bei dem Versuche nicht besonders viel! Selbst mit Rücksicht auf meine Sendung hierher erscheint es am Ende nicht nutzlos, selbst die Hacke zur Hand zu nehmen und das Geschäft als Minengräber zu versuchen. Und wenn es mir gelingt, wenn ich durch dieses einfache Mittel gar reich würde, wer weiß, ob John Watkins dann nicht mit sich reden und zum Widerrufe seiner ersten Entscheidung bewegen ließe. Der Preis verdient es wahrlich, das Abenteuer zu wagen! . . .«

Cyprien begann wieder in seinem Laboratorium auf und ab zu gehen; diesesmal aber blieben seine Hände untätig – seine Gedanken allein waren in Bewegung.

Plötzlich blieb er stehen, ergriff seinen Hut und ging hinaus. Nachdem er den Fußstieg erreicht, der nach der Ebene hinunterführte, wandte er sich schnellen Schrittes der Vandergaart-Kopje zu. In kaum einer Stunde traf er bei dieser ein.

Eben jetzt strömten die Gräber in hellen Haufen nach dem eigentlichen Lagerplatz zum zweiten Frhstück zurück.

Als Cyprien die vielen sonnverbrannten Gesichter an sich vorüberkommen sah,legte er sich die Frage vor, wer wohl imstande sein möchte, die ihm nötige Auskunft auf das, was er zu wissen wünschte, zu erteilen. Da erkannte er unter einer Gruppe Männer das ehrliche Gesicht Thomas Steels, des früheren Bergmanns von Lancashire. Zwei- oder dreimal schon hätte er seit ihrer gemeinsamen Ankunft im Griqualand Gelegenheit gehabt, ihm zu begegnen und sich zu überzeugen, daß der wackere Mann sichtlich wohl gedieh, wie das seine heiteren Züge, der ganz neue Anzug und vor allem der breite Ledergürtel bewies, den er um die Hüften geschlungen trug.

Cyprien beschloß, sich an diesen zu wenden und ihm seine Absichten mitzuteilen, was denn auch bald mit wenigen Worten geschehen war.

»Einen Claim pachten? Nichts leichter als das, wenn Sie das dazu nötige Geld haben«, antwortete ihm der Bergmann. »Gerade neben dem meinigen ist jetzt einer frei. Vierhundert Pfund Sterling (zehntausend Francs = achttausend Mark) ist er unter Brüdern wert. Mit fünf bis sechs Negern, die ihn für Ihre Rechnung bearbeiten, können Sie sich darauf verlassen, pro Woche sieben- bis achthundert Francs Diamanten zu ›machen‹!«

»Ich habe aber nicht zehntausend Francs und auch nicht den kleinsten Negerjungen«, antwortete Cyprien.

»Nun gut, so kaufen Sie einen Claimanteil – ein Achtel oder nur ein Zehntel – und bearbeiten diesen selbst. Hier genügen schon tausend Francs als Anlagekapital.«

»Das vertrüge sich eher mit meinen Mitteln«, erwiderte der junge Ingenieur. »Aber – wenn Sie diese Frage nicht zu unbescheiden finden – wie haben Sie es denn angefangen, Herr Steel, sind Sie denn mit einem solchen Kapital hierher gekommen?«

»Ich kam hierher mit meinen Armen und drei Stückchen Gold in der Tasche«, erklärte der andere. »Aber ich habe freilich Glück gehabt. Zuerst bearbeitete ich auf halben Gewinn ein Achtel, dessen Besitzer lieber im Kaffeehause auf der Bärenhaut lag, als sich um seine Geschäfte zu kümmern. Wir waren übereingekommen, unsere Funde zu teilen, und ich habe deren recht schöne gemacht – vorzüglich einen Stein von fünf Karat, den wir für zweihundert Pfund Sterling verkauften. Dann wurde ich müde, für diesen Tagedieb zu arbeiten und kaufte mir ein Sechzehntel, das ich allein ausbeutete. Da ich hier nur sehr kleine Steine fand, gab ich dasselbe bald, und zwar vor nun zehn Tagen auf. Jetzt grabe ich aufs neue für halbe Rechnung mit einem Manne aus Australien in dessen Claim; in der ersten Woche freilich haben wir für beide nicht mehr als fünf Pfund gemacht.«

»Wenn ich einen Teil eines guten Claims nicht zu teuer zu kaufen fände, wären Sie dann vielleicht geneigt, denselben mit mir auszubeuten?« fragte der junge Ingenieur.

»Das versteht sich«, antwortete Thomas Steel, »jedoch unter der Bedingung, daß jeder von uns für sich behält, was er eben findet; das sage ich nicht etwa aus Mißtrauen gegen Sie, Herr Méré! Aber sehen Sie, seit ich hier bin, hab' ich bemerkt, daß ich beim Teilen allemal einbüße, weil ich mich auf Spitzaxt und Haue verstehe und zwei- oder dreimal soviel Gesteinmenge losschlage als die anderen.«

»Das scheint mir dann nicht mehr als billig«, antwortete Méré.

»Ah«, rief da plötzlich der Lancashiremann, ihn unterbrechend, »ein Gedanke, vielleicht ein ganz guter. Wenn wir nun zusammen einen der Claims von John Watkins annähmen?«

»Wie? Einen von seinen Claims? Gehört ihm denn der Grund und Boden der Kopje nicht ganz allein?«

»Gewiß, Herr Méré; Sie wissen aber doch, daß die Kolonialregierung denselben sofort mit Beschlag belegt, sobald in einem Stück Land ein Diamantenlager entdeckt wird. Dann verwaltet dasselbe die Regierung, katastriert und zerstückelt es in Claims, bezieht auch den größten Teil der Konzessionsgelder und zahlt an den Eigentümer nur eine bestimmte Rente. Die letztere bildet, wenn die Kopje so ausgedehnt ist wie hier, immerhin ein beträchtliches Einkommen, außerdem bleibt dem Bodenbesitzer noch das Vorkaufsrecht auf so viel Claims, wie er bearbeiten zu lassen imstande ist. So liegt die Sache auch mit John Watkins. Außer seinem Eigentumsrecht an der ganzen Mine läßt er mehrere Teile derselben für eigene Rechnung ausbeuten. Er kann das aber nicht so eifrig betreiben, wie er's wohl wünschte, weil ihn die Gicht hindert, selbst an Ort und Stelle zu erscheinen, und ich glaube, er würde ganz annehmbare Bedingungen stellen, wenn Sie ihm vorschlügen, einen solchen Claim zu übernehmen.«

»Ich würde es lieber sehen, wenn der Abschluß des Geschäftes nur zwischen ihm und Ihnen erfolgte«, entgegnete Cyprien.

»Darauf soll mir's auch nicht ankommen«, meinte Thomas Steel; »die Geschichte soll sehr bald im reinen sein!«

Drei Stunden später war der halbe Claim Nummer 942, der mit Pfählen abgesteckt und auf einer Karte eingezeichnet war, in vorschriftsmäßiger Form an Herrn Méré und Thomas Steel gegen Zahlung einer Summe von neunzig Pfund Sterling (1800 Mark) überlassen, wofür jene das Patentrecht auf denselben erwarben. Außerdem stellte der Vertrag fest, daß die Konzessionäre mit John Watkins die Ausbeute ihrer Arbeit zu teilen und ihm, unter dem Titel der »Royalty«, die drei ersten Diamanten von über sechs Karat Rohgewicht auszuliefern hätten. Nichts wies zwar von vornherein darauf hin, daß dieser Fall eintreten würde, indes er konnte sich ja doch ereignen – wie ja eben alles möglich ist.

Alles in allem verdiente das Geschäft für Cyprien ein sehr vorteilhaftes genannt zu werden, und Mr. Watkins erklärte ihm das auch, nach Unterzeichnung des Kontraktes und während er ihm darauf zutrank, in seiner gewöhnlichen offenherzigen Weise.

»Sie haben da enien glücklichen Griff getan, junger Freund«, sagte er, ihm auf die Schulter klopfend. »In Ihnen steckt ein gesunder Kern! Ich würde mich nicht im geringsten wundern, Sie zum besten unserer Diamantengräber im Griqualand werden zu sehen!«

Cyprien konnte in diesen Worten nur eine glückverheißende Prophezeiung bezüglich seiner Zukunft erkennen.

Und Miß Watkins, welche der Verhandlung beiwohnte, hatte einen so sonnenhellen Blick in ihren Augen! Nein, kein Mensch hätte geglaubt, daß diese den lieben langen Morgen lang geweint hatten.

Unter stillschweigender Übereinkunft wurde des peinlichen Auftrittes vom gestrigen Morgen mit keiner Silbe Erwähnung getan. Cyprien blieb eben da, das lag auf der Hand, und das war ja im Grunde die Hauptsache.

Der junge Ingenieur ging also mit weit leichterem Herzen fort, um seinen Auszug vorzubereiten, obgleich er in einer größeren Reisetasche nur einige Kleidungsstücke mitnahm, denn er gedachte wohl bei der Vandergaart-Kopje unter einem Zelte zu wohnen, seine Mußestunden aber wie bisher auf der Farm zuzubringen.

Fünftes Kapitel

Erste Abbauversuche

Am frühen Morgen des folgenden Tages begaben sich die beiden Compagnons an die Arbeit. Ihr Claim lag nahe dem Rande der Kopje und mußte, wenn Cyprien Mérés Theorie sich bestätigte, zu den reicheren gehören. Leider war dieser Claim schon stark abgebaut und reichte bis zur Tiefe von einigen fünfzig Metern in die Erde hinab.

In gewisser Hinsicht durfte das aber wieder als ein Vorzug gelten, weil infolge seiner alle Nachbarclaims übertreffenden Tieflage nach bestehendem Landesgesetz alle Erdmassen und folglich die etwa darin befindlichen Diamanten, welche von der Umgebung her hineinfielen, den Inhabern desselben gehörten.

Die Arbeit selbst war höchst einfach. Die beiden Teilhaber lösten zuerst mit Spitzhaue und Hacke einen Teil Erdreich regelrecht los. Darauf begab sich der eine nach der Mündung der Grube und zog an dem langen Drahtkabel die ihm von unten zugesendeten Ledereimer in die Höhe.

Das Erdreich wurde von hier aus mittelst Karrens nach der Hütte Thomas Steels geschafft. Nachdem es hier mit groben Holzscheiten zerkleinert und von wertlosen Kieselsteinen befreit war, gelangte dasselbe in ein Sieb mit Maschen von fünfzehn Millimeter Weite, um davon die kleineren Steine zu trennen, welche nun aufmerksam durchgesehen wurden, um die auf den ersten Blick wertlosen beiseite zu werfen. Endlich gelangte die Erde in ein feinmaschiges Sieb, durch welches nur der Staub daraus entfernt wurde, und war nun in dem erwünschten Zustande, um einer ganz sorgfältigen Prüfung unterworfen zu werden.

Nachdem dieselbe auf einen Tisch ausgeschüttet worden war, an dem die beiden Steinsucher Platz nahmen, ließen sie jene mittelst eines Art Schabers aus Weißblech mit größter Aufmerksamkeit eine Handvoll nach der anderen Revue passieren und warfen sie schließlich unter den Tisch, von wo aus sie später hinausgeschafft und an beliebiger Stelle aufgehäuft wurde.

Alle diese Maßnahmen liefen darauf hinaus, in derselben, wenn sie einen solchen enthielt, einen Diamanten zu finden, wär' er auch nicht größer als eine halbe Linse gewesen. Wie glücklich schätzten sich dann die Geschäftsteilhaber, wenn ein Tag nicht ohne Entdeckung eines solchen verlief! Sie wendeten sich ihrer Aufgabe mit wahrem Feuereifer zu und untersuchten das Erdreich ihres Claims mit peinlichster Genauigkeit; alles in allem gestalteten sich jedoch während der ersten Tage die Ergebnisse ihrer Mühen fast ganz negativ.

Vorzüglich schien Cyprien das Glück nicht günstig. Wenn sich ein kleiner Diamant fand, so war es fast stets Thomas Steel, der ihn entdeckte. Der erste, den er das Glück hatte herauszufinden, wog, selbst die anhaftende Gangart mitgerechnet, kaum ein sechstel Karat.

Der Karat ist ein Gewicht von vier Gran und entspricht nahezu einem Fünftel Gramm*. Ein Diamant erster Güte, der vollständig rein, durchsichtig und farblos ist, und 1 Karat wiegt, wertet in geschnittenem Zustande etwa 200 Mark oder 100 fl österreichischer Währung. Wenn die weniger wiegenden Steine einen verhältnismäßig nur sehr geringen Preis bedin-

*Genau, d. h. für die dortige Gegend, 0 · 2052 Gramm, während er an anderen Orten von 0 · 1979 (Amboina) bis 0 · 2159 Gramm (Livorno) differiert. Amsterdam selbst rechnet 1 Karat = 0 · 2057 Gramm.

gen, so steigt dieser dafür sehr schnell bei den größeren und schwereren. Im allgemeinen rechnet man den Handelswert eines Steines vom reinsten Wasser gleich dem Quadrate seines in Karaten ausgedrückten Gewichts, multipliziert mit obigem Karatpreise. Schätzt man demnach den Wert eines Karats fehlerlosen Diamants auf zweihundert Reichsmark, so würde ein Stein von derselben Güte und zehn Karat Gewicht hundertmal so viel oder 20000 Reichsmark (10000 fl österreichische Währung) kosten.

Kristalle von zehn Karat, ja selbst solche von nur einem Karat, sind aber verhältnismäßig selten und nur deshalb bedingen sie einen so hohen Kaufpreis. Hierbei ist noch zu bemerken, daß die Diamanten aus dem Griqualand meist einen gelblichen Schein haben; ein Umstand, der ihren Handelswert nicht unbeträchtlich herabmindert.

Die Auffindung eines Steinchens von einem sechstel Karat nach sieben- oder achttägiger Arbeit bildete gewiß eine sehr dürftige Entschädigung für die darauf verwendete Mühe und Arbeit. Bei einem solchen Lohne wäre es einträglicher gewesen, das Feld zu bearbeiten, Herden zu hüten, oder auf den Landstraßen Steine zu klopfen. Dieser Gedanke kam auch Cyprien wiederholt in den Sinn. Indes erhielt die Hoffnung, einmal einen schönen Diamanten zu finden, der mit einem Schlage die Arbeit mehrerer Wochen, selbst mehrerer Monate aufwiegen könnte, ihn ebenso aufrecht wie andere, und selbst die wenigst vertrauensseligen Steingräber. Thomas Steel machte sich, wenigstens dem äußeren Anscheine nach, über so etwas gar keine Gedanken und arbeitete mit der einmal angenommenen Geschwindigkeit mehr maschinenmäßig weiter.

Die beiden Geschäftsgenossen frühstückten meist zusammen, wobei sie sich mit Sandwichbrötchen und Bier begnügten, was an einem Buffet unter freiem Himmel verkauft wurde, zu Mittag aßen sie dagegen an einer der gemeinsamen Tafeln, an welche sich die Insassen des ganzen Lagers verteilten. Am Abend, wenn sie sich trennten, um jeder seines Weges zu gehen, begab sich Thomas Steel gewöhnlich nach einer Billardstube, während Cyprien für eine oder zwei Stunden die Farm aufsuchte.

Hier hatte der junge Ingenieur öfter das Mißvergnügen, seinen Rivalen, James Hilton, zu treffen, einen großen Burschen mit rötlichem Haar, sehr weißem Teint, dessen Gesicht mit den kleinen Fleckchen übersät war, die man Epheliden (d. h. Sommersprossen) nennt. Daß dieser Wettbewerber offenbar große Fortschritte in der Gunst John Watkins' machte, indem er noch tapferer Gin trank und noch mehr Hamburger Kanaster rauchte als jener, lag ihm deutlich genug auf der Hand.

Alice schien freilich die bäuerischen Artigkeiten und die sehr platten Reden des jungen Hilton nur mit großem Widerwillen entgegenzunehmen. Seine Gegenwart wurde Cyprien darum jedoch nicht minder unerträglich. Wenn's ihm dann zuweilen zu arg wurde und er fürchten mußte, sich nicht genügend beherrschen zu können, sagte er der Gesellschaft schnell gute Nacht und lief aus der Farm davon.

»Der Franzose ist nicht bei guter Laune«, meinte dann John Watkins, seinem Trinkgenossen mit den Augen zublinzelnd. »Es scheint, als ob die Diamanten nicht von allein unter seine Hacke kämen.«

James Hilton schlug darüber ein rohes, lärmendes Gelächter auf.

An solchen Abenden verbrachte dann Cyprien gewöhnlich die noch übrige Zeit bei einem alten, grundehrlichen Boer namens Jacobus Vandergaart, der ganz in der Nähe des Lagers wohnte.

Eben von seinem Namen rührte die Bezeichnung der Kopje her, deren Grund und Boden er zur ersten Zeit der Konzessionen besessen hatte. Man durfte wohl seiner Behauptung glauben, daß er nur durch Verweigerung der Rechtspflege zugunsten John Watkins' um sein Eigentum gekommen war. Jetzt so gut wie ruiniert, lebte er in einer alten Lehmhütte und betrieb sein Geschäft als Diamantenschneider wie früher in Amsterdam, seiner Vaterstadt, von neuem.

Es kam nämlich ziemlich häufig vor, daß die Minengräber, begierig, das wirkliche Gewicht ihrer Steine nach dem Schnitte zu erfahren, ihm dieselben brachten, entweder, um sie nur zu spalten, oder sie auch noch feinerer Bearbeitung zu unterziehen. Solche Arbeiten verlangen aber eine sichere Hand und ein scharfes Auge, und der alte Jacobus Vandergaart, früher ein ausgezeichneter Diamantenschneider und Schleifer, hatte jetzt oft große Mühe, den an ihn gestellten Anforderungen zu entsprechen.

Cyprien, der ihm seinen ersten Diamanten zur Fassung in einen Ring übergeben hatte, empfand bald eine herzliche Zuneigung zu dem Alten. Er saß gern in der bescheidenen Werkstätte, um ein Stündchen zu verplaudern, oder allein, um dem Insassen Gesellschaft zu leisten, während dieser an seinem Steinschneidertische tätig blieb. Mit seinem weißen Barte, der kahlen Stirn, auf der ein schwarzes Sammetkäpsel thronte, mit der langen Nase und der großen rundglasigen Brille darauf bot

Jacobus Vandergaart ganz den Anblick eines Alchemisten des fünfzehnten Jahrhunderts mitten unter seinen wunderlichen Werkzeugen und geheimnisvollen Flaschen.

In einer nahe dem Fenster angebrachten Mulde befanden sich die rohen Diamanten, welche Jacobus Vandergaart anvertraut worden waren, und die zuweilen einen sehr beträchtlichen Wert darstellten. Wollte er einen solchen spalten, dessen Kristallisation seiner Ansicht nach zu wünschen übrig ließ, so begann er damit, mit Hilfe eines Vergrößerungsglases die Spaltflächen aufzusuchen, welche alle Kristalle in Lamellen mit parallelen Seiten teilen; dann machte er mit der Schneide eines schon gespaltenen Diamanten in gewünschter Richtung einen Ritz, setzte eine feine Stahlklinge in diesen ein und führte einen kurzen Schlag darauf.

Damit war der Diamant an einer Fläche gespalten, und dieses Verfahren wurde nachher bezüglich der anderen wiederholt.

Wollte Jacobus Vandergaart dagegen den Stein schneiden oder, um es deutlicher auszudrücken, nach bestimmter Form schleifen, so zeichnete er zunächst dessen Gestalt auf die umgebende Gangart und deutete darauf die beabsichtigten Facetten an. Dann brachte er jeden dieser Steine in Berührung mit einem zweiten Diamanten und setzte einen gegen den anderen einer langen Reibung aus. Die beiden Steine schliffen sich dabei gegenseitig ab und nach und nach trat die eigentliche Facette zutage.

Auf diese Weise gab Jacobus Vandergaart dem Edelstein eine der jetzt durch langen Gebrauch eingeführten Formen, welche alle unter die folgenden Abteilungen fallen: Der »Brillant von doppeltem Gut«, der »Brillant von einfachem Gut« und die »Rosette«.

Der doppelte Brillant besteht aus vierundsechzig Facetten, einer Tafel und der Culasse.

Der Brillant von einfachem Gut bildet oben nur die Hälfte des vorigen. Die Rosette hat nur einen flachen Unterteil und einen kuppelartig von Facetten unterbrochenen Oberteil.

Ausnahmsweise hatte Jacobus Vandergaart wohl auch eine »Briolette«, d. h. einen Diamant zu schneiden, der ohne eigentliches Ober- und Unterteil mehr die Gestalt einer Birne hat. In Indien versieht man die Brioletten mit einem Loche in der Nähe des dünneren Endes, um eine Schnur hindurchzuziehen.

»Pendeloques« dagegen, welche der alte Steinschneider weit häufiger unter die Hände bekam, bilden nur Halbbirnen mit Tafel und Culasse, die an der Vorderseite Facetten tragen.

Wenn der Diamant geschnitten ist, muß er, um vollkommen zu sein, noch poliert werden. Das geschieht mittelst einer Art Schleifscheibe aus hartem Stahl von etwa achtundzwanzig Zentimeter Durchmesser, welche parallel mit der Tischplatte läuft und sich, getrieben von einem großen Schwungrad mit Handgriff, zwei- bis dreitausendmal in der Minute dreht. Gegen diese eingeölte und mit von früheren Schliffen herrührendem Diamantstaub überpuderte Scheibe drückte Jacobus Vandergaart eine nach der anderen die Seiten seines Steines, bis dieselben eine hinreichende Politur angenommen hatten. Das Schwungrad wurde bald von einem kleinen Hottentotten in Bewegung gesetzt, den er tageweise mietete, bald von einem Freunde wie Cyprien, der sich nicht nehmen ließ, ihm diesen Dienst gelegentlich aus Gefälligkeit zu erweisen.

Während der Arbeit wurde dann munter geplaudert. Oft schob Jacobus Vandergaart die Brille auf die Stirn und hielt kurze Zeit inne, um irgendeine Geschichte aus vergangener Zeit zu erzählen.

Von Südafrika, das er seit vierzig Jahren bewohnte, wußte er sehr viel zu berichten. Daß seine Unterhaltung einen eigenen Reiz hatte, lag darin, daß sie die Überlieferungen des Landes widerspiegelte, welche noch heute frisch im Andenken sind.

Vor allem wurde der alte Steinschneider niemals müde, seinen patriotischen und persönlichen Kummer zu schildern. Die Engländer waren in seinen Augen die abscheulichsten Diebe, welche die Erde je gesehen. Die Verantwortlichkeit für seine wohl etwas übertriebenen Anschauungen muß auf ihm ruhen bleiben, doch kann man ihm dieselben wohl einigermaßen verzeihen.

»Das ist nicht zu verwundern«, wiederholte er gern, »daß die Vereinigten Staaten von Nordamerika sich für unabhängig erklärt haben, ebenso wie Indien und Australien bald dasselbe tun dürften. Welches Volk möchte eine solche Tyrannei ertragen? ... Oh, Herr Méré, wenn der Welt alle die Ungerechtigkeiten bekannt wären, welche diese auf ihre Geldsäcke und ihre Macht zur See so stolzen Engländer verübt haben, dann hätte die menschliche Sprache nicht harte Ausdrücke genug, sie ihnen ins Gesicht zu schleudern.

Soll ich Ihnen erzählen, was sie mir, der ich mit Ihnen spreche, angetan haben?« fuhr Jacobus Vandergaart fort. »Hören Sie mich an und dann werden Sie ja urteilen können, ob man darüber zweierlei Meinung sein kann.«

Da Cyprien ihm versicherte, daß ihm das große Freude machen werde, fuhr das Männchen fort wie folgt:

»Ich bin in Amsterdam im Jahre 1806 auf einer Reise, die meine Eltern dahin gemacht hatten, geboren. Später kam ich dahin zurück, um mein Geschäft zu erlernen; meine ganze Kindheit verlief dagegen am Kap, wohin meine Familie schon vor fünfzig Jahren ausgewandert war. Wir waren Holländer und stolz darauf, es zu sein, als Großbritannien sich plötzlich der Kolonie - provisorisch, wie es hieß - bemächtigte. John Bull läßt aber nicht wieder los, was er einmal gepackt, und 1815 wurden wir durch das auf einem Kongreß versammelte Europa feierlich für Untertanen des Vereinigten Königreichs erklärt.

Ich frage Sie, was hatte Europa sich in die Angelegenheiten unserer afrikanischen Provinzen einzumischen?

Ja, für englische Untertanen, aber wir wollten das nicht sein, Herr Méré! In der Überzeugung, daß Afrika groß genug sei, uns ein Vaterland zu geben, das uns, uns allein gehörte, verließen wir die Kapkolonie und wanderten nach den noch wilden Ländereien aus, welche jenes Land im Norden begrenzen. Man nannte uns ›Boers‹, d. h. Bauern oder auch ›Voortrekkers‹, das heißt etwa Pioniere oder Vorzügler.

Kaum hatten wir das neue Land gepflügt, kaum uns durch schwere Arbeit eine unabhängige Existenz geschaffen, da kam die britische Regierung und nahm uns als die ihrigen in Anspruch - immer unter dem Vorwande, daß wir englische Untertanen seien!

Das gab Anlaß zu unserem großen Auszuge im Jahre 1833. Aufs neue verließen wir das Land in Masse. Nachdem wir auf die mit Ochsen bespannten Wagen unsere Hausgeräte, Werkzeuge und die Getreidevorräte verladen hatten, drangen wir noch weiter in die Wüstenei ein.

Zu jener Zeit war das Gebiet von Natal fast ganz entvölkert. Ein blutdürstiger Eroberer namens Tchaka, ein wirklicher Neger-Attila aus dem Zuluvolke, hatte hier von 1812 bis 1828 fast eine Million Menschen hingeschlachtet. Auch sein Nachfolger Dingaan herrschte daselbst noch durch Schrecken. Dieser wilde König war es jedoch, der uns gestattete, in dem Lande Niederlassungen zu gründen, da, wo sich heute die Städte Durban und Port-Natal erheben.

Der schurkische Dingaan hatte dabei jedoch stets den Hintergedanken gehabt, uns zu überfallen, wenn unsere Gemeinde einigermaßen gediehen wäre. Deshalb bewaffnete sich jeder, um Widerstand zu leisten, und es war nur unter unerhörten Anstrengungen und, ich darf wohl sagen, durch wahre Wunder von Tapferkeit möglich, daß wir in über hundert Gefechten, in denen unsere Frauen und Kinder an unserer Seite kämpften, im Besitz des Landes bleiben konnten, das wir mit unserem Schweiße, mit unserem Blute gedüngt hatten.

Kaum war jedoch der schwarze Despot überwunden und seine Macht zertrümmert, als der Gouverneur des Kaps britische Truppen sandte mit dem Auftrage, das Gebiet von Natal im Namen Ihrer Majestät der Königin von England zu besetzen! ... Sie sehen, wir waren noch immer englische Untertanen! Das geschah im Jahre 1842.

Andere ausgewanderte Landsleute hatten inzwischen den Transvaal erobert und auf dem Oranjeflusse die Macht des Tyrannen Moselekatze gebrochen. Auch sie mußten sich gefallen lassen, durch einfachen Tagesbefehl das neue Vaterland konfisziert zu sehen, das sie mit so viel Leid und Ungemach erworben hatten.

Ich übergehe alle Einzelheiten. Der Kampf währte zwanzig Jahre lang. Wir zogen immer weiter, und immer streckte Großbritannien seine gierige Hand nach uns aus, wie über ebenso viele Leibeigene, die noch immer der Scholle angehörten, selbst wenn sie diese verlassen hatten.

Endlich, nach unendlicher Mühe und blutigen Kämpfen, gelang es, die Anerkennung unserer Unabhängigkeit in dem Oranje-Freistaate durchzusetzen. Eine von der Königin Victoria unterzeichnete und vom 8. April 1854 datierte Proklamation sicherte uns den freien Besitz des Landes und das Recht beliebiger Selbstregierung zu. Wir bildeten uns endgültig zur Republik um, und niemand könnte behaupten, daß unser auf peinliche Beobachtung der Gesetze begründeter Staat, in welchem jedes individuelle Vermögen sich nach Gutdünken entwickeln kann und wo allen Klassen ein möglichst gründlicher Unterricht zugänglich gemacht ist, nicht vielen anderen Nationen, die sich vielleicht für weit zivilisierter halten als unser kleiner Staat in Südafrika, als Muster dienen könnte.

Das Griqualand war ein Teil desselben. Hier hatte ich mich niedergelassen, und zwar in demselben Häuschen, in dem wir uns augenblicklich befinden, hier wohnte ich mit meinem Weibe und meinen beiden Kindern. Meinen Kraal oder das Gehege errichtete ich an der Stelle der Mine, wo Sie jetzt arbeiten. Zehn Jahre später kam John Watkins in das Land und erbaute hier seine erste Hütte. Damals wußte man noch nicht, daß diese Terrains Diamanten enthielten, und was mich angeht, hatte ich seit mehr als zwanzig Jahren so wenig Gelegenheit gehabt, mein altes Gewerbe zu betreiben, daß ich mich kaum des Vorhandenseins jener kostbaren Steine entsann.

Plötzlich, gegen 1867, verbreitete sich das Gerücht, daß unser Gebiet Diamanten enthalte. Ein Boer von den Ufern des Haart hatte Diamanten selbst im Kote von Straußen und sogar in den Lehmmauern seiner Farm aufgefunden.*

Treu ihrem Raubsystem und alle Verträge und Rechte mißachtend, erklärte die englische Regierung gleich darauf, daß das Griqualand ihr gehöre.

Vergeblich erhob unsere Republik Einspruch. Vergeblich erbot sie sich, die Meinungsverschiedenheiten dem Schiedsspruche eines europäischen Fürsten zu unterbreiten ... England wies eine solche Entscheidung zurück und besetzte einfach unser Gebiet.

Nun hätte man wenigstens noch erwarten sollen, daß von unseren ungerechten Herren die Rechte der Privatpersonen geachtet werden würden! Ich, der ich Witwer geworden war und bei der furchtbaren Epidemie des Jahres 1870 meine Kinder verloren hatte, fühlte nicht mehr den Mut, noch einmal ein neues Vaterland aufzusuchen und mir noch einmal einen Herd zu gründen, den sechsten oder siebenten während meiner langen Lebensbahn. Ich blieb also im Griqualand.

Fast den einzigen hier, ließ mich das Diamantenfieber, das alle Welt befiel, ganz unberührt, und nach wie vor baute ich meinen Gemüsegarten, als ob die Fundstätte des Du Toits Pan, einen Büchsenschuß von meinem Hause, gar nicht entdeckt worden wäre.

Wie groß aber war eines Tages mein Erstaunen, als ich die nach Landessitte aus trockenen Steinen errichtete Mauer meines Krals während einer Nacht zerstört und dreihundert Meter weiter nach der Ebene zu fortgeschafft sah. Anstelle der meinigen hatte John Watkins mit Hilfe von hundert Kaffern eine andere errichtet, welche sich direkt an die seinige anschloß und

---

*Dieser Boer hieß Jacobs. Ein gewisser Niekirk, ein holländischer Händler, der hier in Gesellschaft eines Straußjägers namens O'Reilly hindurchkam, erkannte in den Händen der Kinder des Boers als Spielzeug einen Diamanten, den er für wenig Sous kaufte und für 12 500 Francs an Sir Philipp Wordehouse, den Gouverneur der Kapkolonie, wieder veräußerte. Der betreffende Stein wurde sofort kunstgerecht bearbeitet und nach Paris geschickt, wo er in der Weltausstellung auf dem Marsfelde im Jahre 1867 eine Stelle fand. Seit dieser Zeit ist dem Boden im Griqualande alljährlich an Diamanten ein Wert von 32 Millionen Mark entnommen worden. Als merkwürdiger Umstand verdient angeführt zu werden, daß das Vorkommen von Diamantlagerstätten in diesem Lande früher einmal bekannt gewesen und später wieder vergessen worden ist. Alte Landkarten aus dem fünfzehnten Jahrhundert tragen an solchen Stellen die Bemerkung: »Here Diomonds« = »Hier gibt es Diamanten.«

seinem Grund und Boden das Stück sandige, rötliche Land hinzufügte, welches bis zur Stunde mein unbestrittenes Eigentum gewesen war.

Ich beklagte mich gegen diesen Räuber . . . er lachte nur darüber. Ich drohte ihm, eine gerichtliche Klage anhängig zu machen . . . Er meinte, ich solle es nur tun!

Drei Tage später erhielt ich die Erklärung dieses Rätsels. Die mir gehörige Bodenausbuchtung war eine Diamantenmine. Nachdem John Watkins diese Überzeugung gewonnen, hatte er sich beeilt, meine Mauer zu rücken. Dann war er nach Kimberley gegangen, um offiziell die Mine auf seinen Namen anzumelden.

Ich erhob Klage . . . Möchten Sie nie erfahren, Herr Méré, was es in englischem Lande kostet, eine Klage zu führen! Nach und nach verlor ich darüber meine Ochsen, meine Pferde, meine Schafe! Ich verkaufte das ganze Hausgerät, bis auf die Kleidermotten, um diese menschlichen Blutegel, welche man Solicitors, Attorneys, Sheriffs und Gerichtsdiener nennt, zu mästen . . . Kurz, nach einem Jahre voller Winkelzüge, voller Erwartung, immer getäuschter Hoffnung, voll Angst und innerlicher Empörung wurde schließlich die Frage meines Eigentumsrechts endgültig geregelt, ohne daß ich dagegen Einspruch erheben oder die Entscheidung kassieren lassen konnte.

Ich verlor meinen Prozeß und zugrunde gerichtet war ich obendrein! Ein Urteil in aller Form erklärte meine Ansprüche als unbegründet, wies meine Klage ab und erklärte, daß es dem Gerichtshofe unmöglich sei, die anteiligen Rechte der Parteien zu erkennen, daß es sich dagegen empfehle, für die Zukunft eine bestimmte Grenze festzustellen. So bestimmte man den 25. Grad östlicher Länge von Greenwich als die Linie, welche beide Besitzungen trennen sollte. Das westlich von diesem Meridian gelegene Terrain sollte John Watkins verbleiben, das östlich desselben befindliche Jacobus Vandergaart angehören. Diese auf den ersten Blick eigentümliche Entscheidung war den Richtern durch den Umstand nahegelegt, daß jener 25. Grad über das Gebiet des Bezirks und quer durch den Grund und Boden verläuft, auf dem sich früher mein Kral befunden hatte.

Die Mine lag aber leider mehr nach Westen zu. Sie ging damit natürlich in das Eigentum John Watkins' über.

Trotzdem, und wie um die Ansicht des Landdes durch einen unauslöschlichen Flecken zu verewigen, wird dieselbe im Gegensatz zu dem richterlichen Ausspruche noch heute die Van-

dergaart-Kopje genannt!
Nun sagen Sie, Herr Méré, hab' ich nicht das volle Recht zu sagen, daß die Engländer Spitzbuben sind?« fragte der alte Boer, als er seine nur zu wahrheitsgetreue Erzählung beendigte.

Sechstes Kapitel

Lagergebräuche

Man wird gerne zugestehen, daß der Inhalt dieses Gesprächs für den jungen Ingenieur nicht besonders angenehm war. Er konnte einer solchen Bemäkelung der Ehrenhaftigkeit des Mannes, den er noch immer heimlich als zukünftigen Schwiegervater betrachtete, keinen Geschmack abgewinnen. Dehalb gewöhnte er sich auch bald, die Ansichten des Jacobus Vandergaart über die Angelegenheit mit der Kopje als einer fixen Idee entsprungen zu betrachten, von der man gewiß vieles abziehen müsse.

John Watkins, dem gegenüber er diese Sache einmal mit zwei Worten erwähnte, hatte erst statt jeder Antwort laut aufgelacht und dann den Zeigefinger unter Kopfschütteln an die Stirne gelegt, wie um auszudrücken, daß es mit dem Verstand des alten Vandergaart nicht mehr ganz richtig sei.

War es denn nicht wirklich möglich, daß der Greis unter dem Eindruck der Entdeckung der Diamantenmine sich ohne hinreichenden Grund nur in den Kopf gesetzt hatte, dieselbe sei eigentlich sein Eigentum? Jedenfalls hatte doch das Gericht ihm allseitig Unrecht gegeben, und man durfte doch als unwahrscheinlich ausschließen, daß die Richter absichtlich Recht für Unrecht angesehen hatten. Das sagte sich der junge Ingenieur zur Selbstentschuldigung, wenn er noch ferner mit John Watkins Umgang pflog, nachdem er erfahren, was Jacobus Vandergaart über diesen dachte.

Ein anderer Lagernachbar, bei dem Cyprien gelegentlich einmal gern vorsprach, weil er bei diesem das Leben des Boers in seiner ursprünglichen Färbung antraf, war ein Farmer namens Mathys Pretorius, der unter allen Diamantengräbern des Griqualandes wohl bekannt war.

Obgleich erst vierzig Jahre alt, war doch Mathys Pretorius schon lange am weiten Becken des Oranjeflusses umhergeirrt, ehe er sich in diesem Lande ansiedelte. Das Nomadenleben hatte auf ihn aber nicht, wie auf Jacobus Vandergaart, die Wirkung, ihn magerer und reizbarer zu machen. Er war dabei vielmehr dick und fett und das in solchem Maße geworden, daß er sich kaum auf den Füßen bewegen konnte. Man hätte ihn mit einem Elefanten vergleichen können.

Fast stets in einem ungeheuren Holzlehnstuhle sitzend, der ganz eigens für ihn gebaut war, um seine gewaltigen Körperformen aufzunehmen, verließ Mathys Pretorius das Haus nur im Wagen, in einer Art Preschwagen aus Weidengeflecht, vor den ein riesiger Strauß gespannt war. Die Leichtigkeit, mit welcher der Stelzfüßler die enorme Masse hinter sich herzog, lieferte einen sprechenden Beweis für die Kraft seiner Muskeln.

Mathys Pretorius kam gewöhnlich nur nach dem Lager, um mit den Kantinenwirten einen Handel in Gemüse abzuschließen. Er war höchst populär, leider von wenig beneidenswerter Popularität, weil diese sich auf seine ganz außergewöhnliche Verzagtheit gründete. Die Steingräber machten sich's auch häufig zum Vergnügen, ihm durch Erzählungen von tausend Dummheiten einen entsetzlichen Schrecken einzujagen.

Bald wurde ihm ein bevorstehender Einfall von Bassutos oder Zulus gemeldet; bald wieder stellte man sich in seiner Gegenwart so, als lese man in einer Zeitung einen Gesetzvorschlag, wonach in den englischen Besitzungen jedes Individuum von über dreihundert Pfund Gewicht den Tod erleiden sollte. Oder man ließ ihn auch hören, daß sich ein toller Hund auf der Straße von Driesfontein gezeigt habe, und der arme Mathys Pretorius, der diesen Weg einschlagen mußte, um nach Hause zu gelangen, erfand dann tausend Ausflüchte, um im Lager zurückzubleiben. Seine eingebildeten Befürchtungen verschwanden jedoch noch immer gegenüber der ernsthaften Angst, die ihn wegen etwaiger Entdeckung einer Diamantenmine auf seinem Grund und Boden plagte.

Er entwarf sich schon im voraus ein entsetzliches Gemälde von dem, was dann geschehen müsse, wenn die habgierigen Menschen über seinen Gemüsegarten herfielen, seine Beete umwühlten und ihn dann gar an die Luft setzten! Die Engländer würden schon Anhaltspunkte finden, um nachzuweisen, daß das Land eigentlich ihnen gehöre.

Wenn sich solche düstere Vorstellungen seines Gehirns bemächtigten, schnürten sie ihm fast die Kehle zu. Wenn er unglücklicherweise einen »Prospekteur«* sah, der um sein Ge-

---

*So nennt man die Leute, welche zur Aufsuchung eines Lagers von Mineralien oder wertvollen Steinen ausziehen, indem sie sich entweder rein auf den Zufall verlassen, solche zu entdecken, oder auch in mehr systematischer Weise dabei zu Werke gehen.

höft umherirrte, so konnte er weder essen noch trinken! Und dennoch wurde der Mann alle Tage dicker.

Einer seiner hartnäckigsten Verfolger war jetzt Annibal Pantalacci. Der boshafte Neapolitaner – der nebenbei sehr gut zu gedeihen schien, denn er ließ drei Kaffern in seinem Claim arbeiten und trug einen sehr großen Diamanten im Brustlatze des Hemdes – hatte bald die Schwäche des unglücklichen Boers herausgefunden. So machte er sich wenigstens einmal jede Woche das ziemlich zweifelhafte Vergnügen, in der Umgebung der Farm Pretorius Bodenuntersuchungen anzustellen oder wenigstens die Erde oberflächlich aufzugraben.

Das Gebiet dieser Farm erstreckte sich am linken Ufer des Vaal etwa zwei Meilen über das Lager hinaus und enthielt Alluvialboden, der in der Tat recht wohl Diamanten bergen konnte, obwohl bis auf den heutigen Tag dafür kein weiterer Beweis erbracht worden war.

Um diese alberne Komödie desto wirksamer zu machen, hielt Annibal Pantalacci darauf, stets in Sicht und vor den Fenstern Mathys Pretorius' Aufstellung zu nehmen, und meist schleppte er auch mehrere Kameraden mit, um denselben durch seine Neckereien einen Spaß zu bereiten.

Dann konnte man sehen, wie der hinter den Baumwollvorhängen halb erstarrte Mann ängstlich ihren Bewegungen folgte, jede Miene der Leute belauschte und sich immer bereit hielt, nach dem Stall zu laufen, um seinen Strauß einzuspannen und zu entfliehen, wenn er einen feindlichen Einfall in sein Gebiet befürchten zu müssen glaubte.

Warum hatte er aber auch das Unglück gehabt, einem seiner Freunde anzuvertrauen, daß er Tag und Nacht seinen Zugvogel angezäumt halte und die Sitzkasten seines Wagens schon mit Mundvorrat versehen habe, um bei den ersten entscheidenden Erscheinungen Reißaus nehmen zu können?

»Dann gehe ich zu den Buschmännern!« sagte er. »Schon vor zehn Jahren trieb ich mit ihnen Elfenbeinhandel, und ich versichere Ihnen, es ist hundertmal besser, inmitten der Wilden und der Löwen und Schakale zu leben, als unter diesen unersättlichen Engländern zu wohnen!«

Der Vertraute des unglücklichen Farmers hatte aber – nach unveränderlicher Gewohnheit aller Vertrauten – nichts Eiligeres zu tun, als diese seine Projekte aller Welt auszuschwatzen. Es braucht also wohl kaum darauf hingewiesen zu werden, daß Annibal Pantalacci sich das zunutze machte, die Leute in der Kopje weidlich zu amüsieren.

Ein anderes gewöhnliches Opferlamm der schlechten Späße

des Neapolitaners war und blieb der Chinese Lî.

Auch dieser hatte sich bei der Vandergaart-Kopje niedergelassen und daselbst eine Waschanstalt gegründet. Es ist ja bekannt, daß die Kinder des Himmlischen Reiches sich auf das Geschäft als Wäscher besonders verstehen.

Der berüchtigte rote Kasten, der Cyprien so viel Kopfzerbrechen verursacht hatte, als er sich in den ersten Tagen auf der Reise nach dem Griqualande befand, enthielt nichts als Bürsten, Soda, Seifenriegel und Neublau. Für einen intelligenten Chinesen reichte das schon aus, um hierzulande sein Glück zu machen.

Cyprien konnte sich wirklich nicht enthalten, aufzulachen, wenn er Lî ganz ernsthaft und schweigend und beladen mit einem großen Korbe begegnete, in welchem dieser seinen Kunden die Wäsche überbrachte.

Dagegen ärgerte es ihn zu sehen, wie wahrhaft roh sich Annibal Pantalacci gegen den armen Teufel benahm. Er warf ihm Tintenflaschen in seinen Waschzuber, spannte vor seiner Tür Seile aus, um ihn zu Falle zu bringen, und befestigte ihn an seiner Bank, indem er einen Nagel durch seine Bluse trieb. Vor allem verfehlte er niemals, ihn, wenn sich irgend die Gelegenheit bot, mit einem Fußtritte zu regalieren und ihn »Hund von einem Heiden« zu schimpfen. Und wenn er ihm die eigene Kundschaft aufgenötigt hatte, so geschah das nur, um wenigstens wöchentlich einmal solche Roheiten ausführen zu können. Niemals fand er seine Wäsche in gutem Zustande, obgleich Lî sie mit größter Sorgfalt wusch und bügelte. Das kleinste falsche Fältchen setzte ihn in wildesten Zorn und er behandelte den bedauernswerten Chinesen, als ob dieser sein Sklave gewesen wäre.

Solcher Art waren die groben Vergnügungen des Lagerlebens. Sie nahmen jedoch zuweilen auch einen noch ernsteren Charakter an. Wenn es zum Beispiel vorkam, daß ein in der Mine beschäftigter Neger eines Diamantendiebstahls beschuldigt wurde, so hielten es gleich alle für ihre Pflicht, ihn zum Richter zu begleiten, und ließen es schon im voraus an gehörigen Faustschlägen nicht fehlen.

Wurde der Angeklagte dann auch völlig freigesprochen, so hatte er wenigstens seine Tracht Prügel weg. Übrigens erfolgten in solchen Fällen Freisprechungen nur sehr selten. Der Richter war mit einem verdammenden Urteile meist schneller fertig, als er ein Orangenviertel mit Salz – Lieblingsgericht des Landes – hätte aufessen können. Das Urteil lautete gewöhnlich auf vierzehn Tage Zwangsarbeit und zwanzig Hiebe mit der cat of nine tails, »der neunschwänzigen Katze«, einer Art Geißel mit Knoten in den Riemen, deren man sich noch in Großbritannien und den englischen Besitzungen bedient, um die Gefangenen auszupeitschen.

Es gab auch noch ein anderes Verbrechen, welches die Diamantengräber noch weniger zu vergeben geneigt waren als den Diebstahl – die Hehlerei.

Ward, der Yankee, der zu gleicher Zeit mit dem jungen Ingenieur nach dem Griqualande gekommen war, machte darin eines Tages eine traurige Erfahrung, weil er von einem Kaffern Diamanten gekauft hatte. Ein Kaffer darf nach gesetzlicher Vorschrift überhaupt keine Diamanten besitzen, denn es ist ihm verboten, diese in einem Claim zu kaufen, oder gar einen solchen auf eigene Rechnung auszubeuten.

Kaum war die Tatsache bekannt geworden – es war des Abends und zur Stunde, wo gewöhnlich das ganze Lager in Aufruhr ist –, als sich schon eine wütende Menge nach der Kantine des Schuldigen wälzte, hier alles durcheinanderwarf und sie dann anzündete; jedenfalls wäre der Yankee an den Galgen geknüpft worden, den schon einige dienstwillige Leute aufrichteten, als zu seinem Glücke ein Dutzend berittene Policemen dazukamen, die ihn dadurch retteten, daß sie ihn ins Gefängnis abführten.

Inmitten dieser gemischten, jähzornigen und halbwilden Gesellschaft gehörten natürlich gewalttätige Auftritte nicht zu den Seltenheiten. Hier vermengten sich alle Rassen zur buntscheckigen, lärmenden Versammlung! Hier trugen der Durst nach Gold, der Einfluß eines ausdörrenden Klimas sowie Enttäuschungen und Ekel an der Arbeit dazu bei, die Köpfe zu erhitzen und die Gewissen zu erweitern. Hätten alle die Leute in ihren Erdlöchern Erfolge erzielt, so hätten sie sich vielleicht ruhiger und duldsamer benommen. Aber auf einen, welchem es in langen Zwischenräumen glückte, einen Stein von großem Werte zu finden, gab es wohl Hunderte, welche nur mühsam ihr Leben fristeten und kaum so viel gewannen, um die nötigsten Lebensbedürfnisse zu befriedigen, wenn sie nicht gar in das größte Elend gerieten. Die Mine glich eben einem grünen Tische, auf dem man aber nicht allein sein Geld, sondern auch seine Zeit, seine Arbeit und die Gesundheit auf eine Karte setzte.

Die Anzahl glücklicher Spieler, denen der Zufall die Haue bei der Ausbeutung ihrer Claims in der Vandergaart-Kopje führte, war von jeher eine sehr beschränkte.

Cyprien sah das Tag für Tag mehr und er legte sich die Frage vor, ob er ein so wenig ergiebiges Geschäft noch fortsetzen solle oder nicht, als ein Zufall zu einer Änderung seiner Arbeitsmethode führte.

Eines Morgens traf er von ungefähr auf eine Gesellschaft von etwa einem Dutzend Kaffern, die nach dem Lager gekommen waren, um hier Beschäftigung zu suchen. Die Armen stammten aus dem Bergdistrikte, der das eigentliche Kaffernland von dem Lande der Bassutos trennt. Sie hatten längs des Oranjeflusses in indischem Gänsemarsche über hundertfünfzig Lieues zu Fuße zurückgelegt und dabei von dem gezehrt, was sie unterwegs finden konnten, das heißt von Wurzeln, Beeren und Heuschrecken. Jetzt erschienen sie ungeheuer mager und glichen eher Skeletten als lebenden Wesen. Mit ihren abgezehrten Beinen, dem langen, nackten Oberkörper mit lederbrauner Haut, die ein leeres Gerippe zu umschließen schien, mit vorspringenden Hüften und den hohlen Wangen, sahen sie mehr aus, als lüsterten sie nach einem Beefsteak von Menschenfleisch, als danach, schwere Arbeit zu leisten. Niemand schien auch geneigt dazu, sie anzuwerben, und so hockten sie beisammen an der Seite des Weges, ohne zu wissen, was sie in ihrem Elend beginnen sollten.

Cyprien war durch ihren Anblick ordentlich gerührt. Er verständigte sie durch Zeichen, ein wenig zu warten, und begab sich nach dem Wirtshause, wo er gewöhnlich aß. Hier bestellte er einen tüchtigen Kessel voll mit Wasser angerührtem Maismehl und ließ diesen nebst einigen Büchsen mit konserviertem Fleisch und zwei Flaschen Rum den armen Teufeln hinbringen.

Dann machte er sich's zum Vergnügen, zuzusehen, wie diese sich über das Mehl hermachten, das für sie noch ganz neu schien.

Wahrlich, man hätte glauben können, Schiffbrüchige vor sich zu haben, die nach vierzehntägigem Fasten und schweren Entbehrungen von einem Floße gerettet worden wären. Sie verschlangen alles mit einer Gier, daß sie nach Verlauf einer Viertelstunde wie eine Bombe hätten platzen können. Aus Rücksicht auf ihre Gesundheit mußte diesem Leibesmahle ein Ziel gesetzt werden, sonst wäre wahrscheinlich die ganze Gesellschaft einfach erstickt.

Nur einer der Neger, ein Bursche von intelligentem Aussehen und seiner Erscheinung nach der Jüngste von allen, hatte sich bei der Stillung seines Heißhungers doch einige Zurückhaltung auferlegt; und was noch auffallender ist, er versuchte auch, seinem Wohltäter zu danken, woran die anderen gar nicht dachten. So näherte er sich Cyprien, ergriff mit ungekünstelter und nicht ungraziöser Bewegung dessen Hand und legte diese auf seinen Krauskopf.

»Wie heißt du?« fragte ihn auf gut Glück der junge Ingenieur, dem dieser Zug von Erkenntlichkeit wohlgefiel.

Der Kaffer, welcher zufällig einige englische Worte verstand, antwortete sofort:

»Matakit!«

Sein offener, vertrauenerweckender Blick machte auf Cyprien einen recht guten Eindruck, deshalb kam ihm auch der Gedanke, den wohlgewachsenen jungen Mann in seinem Claim arbeiten zu lassen, und diese Idee konnte nur gut sein.

»Es ist ja weiter nichts«, sagte er für sich, »als was alle Welt hier im Distrikte tut. Für den armen Kaffer ist es jedenfalls besser, mich zum Herrn zu haben, als einem Pantalacci in die Hände zu fallen.«

Dann fuhr er fort:

»Nun, Matakit, du kamst doch wohl hierher, um Arbeit zu suchen?« fragte er diesen.

Der Kaffer bejahte das durch ein Zeichen.

»Willst du bei mir arbeiten? Ich werde für deine Nahrung sorgen, dir die Werkzeuge liefern und noch zwanzig Shilling den Monat geben.«

Das war der gewöhnliche Tarif, und Cyprien wußte, daß er nicht mehr anbieten durfte, ohne den Zorn des ganzen Lagers auf sich zu laden. Im stillen behielt er sich aber vor, diesen geringfügigen Lohn durch Geschenke an Kleidungsstücken, Eßgeschirr und was sonst in den Augen eines Kaffern von Wert erscheint, aufzubessern.

Statt aller Antwort zeigte Matakit lachend die zwei Reihen seiner weißen Zähne und legte nochmals die Hand seines Beschützers auf den Kopf. Der Kontrakt war damit abgeschlossen.

Cyprien führte also seinen neuen Diener sogleich mit sich fort. Er nahm aus seinem Koffer ein leinenes Beinkleid, ein Flanellhemd und einen alten Hut und gab das Matakit, der kaum seinen Augen trauen mochte. Sich gleich bei seiner Ankunft im Lager auf so kostbare Art bekleidet zu sehen, das überstieg weit die kühnsten Träume des armen Teufels. Er wußte seine Erkenntlichkeit und Freude gar nicht auszudrükken und hüpfte, lachte und weinte gleichzeitig.

»Matakit, du scheinst mir ein guter Bursche zu sein«, sagte Cyprien. »Ich sehe wohl, daß du ein wenig Englisch verstehst. Kannst du denn kein einziges Wort sprechen?«

Der Kaffer verneinte durch ein Zeichen.

»Nun, wenn es so steht, werd' ich es untenehmen, dich Französisch zu lehren!« erklärte Cyprien.

Ohne Zögern begann er mit seinem Schüler die erste Lektion, indem er ihm die Namen der gewöhnlichsten Gegenstände nannte und diese wiederholen ließ.

Matakit erwies sich dabei nicht nur als ein braver Bursche, sondern auch als recht guter Kopf, der ein außergewöhnliches Gedächtnis besaß.

Binnen kaum zwei Stunden hatte er mehr als hundert Worte gelernt und sprach diese auch ziemlich richtig aus.

Erstaunt über eine solche Fassungsgabe, beschloß der junge Ingenieur, sich diese ehrlich zunutze zu machen.

Der junge Kaffer brauchte sieben bis acht Tage Ruhe und stärkende Nahrung, um sich von den Strapazen seiner Reise zu erholen und in den Stand zu kommen, arbeiten zu können. Diese acht Tage wurden indes von seinem Lehrer ebnso wie von ihm so vortrefflich angewendet, daß Matakit am Ende der ersten Woche schon imstande war, seine Gedanken, wenn auch noch unkorrekt, doch jedenfalls genügend verständlich französisch auszudrücken.

Cyprien veranlaßte ihn nun, seine Lebensgeschichte zu erzählen. Diese war sehr einfach.

Matakit kannte nicht einmal den Namen seines Heimatlandes, das an der Seite der Berge lag, wo die Sonne aufgeht. Er konnte nur mitteilen, daß die Menschen dort ein sehr elendes Dasein fristeten. Dann hatte er, dem Beispiele einiger ausgewanderter Krieger seines Stammes folgend, sein Glück versuchen wollen und war wie sie nach den Diamantenfeldern gewandert.

Was hoffte er wohl hier zu gewinnen? Nichts als einen roten Mantel und zehnmal zehn Silberstücke.

Die Kaffern verachten nämlich das Gold. Das rührt von einem unausrottbaren Vorurteile her, welches die ersten mit ihnen Handel treibenden Europäer den rohen Naturkindern beigebracht haben.

Und was dachte der ehrgeizige Matakit mit seinen Silberstücken anzufangen? Nun, er wollte sich einen roten Mantel, eine Flinte und Pulver verschaffen und dann nach seinem Kral zurückkehren. Hier würde er sich eine Frau kaufen, die für ihn arbeiten und sein Maisfeld bestellen mußte. Unter solchen Verhältnissen wäre er dann ein hervorragender Mann, fast ein Häuptling. Alle würden ihn um seine Flinte und sein großes Vermögen beneiden, bis er einst, hoch an Jahren und Ansehen, zu seinen Vätern heimging. Das war alles ziemlich einfach.

Cyprien verfiel bei Anhörung dieses bescheidenen Programms doch in Nachdenken. Sollte er dasselbe zu ändern versuchen, den Horizont des armen Wilden erweitern, ihm würdigere Ziele des Strebens zeigen als einen roten Mantel und ein altes Steinschloßgewehr? Oder war es nicht besser, ihn seiner unschuldigen Unwissenheit zu überlassen, um in seinem Kral in Frieden das Leben, welches er sich wünschte, zu beschließen? Das war eine schwierige Frage, welche der junge Ingenieur nicht so leicht zu lösen wagte, die aber Matakit selbst sehr bald ganz verschwinden ließ.

Kaum nämlich der ersten Elemente der französischen Sprache mächtig, zeigte der junge Kaffer einen geradezu außerordentlichen Drang zum Lernen. Er fragte ohne Unterlaß, wollte alles wissen, den Namen jedes Gegenstandes, seine Anwendung und seinen Ursprung. Dann betrieb er wieder leidenschaftlich Lesen, Schreiben und Rechnen. Er war mit einem Worte unersättlich.

Cyprien kam auch bald zu einem Entschlusse. Gegenüber einer so unleugbaren Veranlagung durfte er nicht zaudern. Er entschloß sich also, Matakit jeden Abend eine Stunde Unterricht zu erteilen, da letzterer wirklich, außer seinen Arbeiten in der Mine, jede Minute seiner weiteren geistigen Ausbildung widmete.

Erfreut über diesen merkwürdigen Eifer übernahm es Miß Watkins, mit dem jungen Kaffern seine Lektionen zu wiederholen. Dieser sagte sie übrigens stets für sich selbst her, ob er nun im Grunde des Claims mit der Hacke arbeitete, die Eimer emporwand oder die Kiesel aussonderte. Die Beharrlichkeit bei seinem Werke war so ansteckend, daß sie auf das ganze Personal gleich einer wohltätigen Epidemie überging, und die Arbeit in der Mine jetzt mit weit mehr Sorgfalt als früher betrieben zu werden schien.

Auf Empfehlung Matakits hatte Cyprien nämlich noch einen anderen Kaffer aus demselben Stamme, namens Bardik, gemietet, dessen Eifer und Intelligenz ebenso alle Achtung verdienten.

Da ereignete sich für den Ingenieur ein glücklicher Umstand, der ihm bisher noch nie widerfahren war; er fand einen Stein von sieben Karat, den er sofort für fünftausend Francs an den Händler Nathan verkaufte.

Das war in der Tat ein recht gutes Geschäft. Ein Diamantgräber, der von seiner Arbeit nur einen normalen Ertrag erwartet, hätte sich damit recht wohl befriedigt erklären können. Ja, gewiß. Cyprien freilich konnte das nicht.

»Wenn ich alle zwei oder drei Monate ein solches Glück habe«, sagte er, »bin ich damit etwa einen Schritt weiter gekommen? Es ist nicht ein Diamant von sieben Karat, was ich brauche, sondern tausend oder fünfzehntausend solcher Steine ... wenn mir nicht Miß Watkins entgehen soll, um jenem James Hilton oder einem anderen Bewerber von gleich geringem Werte in die Hände zu fallen.«

Cyprien überließ sich gerade eines Tages solchen Gedanken, als er nach dem Frühstück bei drückender Hitze und quälendem Staube – jenem rötlichen, blendenden Staube, der die Atmosphäre der Diamantlager unausgesetzt erfüllt – nach der Kopje zurückkehrte, und, um eine Hütte biegend, vor Schreck zurückwankte. Hier bot sich seinen Augen ein klägliches Schauspiel.

Ein Mann hing an der Deichsel eines Büffelkarrens, der vor der Mauer aufgerichtet stand, mit dem Hinterteil auf der Erde und der Deichsel in der Luft. Unbeweglich, mit ausgestreckten Füßen und Händen, hing der Körper wie ein Senkblei im schwindenden Tageslichte und bildete mit der Deichsel einen Winkel von etwa zwanzig Graden.

Es war ein schauerlicher Anblick.

Zuerst verblüfft, empfand Cyprien doch ein warmes Gefühl von Mitleid, als er den Chinesen Lî erkannte, der mit dem um den Hals geschlungenen langen Zopfe hier zwischen Himmel und Erde schwebte.

Der junge Ingenieur hatte nicht lange zu überlegen, was hier zunächst zu tun war; das Ende der Deichsel zu erklimmen, den Körper des armen Wichtes in die Arme zu nehmen und etwas zu heben, um die Wirkung der Strangulation aufzuheben – das war für ihn das Werk einer halben Minute. Als das geschehen, ließ er sich vorsichtig niedergleiten und legte seine Bürde im Schatten der Hütte nieder. Es war die höchste Zeit, obgleich Lî noch nicht ganz erkaltet schien. Sein Herz schlug schwach, aber es schlug doch. Bald hatte er auch die Augen wieder geöffnet und schien sonderbarerweise auch gleichzeitig die Besinnung wieder zu bekommen, als er das Licht erblickte.

Die immer gleichgültige Physiognomie des armen Teufels ließ auch jetzt, wo er dieser entsetzlichen Lage entronnen war, weder ein Zeichen von Schrecken noch von Verwunderung erkennen. Er sah vielmehr aus, als ob er nur aus leichtem Schlummer erwachte.

Cyprien reichte ihm ein paar Tropfen mit Essig versetzten Wassers, das er in seiner Feldflasche bei sich trug.

»Können Sie nun sprechen?« fragte er mechanisch, ganz uneingedenk, daß Lî ihn wahrscheinlich nicht einmal verstand.

Der andere nickte jedoch mit dem Kopfe.

»Wer hat Sie hier gehenkt?«

»Ich selbst«, antwortete der Chinese, als habe er gar kein Bewußtsein davon, damit etwas Außergewöhnliches und Verbrecherisches getan zu haben.

»Sie? ... Sie wollten also einen Selbstmord begehen, Unglücklicher ... Und warum?«

»Es war Lî zu warm! ... Lî war mißgestimmt!« erklärte der Chinese. Dann schloß er wieder die Augen, als wolle er ferneren Fragen enthoben sein.

Da bemerkte Cyprien erst zu seiner Verwunderung, daß diese Worte in französischer Sprache gewechselt worden waren.

»Sie sprechen wohl auch Englisch?« fuhr er fort.

»Ja«, bestätigte Lî, die Augenlider aufschlagend.

Man hätte jetzt zwei schiefe Knopflöcher zu sehen geglaubt, die sich an beiden Seiten seiner kleinen Stumpfnase befanden.

Cyprien kam es vor, als läge in diesem Blicke wieder etwas von jener Ironie, die er schon während der Fahrt vom Kap nach Kimberley bemerkt hatte.

»Ihre Gründe sind töricht!« sagte er ernst. »Man begeht keinen Selbstmord, weil's einem zu warm ist! ... Sprechen Sie offen! ... Ich wette darauf, hier steckt doch wieder ein boshafter Streich jenes Pantalacci dahinter?«

Der Chinese senkte den Kopf.

»Er wollte mir den Zopf abschneiden«, sagte er mit gedämpfter Stimme, »und ich weiß, daß er es doch nach wenigen Tagen zur Ausführung gebracht hätte.«

Gleichzeitig gewahrte aber Lî jenen berühmten Zopf in der Hand Cypriens und überzeugte sich, daß das Unheil, welches er vor allem anderen fürchtete, schon über ihn hereingebrochen war.

»Oh, Herr! ... Wie? ... Sie ... Sie haben mir ihn abgeschnitten?« ... rief er mit herzzerreißendem Tone.

»Ich mußte es, um Sie loszumachen, armer Freund!« antwortete Cyprien. »Aber zum Kuckuck, deshalb sind Sie hierzulande nicht einen Sou weniger wert! ... Beruhigen Sie sich getrost! ...«

Der Chinese erschien so verzweifelt über diese Amputation, daß Cyprien aus Furcht, jener könne einen neuen Selbstmordversuch machen, sich entschloß, nach seiner Hütte zurückzukehren und ihn mitzunehmen.

Lî folgte ihm ohne Widerspruch, nahm neben seinem Retter Platz, ließ sich geduldig eine Strafpredigt halten und versprach, keinen weiteren Versuch zu unternehmen. Unter der Wirkung einer Tasse dampfenden Tees ließ er sich sogar zur Mitteilung einiger Einzelheiten aus seinem Leben herbei.

Geboren zu Canton, war Lî in einem englischen Hause für den Handel erzogen worden. Dann hatte er sich nach Ceylon, von da nach Australien und schließlich nach Afrika gewendet. Nirgends aber wollte das Glück ihm lachen. Das Wäschegeschäft im Minenbezirke ging nicht besser als zwanzig andere Beschäftigungen, die er schon versucht hatte. Sein hauptsächlichster Quälgeist war und blieb aber Annibal Pantalacci. Dieser Mensch verschuldete sein ganzes Elend, und ohne ihn hätte er sich vielleicht mit der immerhin zweifelhaften Existenz im Griqualand ausgesöhnt. Nur um dessen ewigen Quälereien zu entgehen, war in ihm der Entschluß gereift, sich das Leben zu nehmen.

Cyprien stärkte den armen Kerl, versprach ihm, ihn gegen den Neapolitaner zu schützen, gab ihm alle Leibwäsche zum Waschen, die er nur finden konnte, und schickte ihn nicht allein getröstet, sondern auch geheilt von dem Aberglauben seines Haaranhängsels nach Hause.

Und auf welche Weise war das dem jungen Ingenieur gelungen? Er hatte Lî einfach, aber sehr ernst erklärt, der Strick eines Gehenkten bringe Glück und daß sein Pech jetzt, wo er seinen Zopf in der Tasche tragen könne, jedenfalls sein Ende nehmen werde.

»Nun, wenigstens kann Pantalacci ihn mir nicht mehr abschneiden!«

Diese echt chinesische Betrachtung vollendete dann die Kur.

Siebentes Kapitel

Der Einsturz

Fünfzig Tage waren verflossen, ohne daß Cyprien einen einzigen Diamanten in seiner Grube gefunden hätte. Mehr und mehr wurde ihm das Geschäft als Minengräber zuwider; es erschien ihm als albernes Glücksspiel, solange einer nicht Kapital genug besaß, um einen Claim erster Güte zu kaufen und gleich ein Dutzend Kaffern anzustellen, die diesen bearbeiteten.

Eines Morgens ließ Cyprien Matakit und Bardik allein mit Thomas Steel nach der Grube gehen und blieb allein im Zelte zurück. Er wollte noch auf einen Brief seines Freundes Pharamond Barthès antworten, der ihm durch einen auf der Rückreise nach dem Kap befindlichen Elfenbeinhändler von sich hatte Nachricht zugehen lassen.

Pharamond Barthès war höchst befriedigt von seinem Jägerleben und dessen Abenteuern. Er hatte schon drei Löwen, sechzehn Elefanten, sieben Tiger und eine Unzahl Giraffen und Antilopen erlegt, ohne das eßbare Wild zu rechnen.

»Wie die historischen Eroberer«, schrieb er, »ernährte er den Krieg durch den Krieg. Er erhielt von der Jagdbeute nicht allein das ganze kleine Expeditionscorps, das er mitgenommen, sondern es wäre ihm auch ein Leichtes gewesen, wenn er nur gewollt hätte, durch den Verkauf von Fellen und Elfenbein oder durch Tauschhandel mit den Kaffernstämmen, bei denen er sich befand, einen recht ansehnlichen Gewinn zu erzielen.«

Sein Brief schloß mit den Worten:

»Solltest Du nicht Lust verspüren, mit mir einen Ausflug nach dem Limpopo zu unternehmen? Dort werd' ich Ende kommenden Monats eintreffen und denke längs desselben bis zur Delagoa-Bai hinabzuziehen, um mich zur See nach Durban zu begeben, wohin ich mich verpflichtet habe, meine Bassutos zurückzuführen . . . Verlasse also Dein schreckliches Griqualand für einige Wochen und stelle Dich baldigst bei mir ein . . .«

Cyprien durchlas diesen Brief eben noch einmal, als eine furchtbare Detonation, der ein gewaltiger Lärm im Lager folgte, ihn eiligst aus dem Zelte heraustrieb.

Eine Menge Diamantengräber stürmte in großer Unordnung und Erregung nach der Mine zu.

»Ein Einsturz!« schrie man von allen Seiten.

Die letzte Nacht war nämlich sehr frisch, fast eisig kalt gewesen, während der vorhergegangene Tag zu den wärmsten gezählt werden konnte, die man hier seit langer Zeit erlebt hatte. Gewöhnlich haben solche schroffe Temperaturveränderungen in den frei zutage liegenden Erdschichten Zusammenziehungen zur Folge, welche nicht selten mit solchen entsetzlichen Zusammenbrüchen endigen.

Cyprien beeilte sich natürlich, ebenfalls nach der Kopje zu kommen. Hier übersah er mit einem Blick, was vorgegangen war.

Eine ganz gewaltige Erdwand von wenigstens sechzig Meter Höhe und zweihundert Meter Länge hatte sich horizontal gespalten und zeigte nun einen Riß, wie die Bresche einer niedergelegten Befestigung. Mehrere hundert Zentner Kies hatten sich dabei losgelöst und waren in die Claims hinabgerutscht, welche sie mit Sand, Trümmern und Kieselsteinen erfüllten. Alles, was sich in jenem Augenblicke auf dem Kamme der Wand befand, Menschen, Büffel und Karren, war mit einem Male hinuntergeschleudert und lag nun im Grunde.

Zum Glück hatten die meisten Arbeiter ihr Tagewerk auf dem Grunde der Mine noch nicht begonnen – sonst wäre die halbe Bewohnerzahl des Lagers begraben gewesen unter diesen Riesentrümmern.

Cypriens erster Gedanke galt seinem Teilhaber Thomas Steele. Er hatte aber bald die Freude, diesen unter einer Gruppe Männer zu bemerken, welche sich über die Ursache des Zusammensturzes Rechnung zu geben suchten. Sofort lief er auf ihn zu und redete ihn an.

»Ja, da wären wir mit blauem Auge davon gekommen!« sagte der Lancashireman und drückte ihm herzhaft die Hand.

»Und Matakit?« fragte Cyprien.

»Der arme Kerl liegt unten!« antwortete Thomas Steele, nach dem Haufen zeigend, der sich über ihrem gemeinschaftlichen Eigentum gebildet hatte. »Ich ließ ihn kaum hinabsteigen und wartete nur, bis er den ersten Eimer gefüllt hatte, als der Einsturz vor sich ging.«

»Wir können hier aber nicht untätig stehen bleiben, ohne den Versuch zu seiner Rettung zu machen!« rief Cyprien. »Vielleicht lebt er doch noch! . . .«

Thomas Steele schüttelte den Kopf.

»Daß er unter fünfzehn bis zwanzig Tonnen Erdreich noch leben sollte, ist doch sehr unwahrscheinlich«, meinte er. »Übrigens müßten wenigstens zehn Mann zwei bis drei Tage arbeiten, um die Mine zu entleeren.«

»Das tut nichts!« erwiderte entschlossen der junge Ingenieur. »Es soll niemand sagen, wir hätten ein menschliches Wesen in seinem Grabe verschüttet gelassen, ohne den Versuch, es daraus zu befreien!«

Dann wandte er sich durch Vermittlung Bardiks an einen der Kaffern, der sich in ihrer Nähe befand, versprach diesem den hohen Lohn von fünf Shilling für den Tag und sicherte denselben auch allen anderen zu, die sich verpflichten würden, seinen Claim unter seiner Anführung wieder freizulegen.

Etwa dreißig Neger erklärten sich sofort dazu bereit, und nun ging es, ohne eine Minute zu verlieren, an die Arbeit. An Hacken, Spitzäxten und Schaufeln fehlte es nicht; Eimer und Taue waren genug zur Hand und Schuttkarren ebenfalls. Eine ganze Anzahl Weißer erbot sich, als sie vernahmen, daß es sich darum handle, einen unter der Schuttmasse begrabenen armen Teufel zu erlösen, zur freiwilligen Hilfsleistung. Elektrisiert durch den Feuereifer Cypriens, zeigte sich auch Thomas Steele nicht lässig, diese Rettungsversuche zu leiten.

Gegen Mittag waren schon mehrere Tonnen über dem Claim abgelagerten Sandes und Gesteins herausgeschafft.

Um drei Uhr stieß Bardik einen heiseren Schrei aus; er hatte unter seiner Hacke einen schwarzen, aus der Erde vorstehenden Fuß bemerkt.

Jetzt wurden die Anstrengungen verdoppelt, und wenige Minuten später war der ganze Körper Matakits ausgegraben. Der unglückliche Kaffer lag auf dem Rücken, regte sich nicht und war allem Augenscheine nach tot. Durch merkwürdigen Zufall hatte sich einer der Ledereimer, die er bei der Arbeit brauchte, ihm über das Gesicht gestürzt und bedeckte dieses wie eine Larve.

Dieser Umstand, der Cyprien sogleich auffiel, weckte in ihm den Gedanken, daß es doch möglich sei, den Verunglückten ins Leben zurückzurufen; in der Tat erschien diese Hoffnung nur schwach, denn das Herz schlug nicht mehr, die Haut fühlte sich ganz kalt an, die Glieder waren ziemlich steif, die Hände wie im Todeskampfe zusammengeballt – und das Gesicht – mit seiner bläulichen Blässe, welche man an toten Negern beobachtet – war durch den Erstickungstod entsetzlich verzerrt.

Cyprien verlor deshalb den Mut noch nicht. Er ließ Matakit in die Hütte Thomas Steeles schaffen, welche der Unglücksstätte am nächsten lag. Hier legte man ihn auf den Tisch, der gewöhnlich zum Auslesen der Kiesel diente, und nun wurde der Körper systematischen Reibungen und jenen passiven Bewegungen des Brustkastens unterworfen, welche eine Art künstliche Atmung erzeugen und die man gewöhnlich anwendet, um Ertrunkene wieder zu beleben. Cyprien wußte, daß diese Behandlungsweise sich überhaupt für alle Arten der Erstickung eignet, und im vorliegenden Falle hatte er auf nichts anderes zu achten, da weder eine Verwundung noch ein Knochenbruch, ja nicht einmal eine ernsthafte Erschütterung nachzuweisen war.

»Da sehen Sie, Herr Méré, er hat noch einen Erdkloß in der Hand!« bemerkte Thomas Steele, der sein Möglichstes tat, den großen schwarzen Körper zu frottieren.

Und wie ging er dabei ins Zeug, der wackere Sohn von Lancashire! Und wenn er die Pleuelstange einer zwölfpferdigen Dampfmaschine hätte mit »Armöl« polieren wollen, konnte er dazu keinen größeren Kraftaufwand brauchen.

Seine Bemühungen führten denn auch bald einen guten Erfolg herbei. Die Leichenstarre des jungen Kaffern schien allmählich nachzulassen, die Temperatur der Haut hob sich ein wenig. Cyprien, der am Herzen auf das erste Zeichen wiedererwachenden Lebens lauschte, glaubte unter seiner Hand ein leises Zittern von guter Vorbedeutung zu verspüren.

Bald wurden diese Symptome deutlicher. Der Puls fing an zu schlagen; ein leichter Atemzug hob kaum fühlbar die Brust Matakits. Diesem folgte eine schon kräftigere Ausatmung und ließ nun auf vollständiges Gelingen dieser Bemühungen hoffen. Plötzlich wurde der schwarze Körper vom Kopf bis zu den Füßen durch zweimaliges herzhaftes Niesen erschüttert. Bis dahin noch bewegungslos, öffnete jetzt Matakit plötzlich die Augen, atmete und kam auch wieder zum Bewußtsein.

»Hurra! Hurra! Der arme Teufel ist gerettet!« rief Thomas Steele, der schweißtriefend nun seine Reibungen einstellte. »Aber sehen Sie nur, Herr Méré, er läßt den Erdkloß noch immer nicht los, den er in den zusammengedrückten Fingern hält!«

Der junge Ingenieur hatte noch ganz andere Sorge, als sich um einen so bedeutungslosen Umstand zu kümmern. Er flößte seinem Patienten einen Löffel voll Rum ein und richtete ihn auf, um ihm das Atmen zu erleichtern. Endlich, als dieser ganz wieder zum Leben gekommen war, wickelte er ihn in seine Decken und trug ihn mit Hilfe von zwei oder drei gutmütigen Männern nach seiner eigenen Wohnung in der Farm Watkins'.

Hier wurde der arme Kaffer in sein Bett gelegt. Bardik reichte ihm eine Tasse heißen Tee. Nach Verlauf einer Viertelstunde verfiel Matakit in ruhigen, friedlichen Schlaf: er war gerettet.

Cyprien empfand im Herzen eine so unvergleichliche Leichtigkeit, die dem Menschen zuteil wird, der ein Menschenleben den Klauen des Todes entrissen hat. Wenn nun Thomas Steele und die anderen Helfer, welche sich von ihren therapeutischen Übungen stark angegriffen fühlten, ihren Erfolg in der nächstgelegenen Kantine feierten und denselben mit einem Strom Bier begossen, blieb Cyprien bei Matakit zurück, nahm ein Buch zur Hand und unterbrach nur seine Lektüre, um jenen noch schlafen zu sehen, wie ein Vater, der den Schlummer seines wiedergenesenden Sohnes überwacht.

Seit den sechs Wochen, welche Matakit nun in Cypriens Diensten stand, hatte dieser nur Veranlassung gehabt, mit jenem zufrieden, ja über ihn erstaunt zu sein. Seine Intelligenz und Gelehrigkeit, sein Arbeitseifer waren gar nicht zu übertreffen. Er war verläßlich, gutmütig, gefällig und von besonders sanftem und heiterem Charakter. Keine Arbeit wies er zurück, keine Schwierigkeit erschien seinem Mute unüberwindlich. Zuweilen sagte sich wohl der junge Mann, daß kaum ein Franzose, wenn er dieselben Fähigkeiten besaß, soviel hätte leisten können, wie dieses wilde Kind der Natur. Und hier wohnten so kostbare Gaben unter der schwarzen Haut und dem Wollkopfe eines armen Kaffern!

Dennoch hatte Matakit einen Fehler – sogar einen recht schlimmen Fehler –, der offenbar auf seine frühere Erziehung und auf die gar zu laxen Sitten zurückzuführen sein mochte, die in seinem Kral jedenfalls herrschten. Sollen wir ihn verraten? Matakit wurde zuweilen, fast unbewußt, zum Diebe. Sah er einen Gegenstand, der ihm gefiel, so hielt er es für ganz natürlich, sich denselben anzueignen. Vergeblich machte ihm sein Herr wegen dieser lasterhaften Neigung sehr ernsthafte Vorwürfe. Vergeblich drohte er ihn wegzujagen, wenn er sich wieder bei solchen Diebereien ertappen ließ. Matakit versprach davon abzulassen, er weinte, er bat um Verzeihung, und wenn er am nächsten Tage Gelegenheit dazu fand, fing er's doch von neuem an.

Seine Neigung verführte ihn keineswegs zur Entwendung besonders wertvoller Dinge; im Gegenteil, im allgemeinen beschränkte er sich auf Kleinigkeiten, auf ein Messer, eine Cravate, einen Bleistift oder irgendeine ähnliche Lappalie. Cyprien aber schmerzte es darum nicht minder, einen solchen Fehler bei einer sonst so gut angelegten Natur zu entdecken.

»Warten wir! . . . Hoffen wir das Beste!« sagte er für sich. »Vielleicht gelingt es mir, ihm klarzumachen, daß es Unrecht ist, zu stehlen!«

Und während er den Schläfer betrachtete, dachte er an diese auffälligen Kontraste, die er sich nur durch die Vergangenheit Matakits inmitten seines wilden Stammes erklären konnte.

Als die Nacht herankam, erwachte der Kaffer ebenso frisch, ebenso munter, als ob seine Atembewegungen nicht zwei oder drei Stunden fast vollständig unterdrückt gewesen wären. Er konnte jetzt erzählen, was bei jenem Unfall vorgegangen war.

Der Eimer, der sich ihm zufällig auf das Gesicht gestürzt und eine lange Leiter, welche schräg über ihn wegfiel, hatten ihn zunächst gegen die mechanische Einwirkung des Einsturzes gesichert, und dann längere Zeit vor der Erstickung geschützt, da ihm eben dadurch in seinem entsetzlichen Gefängnis ein kleiner Luftvorrat übrig blieb.

Über diesen glücklichen Umstand hatte er sich wohl Rechenschaft gegeben und alles getan, daraus Nutzen zu ziehen, indem er nur in langen Zwischenräumen Atem holte. Nach und nach freilich hatte sich die Luft verändert und Matakit gefühlt, daß sein Bewußtsein sich allmählich trübte. Endlich war er in eine Art schweren ängstlichen Schlummers verfallen, aus dem er nur zeitweise erwachte, um mit äußerster Anstrengung ein wenig Luft zu schöpfen. Von dem, was ihm sonst widerfahren, hatte er kein Bewußtsein; er war tot – denn er war wirklich vom Tode wieder auferstanden.

Cyprien ließ ihn kurze Zeit plaudern, gab ihm dann zu trinken und zu essen und nötigte ihn trotz seines Widerspruches, die Nacht über in dem Bett zu bleiben, in das er ihn geschafft hatte. Nachdem er sich endlich überzeugt, daß hier nichts mehr zu fürchten war, ließ er ihn allein, um seinen gewöhnlichen Besuch im Watkinsschen Hause zu machen.

Den jungen Ingenieur drängte es, Alice die Erlebnisse des Tages mitzuteilen, wie seinen Widerwillen gegen die Minenarbeit, ein Widerwillen, der durch den beklagenswerten Unfall des heutigen Morgens nur genährt werden konnte. Es schnitt ihm ins Herz, täglich das Leben Matakits aufs Spiel zu setzen wegen der sehr fraglichen Chance, einige schlechte Diamanten zu gewinnen.

»Die Sache mit eigener Hand zu betreiben, das möchte noch hingehen!« sagte er sich. »Dieselbe aber für jämmerlichen Lohn einen unglücklichen Kaffern ausführen zu lassen, das ist einfach erbärmlich.«

Er vertraute dem jungen Mädchen also seine Empfindungen und seinen Widerwillen an, und sprach ihr auch von dem Briefe, den er von Pharamond Barthès erhalten. Täte er wirklich nicht besser, dem Rate seines Freundes zu folgen? Was konnte er dabei verlieren, wenn er einmal nach dem Ufer des Limpopo reiste, um dort das Jagdglück zu versuchen? Das wäre sicherlich anständiger, als hier gleich einem Geizhalse die Erde zu durchwühlen, oder diese für seine Rechnung von anderen armen Teufeln durchwühlen zu lassen.

»Was meinen Sie, Miß Watkins? Da Sie so viel Feingefühl und praktischen Verstand haben, geben Sie mir einen Rat! Ich bedarf dessen sehr! Ich habe das moralische Gleichgewicht eingebüßt! Ich brauche eine befreundete Hand, mich wieder aufzurichten!«

So sprach er mit voller Offenherzigkeit und fand ein besonderes Vergnügen, das er sich gar nicht weiter erklärte, gerade darin, trotz seiner gewöhnlichen Zurückhaltung gegenüber dieser sanften und reizenden Vertrauten das Mißgeschick seiner Unentschlossenheit zu enthüllen.

Das Gespräch wurde in französischer Sprache geführt und nahm schon nach Verlauf von wenigen Minuten infolge dieses einfachen Umstandes einen recht vertraulichen Charakter an, obgleich John Watkins, der seit kurzer Zeit bei der dritten Pfeife eingeschlafen war, sich auch nicht darum gekümmert hätte, wenn die jungen Leute etwa Englisch oder irgendein anderes Idiom gesprochen hätten.

Alice hörte Cyprien mit inniger Teilnahme zu.

»Alles, was Sie mir da sagen«, antwortete sie, »hab' ich bezüglich Ihrer, Herr Méré, schon längst hin und her überlegt. Ich habe kaum begreifen können, wie Sie als Ingenieur und Gelehrter sich haben scheinbar fröhlichen Herzens entschließen können, ein derartiges Leben zu führen. Ist das nicht ein Verbrechen gegen Sie, wie gegen die Wissenschaft? Ihre kostbare Zeit an eine Handarbeit zu verschwenden, welche jeder Kaffer, jeder gewöhnliche Hottentott vielleicht besser als Sie verrichten könnte, das finde ich unerhört!«

Cyprien hätte freilich nur ein Wörtchen zu sagen gebraucht, um dem jungen Mädchen diesen ihr so auffälligen und peinlichen Umstand zu erklären. Und wer weiß, ob sie ihre Entrüstung nicht ein wenig übertrieb, um ihm ein Geständnis zu entlocken. Er hatte sich jedoch geschworen, dieses Geheimnis für sich zu bewahren, und hätte sich selbst verachten müssen, wenn er es dennoch verriet. So hielt er also jede weitere Erklärung darüber auf den Lippen zurück.

Miß Watkins fuhr fort:

»Wenn Sie so begierig sind, Diamanten zu finden, Herr Méré, warum suchen Sie dieselben nicht da, wo Sie weit größere Aussicht haben, solche zu entdecken – in Ihrem Schmelztiegel? Wie, Sie sind Chemiker, Sie kennen besser als tausend andere die Natur dieser elenden Steine, denen man so hohen Wert beilegt, und Sie suchen dieselben durch eine so undankbare, maschinenmäßige Arbeit zu erlangen? Ich für meinen Teil beharre bei dem Gedanken: Wenn ich an Ihrer Stelle wäre, würd' ich vielmehr Diamanten herzustellen, als solche in fertigem Zustande aufzufinden suchen!«

Alice sprach mit einem solchen Feuer, mit einem solchen Vertrauen zu seiner Wissenschaft und zu Cyprien selbst, daß das Herz des jungen Mannes wie von einem erquickenden Morgentau gebadet war.

Leider erwachte Mr. Watkins eben aus seinem Halbschlummer und fragte nach Neuigkeiten aus der Vandergaart-Kopje. Die beiden jungen Leute mußten sich also wieder der englischen Sprache bedienen und dieses vertrauliche Zwiegespräch abbrechen. Der Reiz desselben war erloschen.

Das Samenkorn war jedoch auf günstigen Boden gefallen und sollte Wurzel schlagen. Als der junge Ingenieur nach Hause ging, überdachte er jene eindringlichen und vielleicht die Wahrheit treffenden Worte, die er von Miß Watkins gehört hatte. Was an denselben vielleicht Chimärisches war, das verschwand vor seinen Augen, um diese nur noch das ehrenvolle und wirklich zärtliche Zutrauen sehen zu lassen.

»Ja, und warum denn nicht?« fragte er sich selbst. »Die Herstellung von Diamanten, welche noch vor einem Jahrhundert als reine Utopie zu betrachten war, ist heute eigentlich schon vollendete Tatsache. Frémy und Peil in Paris haben Rubine, Smaragde und Saphire erzeugt, das sind verschieden gefärbte Kristalle der Tonerde. Mac Tear in Glasgow und J. Ballantine Hannay ebenda haben schon 1880 Kohlenstoffkristalle erhalten, welche alle Eigenschaften des echten Diamanten aufwiesen und nur den einzigen Fehler hatten, ungeheuer viel mehr zu kosten, als die natürlichen Diamanten aus Brasilien, Indien oder dem Griqualand, und damit also den Bedürfnissen des Händlers von vornherein nicht zu entsprechen.

Wenn indes die wissenschaftliche Lösung eines Problems gefunden ist, kann die industrielle Lösung desselben nicht mehr ferne sein. Warum sollte man diese nicht suchen?... Alle Gelehrten, welche bisher an der gleichen Aufgabe scheiterten, waren nur Theoretiker, Männer vom grünen Tisch und aus dem Laboratorium! Sie haben den Diamanten nicht an Ort und Stelle in seinem ursprünglichen Terrain, sozusagen in seiner Wiege studiert. Ich kann mir ihre Arbeiten, ihre Erfahrungen zunutze machen und sie mit den meinigen verknüpfen. Ich habe den Diamanten mit eigener Hand ausgegraben, habe die Lagerstätte, wo er sich vorfindet, mit größter Sorgfalt untersucht und studiert. Wenn es bei nur einigem Glück irgend jemand gelingen kann, die letzten Schwierigkeiten zu überwinden, so bin ich's . . . so muß ich es sein!«

Das wiederholte sich Cyprien des öfteren und das trat ihm während des größten Teiles der Nacht immer und immer wieder vor das geistige Auge.

Sein Entschluß war bald gefaßt. Am nächsten Morgen schon benachrichtigte er Thomas Steele, daß er, wenigstens vorläufig, die Arbeit in seinem Claim nicht fortzusetzen denke. Er kam mit ihm sogar dahin überein, daß es ihm freistehen solle, seinen Anteil weiter zu verheuern. Dann verschloß er sich in sein Laboratorium, um über die neuen Projekte nachzudenken.

Achtes Kapitel

Das große Experiment

Bei Gelegenheit der schönen Untersuchungen über die Löslichkeit fester Körper in Gasen – Untersuchungen, mit denen er sich das ganze vorausgegangene Jahr beschäftigt hatte – war Cyprien natürlich aufgefallen, daß gewisse Substanzen, wie Kieselsäure und Tonerde zum Beispiel, welche an sich in Wasser nicht löslich sind, das doch in Wasserdampf unter starkem Druck und hoher Temperatur werden können.

Diese Erfahrung führte ihn auf den Gedanken, zuerst zu prüfen, ob er nicht ein gasartiges Lösungsmittel des Kohlenstoffes entdecken könne, um diesen dann zur Kristallisation zu bringen.

Aber alle seine Versuche in dieser Hinsicht blieben erfolglos, und nach mehreren Wochen vergeblicher Bemühungen sah er sich genötigt, seine Angriffsbatterien zu verändern.

»Batterien« ist wirklich das richtige Wort, denn wie sich aus dem folgenden ergibt, sollte eine Kanone darin eine Rolle spielen.

Verschiedene Analogien führten den jungen Ingenieur zu der Annahme, daß der Diamant sich in den Kopjen vielleicht auf ganz gleiche Weise bilden könne, wie der Schwefel in den Solfataren. Nun weiß man aber, daß der Schwefel hier durch eine halbe Oxydation des Schwefelwasserstoffes entsteht, aus dem sich, während ein Teil in Schwefelsäure übergeführt wird, ein anderer Teil in Form von Kristallen an den Wänden der Solfataren niederschlägt.

»Wer weiß«, sagte sich Cyprien, »ob die Diamantfundstätten nicht wirkliche Carbonataren sind? Denn offenbar gelangt eine Mischung von Wasserstoff und Kohlenstoff notwendig dahin mit dem Wasser und den alluvialen Ablagerungen, und zwar in Form von Sumpfgas. Warum könnte es nicht die Oxydation des Wasserstoffes in Verbindung mit der teilweisen Oxydation des Kohlenstoffes sein, welche die Auskristallisierung des Kohlenstoffes veranlaßte?«

Von diesen Gedanken bis zu dem Versuche, irgendeinen Körper in analoger, aber künstlicher Reaktion die theoretische Funktion des Sauerstoffes spielen zu lassen, war es für einen Chemiker natürlich nicht weit.

Cyprien ging denn auch sofort daran, diesen Vorsatz zur Ausführung zu bringen. Zunächst handelte es sich darum, für das Experiment eine Anordnung zu treffen, die sich so weit wie möglich den bei der natürlichen Erzeugung des Diamants vermuteten Verhältnissen näherte. Diese Anordnung mußte auch eine sehr einfache sein. Alles, was Natur oder Kunst nur Großes leisten, trägt diesen Charakter. Gibt es etwas weniger Kompliziertes, als gerade die schönsten von den Menschen gemachten Entdeckungen und Erfindungen, die Gravitation, der Kompaß, die Buchdruckerkunst, die Dampfmaschine, der elektrische Telegraph?

Cyprien holte selbst aus dem Grunde der Mine einigen Vorrat an Erde jener Art, die er für sein Experiment am geeignetsten hielt. Dann vermengte er mit dieser Erde ein ziemlich fettes Material, mit dem er das Innere eines Stahlrohres von einem halben Meter Länge, bei einer Wanddicke von fünf Zentimetern und einem inneren Durchmesser von acht Zentimetern, sorgfältig ausfüllte.

Dieses Rohr aber bestand aus nichts anderem, als dem abgeschnittenen Stücke einer nicht mehr gebrauchten Kanone, die er zufällig in Kimberley erkaufen konnte, wo eine freiwillige Schar, welche in einem Feldzuge gegen benachbarte Kaffernstämme Dienste geleistet hatte, eben aufgelöst wurde. In der Werkstätte des Jacobus Vandergaart passwend zurechtgeschnitten, lieferte diese Kanone genau den Apparat, dessen er bedurfte, das heißt einen Rezipienten von hinreichender Widerstandsfähigkeit, um einen enormen inneren Druck auszuhalten.

Nachdem er in das vorläufig an einem Ende verstopfte Rohr Kupferbruchstücke und etwa zwei Liter Wasser gebracht, füllte es Cyprien vollständig mit Sumpfgas an. Dann verkittete er diesen Satz sorgfältig und ließ nun beide Enden mit Metallpfropfen von zweifelloser Festigkeit abschließen. Der Apparat war nun fertig und es galt nur noch, denselben einer höchst intensiven Hitze auszusetzen.

Er wurde also in einer Art großen Reverberirofens untergebracht, in dem das Feuer Tag und Nacht unterhalten werden sollte, um eine auf die Dauer von zwei vollen Wochen berechnete Weißglühhitze zu erzeugen.

Rohr und Ofen wurden außerdem noch mit feuerbeständigem Ton umgeben, der nur eine möglichst große Wärme halten und dann eine sehr langsame Abkühlung zulassen sollte, wenn die Zeit dazu herankam.

Das Ganze glich mehr einem ungeheuren Bienenkorbe oder etwa einer Eskimohütte.

Matakit war jetzt schon in der Lage, seinem Herrn einige Dienste zu leisten. Er hatte alle Vorbereitungen zu dem Experiment mit äußerster Aufmerksamkeit verfolgt, und als er erfuhr, daß es sich um die Darstellung von Diamanten handelte, zeigte er sich nicht wenig eifrig, zu dem Gelingen des Unternehmens nach Kräften beizutragen. Er hatte bald gelernt, das Feuer so zu unterhalten, daß man ihm diese Arbeit getrost allein überlassen konnte.

Es möchte sich übrigens kaum jemand vorstellen, wieviel Zeit und Mühe es in Anspruch nahm, diese Vorbereitungen zu treffen. In jedem größeren Laboratorium würde man imstande gewesen sein, dieses Experiment zwei Stunden, nachdem es beschlossen worden, zur Ausführung zu bringen, während Cyprien in diesem wilden Lande nicht weniger als drei Wochen brauchte, um seine Idee nur unvollkommen zu verwirklichen. Dabei hatten ihn noch besondere Glücksumstände begünstigt, indem er in genannter Stadt nicht nur die alte Kanone fand, sondern auch die ihm so notwendige Kohle bekam. Dieses Material war sonst in Kimberley so selten, daß man sich, um eine Tonne desselben zu erhalten, wohl an mindestens drei Händler wenden mußte.

Endlich waren alle Schwierigkeiten überwunden, und nachdem das Feuer einmal in Brand gesetzt war, übernahm es Matakit, dasselbe nicht wieder verlöschen zu lassen. Der junge Kaffer war übrigens sehr stolz auf seine Funktion. Diese konnte ihm jedoch kaum eine neue sein, denn ohne Zweifel hatte er zu Hause bei seinem Stamme schon häufig in einer Art

Höllenküche hantiert.

Cyprien hatte sich einmal bei verschiedenen Gelegenheiten überzeugt, daß Matakit, seit er in seine Dienste getreten war, bei den übrigen Kaffern das Ansehen eines Zauberers genoß. Einige Kenntnisse elementarer Chirurgie und zwei oder drei Taschenspielerkunststückchen, die er von seinem Vater gelernt haben mochte, bildeten seine ganzen Zauberkünste. Trotzdem kamen die Leute, um ihn wegen wirklicher oder eingebildeter Krankheiten zu befragen, um sich Träume deuten, Prophezeiungen vorsagen oder ein Urteil fällen zu lassen. Seine Vorschriften waren meist ebenso unsinnig wie seine Aussprüche albern, die nackten Landsleute schienen mit denselben jedoch zufrieden zu sein. Was brauchte es mehr?

Wir müssen hier auch bemerkten, daß die Retorten und Flaschen, von denen er jetzt im Laboratorium des jungen Ingenieurs umgeben war, ohne die geheimnisvollen Arbeiten zu rechnen, an welchen er mitwirkte, nicht wenig dazu beitrugen, sein Ansehen noch zu erhöhen.

Cyprien konnte sich oft des Lachens nicht enthalten, sobald er die feierliche Miene sah, welche der brave Bursche annahm, wenn er seine bescheidene Arbeit als Heizer verrichtete, entweder die Kohlen auf dem Rost erneuerte, das Feuer schürte oder gar ein Probiergläschen und einen Schmelztiegel abstaubte. Immerhin lag etwas Einnehmendes in dieser Ernsthaftigkeit. Sie war der naive Ausdruck des Respekts, den die Wissenschaft einer rohen, aber intelligenten und wissensdurstigen Natur einflößte.

Matakit hatte daneben auch seine lustigen, fast übermütigen Stunden. Vorzüglich, wenn er sich in Gesellschaft Lîs befand. Zwischen diesen beiden Wesen von so verschiedener Abstammung hatte sich eine wirklich innige Freundschaft entwickelt, infolge der jetzt ziemlich häufigen Besuche, welche der Chinese in der Farm Watkins abstattete. Beide sprachen notdürftig französisch, beide waren durch Cyprien vom drohenden Tode gerettet worden und bewahrten ihm eine lebhafte Erkenntlichkeit. Es erschien also natürlich, daß sie sich durch aufrichtige Anteilnahme zueinander hingezogen fühlten, und diese Teilnahme hatte sich allmählich in Zuneigung verwandelt.

Wenn sie unter sich waren, gaben Lî und Matakit dem jungen Ingenieur einen ebenso einfachen wie rührenden Namen, der recht gut die Natur der Gefühle ausdrückte, die sie für seine Person hegten, sie nannten ihn »das Väterchen« und sprachen von ihm nur mit hoher Bewunderung und fast übertriebener Hingebung.

Diese Ergebenheit trat seitens Lîs in der peinlichen Aufmerksamkeit zutage, die er beim Waschen und Bügeln der Leibwäsche Cypriens beobachtete; seitens Matakits in der wahrhaft religiösen Sorgfalt, mit der er sich bemühte, allen Anordnungen seines Herrn gewissenhaft zu entsprechen.

Zuweilen ließen sich die beiden Kameraden, in ihrem Eifer, »das Väterchen« zu erfreuen, etwas zu weit gehen. So kam es, daß Cyprien zum Beispiel auf seinem Tische – er aß jetzt zu Hause – Früchte oder Leckereien vorfand, die er gar nicht verlangt und deren Ursprung ihm unerklärlich blieb, denn auf den Rechnungen der Lieferanten fanden sie sich nicht wieder. Oder es kam auch vor, daß in seinen Hemden, wenn dieselben aus der Wäsche zurückkamen, goldene Knöpfchen unbekannten Herkommens steckten. Ebenso vervollständigten von Zeit zu Zeit ein eleganter, bequemer Stuhl, ein gesticktes Kissen, ein Pantherfell oder sonst eine wertvolle Kleinigkeit auf geheimnisvolle Weise die Ausstattung seines Hauses.

Nahm Cyprien Lî oder Matakit ins Gebet, so konnte er von beiden nur ausweichende Antworten erlangen.

»Ich weiß es nicht! ... Ich bin es nicht gewesen! ... Mich geht das nichts an!«

Cyprien fand ja diese kleinen Überraschungen an sich recht angenehm, nur belästigte ihn der Gedanke, daß ihre Quelle doch nicht ganz rein sein mochte. Hatten diese Geschenke etwa nichts gekostet als die Mühe, sie sich anzueignen? Immerhin bestätigte nichts diese Vermutungen, und so peinliche Untersuchungen er deshalb auch vornahm, so lieferten diese doch hinsichtlich dieser Erwerbungen niemals ein greifbares Ergebnis.

Hinter seinem Rücken wechselten dann Matakit und Lî wohl flüchtige Blicke, lächelten und machten sich allerhand geheimnisvolle Zeichen, welche etwa sagen sollten:

»Ach, das Väterchen! ... Er sieht immer nur Feuer und Flammen!«

Übrigens beschäftigten Cyprien gleichzeitig ganz andere und weit ernstere Sorgen. John Watkins schien entschlossen, Alice nun unter die Haube zu bringen, und infolgedessen bildete sein Haus schon seit einiger Zeit ein wirkliches Museum von Brautwerbern.

Nicht allein James Hilton verkehrte jetzt hier jeden Abend, sondern auch alle unverheirateten Steingräber, deren glückliche Erfolge in der Mine ihnen die seitens des Farmers für einen Schwiegersohn unumgänglich nötigen Eigenschaften verliehen hatten, wurden von ihm eingeladen, zu Tische behalten und schließlich seiner Tochter zur Auswahl vorgestellt.

Der Deutsche Friedel und der Neapolitaner Pantalacci gehörten auch zu dieser gewählten Gesellschaft. Beide galten jetzt für die glücklichsten Steingräber auf dem Vandergaartfelde. Das allgemeine Ansehen, welches überall den Erfolg begleitet, fehlte ihnen weder in der Kopje noch in der Farm. Friedel war pedantischer und absprechender als je zuvor, seit sein Dogmatismus sich auf einige Tausend Pfund Sterling stützte. Annibal Pantalacci, der sich in letzter Zeit zum Kolonial-Dandy umgewandelt hatte und im Glanze goldener Ketten und Ringe, wie in dem von Diamantnadeln einherging, trug jetzt eine Kleidung von weißer Leinwand, die seinen gelben, erdfarbenen Teint nur noch mehr hervortreten ließ.

Freilich suchte der lächerliche Mensch mit seinen Scherzen, seinen italienischen Gassenhauern und seinen Bemühungen, den Geistreichen zu spielen, vergeblich einen Eindruck auf Alice zu machen. Mindestens behandelte diese gerade ihn fast verächtlich und schien über das Motiv, welches ihn nach der Farm führte, keineswegs im Zweifel zu sein. Sie begnügte sich, niemals freiwillig auf seine Worte zu hören, und lachte nie, weder über seine Lazzi noch über seine komisch sein sollenden Bewegungen. Nur zu unwissend bezüglich seiner moralischen Mängel, um ihn ganz zu durchschauen, sah sie in ihm nur einen gewöhnlichen Passanten, der nicht mehr und nicht weniger langweilig war, als die meisten anderen. So erschien es wenigstens Cyprien, und er litt oft grausam davon, sie, die er so hochachtete und so innig verehrte, mit jenem verächtlichen Menschen in Unterhaltung zu sehen.

Es schmerzte ihn um so mehr, als sein Stolz ihm verbot, etwas davon merken zu lassen, und er es unter seiner Würde fand, selbst einen so erbärmlichen Rivalen in den Augen der Miß Watkins noch weiter herabzusetzen. Welches Recht hatte er auch dazu?

Worauf sollte er auch sein Urteil gründen? Er wußte ja eigentlich nichts von Annibal Pantalacci und ließ sich bei seiner Geringschätzung des Mannes doch nur durch eine Art instinktiven Widerwillens leiten. Ihn in tragischem Lichte darzustellen, das hätte nur Gelächter hervorrufen können. Das sah Cyprien vollständig ein, und es hätte ihn gewiß zur Verzweiflung getrieben, wenn Alice einem solchen Manne irgendwie Aufmerksamkeit schenkte.

Außerdem war er ja eifrig mit seiner Arbeit beschäftigt, die ihn fast Tag und Nacht in Anspruch nahm. Es handelte sich nicht um ein einziges Verfahren, Diamanten herzustellen, sondern um zehn und zwanzig verschiedene Methoden, die er sich zurechtgelegt und welche er prüfen wollte, wenn der erste Versuch beendigt wäre. Er begnügte sich nicht mehr mit theoretischen Lehrsätzen und den Formeln, mit denen er während ganzer Stunden seine Notizhefte bedeckte. Jeden Augenblick eilte er nach der Kopje, holte von da neue Fels- und Erdproben und wiederholte seine Analysen hundertmal, aber mit so peinlicher Genauigkeit, daß jeder Fehler dabei ausgeschlossen schien. Je ärger die Gefahr, Miß Watkins sich entgehen zu lassen, ihn bedrohte, desto fester war er entschlossen, nichts unversucht zu lassen, diese abzuwenden.

Dabei hegte er aber gegen sich selbst ein solches Mißtrauen, daß er es vorzog, dem jungen Mädchen von den Experimenten, die er eben ausführte, lieber nichts zu erwähnen. Miß Watkins wußte nur, daß er, ihrem Rate folgend, sich wieder chemischen Studien hingegeben habe, und schon darüber fühlte sie sich glücklich.

Neuntes Kapitel

Eine Überraschung

Der Tag, an dem das Experiment der Berechnung nach beendigt sein sollte, war natürlich ein großer, wichtiger Tag.

Schon seit zwei vollen Wochen brannte das Feuer nicht mehr, so daß sich der ganze Apparat langsam hatte abkühlen können. In der Meinung, daß die Kristallisation des Kohlenstoffes nun vor sich gegangen sein müsse, wenn sie überhaupt durch die hier gegebenen Bedingungen zu erzielen war, ging nun Cyprien daran, die Tonschicht zu entfernen, welche rund um und über den Ofen aufgeschüttet worden war.

Hierzu mußte indes die Spitzhacke angewendet werden, denn dieser Ton war ebenso verhärtet wie ein Ziegelstein im Brennofen. Endlich gab die Hülle den Anstrengungen Matakits nach und ließ zunächst den oberen Teil des Ofens – die sogenannte Haube desselben – und dann den großen Ofen wahrnehmen.

Das Herz des jungen Ingenieurs schlug hundertzwanzigmal in der Minute, als der junge Kaffer mit Lîs und Bardiks Hilfe diese Haube abnahm. Daß das Experiment geglückt sei, glaubte er selbst am wenigsten, denn Cyprien gehörte zu den

Leuten, die am meisten an sich selbst zweifeln. Und doch war das ja möglich! Welcher Jubel, wenn das der Fall wäre! Verbarg doch dieser große, geschwärzte Zylinder, der ihm jetzt nach mehrwöchentlichem Harren wieder vor Augen trat, alle seine Hoffnungen auf Glück, auf Ruhm und Reichtum!

O weh!... Die Kanone war gesprungen!

Unter dem ungeheuren Druck des sehr hoch erhitzten Wasserdampfes und des Sumpfgases hatte selbst der Stahl nicht Widerstand zu leisten vermocht. Obwohl das Rohr volle fünf Zentimeter Wandstärke hatte, war es doch wie ein einfaches Probierglas geborsten. Es zeigte an der einen Seite und ziemlich genau in der Mitte einen offenen Sprung gleich einem geschwärzten, von den Flammen verzogenen Mund, der den höchlichst enttäuschten jungen Ingenieur boshaft anzugrinsen schien.

Das hieß doch Unglück haben! So viel Mühe, um zu solch negativem Resultate zu kommen! Cyprien hätte sich gewiß weit weniger gedemütigt gefühlt, wenn sein Apparat infolge besserer Vorsichtsmaßregeln wenigstens die Feuerprobe ordentlich ausgehalten hätte. Daß sich in dem Zylinder kein kristallisierter Kohlenstoff vorfand, auf diese Enttäuschung war er mehr als hinreichend vorbereitet. Aber diesen alten Stahlschlauch einen ganzen Monat lang erhitzt und wieder abgekühlt, ja geradezu zärtlich gepflegt und gehütet zu haben, um ihn nun ins alte Eisen werfen zu können, das war denn doch zuviel. Am liebsten hätte er das Rohr gleich mit einem Fußtritte zur Seite geschleudert, wenn dasselbe nicht so schwer gewesen wäre, sich in dieser zwanglosen Art und Weise behandeln zu lassen.

Schon wollte Cyprien dasselbe einfach im Ofen zurücklassen und traf eben Anstalt, ziemlich betrübt wegzuschleichen und Alice seine kläglichen Erfolge mitzuteilen, als die Wißbegierde des Chemikers, die doch noch in ihm lebte, ihn veranlaßte, mittels eines angezündeten Streichhölzchens durch die entstandene Öffnung des Rohres dessen Inneres zu überblikken.

»Jedenfalls«, so dachte er, »hat sich der feuerbeständige Ton, mit dem ich dasselbe innerlich und äußerlich umkleidet habe, ganz in Backstein umgewandelt.«

Diese Voraussetzung erwies sich als begründet. Indes hatte sich auf Cyprien zunächst unerklärliche Weise von der Wandauskleidung eine Tonkugel abgelöst, welche für sich allein im Rohre verhärtet war.

Die schwarzrote Kugel von etwa Orangengröße konnte er

durch den Sprung bequem herausholen. Cyprien ergriff sie also nur aus Neugier, um sie oberflächlich zu besichtigen. Da erkannte er erst, daß sie wirklich aus einem von der Innenwand abgelösten Tonfragment bestand, welches isoliert hart gebrannt war, und eben wollte er sie beiseite werfen, als er bemerkte, daß sie, gleich einem Topfe, einen hohlen Klang hatte.

Sie bildete eine Art geschlossenen Krug, in welchem ein anderes, ziemlich schweres Stück frei herumtanzte.

»Die reine Sparbüchse!« sagte Cyprien für sich.

Doch selbst wenn er bei Todesstrafe hätte eine Erklärung dieses Geheimnisses geben sollen, wäre er das nicht imstande gewesen.

Jedenfalls wollte er über die Sache ins klare kommen. Er ergriff also einen Hammer und zertrümmerte die Sparbüchse.

Es war in der Tat eine solche, und noch dazu eine, welche einen ganz unschätzbaren Wert enthielt. Nein, er konnte sich über die Natur des Steines, der sich jetzt den erstaunten Augen des jungen Ingenieurs zeigte, keinen Moment täuschen! Dieser Stein war ein in seine Gangart eingeschlossener Diamant, der den hier gewöhnlich gefundenen vollkommen glich, aber ein Diamant von kolossalen, fast unglaublichen und jedenfalls nie vorher gesehenen Dimensionen.

Man urteile selbst. Der Diamant erschien größer als ein Hühnerei, glich äußerlich etwa einer Kartoffel und mußte mindestens dreihundert Gramm wiegen.

»Ein Diamant! ... Ein künstlicher Diamant!« wiederholte halblaut der erstaunte Cyprien. »Ich habe also die Lösung des Problems der Herstellung solcher entdeckt, trotz des Mißgeschickes mit dem Rohre! ... Ich bin also reich! ... Alice, meine geliebte Alice ist mein!«

Dann aber wollte er wieder nicht an das glauben, was er sah.

»Doch nein, das ist unmöglich! ... Ist eine Illusion, eine Täuschung! ...« wiederholte er, von bangem Zweifel gequält. »Oh, ich werde ja bald wissen, woran ich bin!«

Und ohne sich Zeit zu nehmen, den Hut aufzusetzen, lief Cyprien außer sich vor Freude, wie es ehemals Archimedes war, als er aus dem Bade stieg, in welchem er gelegen hatte, als er seinen berühmten Lehrsatz entdeckte, in aller Eile hinaus und platzte gleich einer Bombe in die Hütte Jacobus Vandergaarts hinein.

Hier fand er den alten Steinschneider eben beschäftigt, von Nathan aufgekaufte Diamanten zu prüfen, welche dieser ihm zum Schleifen übergeben hatte.

»Ah, Herr Nathan, Sie sind hier gerade am Platze!« rief Cyprien. »Sehen Sie einmal! Und Sie auch, Herr Vandergaart, sehen Sie, was ich bringe, und sagen Sie mir, was das ist!«

Er hatte seinen Stein auf den Tisch gelegt und blieb mit gekreuzten Armen davor stehen.

Nathan griff zuerst nach dem Stein, erblaßte vor Verwunderung und übergab jenen mit weit aufgerissenen Augen und offenstehendem Munde Jacobus Vandergaart. Dieser führte den betreffenden Gegenstand dicht vor die Augen, ging damit ans Fenster und betrachtete ihn sorgsam mit dem Vergrößerungsglase. Dann legte er ihn wieder auf den Tisch und starrte Cyprien an.

»Das ist der größte Diamant, den es auf Gottes Erdboden gibt«, sagte er ruhig.

»Ja, der allergrößte«, wiederholte Nathan. »Vier- oder fünfmal so groß wie der Koh-i-noor, der ›Berg des Lichts‹, der Stolz des englischen Königsschatzes, der hundertsiebzig Karat wiegt!«

»Zwei- oder dreimal so groß wie der ›Großmogul‹, der größte bisher bekannte Stein, der ein Gewicht von zweihundertachtzig Karat hat!« fuhr der Steinschneider fort.

»Vier- oder fünfmal so groß, wie der Diamant des Zaren, der dreiundneunzig Karat wiegt!« fügte Nathan immer verwunderter hinzu.

»Sieben- oder achtmal so groß wie der ›Regent‹, der mit hundertsechsunddreißig Karat angegeben worden ist!« vervollständigte Jacobus Vandergaart.

»Zwanzig- bis dreißigmal so groß wie der Diamant in Dresden, der nur einunddreißig wiegt!« rief Nathan.

Dann setzte er hinzu:

»Ich schätze ihn nach dem Schliffe noch mindestens auf vierhundert Karat! Aber wer wäre imstande, nur annähernd seinen Wert zu taxieren! Das entzieht sich jeder Berechnung!«

»Warum?« erwiderte Jacobus Vandergaart, der von den beiden Männern am ruhigsten geblieben war. »Der Koh-i-noor wird auf dreißig Millionen Francs geschätzt, der ›Großmogul‹ auf zwölf Millionen, der Diamant des Zaren auf acht und der ›Regent‹ auf sechs Millionen! Danach müßte dieser hier einen Wert von, gering angeschlagen, hundert Millionen haben!«

»Oh, da hängt doch noch sehr viel von seiner Farbe und Qualität ab!« warf Nathan ein, der sich nach und nach wieder sammelte und im Hinblick auf ein später mögliches Kaufgeschäft einige Vorbemerkungen anbringen zu müssen glaubte. »Wenn er farblos und von ganz reinem Wasser ist, ist sein Wert freilich ganz unschätzbar. Ist er aber gelblich, wie die meisten Diamanten des Griqualandes, so vermindert sich sein Preis damit ganz bedeutend! . . . Ich weiß übrigens kaum, ob mir für einen Kristall von solcher Größe nicht ein hübscher saphirblauer Schein, wie der des Diamanten Hoges, oder ein rötlicher, wie der des ›Großmogul‹, oder auch ein smaragdgrüner, wie der des Dresdner lieber wäre.«

»Nein, nimmermehr!« rief der alte Steinschneider eifrig. »Ich für meinen Teil stelle die farblosen Diamanten stets über alle anderen! Ja, sprechen Sie vom Koh-i-noor oder vom ›Regent‹! Das sind mir richtige Edelsteine! . . . Neben diesen erscheinen die übrigen nur noch als Phantasie, als einfache Schmucksteine!«

Cyprien hörte schon gar nicht mehr.

»Sie werden entschuldigen, meine Herren«, sagte er plötzlich, »aber ich bin genötigt, Sie augenblicklich zu verlassen!«

Mit diesen Worten ergriff er seinen kostbaren Stein und stürmte wieder den Weg nach der Farm zu hinauf.

Ohne daran zu denken, daß er doch eigentlich anklopfen müsse, öffnete er die Tür des gewöhnlichen Besuchszimmers, traf hier Alice und hatte diese, ohne sich über sein Benehmen Rechenschaft zu geben, in die Arme geschlossen und auf beide Wangen geküßt.

»Hallo! Was ist denn das?« rief Mr. Watkins, dem diese unverschämten Zärtlichkeiten das Blut zu Kopfe trieben.

Der Farmer saß an einem Tische gegenüber Annibal Pantalacci, mit dem er eben eine Partie Piquet angefangen hatte.

»Entschuldigen Sie, Miß Watkins!« stammelte Cyprien ganz erschrocken über seine Kühnheit, aber doch noch vor Freude strahlend. »Ich bin allzu glücklich! . . . Ich bin ein Narr des Glücks! . . . Da sehen Sie, was ich hier bringe!«

Und er warf mehr, als daß er ihn legte, seinen Diamanten auf den Tisch zwischen die beiden Kartenspieler.

Ebenso wie Nathan und Jacobus Vandergaart begriffen auch diese sehr schnell, um was es sich handle. Mr. Watkins, der von seiner täglichen Portion Gin bis jetzt nur einen sehr bescheidenen Teil verzehrt hatte, war noch in völlig klarem Zustande.

»Das haben Sie gefunden . . . Sie selbst . . . in Ihrem Claim?« fragte er sehr lebhaft.

»Das gefunden?« antwortete Cyprien triumphierend. »Ich hab's vielmehr gemacht! . . . Ich selbst hab's von Anfang an hergestellt! . . . Oh, Herr Watkins, alles in allem hat die Chemie doch ihren großen Wert!«

Er lachte und drückte mit den Händen die feinen Finger Alices, welche über diese leidenschaftlichen Mitteilungen, aber ganz entzückt über das Glück ihres Freundes, freundlich lächelte.

»Ihnen, nur Ihnen, Fräulein Alice, verdanke ich diese wichtige Entdeckung!« fuhr Cyprien fort. »Wer hat mir geraten, mich wieder der Chemie in die Arme zu werfen? Wer hat mich darauf hingewiesen, die Herstellung künstlicher Diamanten zu versuchen? . . . Ihre anbetungswürdige Tochter, Herr Watkins! – Oh, ich muß ihr wohl alle Ehre antun, wie die alten Ritter ihren Damen, und öffentlich erklären, daß ihr alles Verdienst bei dieser Entdeckung zukommt! . . . Hätt' ich ohne Sie jemals daran gedacht?«

Mr. Watkins und Annibal Pantalacci betrachteten den Diamanten, sahen sich dann an und schüttelten die Köpfe. Sie wußten offenbar nicht, woran sie eigentlich waren.

»Sie sagen, daß Sie das gemacht haben . . . Sie selbst?« fuhr John Watkins fort. »Das wäre also ein unechter Stein?«

»Ein unechter Stein? . . .« rief Cyprien. »Nun ja, zugegeben, ein unechter Stein! Jacobus Vandergaart und Nathan schätzten ihn freilich, niedrig veranschlagt, auf fünfzig Millionen, vielleicht auf hundert. Wenn das auch nur ein künstlicher Diamant ist, erzeugt durch ein neues Verfahren, dessen Erfinder ich bin, so ist er darum nicht minder echt! Sie sehen, daß ihm gar nichts fehlt, nicht einmal die Gangart!«

»Und Sie würden sich auch getrauen, noch mehr solche Diamanten zu machen?« fragte John Watkins etwas gereizt.

»Ob ich mir das getraue, Herr Watkins? Selbstverständlch! Ich will sie Ihnen schaufelweise liefern, diese Diamanten! Will sie Ihnen zehn- oder hundertmal so groß herstellen, wie dieser hier, falls Sie es wünschen. Ich mache Ihnen eine hinreichend große Zahl derselben, um Ihre Terrasse damit zu pflastern, um die Wege des Griqualandes damit zu makadamisieren, wenn Sie danach verlangen . . . Nur der erste Schritt kostet Mühe; nachdem ich aber den ersten Stein erhalten habe, ist alles andere sehr einfach und läuft nur auf die richtige Anordnung der chemischen Maßnahmen hinaus.«

»Doch wenn es so ist«, fuhr der Farmer kreidebleich fort, »so bedeutet es das Verderben aller Mineneigentümer, mein eigenes, wie das des ganzen Griqualandes.«

»Ja, freilich!« rief Cyprien. »Welches Interesse könnte man da noch haben, die Eingeweide der Erde zu durchwühlen, um ein paar kleine, fast wertlose Diamanten zu finden, sobald die Möglichkeit gegeben ist, diese auf künstlichem Wege ebenso leicht herzustellen wie ein Vierpfundbrot?«

»Aber das ist abscheulich!...« wetterte John Watkins los. »Das ist eine Schändlichkeit, ein Greuel! Wenn das, was Sie sagen, auf Wahrheit beruht, wenn Sie wirklich das Geheimnis besitzen...« Er schwieg außer Atem.

»Sie sehen«, sagte Cyprien sehr kühl, »daß ich nicht grundlos rede, da ich Ihnen mein erstes Erzeugnis vorgelegt habe... Es ist wohl auch groß und wertvoll genug, Sie zu überzeugen!«

»Nun gut«, antwortete endlich Mr. Watkins, nachdem er wieder ein wenig zu Atem gekommen, »wenn das wahr ist... müßte man Sie, Herr Méré, müßte man Sie sofort in der Hauptstraße des Lagers standrechtlich erschießen!... Das ist meine Meinung!«

»Und die meinige ebenfalls!« glaubte Annibal Pantalacci mit drohender Gebärde hinzusetzen zu müssen.

Ganz bleich war Miß Watkins aufgestanden.

»Mich standrechtlich erschießen, weil ich ein seit fünfzig Jahren aufgestelltes chemisches Problem zu lösen unternommen hätte?« antwortete der junge Ingenieur, die Achseln zukkend. »Wahrhaftig, das wäre ein etwas vorschnelles Verfahren!«

»Hierbei ist gar nichts zu lachen!« versetzte der Farmer wütend. »Haben Sie an die unausbleiblichen Folgen Ihrer sogenannten Entdeckung gedacht... an das Aufhören jeder Tätigkeit in den Minen... an die Lahmlegung der wichtigsten Industrie des Griqualandes... an mich, der dadurch an den Bettelstab gebracht würde?«

»Meiner Treu, ich muß Ihnen freilich gestehen, daß mir alles das kaum in den Sinn gekommen ist!« antwortete Cyprien offenherzig. »Das sind eben unvermeidliche Folgen des industriellen Fortschrittes, und die Wissenschaft hat keinerlei Ursache, sich um diese zu kümmern! Was Sie übrigens persönlich angeht, Herr Watkins, so seien Sie außer Sorge! Was mir gehört, gehört auch Ihnen, und Sie wissen ja recht gut, welche Veranlassung mich dazu gedrängt hat, Untersuchungen in dieser Richtung anzustellen!«

John Watkins begriff plötzlich, welchen Vorteil er selbst aus der Entdeckung des jungen Ingenieurs ziehen könne, und was der Neapolitaner auch davon halten mochte, zögerte er doch gar nicht, wie man sagt, die Flinte umzukehren.

»Wenn ich mir's recht überlege«, fuhr er fort, »so können

Sie ja recht haben und sprechen als braver junger Mann, als den ich Sie kenne. Ja, ich denke, es könnten sich Mittel und Wege zu einem Übereinkommen finden lassen! Warum sollten Sie eine zu große Menge Diamanten fabrizieren? Das wäre das sicherste Mittel, Ihre Erfindung zu entwerten. Jedenfalls erscheint es weit klüger, das Geheimnis sorgfältig zu wahren, dasselbe nur in weiser Beschränkung auszunutzen und vielleicht nur noch ein oder zwei Exemplare solcher Steine wie diese hier herzustellen oder sich sogar mit diesem ersten Erfolge zufrieden zu geben, der Ihnen ja mit einem Schlage ein beträchtliches Kapital sichert und den reichsten Mann im Lande aus Ihnen macht. Auf diese Weise würden alle zufriedengestellt; die Dinge hier nehmen ihren Lauf wie früher, und Sie vermeiden die Gefahr, mit ganz ansehnlichen fremden Interessen in feindliche Berührung zu kommen!«

Das war eine neue Anschauung der Sachlage, an welche Cyprien bisher noch nicht gedacht hatte. Da trat ihm auch schon mit unerbittlicher Strenge das Dilemma vor Augen, entweder das Geheimnis seiner Entdeckung für sich zu behalten, es der Welt nicht mitzuteilen und es zur eigenen Bereicherung auszunützen, oder mit einem Schlage, wie John Watkins mit Recht sagte, alle natürlichen und künstlichen Diamanten der Welt völlig zu entwerten und folglich auf jeden Vermögensvorteil zu verzichten um des einen Zweckes willen ... die Steingräber von Griqualand, von Brasilien und Indien zu ruinieren!

Vor diese Alternative gestellt, zauderte Cyprien vielleicht ein wenig, aber doch nur einen Augenblick. Und doch sah er ein, daß er, wenn er sich voll Offenheit für die Ehre und die Treue gegenüber der selbstlosen Wissenschaft entschied, für immer auf die Hoffnung verzichten müsse, welche doch der erste Beweggrund zu seiner Entdeckung gewesen war.

Die peinliche Empfindung war für ihn ebenso bitter, ebenso schmerzlich und unerwartet, weil er ja plötzlich aus dem schönsten Traume gerissen wurde.

»Herr Watkins«, sagte er sehr ernst, »wenn ich meine Entdeckung als Geheimnis behandelte, wär' ich doch nichts als ein Fälscher! Ich verkaufte dann nach falschem Gewicht, ich würde andere über die Qualität der Ware täuschen! Erfolge, welche ein Gelehrter erzielt, gehören ihm niemals allein! Sie sind stets ein Teil des geistigen Eigentums aller! Davon nur den kleinsten Teil für sich aus egoistischem, persönlichem Interesse zurückzubehalten, wäre das schändlichste Verbrechen, dessen ein Mann sich schuldig machen könnte. Ich werde es nicht tun! ... Nein! ... Ich denke keine Woche, keinen Tag zu warten, um das Verfahren, auf welches ich neben einiger Berechnung zum großen Teil doch durch glücklichen Zufall gekommen bin, zum Gemeingut zu machen! Dabei habe ich mir nur die eine, ich glaube, gerechtfertigte Beschränkung aufzuerlegen, daß ich die Art und Weise zuerst Frankreich, meinem Vaterlande, mitteile, welches mir die Gelegenheit geboten hat, ihm dienstbar zu sein! Schon morgen werde ich der Akademie der Wissenschaften mein Geheimnis schriftlich übermitteln! Adieu, Herr Watkins, Ihnen verdanke ich es wenigstens, auf eine Verpflichtung hingewiesen worden zu sein, an die ich zunächst gar nicht dachte ... Miß Watkins ... ich hatte wohl einen herrlichen Traum ... ach, daß ich auf seine Verwirklichung verzichten muß!«

Noch ehe das junge Mädchen eine Bewegung auf ihn zumachen konnte, hatte Cyprien seinen Diamanten ergriffen, grüßte artig Miß Watkins sowie deren Vater und verschwand.

Zehntes Kapitel

Worin John Watkins nachdenkt

Mit gebrochenem Herzen hatte Cyprien die Farm verlassen und begab sich, fest entschlossen, zu tun, was er für Ehrenpflicht hielt, von neuem zu Jacobus Vandergaart, den er jetzt allein traf; der Händler Nathan hatte alle Eile gehabt, ihn zu verlassen, um als der erste im Lager die Neuigkeit zu verbreiten, welche die Lebensinteressen aller Insassen desselben so tief berührte.

Seine Mitteilung erregte hier natürlich ein ungewöhnliches Aufsehen, obwohl die Leute noch nicht einmal wußten, daß der Diamant des »Monsieur«, wie man Cyprien zu nennen pflegte, ein Kunstprodukt war. Der »Monsieur« kümmerte sich freilich blutwenig um das Geschwätz in der Kopje. Ihm lag es nur am Herzen, mit Hilfe des alten Vandergaart die Qualität und Farbe seines Steines festzustellen, ehe er einen Bericht über die ganze Angelegenheit aufsetzte, und aus diesem Grunde begab er sich eben zu dem alten Manne.

»Mein lieber Jacobus«, begann er, neben diesem Platze nehmend, »erweisen Sie mir doch den Gefallen, an diesen Kloß eine Facette zu schleifen, damit wir einigermaßen erkennen können, was sich unter seiner Gangart verbirgt.«

»Das soll bald geschehen sein«, erklärte der alte Steinschleifer, den Stein aus der Hand seines jungen Freundes entgegennehmend. »Sie haben da übrigens eine recht passende Stelle bezeichnet«, fügte er hinzu, als ihm eine Ausbuchtung an einer Seite des Steines auffiel, nach welcher Cyprien gewiesen hatte. Letzterer bildete nämlich bis auf diese Unregelmäßigkeit ein ganz vollständiges Oval. »Wenn wir ihn hier anschleifen, kann seine zukünftige Gestalt nicht beeinträchtigt werden.«

Jacobus Vandergaart ging ohne Zögern ans Werk; und nachdem er aus seiner Kommode einen rohen Stein von vier bis fünf Karat entnommen und diesen an einer Art eisernem Griffe sorgfältig befestigt hatte, begann er die beiden äußeren Schichten kräftig gegeneinander zu reiben.

»Es wäre schneller geschehen, wenn ich eine Spaltung vornähme«, sagte er. »Wer möchte aber wagen, auf einen Stein von solchem Werte einen Hammerschlag zu führen!«

Die lange und sehr einförmige Arbeit nahm nicht weniger als zwei Stunden in Anspruch. Als die Facette breit genug erschien, um die Natur des Steines beurteilen zu lassen, mußte sie noch auf der Mühle poliert werden, was wiederum zwei Stunden Zeit erforderte.

Bei Beendigung dieser Vorarbeiten war es indes noch immer voller Tag. Jetzt konnten nun Cyprien und Jacobus Vandergaart ihre gespannte Neugier befriedigen und sahen sich das Ergebnis der vorherigen Operationen an.

Eine schöne Facette von Gagathfarbe, aber vollkommenster Durchsichtigkeit und unvergleichlichem Glanze bot sich ihren Blicken.

Der Diamant war schwarz! Eine merkwürdige Eigentümlichkeit, welche nur selten gefunden wird, und seinen Wert womöglich noch weiter erhöht.

Jacobus Vandergaarts Hände zitterten, als er den Kristall in den Strahlen der Abendsonne funkeln ließ.

»Das ist der merkwürdigste und schönste Edelstein, der jemals das Licht des Tages wiedergestrahlt hat!« rief er mit wirklich religiöser Ehrfurcht. »Wie wird er erst aussehen, wenn seine Facetten alle kunstgerecht geschliffen sind!«

»Würden Sie zustimmen, diese Arbeit zu übernehmen?« fragte Cyprien eifrig.

»Ja, gewiß, liebes Kind! Das wäre der höchste Ruhm, die Krone meiner langen Lebensbahn! . . . Vielleicht aber möchten Sie lieber eine jüngere und sicherere Hand dazu wählen als die meinige?«

»Nein«, antwortete Cyprien mit Wärme. »Ich hege die

Überzeugung, daß niemand dieser Aufgabe mehr Sorgfalt und Geschick widmen wird als Sie. Bewahren Sie diesen Diamanten, lieber Jacobus, und schneiden ihn, wie Sie es für gut finden. Sie werden ein Meisterstück liefern. Die Sache ist hiermit abgemacht!«

Der Greis drehte und wendete den Stein zwischen den Fingern und schien unschlüssig zu sein, was er tun solle.

»Es beunruhigt mich nur eins«, sagte er endlich. »Wissen Sie, daß ich mich nicht recht mit dem Gedanken befreunden kann, ein Juwel von solchem Werte in meiner Behausung zu haben? Das sind mindestens fünfzig Millionen, vielleicht noch mehr, was ich hier in der hohlen Hand halte. Es scheint mir nicht ratsam, eine solche Verantwortlichkeit auf mich zu nehmen.«

»Wenn Sie nichts davon sagen, wird es kein Mensch wissen, Herr Vandergaart, und was mich angeht, so verpflichte ich mich zur Wahrung des strengsten Stillschweigens.«

»Hm! Vermutungen werden deshalb nicht ausbleiben! Es kann Ihnen jemand gefolgt sein, als Sie zu mir gingen! . . . Man wird die Veranlassung annehmen, wenn sie auch keiner sicher kennt! Den Leuten hier ist nicht über den Weg zu trauen! Nein, ich könnte keine Nacht ruhig schlafen!«

»Vielleicht haben Sie recht«, erwiderte Cyprien, der die Einwendung des alten Mannes sehr wohl begriff. »Doch was ist da zu tun?«

»Das überleg ich eben!« antwortete Jacobus Vandergaart, der einige Augenblicke stillschwieg.

Dann nahm er wieder das Wort:

»Hören Sie mich an, liebes Kind«, sagte er. »Was ich Ihnen vorzuschlagen gedenke, ist sehr delikater Natur und ich setze dabei voraus, daß Sie unbegrenztes Vertrauen zu mir haben. Sie kennen mich jedoch zu gut, um es auffällig zu finden, daß ich in diesem Falle alle nur denkbare Vorsicht walten lassen möchte. Ich muß sofort mit meinen Werkzeugen und dem Stein von hier fort, um mich in einen Winkel zu verkriechen, wo mich niemand kennt – vielleicht in Bloemfontein oder in Hope-Town. Da werd' ich mir ein bescheidenes Zimmer wählen, mich einschließen, um ganz im geheimen und ungestört zu arbeiten und erst nach Vollendung dieser Aufgabe zurückkehren. Vielleicht gelingt es mir auf diese Weise, gewisse Leute, die gelegentlich zu allem fähig sind, fernzuhalten . . . Doch ich wiederhole Ihnen, ich schäme mich fast, Ihnen einen solchen Vorschlag zu unterbreiten.«

»Einen Vorschlag, den ich völlig gerechtfertigt finde«, erwiderte Cyprien, »und ich bitte Sie nur inständigst, denselben ohne Zögern auszuführen.«

»Rechnen Sie darauf, daß die Sache ziemlich lange dauern kann, daß ich wenigstens einen Monat dazu brauche, und vergessen Sie nicht, daß mir auch unterwegs ein Unfall zustoßen könnte.«

»Das schadet alles nichts, Herr Vandergaart, wenn Sie glauben, daß das der beste Weg ist, zum gewünschten Ziele zu gelangen. Und wenn der Diamant ja verloren ginge, ist ja das Unglück nicht gar so groß!«

Jacobus Vandergaart betrachtete seinen jungen Freund mit seltsamem Erstaunen.

»Sollte ihn ein solcher Glücksfall um den Verstand gebracht haben?« fragte er sich.

Cyprien verstand seine Gedanken und begann zu lächeln. Nun erst erklärte er ihm, woher der Diamant stamme und daß er deren in Zukunft soviel herstellen könne, wie ihm beliebte. Ob der alte Steinschneider dieser Mitteilung nur halben Glauben schenkte oder ob ihn persönliche Gründe bestimmten, jetzt nicht in der allein liegenden Hütte bleiben zu wollen, wo ihm ein Edelstein von fünfzig Millionen an Wert als gefährlicher Hausgenosse erschien – kurz, er bestand darauf, noch zur Stunde abzureisen.

Nachdem er also in einem alten Ledersack seine Werkzeuge und die nötigsten Habseligkeiten untergebracht, befestigte er an der Haustür einen Zettel mit der Aufschrift: »In Geschäftsangelegenheiten abwesend«, steckte den Schlüssel in die Tasche, verbarg den Diamanten unter seiner Weste und brach unverzüglich auf.

Cyprien begleitete ihn zwei bis drei Meilen weit auf der Landstraße nach Bloemfontein und verließ ihn nur erst auf seine ernstliche Bitte.

Es war schon dunkle Nacht, als der junge Ingenieur nach seiner Wohnung zurückkehrte, während er dabei sicherlich mehr an Miß Watkins, als an seine berühmte Entdeckung dachte.

Ohne sich bei dem von Matakit bereiteten und schon zurechtgestellten Abendessen aufzuhalten, verfügte er sich an seinen Arbeitstisch und begann den Bericht aufzusetzen, den er mit dem nächsten Kurier an den ständigen Sekretär der Akademie der Wissenschaften abzusenden dachte. Dieser enthielt eine ganz genaue und vollständige Beschreibung seines Experimentes, welche er mit einer höchst geistreichen Theorie über die Reaktion, durch die jener prächtige Kohlenstoffkristall entstanden sein mochte, begleitete.

»Die bemerkenswerteste Eigentümlichkeit dieses Erzeugnisses«, schrieb er unter anderem, »liegt offenbar in seiner unzweifelhaften Identität desselben mit dem natürlichen Diamanten und vor allem in dem gleichzeitigen Vorhandensein der äußerlichen Gesteinsgangart.«

Cyprien hegte die feste Überzeugung, daß dieser merkwürdige Erfolg nur der sorgfältigen Auskleidung des Rohres mit der Erde zu verdanken sei, die er der Vandergaart-Kopje entnommen hatte. Der Vorgang, durch welchen ein Teil dieser Erde sich von der Wand losgelöst, um rings um den Kristall eine wirkliche Schale zu bilden, war freilich nicht leicht zu erklären und blieb ein Punkt, über den spätere Experimente jedenfalls weitere Aufklärung bringen würden. So lag zum Beispiel der Gedanke nahe, daß hier eine ganz neue Betätigung einer chemischen Verwandtschaft anzunehmen sei, und der Autor nahm sich vor, diesen Gegenstand später gründlich zu studieren. Er maßte sich übrigens keineswegs an, in dieser Zuschrift schon eine vollständige und abgeschlossene Theorie geben zu wollen. Die Veranlassung zu derselben bildete vielmehr der Wunsch, dieselbe ohne Verzug der ganzen gelehrten Welt vorzulegen, die Priorität Frankreichs zu sichern und andere zu Studien anzuregen, welche geeignet wären, das, was ihm bisher selbst noch dunkel geblieben war, aufzuhellen und zu erklären.

Nachdem er diese Abhandlung aufgesetzt und seine wissenschaftliche Befähigung nachgewiesen hatte, während er noch immer darauf hoffte, dieselbe durch weitere Erfahrung zu vervollständigen, ehe er sie an die richtige Adresse absandte, aß der junge Ingenieur ein wenig zu Abend und legte sich dann ruhig nieder.

Am folgenden Morgen verließ Cyprien seine Wohnung und lustwandelte nachsinnend durch die verschiedenen Teile der Mine. Gewisse und wahrlich nicht besonders feindliche Blicke trafen ihn, wo er auch vorüberkam. Wenn er diese kaum beachtete, kam das daher, daß er alle möglichen Folgen seiner wichtigen Entdeckung fast ganz vergessen hatte, obgleich sie John Watkins ihm so handgreiflich vor Augen führte, nämlich den mehr oder weniger nahe bevorstehenden Ruin aller konzessionierten Inhaber und aller Konzessionen des Griqualandes. Immer war das ganz dazu angetan, ihm in einem halbwilden Lande einige Besorgnis einzuflößen, hier, wo man gar nicht zögerte, sich mit eigener Hand Recht zu verschaffen, und die Sicherheit der Arbeit und demgemäß den daraus hervorgehenden Handel füglich als allererstes Gesetz betrachtete. Sobald die Herstellung künstlicher Diamanten sich zur praktischen Industrie fortentwickelte, waren alle jene Bergwerke Brasiliens wie die in denen des südlichen Afrika festgelegten Millionen, ohne von der Unzahl Existenzen zu reden, welche davon lebten, unwiederbringlich verloren. Der junge Ingenieur konnte zwar sein Geheimnis für sich behalten; in dieser Beziehung aber lautete seine abgegebene Erklärung zu bestimmt und zu bindend; er war entschlossen, das nicht zu tun.

Auf der anderen Seite konnte der Vater Alices während der Nacht – eine Nacht quälender Unruhe –, in der John Watkins von nichts anderem als von noch gar nicht dagewesenen Diamanten im Werte von soundso vielen Milliarden träumte – wohl folgenden Gedankengang haben. Jedenfalls erschien es ganz natürlich, daß Annibal Pantalacci und die übrigen Steingräber mit grollender Unruhe die Umwälzung betrachteten, welche Cypriens Entdeckung bezüglich der Ausbeutung der Diamantendistrikte herbeiführen mußte, da sie solche ja für eigene Rechnung bearbeiteten. Für ihn aber, als einfachen Eigentümer der Farm Watkins, gestaltete sich die Sachlage noch anders. Wenn die Claims infolge der Wertverminderung der Edelsteine verlassen wurden, wenn die ganze jetzt hier zusammengeströmte Bevölkerung das Gebiet des Griqualandes wieder verließ, so sank natürlich auch der Wert seiner Farm in beträchtlichem Maße, seine Felderzeugnisse fanden nicht mehr so bequemen Absatz, seine Häuschen und Hütten mußten wegen Mangels an Abmietern leer stehen bleiben, und schlimmstenfalls konnte er sogar in die Lage kommen, ein Land zu verlassen, in welchem alle Quellen seiner bisherigen Einkünfte versiegt waren.

»Schön«, sagte John Watkins, »bis dahin werden schon ein paar Jahre vergehen! Die Herstellung künstlicher Diamanten ist selbst durch den von Herrn Méré angegebenen Prozeß noch nicht so weit gediehen, um von praktisch einschneidender Bedeutung zu sein. Vielleicht hat ihn bei der ganzen Geschichte nur ein besonders glücklicher Zufall begünstigt. Doch ob Zufall oder nicht, jedenfalls hat er einen Stein von ungeheurem Werte erzeugt, und wenn dieser, den Maßstab für natürliche Diamanten zugrunde gelegt, schon einige fünfzig Millionen wert ist, so wird er grade wegen seiner Erzeugung auf künstlichem Wege einen weit höheren Preis bedingen. Ja, der junge Mann muß um jeden Preis zurückgehalten werden, eine Zeitlang wenigstens müssen wir ihn hindern, seine hochwichtige Entdeckung von allen Dächern hinauszuposaunen! Der Stein muß endgültig in der Familie Watkins bleiben und wird von dieser nur gegen eine beträchtliche Anzahl Millionen abgegeben werden. Was den jungen Mann betrifft, der ihn hergestellt hat, so lasse ich mir darüber kein graues Haar wachsen, das wird sich leicht genug bewerkstelligen lassen. Ich habe ja Alice, und mit deren Hilfe wird mir's schon gelingen, seine Abreise nach Europa zu verzögern ... Ja, und wenn ich sie ihm zur Frau versprechen ... selbst wenn ich sie ihm zur Frau geben sollte!«

Ja, unter dem Drange einer wahrhaft verzehrenden Begierde wäre John Watkins sogar dazu entschlossen gewesen. Bei der ganzen Angelegenheit hatte er nur sein Ich im Auge und dachte er nur allein an sich! Und wenn der alte Egoist an seine Tochter dachte, so geschah es einzig und allein, um sich zu sagen:

»Nun, alles in allem wird Alice sich nicht zu beklagen haben. Der junge gelehrte Narr ist eigentlich ganz gut. Er liebt sie, und mir scheint, sie ist gegen seine warme Zuneigung nicht unempfindlich geblieben. Was kann's nun Besseres geben, als zwei für einander geschaffene Herzen zu vereinigen ... oder ihnen die Vereinigung wenigstens bis zur vollständigen Klärung der Sachlage in Aussicht zu stellen. Ah, beim heiligen John, meinem Schutzpatron, zum Teufel mit Annibal Pantalacci und seinen Spießgesellen! Jeder ist sich selbst der Nächste, auch hier im Griqualande!«

So räsonierte John Watkins, und wenn er die ideale Waage betrachtete, auf der er die Zukunft seiner Tochter mit einem Stück kristallisierter Kohle ins Gleichgewicht gebracht, war er ganz glücklich in der Vorstellung, daß beide Schalen derselben sich vortrefflich in einer horizontalen Linie hielten.

Am folgenden Morgen stand sein Entschluß fest; er wollte nichts vom Zaune brechen, sondern die Dinge an sich herankommen lassen, ohne sich viel um den Weg zu kümmern, den sie dabei nehmen möchten.

Zunächst lag es ihm am Herzen, seinen Abmieter einmal wiederzusehen – was ja bei den täglichen, auf der Farm abgestatteten Besuchen ziemlich leicht war –, aber auch den berühmten Diamanten, der in seinen Träumen schon zu fabelhaften Größenverhältnissen angewachsen war, sehnte er sich noch einmal zu betrachten.

Mr. Watkins begab sich also nach dem Häuschen Cypriens, der in dieser frühen Morgenstunde noch hier anwesend war.

»Nun, mein junger Freund«, begann er im Tone guter Laune, »wie haben Sie denn die Nacht hingebracht, diese erste

Nacht nach Ihrer hochwichtigen Entdeckung?«

»Oh, sehr gut, Herr Watkins, sehr gut«, erklärte der junge Mann frostig.

»Wie, Sie haben schlafen können?«

»Ganz wie gewöhnlich!«

»Alle die Millionen, welche aus diesem Ofen hervorgequollen sind«, fuhr Mr. Watkins fort, »haben nicht einmal Ihren Schlaf gestört?«

»In keiner Weise!« versicherte Cyprien. »Vergessen Sie überhaupt nicht, Herr Watkins, daß der fragliche Diamant einen Wert von Millionen nur besäße, wenn er das Werk der Natur wäre, nicht aber das Erzeugnis eines Chemikers . . .«

»Ja . . . ja freilich, Herr Cyprien! Doch sind Sie sicher, noch einen oder gar noch mehrere machen zu können? . . . Würden Sie dafür einstehen können?«

In der Überzeugung, daß ein derartiges Experiment wohl auch auf einen Mißerfolg hinauslaufen könne, zögerte Cyprien mit der Antwort.

»Da haben wir's ja«, fuhr John Watkins fort, »Sie getrauen sich das nicht! Bis auf weitere Versuche und Erfolge bleibt also Ihrem Diamanten sein ungeheurer Wert! . . . Nun, warum wollen Sie's dann, wenigstens gleich jetzt, jedermann predigen, daß es nur ein künstlicher ist?«

»Ich wiederhole Ihnen«, erwiderte Cyprien, »daß ich ein wissenschaftliches Geheimnis von solcher Tragweite nicht für mich behalten darf!«

»Ja . . . ja . . . weiß schon!« erwiderte John Watkins, indem er dem jungen Manne durch ein Zeichen bedeutete, zu schweigen, um nicht draußen gehört zu werden. »Ganz richtig! . . . Davon sprechen wir später. Jedenfalls sorgen Sie sich nicht wegen Pantalaccis und der Übrigen; die werden bezüglich Ihrer Entdeckung gewiß reinen Mund halten, denn das liegt in ihrem eigenen Interesse. Seien Sie überzeugt und – nun ja – glauben Sie vorzüglich von meiner Tochter und von mir, daß wir uns über Ihre Erfolge ganz besonders freuen. Ja gewiß, wir sind ganz glücklich darüber! . . . Aber könnt' ich den wunderbaren Diamanten denn nicht noch einmal sehen? . . . Gestern hatt' ich ja kaum Zeit, ihn aufmerksamer zu betrachten. Würden Sie wohl gestatten . . .«

»Ja, ich hab' ihn leider nicht mehr«, antwortete Cyprien.

»Sie haben ihn schon nach Frankreich geschickt?« rief Mr. Watkins, fast vernichtet von diesem Gedanken.

»Nein . . . das noch nicht! . . . Im jetzigen Rohzustande würde man seine Schönheit nicht zu beurteilen vermögen; deshalb also beruhigen Sie sich.«

»Wem haben Sie ihn aber dann übergeben? Bei allen Schutzheiligen Alt-Englands, wem?«

»Ich übergab ihn dem Jacobus Vandergaart zum Schleifen und weiß nicht, wo dieser ihn mit hingenommen hat.«

»Sie hätten dem alten Narren einen Diamanten von solch ungeheurem Werte anvertraut?« rief John Watkins wirklich wütend. »Aber das ist wahnwitzig, Herr Ingenieur, rein wahnwitzig.«

»Bah!« erwiderte Cyprien sehr gleichmütig, »was, meinen Sie, könnte Jacobus oder ein beliebiger anderer beginnen mit einem Diamanten, dessen Wert für die, welche seinen Ursprung nicht kennen, mindestens fünfzig Millionen beträgt? Glauben Sie etwa, es ginge so leicht, denselben heimlich zu verkaufen?«

Mr. Watkins schien über dieses Argument einigermaßen betroffen. Ein Diamant von so hohem Preise konnte offenbar nicht so leicht aus einer Hand in die andere übergehen. Trotzdem fühlte sich der Farmer beunruhigt; er hätte viel – ja, viel darum gegeben, wenn der unvorsichtige Cyprien jenen nicht dem alten Steinschneider anvertraut hätte, oder wenn dieser wenigstens mit dem überaus kostbaren Juwel nach dem Griqualande zurückgekehrt gewesen wäre.

Jacobus Vandergaart hatte jedoch einen Monat Zeit verlangt, und trotz seiner brennenden Ungeduld mußte John Watkins sich wohl oder übel fügen.

Natürlich säumten im Laufe der folgenden Tage seine gewöhnlichen Tischgenossen Annibal Pantalacci, Herr Friedel und der Jude Nathan nicht, über den ehrbaren Steinschneider herzufallen. In Abwesenheit Cypriens sprachen sie sehr häufig von ihm und gaben John Watkins dabei jedesmal zu hören, daß die Zeit verstreiche und Jacobus Vandergaart doch nicht wieder erscheine.

»Und warum sollte er eigentlich nach dem Griqualande zurückkehren«, bemerkte Friedel, »da es ihm ja leicht genug gemacht ist, den unermeßlich kostbaren Diamanten, dessen künstlichen Ursprung bis jetzt doch nichts verrät, einfach für sich zu behalten?«

»Weil er keine Gelegenheit finden dürfte, ihn zu verkaufen«, entgegnete Mr. Watkins unter Anführung des Argumentes, welches der junge Ingenieur beigebracht hatte, obgleich ihn das jetzt nicht mehr vollständig beruhigte.

»Ein recht triftiger Grund!« meinte Nathan.

»Ja, ein recht triftiger Grund!« wiederholte Annibal Pantalacci, »und glauben Sie mir, das alte Krokodil ist damit in dieser Stunde schon über alle Berge. Es wird ihm wohl besonders schwer fallen, den Stein äußerlich zu verändern und unkenntlich zu machen! Sie wissen ja nicht einmal, welche Färbung er hat. Wer hindert ihn, denselben in vier oder fünf Stücke zu teilen, oder durch Spaltung daraus auch noch mehr Diamanten von immerhin beträchtlichem Werte herzustellen?«

Solche hingeworfene Andeutungen senkten schwere Zweifel in die Seele des Mr. Watkins, und er gab sich schon dem Glauben hin, daß Jacobus Vandergaart niemals wiedererscheinen werde.

Nur Cyprien glaubte fest an die Ehrbarkeit des alten Steinschneiders und erklärte unentwegt, daß dieser sich schon am vorherbestimmten Tage einstellen würde. Er sollte damit recht behalten.

Jacobus Vandergaart traf achtundvierzig Stunden später wirklich ein. Sein Fleiß und Eifer für die Arbeit hatten es ermöglicht, den Schliff des Diamanten schon in siebenundzwanzig Tagen zu vollenden. Er schlüpfte des Nachts wieder in sein Haus, um dem Juwel auf der Mühle die letzte Politur zu geben, und am neunundzwanzigsten Tage sah Cyprien den Greis wieder bei sich erscheinen.

»Hier ist der Stein!« sagte er einfach und setzte bei diesen Worten einen kleinen Holzkasten auf den Tisch.

Cyprien öffnete das Etui und stand wie versteinert da.

Auf einer Unterlage von weißer Baumwolle ruhte, in Form eines dodekaedrischen, das ist zwölfflächigen Rhomboids ein ungeheurer schwarzer Kristall, der seine prismatischen Strahlen mit solchem Feuer aussandte, daß das ganze Laboratorium davon erleuchtet schien. Dieses Kunstprodukt von tintenschwarzer Farbe, diamantener Durchsichtigkeit und unerreichtem Brechungsvermögen brachte einen wunderbaren, wirklich aufregenden Effekt hervor. Man empfand es, daß man hier einer einzig dastehenden Erscheinung, einem Naturspiel, das wahrscheinlich seinesgleichen nicht hatte, gegenüberstand. Von dem Werte desselben ganz abgesehen, nahm der Glanz des Edelsteins schon allein alle Sinne gefangen.

»Das ist nicht bloß der größte, sondern auch der schönste Diamant, den es auf Erden gibt!« sagte Jacobus Vandergaart in ernstem Tone, dem sich ein gewisser Vaterstolz beimischte. »Er wiegt vierhundertzweiunddreißig Karat! Sie dürfen sich also schmeicheln, ein Prachtstück erster Ordnung geschaffen zu haben, liebes Kind, und Ihr einfacher Versuch hat gleich ein Meisterwerk geliefert!«

Cyprien hatte auf die Lobpreisung des alten Steinschneiders nicht geantwortet. Er betrachtete sich eben nur als den Urheber einer merkwürdigen Entdeckung. Ohne Zweifel hatten schon viele sich auf dem Gebiete der anorganischen Chemie nach gleichem Zwecke strebend vergeblich abgemüht, wo er so unerwartet leicht zum Ziele gekommen war. Doch welche nützliche Folgen konnte die Herstellung künstlicher Diamanten für die menschliche Gesellschaft haben? Denn unvermeidlicherweise mußte diese in gewisser Zeit alle diejenigen, welche vom Edelsteinhandel lebten, zugrunde richten, und würde deshalb doch niemand bereichern.

Mit dieser Vorstellung verfiel der junge Ingenieur wieder in die Berauschung, der er sich während der ersten Stunden nach seiner Entdeckung hingegeben hatte. Ja, jetzt, wo dieser Diamant in vollem Glanze aus den Händen Jacobus Vandergaarts wiederkam, erschien er auch ihm selbst nicht mehr als wertloser Kristall, dem vielleicht in naher Zeit nicht einmal mehr der Vorzug der Seltenheit zukam.

Cyprien hatte das Kästchen wieder ergriffen, in welchem der unvergleichliche Edelstein funkelte, und nachdem er noch die Hand des Greises warm gedrückt, begab er sich geraden Weges nach der Farm des Mr. Watkins.

Der Farmer saß noch immer unruhig, noch immer erregt wegen der für ihn so unwahrscheinlichen Rückkehr des Jacobus Vandergaart in seinem Zimmer zu ebener Erde. Seine Tochter befand sich bei ihm und suchte ihn nach Kräften zu besänftigen.

Cyprien stieß die Tür auf und blieb einen Augenblick auf der Schwelle stehen.

»Nun?...« fragte John Watkins lebhaft, während er sich überraschend schnell erhob.

»Nun, der ehrliche Jacobus Vandergaart ist heute morgen heimgekehrt!« antwortete Méré.

»Mit dem Diamanten?«

»Mit dem meisterhaft geschnittenen Diamanten, der noch immer vierhundertzweiunddreißig Karat wiegt.«

»Vierhundertzweiunddreißig Karat!« stieß John Watkins hervor. »Und Sie haben ihn mitgebracht?«

»Hier ist er.«

Der Farmer hatte das Kästchen hastig ergriffen, hatte es aufgerissen, und seine großen Augen funkelten jetzt fast ebenso stark wie der Diamant, den er mit einer fast stumpfsinnigen Bewunderung, gleich einem Geisteskranken anstarrte. Jetzt, als er denselben in so leichter, tragbarer, körperlicher und doch glänzender Form zwischen den zitternden Fingern hielt, den kolossalen Wert, den der Edelstein darstellte, in der Hand fühlte, steigerte sich sein Entzücken zu solchem Grade, daß es beinahe lächerlich erschien. Mr. Watkins hatte Tränen in der Stimme und sprach auf den Diamanten wie auf ein lebendes Wesen.

»Oh, der schöne, der stolze, der köstliche Stein!...« rief er. »Du bist also wiedergekommen, mein Herzlieb!... Wie prächtig du aussiehst!... Wie schwer du bist!... Wieviel magst du in guten, klingenden Guineen wert sein!... Was soll aus dir werden, mein Schatz?... Sollen wir dich nach dem Kap und von da nach London senden, um dich bewundern zu lassen?... Wer wäre aber reich genug, dich kaufen zu können?... Die Königin selbst könnte sich einen solchen Luxus nicht gestatten?... Das verzehrte ihre Zivilliste für zwei bis drei Jahre!... Es wird sich wohl ein Parlamentsbeschluß, eine nationale Subskription notwendig machen!... Nun, sei nur ruhig, das wird ja geschehen!... Dann wirst auch du im Tower zu London ausruhen können, zur Seite des Koh-i-noor, der dir gegenüber nur noch ein Knabe sein wird!... Was magst du wohl wert sein, mein Herzensschatz?«

Er rechnete ein Weilchen im Kopfe.

»Der Diamant des Zaren ist von Katharina II. mit einer Million Rubel bar und sechsundneunzigtausend Francs lebenslänglicher Rente bezahlt worden. Es erscheint gewiß nicht übertrieben, für diesen hier eine Million Pfund Sterling und fünfhunderttausend Francs fortlaufende Rente zu verlangen!«

Da fiel ihm plötzlich noch etwas anderes ein.

»Glauben Sie nicht, Herr Méré, daß der Eigentümer eines solchen Steines zum Pair erhoben werden müßte? Alle Arten des Verdienstes sollen doch in dem hohen Hause vertreten sein, und einen solchen Diamanten zu besitzen, ist doch kein gewöhnliches Verdienst zu nennen!... Sieh doch, Alice, schau doch her, zwei Augen sind wahrlich nicht genug, einen solchen Stein zu bewundern!«

Zum ersten Male in ihrem Leben betrachtete Miß Watkins einen Diamanten mit Interesse.

»Er ist wirklich ausnehmend schön! Er leuchtet wie ein Stück Kohle, was er ja im Grunde ist, aber wie ein Stück glühende Kohle!« sagte sie, während sie ihn sorgsam aus seinem Baumwollager herausnahm.

Darauf näherte sie sich durch eine instinktive Bewegung, welche wohl bei jedem jungen Mädchen aufgetreten wäre, dem Spiegel über dem Kamine und hielt sich das kostbare Juwel an die Stirn, mitten zwischen ihr blondes Haar.

»Ein in Gold gefaßter Stern!« sagte Cyprien galant, »der sich einmal gegen seine Gewohnheit zu einem Komplimente verleiten ließ.«

»Das ist wahr! . . . Einen Stern könnte man ihn nennen!« rief Alice freudig in die Hände klatschend.

»Nun gut, lassen wir ihm diesen Namen; nennen wir ihn den Stern des Südens. Wollen Sie, Herr Cyprien? Ist er nicht ebenso schwarz wie die eingebornen Schönheiten dieses Landes und glanzvoll wie die Sternbilder unseres südlichen Himmels?«

»Der ›Südstern‹! meinetwegen«, sagte John Watkins, der auf den Namen nur sehr mittelmäßigen Wert legte. »Aber hüte dich, ihn fallen zu lassen!« fuhr er bei einer raschen Bewegung seiner Tochter erschrocken fort; »er würde wie Glas zerspringen!«

»Wirklich? . . . So zerbrechlich wäre so ein Ding?« antwortete Alice, während sie den Edelstein ziemlich verächtlich in das Kästchen zurücklegte. »Armer Stern, du bist also nur ein Gestirn zum Lachen, ein gewöhnlicher Glasflaschenstöpsel!«

»Ein Glasflaschenstöpsel! . . .« rief Mr. Watkins halb erstickt. »Die Kinder haben doch vor gar nichts Respekt.«

»Fräulein Alice«, sagte da der junge Ingenieur, »Sie waren es, die mich zur Herstellung künstlicher, aber echter Diamanten veranlaßt hat. Ihnen allein verdankt der Stein seine heutige Existenz! In meinen Augen ist er freilich ein Spielzeug, das keinen Handelswert haben wird, wenn man dessen Ursprung erfährt. Ihr Herr Vater wird jedenfalls gestatten, daß ich Ihnen denselben als Erinnerung an Ihre glückliche Beeinflussung meiner Arbeiten als Geschenk anbiete.«

»Wie?« stieß Mr. Watkins hervor, der nicht verhehlen konnte, was er bei diesem unerwarteten Vorschlage empfand.

»Fräulein Alice«, wiederholte Cyprien, »dieser Diamant gehört Ihnen. Ich biete Ihnen denselben an . . . ich schenke ihn Ihnen!«

Statt jeder Antwort reichte Miß Watkins dem jungen Manne die Hand hin, welche dieser zärtlich zwischen den seinen drückte.

Elftes Kapitel

»Der Südstern«

Die Nachricht von der Rückkehr Jacobus Vandergaarts hatte sich natürlich schnell verbreitet. Alle Welt kam nun nach der Farm gelaufen, um das Wunder der Kopje wenigstens zu sehen. Man vernahm dabei auch sehr bald, daß der Diamant der Miß Watkins gehöre, daß aber ihr Vater viel mehr als sie selbst der Inhaber desselben sei.

Die allgemeine Neugier wendete sich also diesem Diamanten zu, einem Werk der Menschenhand und nicht der schöpferischen Natur.

Es muß hier bemerkt werden, daß von dem künstlichen Ursprung des Diamanten noch nichts in die Öffentlichkeit gedrungen war. Einesteils wären die Steingräber des Griqualandes nicht so unverständig gewesen, ein Geheimnis auszuplaudern, welches ihren unmittelbaren Ruin herbeiführen mußte; andererseits hütete sich Cyprien, dem Zufall zu sehr zu vertrauen, hatte noch nichts in dieser Beziehung ausgesprochen und sich vorgenommen, seinen Bericht über den »Südstern« nicht eher abzusenden, als bis er den Erfolg seines Verfahrens durch einen zweiten Versuch bestätigt hatte. Was er ein erstes Mal vollbracht, das wollte er auch ein zweites Mal imstande sein.

Die allgemeine Aufmerksamkeit war also außerordentlich erregt, und John Watkins hätte sich schon anstandshalber nicht weigern können, dieselbe zu befriedigen, ganz abgesehen davon, daß sie ja seiner Eitelkeit schmeichelte. Er brachte den »Südstern« auf leichter weißer Unterlage auf einer kleinen weißen Marmorsäule an, die sich in der Mitte über dem Kamin seines Besuchszimmers erhob, und den ganzen Tag lang blieb er davor in seinem Lehnstuhl sitzen, wachte über das unvergleichliche Juwel und zeigte dasselbe jedem, der da kam.

James Hilton war der erste, der ihn darauf aufmerksam machte, wie unklug ein solches Benehmen sei. Bedachte er wohl, welche Gefahren er über sein Haupt heraufbeschwor, wenn er so aller Augen den enormen Wert, den er unter seinem Dache barg, preisgab? Nach Hiltons Ansicht war es unumgänglich nötig, von Kimberley eine spezielle Polizeiwache zu erbitten, oder es könnte vielleicht schon die nächste Nacht nicht ohne ein Unglück verlaufen.

Erschrocken über diese Möglichkeit, beeilte sich Mr. Watkins, dem weisen Rate seines Gastes zu folgen, und atmete erst wieder auf, als er gegen Abend einen Trupp berittener Policemen ankommen sah. Diese vierundzwanzig Mann wurden in den Nebengebäuden der Farm untergebracht.

Der Zufluß von Neugierigen nahm in den nächsten Tagen nur noch mehr zu, und der Ruhm des »Südsterns« hatte bald die Grenzen des Bezirks überschritten, um sich bis nach den entferntesten Städten zu verbreiten. Die Tagesblätter der Kolonie widmeten spaltenlange Artikel der Beschreibung sener Größenverhältnisse, seiner Form und Farbe sowie seines Glanzes. Das Telegraphenkabel von Durban übernahm es, diese Einzelheiten über Sansibar und Aden zuerst nach Europa und Asien und dann nach Nord- und Südamerika und nach Ozeanien zu übermitteln. Fotografen rissen sich um die Ehre, ein Bild des wunderbaren Diamanten aufzunehmen. Im Auftrage illustrierter Journale kamen Zeichner angereist, denselben für ihre Blätter darzustellen. Endlich wurde die Sache für die ganze Welt zu einem wirklichen Ereignis.

Jetzt mischte sich auch die Fabel mit hinein. Unter den Steingräbern zirkulierten phantastische Geschichten über die geheimnisvollen Eigenschaften, die ihm zugeschrieben wurden. Man raunte einander zu, daß ein schwarzer Stein unbedingt »Unglück bringen müsse«. Erfahrene Leute schüttelten den Kopf und erklärten, daß sie diesen Feuerstein viel lieber bei Watkins, als im eigenen Hause sähen. Kurz, üble Nachreden und selbst Verleumdungen, welche von jeder Berühmtheit unzertrennlich sind, fehlten auch dem »Südstern« nicht – der sich ganz natürlich darum nicht im mindesten kümmerte, denn er goß wie zuvor

. . . Ströme von Licht
Auf jeden obskuren Bösewicht!

Mit John Watkins lag das freilich ganz anders, da diesen jenes Geschwätz bald zur Verzweiflung brachte. Es erschien ihm, als würde der Wert des Steines dadurch einigermaßen heabgesetzt, und er empfand das als eine Art persönliche Beleidigung. Nachdem der Gouverneur der Kolonie und die Offiziere der benachbarten Garnisionen, die Stadtkommandanten, die Beamten und alle Volksvertretungen herbeigekommen waren, seinem Edelsteine ihre Huldigungen darzubringen, erblickte er in den mehr als freimütigen Äußerungen, die man sich über seinen Besitz erlaubte, fast eine Gotteslästerung.

Ebenso um diesen Alfanzereien ein Ende zu machen, wie seinen von jeher etwas lüsternen Gaumen einmal wieder zufriedenzustellen, beschloß er, einen großen Schmaus zu geben, zu Ehren des ihm so ans Herz gewachsenen Diamanten, den er noch immer in klingende Münze umzusetzen hoffte, was Cyprien auch dagegen sagen und so sehr seine Tochter wünschen mochte, ihn wie er war zu behalten.

So stark ist der Einfluß des Magens auf eine große Zahl Menschen, daß schon die Anzeige von dieser Mahlzeit hinreichte, von diesem Tage zum anderen die öffentliche Meinung in dem Vandergaart-Lager völlig umzuwandeln. Da hörte man die Leute, welche sich früher am mißliebigsten über den »Südstern« ausgesprochen hatten, plötzlich einen anderen Ton anschlagen und aussprechen, daß dieser Stein doch an der ihm zugeschriebenen schlechten Wirkung ganz unschuldig sei, und darauf nahmen sie die Einladung zu John Watkins mit großem Vergnügen an.

Von diesem Feste im Becken des Vaal sollte sehr lange die Rede sein. An dem betreffenden Tage fanden sich achtzig Gäste zur Tafel unter einem großen Zelte ein, das an die Wand des Empfangszimmers, welche man gleich entfernt hatte, angebaut wurde.

Ein »Baron voyal«, ein gewaltiger Braten, bestehend aus einem ganzen Ochsenrücken, nahm die Mitte des Tisches ein und wurde von ganzen Lämmern und Vertretern aller Arten Wild des Landes umringt. Berge von Gemüse und Früchten, zahlreiche Biertonnen und Weinfässer, welche an verschiedenen Stellen übereinandergelagert und schon mit Abzapfhähnen versehen waren, vervollständigten die Anordnung dieser wahrhaft üppigen Tafel.

Auf seinem Sockel und umgeben von brennenden Kerzen stand der »Südstern« gleich hinter dem Rücken John Watkins' bei dem Festmahle, das ja zu seiner Ehre gegeben wurde.

Die Bedienung bildeten zwanzig, für diese Gelegenheit engagierte Kaffern unter der Anführung Matakits, der sich erboten hatte, diese – mit Erlaubnis seines Herrn – zu kommandieren.

Hier befanden sich außer der Polizeimannschaft, welcher Mr. Watkins auf diese Weise seinen Dank abstatten wollte, alle hervorragenden Persönlichkeiten des Lagers und der Umgebung, Mathys Pretorius, Nathan, James Hilton, Annibal Pantalacci, Friedel, Thomas Steel und fünfzig andere.

Selbst die Tiere der Farm, die Büffel, Hunde und vorzüglich die Strauße der Miß Watkins erhielten ihren Teil von dem Feste, indem sie herankamen, einige Brosamen von der Tafel zu erbetteln.

Alice saß ihrem Vater gegenüber am anderen Ende des Tisches und machte mit der ihr angeborenen Grazie die Honneurs, doch nicht ohne einen geheimen Kummer, obgleich sie völlig den Grund der Abwesenheit von zwei gewissen Personen begriff; weder Cyprien Méré noch Jacobus Vandergaart nahmen an dem Festgelage teil.

Der junge Ingenieur hatte immer soviel wie möglich die Gesellschaft Friedels, Pantalaccis und der Genossen dieser Leute gemieden. Außerdem kannte er seit seiner Entdeckung deren wenig wohlwollende Gesinung gegen ihn und sogar ihre Drohung gegen den Erfinder der künstlichern Herstellung von Diamanten, wodurch sie vollständig zugrunde gerichtet zu werden fürchten mußten. Er hatte sich also zurückgehalten und war der Einladung zur Tafel nicht gefolgt. Jacobus Vandergaart, dem gegenüber John Watkins nicht unversucht ließ, ihn gegen sich freundlich zu stimmen, hatte alles von Anfang her glatt zurückgewiesen.

Das Bankett ging allmählich zu Ende. Wenn es in guter Ordnung verlief, kam das daher, daß die Anwesenheit der Miß Watkins selbst den rohesten Gästen einen gewissen Zwang zu äußerer Wohlanständigkeit auferlegte, obwohl Mathys Pretorius wie immer als Zielscheibe für schlechte Witze Annibal Pantalaccis dienen mußte, indem dieser dem unglücklichen Boer die unsinnigsten Bären aufband. So sollte unter dem Tische plötzlich ein Feuerwerk abgebrannt werden! . . . Man erwarte nur, daß Miß Watkins sich zurückziehe, um den dicksten Mann der Gesellschaft zu verurteilen, zwölf Flaschen Gin in einem Zuge zu trinken! . . . Oder es sei beabsichtigt, das Gelage mit einem großen Faustkampfe und einem allgemeinen Gefechte mit Revolvern zu beschließen.

Er wurde dabei aber unterbrochen von John Watkins, der in seiner Eigenschaft als Präsident des Banketts mit dem Messergriffe auf den Tisch klopfte, um die herkömmlichen Toasts auszubringen.

Sofort ward es still. Der Gastgeber erhob sich in ganzer Länge, stützte beide Daumen auf das Tischtuch und begann seinen Speech mit einer durch reichliches Trinken etwas unsicher gewordenen Stimme.

Er sagte unter anderem, daß dieser Tag die wichtigste Erinnerung aus seinem Leben als Steingräber und Ansiedler bleiben werde.

Nachdem er geschildert, wie hart es ihm in der Jugend gegangen, und wie er sich jetzt hier im reichen Griqualand von achtzig Freunden umgeben sähe, um den größten Diamanten der Welt zu feiern, sei das für ihn eine Freude, die er nimmermehr vergessen könne! . . . Vielleicht könne ja morgen einer der ehrenwerten Gäste ebensogut einen noch größeren Stein finden! . . . Das sei eben das Interessante, die Poesie des Diamantengrabens! (Lebhafte Zustimmung.) Dieses Glück wünschte er vor allem seinen Freunden und Gästen! . . . (Lächeln, Beifall.) Er glaube sogar versichern zu können, daß derjenige nur sehr schwer zu befriedigen sein müsse, der sich jetzt an seiner Stelle nicht zufriedengestellt fühlte! . . . Zum Schlusse lud er die Tischgenossen ein, auf das Gedeihen des Griqualands, auf die Beständigkeit des Marktpreises der Diamanten – wie stark sich auch die Konkurrenz darin entwickeln möchte – zu trinken, endlich aber auch auf die glückliche Reise des »Südsterns«, der nun hinaus solle in die Welt, zuerst nach dem Kap und dann nach England, um seinen Glanz bewundern zu lassen.

»Aber«, sagte Thomas Steele, »ist es nicht mit einiger Gefahr verknüpft, einen Stein von so großem Werte nach dem Kap zu senden?«

»Oh, er wird natürlich sichere Begleiter haben«, erwiderte Mr. Watkins. »Es sind schon viele Diamanten in solcher Weise befördert worden und glücklich ans Ziel gekommen.«

»Sogar der des Herrn Dueurix de Sancy«, sagte Alice, »und doch möchte er ohne die Opferwilligkeit eines einfachen Dieners . . .«

»Nun, was ist ihm denn so Außerordentliches zugestoßen?« fragte James Hilton.

»So hören Sie die Anekdote«, antwortete Alice, ohne sich erst darum bitten zu lassen.

»Herr de Sancy war ein französischer Edelmann am Hofe Heinrichs III. Er besaß einen berühmten Diamanten, der noch heute nach seinem Namen genannt wird. Nebenbei gesagt, hatte dieser Edelstein schon vorher zahlreiche Abenteuer erlebt. Er gehörte nämlich anfänglich Karl dem Furchtsamen, der ihn bei sich trug, als er unter den Mauern von Nancy getötet wurde. Ein Schweizer Soldat fand später den Stein auf der Leiche des Herzogs von Burgund und verkaufte ihn für einen Gulden an einen armen Geistlichen, der ihn für fünf oder sechs Gulden wieder an einen Juden abtrat. Zur Zeit, als er sich im Besitz des Herrn de Sancy befand, war der königliche Schatz einmal stark in Geldverlegenheit und Herr de Sancy ließ sich dazu herbei, seinen Diamanten als Pfand herzugeben, um dem König den Geldwert desselben zu verschaffen. Der Darleiher befand sich aber in Metz. Der Edelstein mußte also einem Diener anvertraut werden, der ihn diesem hinschaffte.

›Fürchten Sie nicht, daß dieser Mensch damit nach Deutschland entfliehen könne?‹ fragte jemand Herrn de Sancy.

›Ich bin seiner sicher!‹ antwortete dieser.

Trotz dieser Sicherheit kam weder der Mann noch der Diamant in Metz an. Auch der Hof fing endlich an, sich über Herrn de Sancy zu mokieren.

›Ich bin meines Dieners sicher‹, wiederholte dieser. ›Er muß ermordet worden sein.‹

Und wirklich, bei genauer Nachforschung fand sich dessen Leichnam in einem Straßengraben.

›Öffnet ihn!‹ sagte Herr de Sancy. ›Der Diamant muß sich in seinem Magen befinden!‹

Man tat, wie er sagte, und seine Voraussage fand sich bestätigt. Der einfache Held, dessen Namen die undankbare Geschichte nicht einmal aufbewahrt hat, war seiner Pflicht und der Ehre treu geblieben bis zum Tode, und verdunkelte durch den Glanz seiner Handlungsweise – darüber meldet ein alter Chronist – den Glanz und den Wert des Juwels, das er beförderte.

Es sollte mich sehr wundern«, setzte Alice als Beendigung ihrer Erzählung hinzu, »wenn der ›Südstern‹ im gegebenen Falle während seiner Reise nicht jemand dieselbe Ergebenheit einzuflößen imstande wäre!«

Einstimmiger Beifall begrüßte die Worte der Miß Watkins, achtzig Arme erhoben die gleiche Anzahl Gläser und alle Augen wendeten sich unwillkürlich nach dem Kamin, um dem unvergleichlichen Edelstein daselbst ihre Huldigung darzubringen.

Der »Südstern« war nicht mehr auf seinem Sockel, wo er noch kurz vorher hinter dem Rücken John Watkins' geflammt hatte.

Das Erstaunen der achtzig Gesichter war ein so sprechendes, daß der Gastgeber sich sofort umdrehte, um dessen Ursache zu ergründen.

Kaum hatte er den Grund desselben wahrgenommen, als man ihn, wie vom Blitze getroffen, bleich in seinen Sessel zurücksinken sah.

Alle drängten sich um ihn, lüfteten ihm die Krawatte, spritzten im Wasser ins Gesicht . . . er erwachte endlich aus seiner Betäubung.

»Der Diamant!« kreischte er mit entsetzlicher Stimme. »Der Diamant! Wer hat den Diamanten genommen?«

»Daß niemand hier weggeht, meine Herren!« befahl der Anführer der Polizeiabteilung, der schon den Ausgang des Saales besetzen ließ.

Alle Tischgenossen sahen sich erschreckt an und tauschten ihre Meinung mit gedämpfter Stimme gegenseitig aus. Nicht fünf Minuten waren verflossen, als die meisten von ihnen den Diamanten noch gesehen oder wenigstens noch zu sehen geglaubt hatten. Trotzdem konnte sich niemand der Tatsache verschließen, daß der Diamant verschwunden war.

»Ich verlange, daß alle Anwesenden visitiert werden, ehe sie weggehen!« schlug Thomas Steele mit seiner gewöhnlichen Geradheit vor.

»Ja! . . . Ja! . . .« antwortete die Versammlung scheinbar einstimmig.

Dieser Vorschlag schien John Watkins einen Schimmer von Hoffnung wiederzugeben.

Der Polizeioffizier ließ also alle Tischgäste längs einer Seite des Raumes aufstellen und begann dieselben nacheinander der peinlichsten Untersuchung zu unterziehen. Er drehte alle ihre Taschen um, ließ sie die Schuhe ausziehen und überall an der Kleidung betasten. Dann verfuhr er ganz ebenso mit seinen eigenen Leuten. Endlich mußten die Gäste einzeln an ihm vorübergehen und wurden dabei noch mehrmals der genauesten Besichtigung unterworfen.

Diese Untersuchungen führten zu keinem Resultate.

Alle Ecken und Winkel des Raumes wurden sodann mit größter Gewissenhaftigkeit abgesucht. Nirgends fand sich auch nur eine Spur von dem Diamanten.

»So sind nur noch die Kaffern übrig, welche bei der Tafel aufgewartet haben«, sagte der Polizeioffizier, der nicht gern unverrichteter Sache abziehen wollte.

»Das ist klar! . . . Die Kaffern sind es gewesen!« tönte ihm als Antwort entgegen. »Sie sind von Natur Diebe genug, um diesen Streich ausgeführt zu haben.«

Die armen Teufel hatten sich indes schon vorher zurückgezogen, ehe John Watkins seinen Toast ausbrachte, da sie nicht mehr vonnöten waren. Sie kauerten draußen alle zusammen um ein großes Feuer, das unter freiem Himmel emporloderte, und nachdem sie von übriggebliebenem Fleisch sich ein Gütchen getan, begannen sie eben ein Konzert, wie es im Kaffernlande Mode ist. Aus einer Kürbisflasche bestehende Gitarren, Flöten, welche mit der Nase angeblasen wurden, hellklingende Tam-tams aller Art intonierten eben das ohrzerreißende Geräusch, welches jeder musikalischen Aufführung der Eingebornen Südafrikas vorhergeht.

Die Kaffern verstanden zuerst gar nicht recht, was man von ihnen wollte, als sie zurückgerufen wurden, um bis auf ihre mangelhafte Bekleidung untersucht zu werden. Sie begriffen nun, daß es sich um den Diebstahl eines Diamanten von hohem Werte handelte.

Wie die vorhergehenden Untersuchungen, erwies sich auch diese völlig fruchtlos.

»Wenn sich der Dieb unter den Kaffern befindet – und er muß unter diesen zu suchen sein –, so hat er zehnmal Zeit genug dazu gehabt, seinen Diebstahl an sicherem Ort zu verbergen!« bemerkte sehr richtig einer der Tischgäste.

»Das liegt auf der Hand«, stimmte der Polizeioffizier zu, »und es gibt vielleicht nur ein Mittel, sie zum Geständnis zu bringen, indem wir ihnen einen Wahrsager aus ihrem eigenen Stamme auf den Hals schicken. Einem solchen gelingt es nicht so selten . . .«

»Wenn Sie gestatten«, fiel da Matakit ein, der sch noch bei seinen Landsleuten befand, »so will ich den Versuch vornehmen!«

Das Anerbieten wurde ohne Säumen angenommen, und die Gästc bildeten einen Kreis um die Kaffern. Dann ging Matakit, der ja in der Rolle eines Wahrsagers geübt war, daran, seine Vorbereitungen zu treffen.

Zunächst begann er damit, zwei oder drei tüchtige Priesen Tabak aus der Horndose zu nehmen, die ihn niemals verließ.

»Ich werde jetzt zur Rutenprobe verschreiten!« kündete er nach dieser einleitenden Prozedur an.

Er holte darauf von einem nahestehenden Busche zwanzig dünne Zweige, die er genau abmaß und ganz gleichmäßig, nämlich auf zwölf Zoll englisch, zuschnitt. Dann verteilte er diese unter die Kaffern, welche in Reih und Glied standen, nachdem er für sich selbst eine solche Rute beiseite gelegt hatte.

»Jetzt mögt ihr eine Viertelstunde hingehen, wohin ihr wollt«, sagte er feierlichen Tones zu seinen Landsleuten, »und werdet nicht eher wiederkommen, als bis ihr einen Tam-tam anschlagen hört. Wenn sich der Dieb unter euch befindet, so wird seine Rute um drei Querfinger länger geworden sein.«

Die Kaffern zerstreuten sich, nicht besonders angenehm berührt von dieser Vorrede, da sie recht wohl wußten, daß man im Griqualand kurzen Prozesses einen Übeltäter schnell dingfest machte und ihn auch, selbst ohne eine Frist zu seiner Verteidigung zu gewähren, kurzerhand aufhängte.

Die Gäste, welche diesen Vorbereitungen mit erklärlichem

Interesse gefolgt waren, sprachen darüber jeder seine eigene Meinung aus.

»Der Dieb wird sich hüten, wiederzukommen; er befindet sich offenbar unter diesen Kerlen«, warf einer ein.

»Nun, das würde ihn ja gerade als solchen bezeichnen«, antwortete ein anderer.

»Bah! Er wird geriebener als Matakit sein und schneidet sich einfach drei Finger breit ein Stück von seiner Rute ab, um das befürchtete Wachstum derselben auszugleichen.«

»Das mag der Wahrsager wohl erwarten und eine so unüberlegte Verkürzung würde ja hinreichen, den Schuldigen zu erkennen zu geben.«

Inzwischen waren die fünfzehn Minuten abgelaufen, und mit einem kräftigen Tamtamschlage rief Matakit die Angeklagten zurück.

Sie erschienen alle bis auf den letzten, stellten sich vor diesem auf und lieferten ihre Gerten wieder ab.

Matakit nahm diese, bildete daraus ein Bündel und überzeugte sich, daß alle fünfundzwanzig noch gleich lang waren. Er mußte dieselben also beiseite legen und aufgrund der entscheidenden Probe erklären, daß seine Landsleute alle ehrlich seien, als ihm eben noch einfiel, die Länge der zurückgegebenen Ruten mit der, welche er zurückbehalten, zu vergleichen. Alle waren um drei Fingerbreiten zu kurz.

Die armen Teufel hatten es für geraten erachtet, diese Vorsicht zu gebrauchen gegen eine Erscheinung, welche ihren abergläubischen Vorstellungen nach recht wohl zustande kommen konnte. Das wies nun freilich nicht auf besonders reines Gewissen der Leute hin, und wahrscheinlich hatten schon alle im Laufe des Tages einen Diamanten gestohlen.

Allgemeines Gelächter begleitete die Konstatierung dieses unerwarteten Ereignisses. Matakit senkte die Augen und schien tief beschämt, daß ein Mittel, dessen Zuverlässigkeit ihm in seinem Kral oft genug nachgewiesen worden war, sich im zivilisierten Leben so machtlos erweise.

»Herr Watkins«, begann da der Anführer der Polizeimannschaft mit einer Verbeugung gegen den Farmer, der eine Beute der Verzweiflung in seinem Lehnstuhle sitzen geblieben war, »wir müssen diesem Vorfall gegenüber unsere Ohnmacht bekennen. Vielleicht sind wir morgen glücklicher, wenn wir jedem, der uns auf die Spur des Diebes führt, eine hohe Belohnung in Aussicht stellen.«

»Der Dieb!« rief da Annibal Pantalacci, »warum sollte es nicht der sein, den sie beauftragten, über seine Stammesgenossen abzuurteilen?«

»Was wollen Sie damit sagen?« fragte der Polizeioffizier.

»Nun . . . jener Matakit, der, indem er die Rolle des Wahrsagers übernahm, hoffen durfte, jeden Verdacht von sich fernzuhalten!«

Wer jetzt auf ihn geachtet hätte, müßte haben sehen können, wie Matakit das Gesicht auf eigentümliche Weise verzog, sofort den Saal verließ und sich seitwärts nach seiner Hütte wandte.

»Ja«, fuhr der Neapolitaner fort, »er gehört ja auch selbst zu denen, welche bei Tische aufwarteten. Er ist ein Spitzbube, ein Schurke, dem Herr Méré, man begreift nicht warum, seine besondere Zuneigung geschenkt hat.«

»Matakit ist ehrlich, dafür stehe ich ein!« erklärte Miß Watkins, bereit, den Diener Cypriens zu verteidigen.

»Wie kannst du das wissen?« erwiderte John Watkins. »Ja, ja, er wäre wohl imstande, selbst die Hand nach dem ›Südstern‹ ausgestreckt zu haben.«

»Nun, er kann ja nicht weit sein!« meinte der Polizeioffizier. »Wir werden ihn binnen einer Minute visitiert haben. Findet sich der Diamant in seinem Besitz, so bekommt er soviel Peitschenhiebe, wie dieser Karate wog, und wenn er daran nicht stirbt, wird er mit dem vierhundertzweiunddreißigsten aufgehenkt!«

Miß Watkins zitterte vor Furcht. Alle die halbwilden Leute jubelten dem schrecklichen Urteile des Offiziers zu. Doch wie hätte sie diese rohen, gewissen- und mitleidslosen Menschen zu bändigen vermocht?

Einen Augenblick später standen Mr. Watkins und seine Gäste vor Matakits Hütte, deren Tür erbrochen wurde.

Matakit war nicht da, und vergeblich suchte man nach ihm die ganze Nacht.

Auch am folgenden Morgen war nichts von ihm zu sehen, und man mußte nun wohl annehmen, daß er die Vandergaart-Kopje verlassen habe.

Zwölftes Kapitel

Vorbereitungen zum Aufbruche

Am folgenden Morgen, als Cyprien Méré erfuhr, was sich bei Gelegenheit des Gastmahls ereignet, war es sein erstes, gegen die schwere Beschuldigung seines Dieners Einspruch zu erheben. Er konnte nicht zugeben, daß Matakit der Urheber eines so schweren Diebstahls sei, und traf also in seiner Auffassung der Sachlage nicht mit Annibal Pantalacci zusammen. In der Tat hätte er eher auf Annibal Pantalacci, auf Herrn Friedel, Nathan oder jeden anderen seinen Verdacht gerichtet.

Immerhin war es wenig wahrscheinlich, daß ein Europäer sich jenes Verbrechens schuldig gemacht haben könne. Für alle diejenigen, welche seinen Ursprung nicht kannten, war der »Südstern« ein natürlicher Diamant und hatte deshalb einen so hohen Wert, daß sich niemand desselben hätte ohne großes Aufsehen entäußern können.

»Und doch«, wiederholte sich Cyprien, »ist es ja nicht unmöglich, daß Matakit es gewesen wäre!«

Dann aber erinnerte er sich wieder seiner eigenen Zweifel bezüglich verschiedener kleiner Diebereien, deren sich der Kaffer selbst in seinem Dienste schuldig gemacht hatte. Trotz aller Ermahnungen seines Herrn hatte dieser, dem Triebe der Natur gehorchend, und von weitem Gewissen – bezüglich des Mein und Dein – diese beklagenswerte Gewohnheit nicht abzulegen vermocht. Immerhin handelte es sich dabei zwar nur um geringwertige Gegenstände, indes bedurfte es ja nicht mehr, um über Matakit ein Vorurteil aufkommen zu lassen, das eben nicht zu seiner Ehre sprach.

Eine weitere Bekräftigung fand jener Verdacht auch in dem Umstand, daß der Kaffer im Festsaale anwesend gewesen war, als der Diamant wie durch Zauberei verschwand, und noch mehr dadurch, daß man ihn ganz kurz darauf in seiner Hütte nicht mehr angetroffen hatte; endlich durch seine ganz unerklärliche Flucht, denn es konnte jetzt kein Zweifel mehr darüber aufkommen, daß er das Land verlassen habe.

Vergeblich wartete Cyprien noch während des Morgens auf sein Wiedererscheinen, da er an die Schuld seines Dieners nun einmal nicht glauben mochte; der Diener kam aber nicht. Es zeigte sich dazu noch, daß ein Quersack mit seinen Ersparnissen, einigen Werkzeugen und Geräten, die jemand notwendig brauchen kann, der sich in diese fast ganz öden Gebiete Südafrikas begibt, aus seiner Hütte mit verschwunden waren. Alles

– alles sprach also für seine Schuld!

Gegen zehn Uhr begab sich der junge Ingenieur, dem gewiß die Aufführung Matakits weit mehr als der Verlust des Diamanten betrübte, nach der Farm seines Wirtes John Watkins.

Da fand er den Farmer selbst, Annibal Pantalacci, James Hilton und Friedel zu ernster Verhandlung versammelt. Eben, als er erschien, trat Alice, die ihn hatte kommen sehen, gleichfalls ins Zimmer, wo ihr Vater und die drei anderen lebhaft darüber sprachen, was wohl zu beginnen sei, um wieder in den Besitz des gestohlenen Diamanten zu gelangen.

»Wir müssen ihn verfolgen, den schurkischen Matakit!« rief John Watkins in voller Wut. »Wir müssen ihn einfangen, und wenn er den Diamanten nicht bei sich führt, den Bauch aufschlitzen, um nachzusehen, ob er ihn nicht verschluckt hat.«

»Ah, meine liebe Tochter! Du hast wohl daran getan, gestern jene Geschichte zu erzählen! . . . Man wird ihn durchsuchen bis auf die Eingeweide, den Erzbösewicht!«

»Aber ich bitte Sie«, wandte Cyprien besänftigend ein, in einem Tone, der freilich dem Farmer nicht besonders gefiel, »um einen Stein von solcher Größe zu verschlucken, müßte Matakit wenigstens den Magen eines Straußes haben!«

»Ist einem Kaffermagen nicht etwa alles möglich, Herr Méré?« entgegnete John Watkins. »Wie, und Sie können in diesem Augenblicke und bei so ernsten Dingen auch noch lachen?«

»Ich lache ja nicht«, antwortete Cyprien ernsthaft. »Doch wenn ich das Abhandenkommen jenes Diamanten bedaure, so ist das allein deshalb der Fall, weil ich mir erlaubt hatte, denselben Fräulein Alice anzubieten . . .«

»Und ich bin Ihnen dafür so dankbar, Herr Cyprien«, bemerkte Miß Watkins, »als ob ich ihn noch jetzt im Besitz hätte.«

»Da sieht man, was Frauengehirne leisten!« wetterte der Farmer. »Ebenso dankbar, als wenn sie ihn noch besäße, diesen Diamanten, der auf Gottes Erdboden nicht seinesgleichen findet!«

»Na, das ist freilich nicht ganz dasselbe!« ließ sich James Hilton vernehmen.

»Oh, gewiß nicht!« setzte Friedel hinzu.

»Im Gegenteil, das ist ganz dasselbe!« erwiderte Cyprien; »denn da ich diesen Diamant selbst gemacht habe, werd' ich wohl auch imstande sein, einen andern herzustellen!«

»Herr Ingenieur«, sagte da Annibal Pantalacci in einem Tone, der eine schwere Drohung gegenüber dem jungen

Manne enthielt, »ich meine, Sie würden guttun, Ihr Experiment nicht noch einmal zu wiederholen ... Im Interesse des Griqualandes ebenso wie in dem Ihrigen.«

»Wahrlich, Herr«, versetzte Cyprien, »mir scheint, ich habe keine Veranlassung, Sie deshalb erst zu fragen.«

»Oh, das ist wohl die rechte Zeit, darüber zu streiten!« rief Mr. Watkins. »Ist Herr Méré denn seiner Sache so gewiß, daß ihm ein zweiter Versuch gelingt? Würde ein zweiter Diamant, der aus seinem Apparate hervorging, auch die Farbe, das Gewicht und folglich den Wert des ersten haben? Kann er mir dafür einstehen, einen anderen Stein, wenn auch von geringerem Werte, herzustellen? Oder wird er ehrlicher Weise zugestehen, daß ihn ein besonders glücklicher Zufall begünstigt hat?«

Was John Watkins da sagte, klang zu vernünftig, als daß sich der junge Ingenieur davon nicht hätte getroffen fühlen sollen; es entsprach auch allen jenen Entwürfen, die er sich schon selbst gemacht hatte. Ohne Zweifel fand sein Experiment durch die bekannten Gesetze der modernen Chemie eine hinreichende Erklärung, doch war bei seinem ersten Versuche wirklich der Zufall gar nicht mit im Spiel gewesen? Und wenn er jenen wiederholte, konnte er sicher sein, wieder denselben Erfolg zu erzielen?

Unter solchen Umständen erschien es also von großer Wichtigkeit, den Dieb um jeden Preis zu erwischen und, was noch von größerer Bedeutung schien, den gestohlenen Gegenstand zurückzuerhalten.

»Es ist bis jetzt wohl noch keine Spur von Matakit entdeckt worden?« fragte John Watkins.

»Keine«, antwortete Cyprien.

»Man hat alle Umgebungen des Lagers durchsucht?«

»Ja, mit größter Sorgfalt«, versicherte Friedel. »Der Spitzbube ist, wahrscheinlich im Laufe der Nacht, verschwunden, und es ist schwierig, um nicht zu sagen, unmöglich, zu wissen, nach welcher Seite er sich gewendet haben mag.«

»Hat der Polizeioffizier eine Untersuchung seiner Hütte vorgenommen?« fragte der Farmer.

»Ja«, erklärte Cyprien, »er hat dabei aber nichts entdeckt, was ihn auf die Spuren des Flüchtlings leiten könnte.«

»Ah«, rief Mr. Watkins, »ich gebe gleich fünfhundert und tausend Pfund, wenn man ihn wieder erlangt.«

»Das begreif ich, Herr Watkins«, meinte Annibal Pantalacci; »aber ich fürchte leider, daß wir niemals wieder Ihren Diamanten, noch den, der ihn geraubt hat, entdecken werden.«

»Und warum?«

»Weil Matakit, wenn er einmal über alle Berge ist, nicht ein solcher Tor sein wird, unterwegs liegen zu bleiben. Er geht wahrscheinlich nach dem Limpopo, begibt sich dann in die Wüste, nach dem Sambesi oder bis zum Tanganjika-See, und wenn's sein muß, bis zu den Buschmännern!«

Redete der arglistige Neapolitaner, wenn er so sprach, wohl auch die Wahrheit? Wollte er vielleicht nicht einfach verhindern, daß eine Verfolgung Matakits eingeleitet wurde, um diese womöglich selbst zu unternehmen? Dieser Gedanke stieg wenigstens in Cyprien auf, als er den Mann beobachtete.

Mr. Watkins war aber nicht der Mann dazu, von einer Sache deshalb, weil sie nur schwierig durchzuführen ist, abzulassen. Er hätte gewiß sein ganzes Vermögen geopfert, um wieder in den Besitz des unvergleichlichen Steines zu kommen, und seine ungeduldigen, flammenden Blicke schweiften schon durch das Fenster hinüber nach den grünenden Ufern des Vaal, als ob er die Hoffnung hegte, den Flüchtigen an dessen Rande zu sehen.

»Nein«, rief er, »so ist die Sache nicht abgemacht! ... Ich muß meinen Diamanten haben! ... Ich muß den Halunken erwischen! ... Ah, wenn ich nur nicht an der Gicht litte, sollte das nicht so lange dauern, dafür stehe ich ein!«

»Lieber Vater!« mischte sich Alice ein, um ihn zu beruhigen.

»Wohlan, wer unternimmt es?« rief John Watkins im Kreise umherblickend. »Wer will sich zur Verfolgung des Kaffern aufmachen? ... Die Belohnung soll der Mühe entsprechen, auf mein Wort!«

Da niemand ein Wort sagte, fuhr er fort:

»Halt, meine Herren, Sie sind hier nun vier, welche sich um meiner Tochter Hand bewerben! Nun gut, schaffen Sie mir den Mann mit dem Diamanten wieder zur Stelle!« – Er sagte »meinem Diamanten« – »und auf Watkins' Ehrenwort, meine Tochter gehört dem, der beide bringt!«

»Angenommen!« erklärte James Hilton.

»Ich bin dabei!« versicherte Friedel.

»Wer sollte nicht wünschen, einen so kostbaren Preis zu erringen?« murmelte Annibal Pantalacci mit listigem Lächeln.

Tief errötend und verletzt vor Scham, sich bei einer solchen Gelegenheit als Preisgabe ausgeboten zu sehen, und das gar in Anwesenheit des jungen Ingenieurs, versuchte Alice vergeblich ihre Verwirrung zu verbergen.

»Miß Watkins«, sagte Cyprien halblaut, indem er sich höflich vor ihr verneigte, »auch ich würde an der Verfolgung teilnehmen, aber darf ich das ohne Ihre Erlaubnis?«

»Sie haben dieselbe und meine besten Wünsche obendrein, Herr Cyprien!« antwortete sie lebhaft.

»Dann bin ich bereit, bis ans Ende der Welt zu gehen!« rief Cyprien, sich jetzt John Watkins wieder zuwendend.

»Daß wir die Rechnung nur nicht ohne den Wirt machen«, warf Annibal Pantalacci ein, »denn ich glaube, daß Matakit uns hübsch zu laufen geben wird. So wie er jedenfalls entflohen ist, wird er schon morgen in Potchefstrom sein und das Gebirgsgebiet erreicht haben können, ehe wir noch dazu kommen, unsere Hütten zu verlassen.«

»Wer hindert uns denn, noch heute, noch in dieser Stunde aufzubrechen?« fragte Cyprien.

»Oh, ich gewiß nicht, wenn es Sie so drängt!« entgegnete der Neapolitaner. »Ich für meinen Teil mag mich aber nicht ohne etwas zu beißen einschiffen. Ein guter Wagen mit einem Dutzend Zugochsen und zwei Reitpferden, das ist das Mindeste, was wir zu einer Expedition brauchen, wie ich mir diese hier vorstelle. Und alles das findet sich höchstens erst in Potchefstrom!«

Sprach denn Annibal Pantalacci jetzt im Ernste? Ging seine Absicht nicht vielmehr nur darauf hinaus, seine Rivalen auszuschließen? Die Antwort hierauf wäre wohl zweifelhaft gewesen.

Zweifelhaft war aber nicht, daß er vollkommen recht hatte. Ohne derartige Beförderungsmittel und ohne Vorrat an Nahrung und dergleichen wäre es entschieden Torheit gewesen, sich in den nördlichen Teil des Griqualandes hineinzuwagen.

Ein Wagen mit Ochsengespann – das wußte Cyprien recht wohl – kostete mindestens acht- bis zehntausend Francs, und er für seinen Teil besaß höchstens viertausend.

»Halt! Ein Gedanke!« rief plötzlich Thomas Hilton, der in seiner Eigenschaft als »Afrikaner« von schottischem Ursprung immer die Sparsamkeit in den Vordergrund zu stellen pflegte, »weshalb sollten wir nicht alle vier zur Ausführung dieser Expedition zusammentreten? Die Aussichten auf Gewinn blieben deshalb für jeden dieselben und die Unkosten würden sich ebenso verteilen.«

»Das erscheint mir ganz richtig«, bemerkte Friedel.

»Und ich nehme den Vorschlag an«, erklärte Cyprien ohne Zögern.

»Für diesen Fall«, meinte Annibal Pantalacci, »hätten wir nur dahin übereinzukommen, daß jedem seine Unabhängigkeit gesichert und ihm überlassen bleibt, sich von den andern zu trennen, wenn er es für geboten erachtet, die Einfangung des Flüchtlings allein zu versuchen!«

»Das versteht sich von selbst«, antwortete James Hilton, »wir vereinigen uns nur zum Ankauf des Wagens, der Büffel und des Proviants, doch bleibt es jedem überlassen, allein weiter zu ziehen, wenn er das für angezeigt hält. Desto besser für den, dem es zuerst gelingt, das Ziel zu erreichen!«

»Einverstanden!« erklärten Cyprien, Annibal Pantalacci und Friedel.

»Wann werden Sie aufbrechen?« fragte John Watkins, dem diese Vereinigung von Kräften vierfache Hoffnung auf Wiedererlangung seines Diamanten eröffnete.

»Morgen mit dem Eilwagen von Potchefstrom«, antwortete Friedel. »Es ist auf keine Weise daran zu denken, vor diesem dorthin zu kommen.«

»Einverstanden!«

Inzwischen hatte Alice Cyprien beiseite genommen und ihn gefragt, ob er wirklich glaube, daß Matakit der Urheber eines solchen Diebstahls sein könne.

»Miß Watkins«, antwortete der junge Ingenieur, »ich muß wohl zugestehen, daß alle Anzeichen gegen ihn sprechen, vorzüglich, da er die Flucht ergriffen hat. Was mir aber ebenso gewiß scheint, ist, daß Annibal Pantalacci ganz das Aussehen hat, als könnte er so manches über das Verschwinden des Diamanten sagen! Welche Galgenphysiognomie! . . . Und einen solchen Mann als Teilhaber anzunehmen! Doch Not bricht ja Eisen! Es deucht mir immer noch besser, ihn unter der Hand zu haben und überwachen zu können, als ihn allein und ganz nach Gefallen schalten zu lassen!«

Die vier Bewerber nahmen bald Abschied von John Watkins und dessen Tochter. Wie es unter solchen Verhältnissen natürlich erscheint, gestaltete sich die Verabschiedung ziemlich kurz und beschränkte sich nur auf einen gegenseitigen Händedruck. Was hätten sie auch sprechen sollen, diese Rivalen, die zwar miteinander aufbrachen und sich doch im Grunde gegenseitig zum Teufel wünschten.

Nach Hause zurückgekehrt, fand Cyprien Lî und Bardik. Seit seinem Dienstantritte bei ihm hatte der junge Kaffer sich stets voller Eifer gezeigt. Der Chinese und er schwatzten eben ein wenig auf der Schwelle der Tür, und der junge Ingenieur kündigte ihnen an, daß er in Gesellschaft Friedels, James Hiltons und Annibal Pantalaccis abreisen werde, um die Verfolgung des davongegangenen Matakit aufzunehmen.

Da wechselten beide einen Blick – nur einen einzigen; dann traten sie näher heran, ohne ein Wort über den Flüchtling selbst fallen zu lassen.

»Väterchen«, sagten sie zusammen, »nimm uns auch mit, wir bitten dich inständig darum!«

»Euch mitnehmen? ... Und wozu?«

»Um dir den Kaffee, das Essen zu bereiten«, antwortete Bardik.

»Und um deine Wäsche instand zu halten«, ließ sich Lî vernehmen.

»Um Übeltäter zu hindern, daß sie dir Schaden zufügen!« schlossen beide, als ob sie sich verabredet hätten.

Cyprien betrachtete sie mit einem dankbaren Blicke.

»Gut«, erklärte er, »ich nehme euch, da ihr es ausdrücklich wünscht, beide mit!«

Hierauf suchte er noch den alten Jacobus Vandergaart auf, dem er ein Lebewohl sagte und der es weder billigte noch mißbilligte, daß Cyprien sich dieser Expedition anschloß, aber ihm noch die Hand drückte und glückliche Reise wünschte.

Am folgenden Morgen, als er sich in Begleitung seiner beiden treuen Diener nach dem Lager von Vandergaart begab, um den Eilwagen nach Potchefstrom zu besteigen, richtete der junge Ingenieur noch einmal die Augen nach der Farm Watkins, welche noch in tiefem Schlummer zu liegen schien.

War es eine Täuschung? Er glaubte hinter dem weißen Musselin eines der Fenster eine leichte Gestalt wahrzunehmen, die im Augenblicke, als der Wagen fortrollte, ihm noch ein letztes Lebewohl zuwinkte.

Dreizehntes Kapitel

Durch den Transvaal

In Potchefstrom hörten die vier Reisenden, daß ein junger Kaffer, dessen Personalbeschreibung auf Matakit vollkommen paßte, am Vortage durch die Stadt gekommen war. Das durfte als glückliches Vorzeichen für den Erfolg ihres Zuges angesehen werden. Dieser drohte freilich sich sehr in die Länge zu ziehen, weil der Flüchtling sich hier einen leichten zweirädrigen Wagen zugelegt hatte, der mit einem Strauße bespannt und aus diesem Grunde gewiß nur sehr schwer einzuholen war.

Es gibt nämlich wirklich keine besseren Läufer als diese

Tiere, und gleichzeitig keine ausdauernderen und schnelleren. Zum Ziehen brauchbare Strauße sind übrigens, selbst im Griqualand, etwas sehr Seltenes, da sie sich nur schwierig abrichten lassen. Aus eben diesem Grunde konnten sich auch Cyprien und seine Genossen ein ähnliches Gefährt in Potchefstrom nicht zulegen.

Unter so günstigen Umständen – das war als ziemlich feststehend zu betrachten – eilte Matakit also auf dem Wege nach Norden hin, und das mit einem so schnellen Wagen, daß er zehn Wechselpferde außer Atem gebracht hätte.

Es blieb also nichts übrig, als der Versuch, ihm so schnell wie möglich zu folgen. Freilich hatte der Flüchtling außer seinem nicht unbedeutenden Vorsprung auch noch den Vorteil einer Schnelligkeit, welche die, auf die seine Verfolger sich verwiesen sahen, weit übertraf.

Am Ende haben jedoch auch die Kräfte eines Straußes ihre Grenzen. Matakit mußte gelegentlich wohl oder übel einmal Rast machen und dabei vielleicht Zeit verlieren. Im schlimmsten Fall hoffte man ihn jedoch wenigstens am Ende seiner Fahrt zu erlangen.

Cyprien hatte bald Ursache, sich zu beglückwünschen, daß er Lî und Bardik mitgenommen, als es sich darum handelte, die für den Zug nötige Ausrüstung zu besorgen. Es ist in solchen Fällen kein so leichtes Ding, diejenigen Dinge auszuwählen, welche in Wahrheit als nützlich zu bezeichnen sind. Die eigenen Erfahrungen in der Wüste vermag nichts zu ersetzen. Cyprien mochte noch so bewandert in der Differential- und Integralrechnung sein, vom Leben im Veld, von dem auf dem Treck oder »auf den Spuren der Wagenräder«, wie man da unten sich ausdrückt, verstand er nicht das Abc. Seine Gefährten schienen auch gar nicht geneigt, ihn mit Rat und Tat zu unterstützen, sondern zeigten vielmehr einen gewissen Hang, ihn irre zu führen.

Was den mit regensicherer Plane bedeckten Wagen, das Büffelgespann und den mitzunehmenden Proviant betraf, ging die Sache ziemlich leicht und glatt ab. Hierbei zwang schon das allgemeine Interesse diese verständig auszuwählen, und James Hilton besorgte das völlig tadellos; eines und das andere blieb aber doch der persönlichen Entscheidung jedes einzelnen überlassen – zum Beispiel der Ankauf eines Pferdes.

Cyprien hatte sich beinahe auf dem Marktplatze für ein hübsches dreijähriges Tier entschieden, das ebenso voller Feuer schien, wie er es um mäßigen Preis erhalten sollte. Bei einem kurzen Proberitt erwies es sich als gut dressiert, und schon wollte er dem Käufer die ausbedungene Summe zahlen, als ihn Bardik beiseite nahm und zu ihm sagte:

»Wie, Väterchen, dieses Pferd willst du kaufen?«

»Gewiß, Bardik! Es ist das schönste, welches ich je zu so niedrigem Preise gefunden habe.«

»Das solltest du nicht nehmen, selbst wenn man es dir schenken wollte«, sagte der junge Kaffer. »Einer Reise durch den Transvaal würde dieses Pferd nicht acht Tage gewachsen sein.«

»Was willst du damit sagen?« erwiderte Cyprien. »Fällt es dir jetzt etwa ein, mir gegenüber den Wahrsager zu spielen?«

»Nein, Väterchen, aber Bardik kennt die Wüste und versichert dir, daß dieses Pferd nicht ›gesalzen‹ ist.«

»Nicht ›gesalzen‹? Willst du mir einreden, daß ich ein Pferd aus dem Pökelfasse kaufen soll?«

»Nein, Väterchen; das bedeutet, daß es die Krankheit des Veld noch nicht durchgemacht hat. Die würde es unbedingt sehr bald bekommen, und wenn es nicht daran zugrunde geht, würd' es dir doch nichts mehr nützen können.«

»Ah, so«, erwiderte Cyprien, betroffen von der Erklärung, die ihm sein Diener gab. »Und worin besteht diese Krankheit?«

»Sie tritt als hitziges, mit starkem Husten begleitetes Fieber auf«, antwortete Bardik. »Es ist unumgänglich notwendig, nur Pferde zu kaufen, welche dasselbe schon durchgemacht haben – was man an deren äußerem Ansehen leicht erkennt –, weil es nur sehr selten vorkommt, daß solche jener Krankheit zum zweiten Male verfallen.«

Einer solchen Aussicht gegenüber war kein Schwanken möglich. Cyprien unterbrach sofort die Kaufverhandlungen und zog weitere Erkundigungen ein. Jedermann bestätigte ihm die Ansichten Bardiks. Es war das eine im Lande so allbekannte Tatsache, daß man derselben gar nicht mehr zu erwähnen pflegte.

Als er sich hierdurch von seiner mangelnden Erfahrung überzeugt, wurde der junge Ingenieur klüger und sicherte sich die Mithilfe eines alten Tierarztes von Potchefstrom. Dank der Mitwirkung jenes Fachkenners gelang es ihm binnen weniger Stunden, sich ein für eine solche Reise geeignetes Pferd zu verschaffen. Es war schon alt, von grauer Farbe, hatte eigentlich nur Haut und Knochen und besaß auch nur ein Überbleibsel von Schweif. Der Tierarzt bedurfte nur eines Blickes, um sich zu überzeugen, daß dieses Exemplar mindestens »gesalzen« war, und obwohl es einen etwas harten Gang hatte, war es offenbar im ganzen weit mehr wert, als es äußerlich versprach. Templar – das war sein Name – genoß im Lande allgemein das Ansehen eines Pferdes von großer Leistungsfähigkeit, und auch Bardik, dessen Rat wohl gehört zu werden verdiente, erklärte sich nach Besichtigung desselben für vollkommen befriedigt.

Gerade er sollte übrigens mit der Führung des Wagens und des Büffelgespannes betraut werden, eine Funktion, in der sein Kamerad Lî ihn zu unterstützen bestimmt war.

Cyprien brauchte sich also nicht darum zu sorgen, weder den einen noch den anderen beritten zu machen, was er auch, nach Aufwendung des verhältnismäßig hohen Preises für Anschaffung seines eigenen Pferdes, jetzt gar nicht imstande gewesen wäre.

Die Frage der Beschaffung von Waffen war ebenfalls nicht so leichter Hand zu lösen. Cyprien hatte für sich Flinten gewählt, eine vortreffliche Martini-Henry-Büchse und einen Remington-Karabiner, welche sich zwar beide nicht durch besondere Eleganz auszeichneten, aber sicher schossen und leicht und genau zu laden waren.

Niemals hätte er jedoch, wenn ihn der Chinese nicht darauf aufmerksam machte, daran gedacht, sich mit einem Vorrate von Sprenggeschossen zu versehen. Er hielt sich für hinreichend ausgerüstet, wenn er Pulver und Blei für fünf- bis sechshundert Schuß mitnahm, und war nicht wenig überrascht zu hören, daß viertausend Gewehrschüsse das mindeste seien, was man bei einer Fahrt durch diese Gegend voll wilder Tiere und kaum weniger wilder Einwohner als notwendig erachtete.

Cyprien mußte sich also noch zwei Revolver zu Sprengkugelschuß anschaffen und er vervollständigte seine Bewaffnung ferner durch den Ankauf eines vorzüglichen Jagdmessers oder Hirschfängers, der schon seit fünf Jahren im Schaufenster des Waffenhändlers in Potchefstrom geprangt hatte, ohne daß sich jemand entschlossen hätte, denselben zu erwählen.

Wiederum war es Lî, der auf dieser Erwerbung bestand, indem er versicherte, daß sich kaum etwas nützlicher erweisen werde, als ein solches Messer. Die Sorgfalt, mit der er es sich später angelegen sein ließ, die kurze und breite Klinge desselben scharf und blank zu erhalten, bewies sein Vertrautsein mit blanken Waffen, welches er übrigens mit seinen Stammesgenossen im allgemeinen teilte.

Überdies begleitete der berüchtigte rote Kasten allezeit den vorsorglichen Chinesen. Er verwahrte darin neben einer

Menge kleiner Kästchen und geheimnisvoller Ingredienzen etwa sechzig Meter jenes biegsamen und dünnen, aber stark gedrehten Strickes, den die Matrosen speziell Leine nennen. Und als er gefragt wurde, was er damit beginnen wolle, erklärte er:

»Nun, muß man denn in der Wüste nicht ebenso wie anderwärts gelegentlich eine Leine ziehen?«

Binnen weniger Stunden waren alle Einkäufe abgemacht! Wasserdichte Tücher, wollene Decken, Speisegeschirr und Geräte, reichlicher Mundvorrat in verlöteten Büchsen, Joche, Ketten, Zügel zum Wechseln usw. füllten am hinteren Teile des Wagens das allgemeine Magazin, der mit Stroh ausgelegte vordere Teil sollte als Lagerstätte und Obdach für Cyprien und seine Reisegefährten dienen.

James Hilton hatte sich seines Auftrages sehr gut entledigt und schien mit großem Verständnis ausgewählt zu haben, was der Genossenschaft vonnöten sein könnte. Er war aber auch auf seine Erfahrungen als Ansiedler nicht wenig stolz. So ließ er sich auch weit mehr durch das Gefühl seiner Überlegenheit in diesem Fache als durch kameradschaftliche Rücksichten bestimmt herbei, seine Gefährten über die Sitten und Gebräuche des Veld aufzuklären.

Annibal Pantalacci freilich unterließ es nicht, ihn zu unterbrechen und ihm gelegentlich das Wort abzuschneiden.

»Welches Bedürfnis drängt Sie, Ihre Kenntnisse auch dem Franzosen mitzuteilen?« sagte er zu ihm leise. »Liegt Ihnen denn gar so viel daran, daß gerade er den Preis erringt? An Ihrer Stelle würde ich, was ich weiß, allein für mich behalten und niemand ein Wort davon hören lassen!«

James Hilton sah den Neapolitaner mit unverhohlener Verwunderung an.

»Das ist wirklich wahr, was Sie mir da sagen . . . sehr wahr! Ein solcher Gedanke war mir eben noch gar nicht gekommen!«

Cyprien hatte es nicht unterlassen, auch Friedel davon zu unterrichten, was er bezüglich der Pferde des Landes erfahren hatte, fand bei diesem aber kein Gehör; der Deutsche dagegen – unterließ es nicht, sich mit Angelgerätschaften auszustatten, da er behauptete, daß man des Wildes bald überdrüssig sein werde.

Nach Vollendung aller Vorbereitungen ging es nun fort, und die Karawane trat in der vorherbestimmten Ordnung zusammen.

Der von zwölf rötlichen und schwarzen Büffeln gezogene

Wagen voran, unter der hohen Führung Bardiks, der bald mit der langen Peitsche in der Hand neben den kräftigen Tieren herschritt, bald, um auszuruhen, den Vorderteil des Wagens bestieg. Dort auf seinem Sitze thronend, war er freilich den Stößen durch die unebene Straße stark ausgesetzt, schien sich daraus aber nicht viel zu machen, sondern war vielmehr entzückt von dieser Art der Beförderung! Die vier Reiter folgten nebeneinander dicht hinterher. Außer für den Fall, wo sie Veranlassung hatten, sich zu entfernen, um ein Rebhuhn zu schießen oder den Weg auszukundschaften, bildete obiges die für eine lange Reihe von Tagen unveränderliche Zugordnung der kleinen Karawane.

Nach kurzer Überlegung wurde beschlossen, nächsten Weges nach der Quelle des Limpopo zu ziehen. In der Tat wies alles darauf hin, daß Matakit auch dieser Richtung gefolgt sein werde. Er konnte übrigens eine andere gar nicht einschlagen, da es ihm darauf ankommen mußte, die britischen Besitzungen so bald wie möglich im Rücken zu haben. Der Vorteil, den der Kaffer voraus hatte, bestand gleichzeitig in seiner gründlichen Landeskenntnis, wie in der Leichtigkeit seines Gefährts. So wußte er natürlich stets, wo er sich befand und wohin er sich auf nächstem Wege begab; infolge seiner Bekanntschaft im Norden war er aber auch sicher, überall Unterstützung und Schutz, Nahrung und Unterkommen zu finden, sogar Helfershelfer, wenn sich das als notwendig herausstellte. Und konnte man sicher sein, daß er seinen Einfluß auf die Eingebornen nicht benützte, um sich mit Gewalt denen zu widersetzen, die ihm auf dem Fuße folgten und ihn vielleicht mit bewaffneter Hand anzugreifen drohten? Cyprien und seine Gefährten ersahen daraus mehr und mehr die Notwendigkeit, sich zusammenzuhalten und bei dieser Expedition gegenseitig zu unterstützen, wenn sie überhaupt beabsichtigten, daß irgendeiner von ihnen die Frucht von derselben einheimsen sollte.

Der Transvaal, der in der Richtung von Süden nach Norden durchzogen werden sollte, bildet ein sehr ausgedehntes Gebiet Südafrikas – von etwa dreißig Millionen Hektar –, das sich zwischen dem Vaal und dem Limpopo ausdehnt und westlich von den Drakenbergen, der englischen Kolonie Natal, dem Lande der Zulus und den portugiesischen Besitzungen gelegen ist.

Vollkommen besiedelt von den Boers, das sind die früheren holländischen Bürger des Kaps der Guten Hoffnung, welche sich hier binnen fünfzehn bis zwanzig Jahren zu einer landbauenden Bevölkerung von über hunderttausend Weißen vermehrt haben, erregte der Transvaal natürlich die Habgier Großbritanniens, welches das Land 1877 auch seinem Besitzstand hinzufügte. Die ungemein häufige Empörung der Boers, welche mit Aufgebot aller Mittel unabhängig bleiben wollen, läßt die Zukunft dieses schönen Landstriches noch immer in Ungewißheit. Es ist einer der lachendsten und fruchtbarsten von Afrika und gleichzeitig einer der gesündesten, und das erklärt wohl hinlänglich - wenn es sie auch nicht rechtfertigt - die Anziehung, welche dieses Gebiet auf die stets zu fürchtenden Nachbarn ausübt. Auch die Goldlager, welche hier entdeckt wurden, haben natürlich einen nicht minder großen Einfluß auf die politische Handlungsweise Englands gegenüber dem Transvaal gehabt.

Geographisch trennt man das Land, in Übereinstimmung mit den Boers selbst, in drei Hauptregionen: das Hochland oder Hooge-Veld, das Hügelland oder Banken-Veld und das Buschland oder Bush-Veld.

Das Hochland bildet den südlichsten Teil. Es besteht aus Gebirgsketten, die sich von den Drakenbergen nach Westen und Süden hin fortsetzen. Hier ist der eigentliche Minendistrikt des Transvaal zu suchen und hier herrscht ein kaltes, trockenes Klima, etwa wie im Berner Oberland.

Das Hügelland ist speziell die Gegend des Landbaues. Im Norden des ersteren gelegen, beherbergt es in seinen tiefen, von zahlreichen Wasserläufen getrennten und von immergrünen Bäumen beschatteten Tälern den größten Teil der holländischen Bewohnerschaft.

Der Bush-Veld oder das Buschland, gleichzeitig das reichste Jagdgebiet, erstreckt sich dann in weiten Ebenen bis zu den Ufern des Limpopo nach Norden und grenzt im Westen an das Land der Betchuana-Kaffern.

Von Potchefstrom, das im Banken-Veld liegt, ausgehend, hatten die Reisenden erst in schräger Richtung den größten Teil dieses Gebietes zu durchziehen, bevor sie den Banken-Veld und von da, weiter im Norden, die Ufer des Limpopo erreichten.

Dieser erste Teil des Transvaal war natürlich am leichtesten zu bereisen. Hier befand man sich noch immer in halbzivilisiertem Lande. Die größten Schwierigkeiten und Unfälle beschränkten sich auf eine ziemlich morastige Straße und einen erkrankten Büffel. Wilde Enten, Rebhühner und Ziegen gab es längs des Weges in Menge, und die Flinten lieferten alltäglich den Bedarf für das Frühstück, wie für das Mittagsbrot. Die Nacht wurde gewöhnlich in einer Farm zugebracht, deren von dem übrigen Teil der Welt jährlich neun Monate abgeschlossene Bewohner die unerwartet ankommenden Gäste stets mit froher Herzlichkeit aufnehmen.

Gastfreundlich, zuvorkommend und uninteressiert erwiesen sich die Boers hier wie überall. Die Landessitte verlangt zwar, daß man ihnen für die Unterkunft der Menschen und Tiere eine Entschädigung anbietet, sie schlagen diese jedoch so gut wie immer aus und bestehen sogar noch meist darauf, daß der Fremde bei der Weiterreise von ihnen Mehl, Orangen und eingemachte Pfirsiche annimmt. Überläßt man ihnen dafür irgendeinen für die Pferdezucht oder die Jagd anwendbaren Gegenstand, vielleicht eine Peitsche, eine Kinnkette oder einen Pulversack, so sind sie ganz entzückt darüber, so gering der eigentliche Wert desselben auch sein mochte.

Die braven Leute führen in ihren ausgedehnten Einöden ein stilles und friedlich verlaufendes Leben; sie ernähren sich ohne große Mühe mit ihren Familien von den Erzeugnissen, welche ihnen ihre Herden liefern, und bebauen mit Hilfe von Kaffern und Hottentotten das Land, um ohne großen Aufwand Getreide und Gemüse in Hülle und Fülle zu ernten.

Ihre Häuser sind sehr einfach aus Lehm errichtet und mit dicken Strohdächern überdeckt. Macht der Regen einmal eine Bresche in die Mauern – was freilich zuweilen vorkommt –, so haben sie das Heilmittel bei der Hand. Die ganze Familie beschäftigt sich damit, Lehm zu kneten, von dem ein großer Haufen hergestellt wird; dann nehmen Sohn und Tochter diesen handweise und eröffnen ein Bombardement auf die Bresche, welche in dieser Weise bald geschlossen wird.

Im Innern der Wohnung findet man kaum einige Möbel, höchstens Holzschemel, grobe Tische und Betten für erwachsene Personen; die Kinder nehmen mit einem Lager auf Schaffell vorlieb.

Trotzdem findet noch die Kunst eine Stätte unter diesen urwüchsigen Verhältnissen. Fast alle Boers sind musikalisch und spielen Geige oder Flöte. Sie tanzen mit wahrhafter Begeisterung und kennen weder Hindernisse noch Anstrengung, wenn es gilt – manchmal auf eine Entfernung von zwanzig Lieues –, sich zu versammeln, um diesem Lieblingszeitvertreib obzuliegen.

Die Töchter des Landes sind sehr bescheiden und sehen in der schmucken holländischen Bauerntracht oft sehr hübsch aus. Sie treten sehr zeitig in die Ehe, bringen ihren Gatten aber nichts anders mit, als ein Dutzend Ochsen oder Ziegen, einen Karren oder einen anderen Schatz dieser Art. Der Ehemann übernimmt die Einrichtung des Wohnhauses, besorgt die Urbarmachung mehrerer Morgen Landes in der nächsten Umgebung, und damit ist der neue Hausstand gegründet.

Die Boers werden sehr alt, und nirgends auf der Erde begegnet man soviel Hundertjährigen wie hier.

Eine eigentümliche und bisher unaufgeklärte Erscheinung ist die Fettsucht, welcher fast alle im reiferen Alter verfallen, und die bei ihnen ganz erstaunliche Grade erreicht. Sie sind übrigens von sehr hohem Wuchse, und das trifft ebenso bei den Ansiedlern von französischem Ursprung, wie bei denen von deutscher oder holländischer Abstammung zu.

Die Reise ging inzwischen ohne Unfall vonstatten. Nur selten erhielt die Expedition in jeder Farm, wo sie des Abends einkehrte, keine weiteren Nachrichten über Matakit. Überall war er, von seinem Strauße schnell dahingezogen, anfänglich zwei oder drei, später fünf bis sechs, endlich sieben bis acht Tage vorher durchgekommen. Offenbar also waren sie auf seiner Spur; aber ebenso offenbar gewann er täglich mehr Vorsprung gegen die, welche auf seine Einholung ausgezogen waren.

Die vier Verfolger betrachteten es nichtsdestoweniger als ausgemacht, daß sie ihn erlangen würden. Der Flüchtling mußte ja schließlich haltmachen. Seine Gefangennahme erschien also lediglich als eine Frage der Zeit.

Cyprien und seine Genossen machten sich also darum auch keine besondere Sorge, sondern fingen im Gegenteil an, sich allmählich ihren Lieblingsbeschäftigungen hinzugeben.

Der junge Ingenieur suchte Steinproben, Friedel botanisierte und behauptete, er vermöge die Eigenschaften der von ihm gesammelten Pflanzen schon aus deren äußeren Erscheinung zu erkennen. Annibal Pantalacci machte sich rücksichtslos lustig auf Kosten Bardiks oder Lîs, und bemühte sich, für seine schlechten Späße dadurch Verzeihung zu erhalten, daß er auf den Haltestellen meist vorzügliche Makkaronis zubereitete. James Hilton übernahm es, die Karawane mit eßbarem Wild zu versehen, und es verging kaum ein halber Tag, daß er ein Dutzend Rebhühner, Wachteln im Überfluß und zuweilen einen Eber oder eine Antilope erlegte.

Etappe nach Etappe gelangte man auf diese Weise nach dem Bush-Veld. Bald wurden nun die Farmen immer seltener und hörten endlich ganz auf. Man hatte die äußersten Grenzen der Zivilisation erreicht.

Von hier aus mußte man nun jeden Abend selbst ein Lager zurechtmachen und ein großes Feuer anzünden, rings um welches Menschen und Tiere sich niederstreckten, um zu schlafen, wobei natürlich immer einer oder der andere auf die Umgebung acht haben mußte.

Die Landschaft hatte schon ein mehr und mehr wildes Aussehen angenommen. Ebenen mit gelblichem Sande, Dickichte mit Dornengebüsch, dann und wann ein von Sümpfen umgebener Bach traten jetzt an die Stelle der grünen Täler des Banken-Veld. Manchmal mußte auch ein Umweg eingeschlagen werden, um einen wirklichen Wald von »thorn trees« oder Dornenbäumen zu umgehen. Es sind das nämlich Gesträuche von drei bis fünf Meter Höhe mit ungemein vielen waagrecht stehenden Ästen, welche zahlreiche zwei bis vier Zoll lange, harte und dolchähnliche spitze Dornen tragen.

Diese äußere Zone des Bush-Veld, welche gewöhnlich mit dem Namen Lion-Veld oder Löwen-Veld bezeichnet wird, schien kaum ihrem schlimmen Namen zu entsprechen, denn auch nach drei- bis viertägiger Reise hatte sich noch keines dieser furchtbaren Raubtiere sehen lassen.

»Das beruht ohne Zweifel nur auf Überlieferungen«, sagte sich Cyprien, »und die Löwen werden weiter nach der Wüste zurückgewichen sein!«

Als er diesem Gedanken aber James Hilton gegenüber Worte verlieh, fing dieser geradewegs an zu lachen.

»Sie meinen, daß es hier keine Löwen gäbe?« sagte er; »das kommt einfach daher, daß Sie dieselben nicht zu sehen verstehen!«

»Sehr schön, einen Löwen inmitten einer nackten Ebene nicht einmal zu sehen!« erwiderte Cyprien in etwas ironischem Tone.

»Nun, ich wette um zehn Pfund«, erklärte James Hilton, »daß ich Ihnen vor Ablauf einer Stunde noch einen zeige, den Sie nicht vorher gesehen hatten.«

»Ich wette aus Prinzip niemals«, antwortete Cyprien, »aber es würde mich sehr freuen, meine Erfahrungen zu erweitern.«

Man zog noch fünfundzwanzig bis dreißig Minuten weiter, ohne daß jemand an die Löwen gedacht hätte, als James Hilton plötzlich ausrief:

»Meine Herren, betrachten Sie dort den Ameisenbau, der sich da unten zur Rechten erhebt.«

»Das ist was Rechtes!« meinte Friedel. »Seit zwei bis drei Tagen sehen wir gar nichts anderes!«

Im Bush-Veld gibt es in der Tat kaum eine häufigere Erscheinung als diese großen Haufen von gelbem Lehm, welche von zahllosen Ameisen zusammengetragen sind und in größerer Entfernung abwechselnd mit einigem Buschwerk oder einer Gruppe magerer Mimosen die Einförmigkeit dieser weiten Ebenen unterbrechen.

James Hilton lachte für sich.

»Herr Méré, wenn Sie sich ein wenig in Galopp setzen wollen, um sich jenem Ameisenbau zu nähern – da, am Ende meines Fingers –, so verspreche ich Ihnen, daß Sie, was Sie wünschten, zu sehen bekommen werden. Gehen Sie aber nicht zu nahe heran, denn die Sache könnte schlecht ablaufen.«

Cyprien gab seinem Pferde beide Sporen und ritt schnell nach dem Hügel zu, den ihm James Hilton als einen Ameisenbau bezeichnet hatte.

»Da nistet natürlich eine Löwenfamilie!« sagte er, als Cyprien sich entfernt hatte. »Ich setze gleich eins gegen zehn, daß jene gelben Haufen, die er für Ameisenbauten hält, nichts anderes sind.«

»Per Bacco! Da hätten Sie freilich alle Ursache gehabt, ihm jede Annäherung zu widerraten!«

Als er aber bemerkte, daß Bardik und Lî ihn hörten, gab er seinen Worten eine andere Wendung.

»Der Frenchman wird einen schönen Schreck haben und uns viel zu lachen geben.«

Der Neapolitaner täuschte sich. Cyprien war nicht der Mann dazu, gleich »einen schönen Schreck zu haben«, wie er sagte. Zweihundert Schritt vor dem ihm gewiesenen Ziele erkannte er, um welch schreckliches Ameisennest es sich hier handelte. Dasselbe entpuppte sich nämlich als ein ungeheurer Löwe, eine Löwin und drei junge Löwen, welche im Kreise an der Erde lagen und friedlich in der Sonne schliefen.

Bei den Hufschlägen Templars öffnete der Löwe die Augen, erhob den gewaltigen Kopf, gähnte, wobei er zwischen zwei Reihen ungeheurer Zähne einen Rachen zeigte, in dem ein zehnjähriges Kind hätte mit Haut und Haar verschwinden können. Dann starrte er den Reiter an, der bis auf zwanzig Schritte an ihn herangekommen war.

Zum Glück mochte die Bestie keinen Hunger haben, sonst wäre sie nicht so gleichgültig geblieben.

Cyprien hielt schon die Hand am Karabiner und wartete zwei bis drei Minuten, was seine Majestät der Löwe zu tun beschließen würde. Da er sich aber überzeugte, daß dieser keine Lust zum Beginn von Feindseligkeiten zu haben schien, fühlte auch er sich nicht aufgelegt, das Glück dieser interessanten Familie zu stören, sondern warf sein Pferd herum und sprengte mit verhängtem Zügel wieder seinen Genossen entgegen.

In gezwungener Anerkennung seiner Kaltblütigkeit und bewiesenen Mutes empfingen ihn diese mit lauten Beifallsrufen.

»Ich würde meine Wette verloren haben, Herr Hilton«, gab Cyprien darauf allein Antwort.

Am nämlichen Abend gelangte man noch so weit, um am Ufer des Limpopo selbst zu rasten. Obwohl James Hilton ihm davon abriet, bestand doch Friedel darauf, heute eine Schüssel Fische zu fangen.

»Das ist höchst ungesund, Kamerad!« sagte dieser. »Vergessen Sie niemals, daß es im Bush-Veld nicht ratsam ist, weder am Ufer der Flüsse zu verweilen, noch . . .«

»Bah! Bah! Ich habe schon manchen anderen angeln sehen!« antwortete der Deutsche mit der seiner Nation eigentümlichen Hartnäckigkeit.

»Oho«, meinte Annibal Pantalacci, »was kann wohl Schlimmes dabei sein, eine oder zwei Stunden am Wasserrande zu sitzen? Habe ich nicht auf der Entenjagd, durchnäßt bis zu den Achseln, halbe Tage lang so ausharren müssen?«

»Das ist nicht ganz dieselbe Sache!« erwiderte James Hilton.

»Ah was, es ist doch alles eins! . . .« entgegnete der Neapolitaner. »Mein lieber Hilton, Sie täten weit besser, den Kasten mit dem Käse zu meinen Makkaronis zu holen, als daß Sie unseren Kameraden abhalten wollen, eine Schüssel Fische zu fangen. Das wird unserem Speisezettel eine wünschenswerte Abwechslung verleihen!«

Ohne noch Lehre anzunehmen, ging Friedel weg und trieb seine Angelei so lange fort, daß es schon völlig Nacht war, als er nach dem Lagerplatz zurückkehrte.

Der starrköpfige Angler schmauste mit bestem Appetit, ließ sich ebenso wie die anderen die gefangenen Fische vortrefflich munden, aber er klagte schon über heftiges Frösteln, als er sich am Wege neben seinen Kameraden zur Ruhe niederlegte.

Mit Anbruch des folgenden Tages, als sich alle zur Weiterreise rüsteten, war Friedel die Beute eines hitzigen Fiebers und unmöglich imstande, ein Pferd zu besteigen. Er verlangte nichtsdestoweniger, daß man ohne Zögern aufbrechen möge, da er sich auf dem Stroh im Wagen ganz wohl befinden werde. Man tat also, wie er wünschte.

Zu Mittag begann er zu delirieren.

Um drei Uhr war er verschieden.

Seine Krankheit bestand in einem Sumpffieber der gefährlichen Art.

Angesichts dieses plötzlichen Endes konnte Cyprien sich nicht enthalten, zu denken, daß Annibal Pantalacci durch seine schlechten Ratschläge bei diesem Vorfalle eine schwere Verantwortlichkeit auf sich geladen habe. Außer ihm schien freilich niemand daran zu denken.

»Sie sehen, wie sehr ich recht hatte, daß man bei anbrechender Nacht nicht am Flußufer verweilen soll!« begnügte sich James Hilton mit philosophischer Gelassenheit zu wiederholen.

Die Gesellschaft machte kurze Zeit halt, um den Leichnam, der doch nicht den wilden Tieren preisgegeben werden sollte, zu beerdigen.

Er war ein Rivale, fast ein Feind, und doch fühlte Cyprien sich tief erregt, als er ihm die letzten Ehren erwies. Der Anblick des Todes, der ja immer ein erhabener und feierlicher ist, scheint inmitten der Wüste nur noch eindrucksvoller zu werden. Allein im Angesichte der Natur, erkennt der Mensch noch deutlicher dieses unvermeidliche Ende. Fern von seiner Familie, fern von allen, die er liebt, fliegt sein Gedanke desto sehnlicher zu ihnen. Er sagt sich, daß morgen vielleicht auch er auf der unendlichen Ebene umsinkt, um sich nicht wieder zu erheben, daß auch er einen Fuß tiefer unter dem Sande vergraben werde, daß ein nackter Stein die Stelle bezeichnet, und daß ihm auf dem letzten Wege weder die Tränen einer Mutter oder Schwester noch die Klagen eines Freundes das Geleit geben werden. Und indem er einen Teil des Mitgefühls, welches er für das Los seines Kameraden empfindet, auf seine eigene Lage überträgt, erscheint es ihm, als ob ein Stück von ihm selbst in dem einfachen Grabe bestattet worden wäre.

Schon an dem, dieser traurigen Feierlichkeit folgenden Tage wurde auch Friedels Pferd, das an den Wagen gebunden worden war, von dem Veld-Fieber befallen, und mußte seinem Schicksale überlassen werden.

Das arme Tier hatte seinen Herrn nur um wenige Tage überlebt.

Vierzehntes Kapitel

Im Norden des Limpopo

Drei volle Tage verstrichen mit Nachsuchungen und Sondierungen, ehe sich eine Furt im Bette des Limpopo fand. Es war noch immer zweifelhaft, ob man eine solche entdeckt habe, als einige Macalaccas-Kaffern, welche am Ufer des Flusses umherschweiften, sich erboten, die Expedition zu führen.

Diese Kaffern sind arme Teufel, welche die herrschende Rasse der Betschuanas als Sklaven betrachtet, sie ohne jede Entschädigung zur härtesten Arbeit zwingt, fast unmenschlich behandelt, und denen jene noch obendrein bei Todesstrafe verbieten, jemals Fleisch zu essen. Die unglücklichen Macalaccas dürfen zwar alles Wild, welches sie antreffen, nach Belieben erlegen, aber nur unter der Bedingung, daß sie es ihren Herren und Meistern abliefern. Diese aber ließen jenen nur die Eingeweide liegen, etwa so wie die europäischen Jäger gegenüber ihren Hunden verfahren.

Ein Macalacca besitzt keinerlei Eigentum, nicht einmal eine Hütte oder eine Kürbisflasche. Er geht so gut wie ganz nackt umher, ist ganz mager, fleischlos und trägt als Gürtel nur einige Büffeldärme, die man aus der Ferne leicht für Blutwürste ansehen könnte, welche in Wirklichkeit aber nichts sind als sehr urwüchsige Schläuche, in denen sich sein Wasservorrat befindet.

Bardiks vortreffliche Anlagen zum Handel zeigten sich hier sehr schnell in der Art und Weise, wie er aus diesen Unglücklichen das Geständnis herauszupressen verstand, daß dieselben trotz ihres Elends einige Straußfedern besaßen, welche in einem benachbarten Dickicht sorgfältig versteckt waren. Er schlug ihnen sofort vor, diese zu kaufen, und kam mit ihnen überein, sich noch am nämlichen Abend zu treffen.

»Du hast demnach Geld, um sie dafür zu entschädigen?« fragte Cyprien erstaunt.

Bardik lachte laut auf und zeigte ihm eine Hand voll kupferner Knöpfe, welche er im Laufe von einem oder zwei Monaten gesammelt hatte und die er in einem Leinwandbeutel bei sich trug.

»Das ist aber keine gültige Münze«, erklärte ihm Cyprien, »und ich kann nicht dulden, daß du jene armen Leute mit ein paar Dutzend alter Knöpfe bezahlst!«

Es war jedoch unmöglich, Bardik verständlich zu machen, warum sein Vorhaben ein nicht ganz ehrenhaftes wäre.

»Wenn die Macalaccas meine Knöpfe im Austausch gegen ihre Federn annehmen, wer könnte da etwas dagegen einzuwenden haben?« antwortete er. »Sie wissen doch recht gut, daß jenen die Federn nichts als das Einsammeln gekostet haben. Ja, sie haben nicht einmal das Recht, solche zu besitzen, und dürfen sie auch nur ganz unter der Hand sehen lassen. Ein Knopf dagegen ist ein nützlich' Ding, nützlicher als eine Straußfeder. Warum sollte es also verboten sein, ein oder zwei Dutzend solcher im Austausch gegen ebenso viele Straußfedern anzubieten?«

Diese Beweisführung war zwar eigentümlich, aber doch nicht durchschlagend, der junge Kaffer übersah eben, daß die Macalaccas seine Knöpfe nicht entgegennahmen, um von denselben den gewöhnlichen Gebrauch zu machen, da sie ja sowieso keine Kleidungsstücke trugen, sondern weil sie diesen runden Metallstücken, welche gemünztem Gelde ähnlich sahen, einen gewissen Wert beilegten. Es blieb also im Grunde immer ein reiner Betrug.

Cyprien mußte freilich erkennen, daß der Unterschied zu fein sei, um von dem Verstande eines Halbwilden, der beim Handeln stets ein sehr weites Gewissen hat, begriffen zu weden, und er ließ seinen Diener also tun, was dieser wollte.

Am Abend bei Fackelschein wurde die Handelsoperation Bardiks vollends abgeschlossen. Die Macalaccas hatten offenbar eine geheime Furcht, von ihrem Abkäufer übervorteilt zu werden, denn sie begnügten sich nicht mit dem von den Weißen angezündeten Feuer, sondern brachten Körbe mit Mais zur Stelle, die sie, nachdem dieselben in die Erde versenkt waren, in Brand setzten.

Die Eingebornen holten darauf die Straußfedern hervor und gingen dann, Bardiks Knöpfe einer genauen Prüfung zu unterziehen.

Da kam es unter ihnen zu einem von lebhaften Bewegungen und lautem Geschrei begleiteten Streite über die Natur und den Wert der runden Metallscheibchen.

Niemand verstand ein Wort von dem, was sie in ihrer sehr unartikulierten Sprache sagten, dagegen konnte man aus den erhitzten Gesichtern, den sprechenden Grimassen und dem auflodernden Zorn sehen, daß die Angelegenheit für sie von sehr großer Bedeutung sein müsse.

Plötzlich wurde diese stürmische Verhandlung durch eine unerwartete Erscheinung unterbrochen.

Ein hochgewachsener Neger mit komischer Würde, bekleidet mit einem alten Mantel aus rotem Baumwollstoff, die Stirn verziert mit dem eigentümlichen Diadem aus Schafdärmen, welches die Kaffernkrieger gewöhnlich tragen – trat aus dem Dickicht, vor welchem diese Verhandlung stattfand. Dann fiel er mit kräftigen Stockschlägen über die auf frischer Tat ertappten Macalaccas her, welche er bei einer verbotenen Operation ertappt hatte.

»Lopepe!... Lopepe!...« riefen die unglücklichen Wilden, die sich wie eine Bande Ratten nach allen Richtungen zerstreuten.

Ein Kreis von Kriegern aber, welche plötzlich aus allen benachbarten Büschen auftauchten, zog sich um sie zusammen und vertrat ihnen den Weg.

Lopepe ließ sich sofort die Knöpfe einhändigen, betrachtete sie aufmerksam beim Scheine des brennenden Maises und steckte sie mit sichtbarer Befriedigung in seine Ledertasche.

Dann ging er auf Bardik zu, dem er die schon übergebenen Straußfedern aus der Hand nahm, und ließ diese ebenso verschwinden, wie er es mit den Knöpfen gemacht hatte.

Die Weißen waren bisher passive Zuschauer dieses Auftrittes gewesen und wußten auch nicht, ob es ratsam sei, sich dabei einzumischen, als Lopepe diese Schwierigkeit wegraumte, indem er auf sie zukam. In befehlerischem Tone richtete er dann an diese eine lange Ansprache, welche natürlich keiner von ihnen verstand.

Nur James Hilton, der einige Worte der Betchuana-Sprache kannte, gelang es, wenigstens den allgemeinen Sinn dieser Ansprache zu fassen, den er seinen Begleitern verdolmetschte. In der Hauptsache lief das darauf hinaus, daß der Häuptling sich bitter beklagte, daß man Bardik gestattet habe, mit den Macalaccas einen Handel anzufangen, da diese ja nichts Eigentümliches besitzen dürften.

Zum Schlusse erklärte er die weggenommene Ware als Kontrebande und legte den Weißen die Frage vor, was sie von ihrer Seite zu sagen hätten.

Unter diesen herrschte hierüber eine ziemlich geteilte Ansicht. Annibal Pantalacci wollte sofort nachgegeben wissen, um mit dem Betchuana-Häuptling nicht in Mißhelligkeiten zu geraten. James Hilton und Cyprien fürchteten, so sehr sie die Rechtmäßigkeit des Verfahrens dieses Wilden anerkannten, doch durch zu große Nachgiebigkeit nur die Unverschämtheit Lopepes zu steigern, und vielleicht, wenn er seine Forderungen zu hoch schraubte, einen Streit unvermeidlich zu machen.

Nach kurzer Beratung wurde dann beschlossen, daß der

Betchuana-Häuptling die Knöpfe behalten, die Federn aber wieder herausgeben sollte.

Das gab ihm James Hilton halb durch Gesten, halb mit Hilfe einiger kafferischer Worte zu verstehen.

Lopepe nahm zuerst eine diplomatische Miene an und schien zu zögern. Die Mündungen der europäischen Gewehre, welche er im Halbdunkel schimmern sah, brachten ihn aber doch bald auf andere Gedanken, und er lieferte die Federn aus.

Von nun an zeigte sich der wirklich intelligente Häuptling weit zugänglicher. Er bot den drei Weißen ebenso wie Bardik und Lî eine Pfeife aus jener großen Dose an und setzte sich an der Lagerstelle nieder. Ein Glas Branntwein, das ihm der Neapolitaner reichte, brachte ihn vollends in gute Laune, und als er sich dann nach anderthalbstündigem Verweilen, welches unter ziemlich vollkommenem Stillschweigen verlaufen war, erhob, lud er die Karawane für den folgenden Tag zu einem Besuche in seinem Kral ein.

Man sagte ihm das zu, und nach Auswechslung eines Händedrucks zog Lopepe sich majestätisch zurück.

Bald nach seinem Aufbruche hatten sich alle niedergelegt, mit Ausnahme Cypriens, der, nachdem er sich in seine Decke gehüllt, träumerisch die Sterne betrachtete.

Es war eine mondlose Nacht, in der die Sterne desto glänzender blinkten. Das Feuer erlosch allmählich, ohne daß der junge Ingenieur darauf achtete.

Er gedachte der Seinigen, welche in diesem Augenblick gewiß nicht ahnten, welch seltsames Abenteuer ihn hier in die Wüste Südafrikas verschlagen hatte, an die reizende Alice, und an alle, die seinem Herzen teuer waren. Als er sich so in süße Träume versenkte, welchen die Totenstille der Ebene noch einen poetischeren Hauch verlieh, fing er an halb einzuschlummern. Da vernahm er plötzlich auffallende Tritte und bemerkte, daß die für die Nacht leicht eingehegten Zugtiere unruhig wurden und aufsprangen.

Cyprien glaubte dann im Schatten eine niedrigere, gedrungenere Gestalt als die der Büffel zu erkennen, welche ohne Zweifel die Veranlassung zu dieser Erregung war. Ohne lange zu überlegen, was das sein könnte, ergriff Cyprien eine Peitsche, die ihm zur Hand lag, und ging unerschrocken auf das Lager der Tiere zu.

Er hatte sich nicht getäuscht. Fast inmitten der Büffel befand sich hier ein Tier, welches den Schlaf der ersteren gestört hatte.

Selbst nur halb munter und ohne groß nachzudenken, um was es sich handeln könne, versetzte er dem Eindringling aufs Geratewohl einen Hieb über die Schnauze.

Auf diesen Angriff antwortete sofort ein furchtbares Brüllen!...

Es war ein Löwe, den der junge Ingenieur eben wie ein einfaches Kaninchen behandelt hatte.

Kaum gewann er aber Zeit, die Hand an einen der Revolver zu legen, die er stets im Gürtel trug, und rasch zur Seite zu springen, als das Tier, welches zuerst auf ihn zugestürzt war, ohne ihn zu erreichen, von neuem auf seinen ausgestreckten Arm losgesprungen kam.

Cyprien fühlte, wie die scharfen Krallen ihm ins Fleisch eindrangen, und rollte mit dem furchtbaren Raubtiere in den Staub. Plötzlich krachte ein Schuß; der Körper des Löwen wand sich in schmerzlichen Zuckungen, streckte sich dann aus und lag bewegungslos neben ihm.

Mit der noch freigebliebenen Hand hatte Cyprien, ohne seine Kaltblütigkeit zu verlieren, dem Raubtier seinen Revolver ins Ohr abgefeuert, und eine Sprengkugel hatte diesem den Kopf zerschmettert.

Inzwischen kamen die durch das Gebrüll und den Schuß wachgewordenen Schläfer nach dem Kampfplatze. Man befreite Cyprien von dem noch zum Teil über ihm liegenden gewaltigen Tiere und untersuchte seine Wunden, welche sich zum Glück nicht als ernsthaft erwiesen. Lî verband ihm dieselben mit in Branntwein getauchter Leinwand, im Wagen wurde ihm der bequemste Platz eingeräumt und bald darauf schliefen alle wieder, während Bardik Wache hielt, wozu er sich bis zum anbrechenden Morgen erboten hatte.

Kaum graute der Tag, als die Stimme James Hiltons, der seine Gefährten zu Hilfe rief, diesen wieder einen neuen Unfall verkündete. James Hilton hatte ganz angekleidet im Vorderteil des Wagens gelegen, und stieß jetzt seine Worte im Tone des größten Entsetzens hervor, ohne jedoch eine eigene Bewegung zu wagen.

»Um mein rechtes Knie hat sich eine Schlange gewickelt, unter dem Beinkleid!« sagte er. »Sprecht nicht zu laut oder ich bin verloren. Seht aber zu, was etwa zu tun ist!«

Seine Augen hatten sich vor Schreck übernatürlich erweitert, und das Gesicht war totenbleich. In der Gegend seines rechten Knies bemerkte man wirklich unter der blauen Leinwand der Kleidung die Anwesenheit eines fremden Körpers – einer Art um das Bein geschlungenen Kabels. Die Lage war offenbar ernsthaft. Wie James Hilton sagte, konnte die Schlange bei der ersten Bewegung, die er vornahm, ihn beißen.

Inmitten dieser Angst und allgemeinen Unentschlossenheit übernahm es aber Bardik, der Sache ein Ende zu machen. Nachdem er den Hirschfänger seines Herrn ergriffen, näherte er sich James Hilton mit kaum bemerkbarer Bewegung, dann brachte er die Augen etwa in das gleiche Niveau mit der Schlange und schien einige Sekunden die Lage des Reptils genau zu studieren. Ohne Zweifel suchte er zu erkennen, wo sich der Kopf des Tieres befinden möge.

Plötzlich erhob er sich mit rascher Bewegung, schlug mit kräftigem Arm zu, und der blanke Stahl traf mit kurzem Schlage das Knie James Hiltons.

»Sie können die Schlange abschütteln. Sie ist tot!« sagte Bardik, welcher lächelnd alle Zähne zeigte.

James Hilton gehorchte maschinenmäßig und schüttelte das Bein ... das Reptil fiel zu seinen Füßen nieder.

Es war eine schwarze Viper von kaum einem halben Zoll Durchmesser, aber eine, deren geringster Biß den Tod hätte zur Folge haben müssen. Der junge Kaffer hatte dieselbe mit wunderbarer Geschicklichkeit geköpft. Das Beinkleid James Hiltons zeigte einen Schnitt von kaum sechs Zentimeter Länge und seine Oberhaut war nicht einmal geritzt.

Auffallenderweise – und Cyprien empörte das ordentlich – schien es James Hilton gar nicht in den Sinn zu kommen, seinem Retter zu danken. Jetzt, wo er der Gefahr entronnen war, hielt er diese Intervention für völlig natürlich. Ihm konnte der Gedanke gar nicht kommen, die schwarze Hand eines Kaffern zu ergreifen und diesem ein »Ich danke!« zu sagen.

»Ihr Hirschfänger hat wirklich eine gute Schneide!« bemerkte er einfach, während Bardik diesen wieder in die Scheide steckte, ohne dem, was er getan, selbst eine besondere Bedeutung zuzumessen.

Das Frühstück hatte bald die Eindrücke dieser verhängnisvollen Nacht verwischt. Es bestand heute nur aus einem einzigen, in Butter gebratenen Straußenei, welches jedoch vollkommen hinreichte, den Hunger der fünf Genossen zu stillen.

Cyprien bekam ein leichtes Fieber und hatte auch von seinen Wunden ein wenig zu leiden. Dennoch bestand er darauf, Annibal Pantalacci und James Hilton nach dem Kral Lopepes zu begleiten. Das Lager wurde also der Obhut Bardiks und Lîs anvertraut, welche es unternommen hatten, dem Löwen das Fell abzuziehen. Dieser war übrigens ein ungeheures Exemplar jener Art, welche man als Löwen mit Hundeschnauze bezeichnet. Die drei Reiter begaben sich also allein auf den Weg.

Der Betchuana erwartete sie, umgeben von seinen Kriegern, am Eingang seines Krals. Hinter diesen hatten sich in zweiter Reihe die Frauen und Kinder neugierig angesammelt, um die Fremden zu betrachten. Einige dieser schwarzen Hausfrauen trugen jedoch eine merkwürdige Gleichgültigkeit zur Schau. Vor ihren halbkugelförmigen Hütten kauernd, fuhren sie ungestört in ihrer Arbeit fort. Zwei oder drei von ihnen spannen Fäden aus langen Grasfedern, welche sie dann zu einem Strick zusammendrehten.

Der allgemeine Eindruck des Ganzen war ein sehr erbärmlicher, obwohl die Hütten ziemlich gut gebaut schienen. Diejenige Lopepes, welche größer als die anderen und im Inneren mit Strohmatten ausgeschlagen war, erhob sich ziemlich in der Mitte des Krals. Da hinein führte der Häuptling seine Gäste, wies ihnen drei Schemel an und setzte sich selbst vor sie hin, während seine Leibgarde sich im Halbkreise hinter ihm aufstellte.

Zunächst begann nun der Austausch der gewöhnlichen Redensarten. Die Gebräuche dabei beschränkten sich hier jedoch darauf, eine Tasse eines gegorenen Getränks zu genießen, das der Gastgeber übrigens selbst erzeugt hatte; um den Beweis zu geben, daß sich hinter dieser Sitte nicht etwa ein heimlicher Anschlag verberge, setzte jener stets zuerst die dünnen Lippen an die Tasse und reichte sie dann erst den Fremdlingen. Nach einer so höflichen Einladung nicht zu trinken, wäre als tödliche Beleidigung betrachtet worden. Die drei Weißen verzehrten also dieses Kaffernbier, wobei es ohne einiges Gesichterschneiden seitens Annibal Pantalaccis nicht abging, der seine Meinung dahin abgab, daß ihm ein Glas Lacrymae-Christi weitaus lieber sein würde als dieses verteufelt fade Gebräu der Betchuanas.

Darauf kamen die Geschäfte an die Reihe. Lopepe hätte gern eine Flinte eingehandelt; dieser Wunsch konnte ihm leider nicht erfüllt werden, obgleich er dafür ein ziemlich gutes Pferd und hundertfünfzig Pfund Elfenbein anbot. Die Kolonialgesetze sind in diesem Punkte besonders streng und verbieten den Europäern jede Überlassung von Feuerwaffen an die Kaffern der Grenzgebiete, wenn dazu nicht die spezielle Erlaubnis des Gouverneurs eingeholt war. Zu seiner Schadloshaltung hatten die drei Gäste Lopepes diesem ein Flanellhemd, eine Stahlkette und eine Flasche Rum mitgebracht, für den Wilden ein sehr bedeutendes Geschenk, worüber er seiner

Freude lauten Ausdruck gab.

Der Betchuana-Häuptling erwies sich denn auch gern erbötig, alle von ihm verlangten Aufklärungen zu geben, wobei James Hilton als Dolmetscher diente.

Zunächst erfuhr man, daß ein Reisender, dessen Personalbeschreibung auf Matakit vollständig paßte, vor fünf Tagen durch den Kral gekommen war. Das war die erste Nachricht, welche die Expedition seit zwei Wochen über den Flüchtling erhalten hatte und die sie natürlich dankbar entgegennahm. Der junge Kaffer mochte jedenfalls mehrere Tage mit Aufsuchung einer Furt durch den Limpopo verloren haben und begab sich jetzt gewiß nach den Berggegenden im Norden. Ehe daran zu denken war, diese zu erreichen, mußten gewiß sieben bis acht Tage vergehen.

Lopepe rühmte sich übrigens, ein Freund des Beherrschers jenes Landes zu sein, nach welchem Cyprien und seine Gefährten eben aufbrechen wollten. Wer wäre hier von den eingeborenen Fürsten auch nicht gern der angesehene Freund und getreue Verbündete des großen Tonaïa gewesen, jenes unüberwindlichen Eroberers des Kaffernlandes?

Auf die Frage, ob Tanaïa die Weißen wohl freundschaftlich aufnehmen werde, versicherte Lopepe, daß sie sich darauf verlassen könnten, da er ebenso gut wie die anderen Häuptlinge der Gegend wisse, daß diese Beleidigungen nicht ungeahndet ließen.

Wozu sollte er also den Weißen feindlich entgegentreten, da diese durch ihre sich selbst ladenden Gewehre stets im Vorteil seien; deshalb empfehle es sich, mit denselben friedlich zu verkehren, sie freundlich aufzunehmen und verläßlich mit ihnen zu verhandeln.

Das waren etwa die Auskünfte, welche Lopepe erteilte. Nur eine derselben hatte eigentlich größere Bedeutung: die, daß Matakit jedenfalls einige Tage eingebüßt hatte, bevor er den Strom überschreiten konnte, und daß man sich auf seiner richtigen Spur befand.

Bei ihrer Rückkehr nach dem Lagerplatze fanden Cyprien, Annibal Pantalacci und James Hilton Bardik und Lî in großer Aufregung.

Sie waren ihrer Erzählung nach von einem großen Trupp von Kaffernkriegern heimgesucht worden, welche Lopepes Stamme nicht angehörten; diese hätten sie erst völlig umzingelt und dann ein förmliches Verhör mit ihnen angestellt, dahin zielend, was sie überhaupt hier im Lande wollten, ob sie nicht allein die Betchuana ausforschen und sich unterrichten wollten, wie zahlreich und wie stark bewaffnet diese seien. Fremdlinge, hatten jene erklärt, täten sehr unrecht, sich auf ein solches Unternehmen einzulassen; der große König Tonaïa habe zwar nichts zu gebieten, so lange sie seine Gebiete noch nicht betreten hätten, aber er könne die Sache wohl mit anderen Augen ansehen, wenn sie daselbst einzudringen versuchten.

Das war etwa der Inhalt ihrer Äußerungen. Der Chinese schien über dieselben nicht mehr erregt, als sie es verdienten. Der sonst so ruhige und jeder Gefahr gegenüber so mutige Bardik aber zeigte sich so übertrieben erschrocken, daß Cyprien es sich nicht zu erklären vermochte.

»Sehr schlimme Krieger«, sagte er, die großen Augen hin und her rollend, »Krieger, welche die Weißen hassen und sie ›Cuic machen lassen‹ werden! . . .«

Dieses Ausdrucks bedienen sich alle halbzivilisierten Kaffern, wenn sie einen gewaltsamen Tod bezeichnen wollen.

Was war nun zu tun? Sollte man diesem Zwischenfall eine Bedeutung beimessen? Nein, gewiß nicht. Die Krieger, obgleich gegen dreißig Mann, welche nach Bardiks und des Chinesen Bericht dicse wehrlos überraschten, hatten denselben doch nichts zuleide getan, und nicht einmal den Versuch gemacht zu stehlen. Ihre Drohungen liefen wohl nur auf Aufschneidereien hinaus, welche die Wilden den Fremden gegenüber überhaupt sehr lieben; jedenfalls genügte ein höfliches Auftreten gegen den Häuptling Tonaïa und eine offenherzige Erklärung über den Zweck der Ankunft der drei Weißen, um jeden Verdacht bei jenem zu ersticken und sich sein Wohlwollen zu sichern.

Man beschloß also mit allgemeiner Zustimmung aufzubrechen.

Die Hoffnung, Matakit bald einzuholen und ihm den gestohlenen Diamanten wieder abzunehmen, ließ vorläufig jede Vorsicht vergessen.

Fünfzehntes Kapitel

Ein Komplott

Nach Verlauf einer Woche kam die Expedition in eine Gegend, welche dem von der Grenze des Griqualandes her durchzogenen Gebiete in keiner Weise mehr ähnelte. Jetzt näherte man sich der Bergkette, welche nach allen vorher eingezogenen Erkundigungen Matakit als das wünschenswerteste Ziel erscheinen mußte. Die Nachbarschaft des Hochlandes ebenso wie die zahlreichen Wasserläufe, welche von demselben herabrinnen, kündigen sich hier durch eine von der ebenen Gegend gänzlich verschiedenen Flora und Fauna an.

Eines der ersten Täler, welches sich hier vor den Reisenden auftat, bot ihnen, es war kurz vor Sonnenuntergang, einen wirklich erquickenden und lachenden Anblick.

Zwischen zwei smaragdgrünen Wiesenflächen schlängelte sich ein Fluß mit so kristallklarem Wasser hin, daß der Grund seines Bettes überall sichtbar war. Obstbäume mit verschiedenfarbigem Laub bedeckten die Abhänge der das Talbecken umrahmenden Hügel. Auf dem noch von der Sonne beschienenen Grund weideten Herden von roten Antilopen, Zebras und Büffeln friedlich unter dem Schatten gewaltiger Baobabs; in geringer Entfernung schleppte sich ein weißes Rhinozeros mit schwerem Schritte durch eine Waldlichtung nach dem Flußufer und grunzte schon vor Vergnügen, seine Fleischmasse in demselben umherzuwälzen. Hinter Gebüsche versteckt, gähnte ein nicht sichtbares Raubtier vor Langeweile. Ein Waldesel ließ seine häßliche Stimme hören und Tausende von Affen jagten sich durch die Bäume.

Cyprien und seine Gefährten waren auf dem Gipfel des Hügels stehengeblieben, um das ihnen so neuartige Schauspiel zu betrachten. Sie sahen sich jetzt endlich in jenen jungfräulichen Gebieten, wo die wilden Tiere – noch immer die unbestreitbaren Herren des Landes – so glücklich und frei leben, daß sie von einer ihnen drohenden Gefahr nicht einmal eine Ahnung haben. Überraschend erschien hier nicht allein die Anzahl und die gemächliche Ruhe dieser Tiere, sondern auch die erstaunliche Abwechslung, welche die Fauna dieses Teils von Afrika kennzeichnet. Man erhält hier den Eindruck, als müßte man vor einem jener Bilder, auf welche ein Maler zum Vergnügen alle Hauptvertreter des gesamten Tierreichs vereinigt hat, stehen.

Einwohner gab es nur wenige. Inmitten dieses ausgedehnten

Länderstriches können die Kaffern sicherlich nur ganz verstreut wohnen. Er gleicht einer Wüste oder nähert sich einer solchen doch schon sehr. Obwohl befriedigt bezüglich seiner Wünsche als Gelehrter und Künstler, hätte sich Cyprien doch gern zurückversetzt gesehen in die prähistorische Zeit des Megatheriums und anderer antediluvianischer Tierriesen.

»Nur Elefanten fehlen noch, um das Fest vollständig zu machen!« rief er.

Da strecke Lî aber schon die Arme aus und zeigte inmitten einer größeren Waldblöße mehrere graue Massen. Von ferne hätte man sie, nicht allein wegen ihrer Unbeweglichkeit, sondern auch wegen ihrer Farbe, für Felsen ansehen können. In Wirklichkeit war es eine Herde Elefanten. Die weite Ebene erschien davon auf eine Strecke von mehreren Meilen bevölkert.

»Du verstehst dich also auf Elefanten?« fragte Cyprien den Chinesen, während der Halteplatz für die Nacht zurecht gemacht wurde.

Lî blinzelte mit den schiefen Augen.

»Ich habe zwei Jahre lang auf der Insel Ceylon als Jagdgehilfe gewohnt«, antwortete er einfach, aber immer mit der Zurückhaltung, die er sich bei allem, was ihn selbst betraf, aufzuerlegen pflegte.

»Oh, wenn wir davon einen oder zwei erlegen könnten!« rief James Hilton, »das wäre ein vortreffliches Jagdvergnügen ...«

»Ja, und eines, bei dem das Wild schon das Pulver wert ist, das seine Erlegung kostet!« setzte Annibal Pantalacci hinzu. »Zwei Elefantenstoßzähne geben eine hübsche Beute, und wir können ja leicht zwei bis vier Dutzend solcher im Hinterteile des Wagens unterbringen! ... Wißt ihr, Kameraden, daß das allein hinreichte, alle Kosten unserer Fahrt zu ersetzen!«

»Eine herrliche Idee«, ließ sich James Hilton vernehmen. »Warum sollten wir morgen vor der Weiterreise nicht den Versuch unternehmen?«

Die Frage wude weiter besprochen und beschlossen, vor Aufhebung des Lagers beim ersten Tagesgrauen das Glück in dem Tale zu versuchen, wo jene Elefanten sich aufhielten.

Nachdem das abgemacht und das Abendessen rasch verzehrt war, zogen sich alle, mit Ausnahme James Hiltons, der die Nacht über als Wache bei dem angezündeten Feuer bleiben sollte, unter die Decke des Wagens zurück.

Zwei Stunden saß er schon allein und fing an, etwas schläfrig zu werden, als er sich leicht an den Ellbogen gestoßen fühlte. Er schlug die Augen wieder auf und bemerkte Annibal Pantalacci, der sich schon neben ihn gesetzt hatte.

»Ich kann nämlich nicht schlafen und meinte, es wäre dann besser, Ihnen ein wenig Gesellschaft zu leisten«, sagte der Neapolitaner.

»Das ist sehr hübsch von Ihnen«, sagte James Hilton, die Arme ausstreckend, »mir würden aber ein paar Stunden Schlaf sehr angenehm sein. Wenn es Ihnen recht ist, können wir ja tauschen. Ich nehme Ihren Platz unter der Decke ein und Sie bleiben für mich hier.«

»Nein, halt, ich habe mit Ihnen zu sprechen!« erwiderte Annibal Pantalacci mit gedämpfter Stimme.

Er warf einen scheuen Blick ringsumher, um sich zu überzeugen, ob sie wirklich allein seien, und fuhr fort:

»Haben Sie schon Elefanten gejagt?«

»Ja«, sagte James Hilton, »zweimal.«

»Nun gut, dann wissen Sie auch, wie gefährlich eine solche Jagd ist. Der Elefant ist gar so gescheit, so listig und zur Verteidigung gut ausgerüstet. Es ist sehr selten, daß der Mensch im Kampfe gegen ihn nicht unterliegt.«

»Zugegeben, das heißt, wenn Sie von ungeschickten Jägern reden«, antwortete James Hilton. »Mit einer guten, mit explodierenden Kugeln geladenen Büchse aber ist nicht so besonders viel zu fürchten.«

»Das weiß ich wohl auch«, erwiderte der Neapolitaner; »immerhin kommen zuweilen Unfälle vor. Nehmen Sie an, ein solcher stieße morgen dem Frenchman zu, das wäre doch ein wirklicher Verlust für die Wissenschaft!«

»Ein wirkliches Unglück!« bestätigte James Hilton.

Dazu lachte er ziemlich boshaft auf.

»Für uns freilich wäre das Unglück nicht allzu groß«, meinte Annibal Pantalacci, ermutigt durch das Lachen seines Gefährten. Wir wären dann eben nur noch zwei, um Matakit und seinen Diamanten zu verfolgen, und unter zweien fällt es ja nicht so schwer, ein freundschaftliches Übereinkommen zu treffen . . .«

Die beiden Männer blieben schweigend sitzen, ihre Blicke hefteten sich auf das knisternde Reisig und ihre Gedanken beschäftigten sich mit verbrecherischen Plänen.

»Ja unter zweien kann man sich allemal verständigen!« wiederholte der Neapolitaner, »unter dreien ist's schon weit schwieriger!«

Noch einen Augenblick dauerte das Stillschweigen fort.

Plötzlich erhob Annibal Pantalacci den Kopf und bemühte

sich, in der Finsternis ringsum etwas zu erkennen.

»Haben Sie nichts gesehen?« fragte er heimlich. »Ich glaubte einen Schatten dort hinter dem Baobab zu bemerken.«

James Hilton blickte in der bezeichneten Richtung hin, so scharf sein Gesichtssinn aber auch war, konnte er in der Umgebung des Lagerplatzes doch nichts wahrnehmen.

»Es ist nichts, höchstens Wäsche, welche der Chinese zum Bleichen in den Morgentau gelegt hat.«

Bald wurde das Gespräch zwischen den beiden Leuten, aber sehr gedämpft, wieder aufgenommen.

»Ich könnte die Patronen aus seiner Büchse nehmen, ohne daß er davon etwas bemerkt«, sagte Annibal Pantalacci. »Wenn er dann einen Elefanten angreift, feuere ich einen Gewehrschuß hinter ihm ab, so daß das Tier ihn unbedingt bemerken muß ... das kann nicht lange dauern.«

»'s ist doch eine kitzlige Sache, die Sie da vorschlagen!« warf James Hilton mit schwachem Widerspruche ein.

»Bah, lassen Sie mich nur machen, und Sie werden sehen, daß das ganz allein geht!« erwiderte der Neapolitaner.

Eine Stunde später, als er seinen Platz unter der Wagenplane wieder neben den Schlafenden einnahm, zündete Annibal Pantalacci vorsichtig ein Streichhölzchen an, um sich zu überzeugen, daß sich niemand gerührt hatte. Er sah hierbei, daß Cyprien, Bardik und der Chinese in tiefem Schlafe lagen.

Mindestens sahen diese so aus. Wäre der Neapolitaner etwas schlauer gewesen, so hätte er erkennen müssen, daß Lîs lautes Schnarchen nur gemacht und auf Täuschung berechnet war.

Mit Tagesanbruch waren alle auf den Füßen. Annibal Pantalacci wußte die kurze Zeit zu benützen, wo Cyprien nach dem nahen Bache gegangen war, um die übliche Morgenwaschung vorzunehmen, und zog währenddessen die Patronen aus der Büchse. Das war das Werk von zwanzig Sekunden. Er befand sich dabei allein. Bardik bereitee eben den Kaffee und der Chinese holte die Wäsche zusammen, welche er während des nächtlichen Taues zwischen zwei Baobabs auf seinen berühmten Strick gehängt hatte.

Nach eingenommenem Kaffee wurden die Pferde bestiegen, während der Wagen und die Zugtiere unter Bardiks Obhut zurückblieben.

Lî hatte darum nachgesucht, die Reiter begleiten zu dürfen, und sich nur mit dem Jagdmesser seines Herrn bewaffnet.

Nach kaum einer halben Stunde gelangten die Jäger nach

der Stelle, wo am vorigen Abend die Elefanten gesehen worden waren. Heute mußte man schon etwas weiter hinaus, um sie wieder zu finden und eine breite Blöße zu erreichen, welche sich zwischen dem Fuße des Berges und dem rechten Flußufer ausbreitete.

In der klaren, frischen, von der aufgehenden Sonne beleuchteten Luft, auf einem ungeheuren Teppich feinen Grases, der vom Tau noch ganz feucht war, befanden sich die Elefanten – wenigstens zwei- bis dreihundert – eben beim Frühstück. Die kleineren derselben sprangen munter um ihre Mütter umher oder saugten schweigend ihre Morgenration. Die großen weideten mit gesenktem Kopfe und weit umhersuchendem Rüssel das dichte Gras der Waldwiese ab. Fast alle wedelten mit den großen Ohren, welche etwa ledernen Mänteln ähnelten, die sie gleich indischen Punkas hin und her bewegten.

Die Ruhe dieses häuslichen Friedens hatte wirklich etwas Heiliges, so daß Cyprien sich fast ergriffen fühlte und seinen Gefährten vorschlug, auf den beabsichtigten Mord zu verzichten.

»Wozu diese unschädlichen Tiere töten?« sagte er. »Ist es nicht besser, sie in ihrer Einsamkeit in Frieden weiden zu lassen?«

Aus mehr als einem Punkte konnte dieser Vorschlag Annibal Pantalacci jedoch nicht behagen.

»Wozu?« erwiderte er höhnisch lächelnd, »nun, um unsere Jagdtaschen zu füllen, indem wir uns einige Zentner Elfenbein verschaffen. Fürchten Sie sich etwa vor den großen Tieren, Herr Méré?«

Cyprien zuckte die Achseln, ohne auf die Unverschämtheit zu achten; als er aber den Neapolitaner und seinen Gefährten weiter vorwärts nach der Lichtung gehen sah, schloß er sich ihnen an.

Jetzt befanden sich alle drei kaum noch zweihundert Meter von den Elefanten entfernt. Wenn die mit so scharfem Gehörsinn begabten Tiere, welche schnell jede Gefahr wittern, die Annäherung der Jäger noch nicht bemerkt hatten, so kam das daher, daß diese sich unter dem Wind befanden, und außerdem durch ein Dickicht mächtiger Baobabs gedeckt waren.

Inzwischen begann doch einer der Elefanten Zeichen von Unruhe zu geben und erhob den Rüssel wie ein Fragezeichen.

»Jetzt gilt es«, sagte Annibal Pantalacci leise. »Wenn wir Erfolg haben wollen, so müssen wir uns trennen und jeder unser Stück aufs Korn nehmen, dann auf ein Signal zusammen feuern, denn schon beim ersten Schusse wird die ganze Herde die

Flucht ergreifen.«

Dieser Vorschlag wurde angenommen; James Hilton wandte sich nach rechts, Annibal Pantalacci ging gleichzeitig nach links hin, und Cyprien blieb allein im Zentrum. Dann schlichen alle drei nahe auf die Lichtung zu.

Zu seinem größten Erstaunen fühlte da Cyprien, wie zwei Arme sich kräftig um ihn schlossen, während die Stimme Lîs ihm ins Ohr flüsterte:

»Ich bin's!... Ich kroch hinter Ihnen her, Herr!... Sprechen Sie nicht... Sie werden gleich erfahren warum!«

Cyprien gelangte eben an die Grenze der Lichtung und befand sich jetzt von den Elefanten kaum noch dreißig Meter entfernt. Schon erhob er die Büchse, um auf jeden Fall bereit zu sein, als der Chinese ihm zuraunte:

»Ihre Büchse ist entladen!... Beunruhigen Sie sich deshalb nicht! Es wird schon alles gut abgehen!...«

In diesem Augenblick ertönte ein schriller Pfiff, der als Zeichen zum Angriff dienen sollte, und gleichzeitig krachte ein Gewehrschuß – aber nur ein einziger – dicht hinter Cyprien.

Dieser drehte sich rasch um und bemerkte Annibal Pantalacci, der sich hinter dem Stamme eines Baumes zu verbergen suchte.

In demselben Augenblick nahm aber ein weit ernsterer Umstand seine Aufmerksamkeit in Anspruch.

Ein durch den Schuß verwundeter und dadurch wütend gewordener Elefant stürzte auf ihn zu. Die anderen hatten, ganz wie der Neapolitaner vorausgesehen, die Flucht ergriffen, mit einem Getrappel, welches den Erdboden auf zweitausend Meter im Umkreise erzittern machte.

»Jetzt aufgepaßt!« rief Lî, der sich noch immer an Cyprien klammerte. »Sobald das Tier sich auf Sie werfen will, drängen Sie Templar zur Seite. Dann reiten Sie schnell um diesen Busch und lassen sich von dem Elefanten verfolgen!... Für das Übrige werde ich schon sorgen!«

Cyprien gewann kaum die Zeit, dieser Warnung halb maschinenmäßig nachzukommen. Mit erhobenem Rüssel, blutunterlaufenen Augen, mit weit offenem Maule und die Stoßzähne drohend auf ihn gerichtet, sprang die gewaltige Pachyderme mit unglaublicher Schnelligkeit auf ihn zu.

Templar erwies sich als erprobter Gaul. Mit wunderbarer Sicherheit folgte er dem Schenkeldruck seines Reiters und machte pfeilschnell einen Satz nach rechts. Der Elefant stürmte in der angenommenen Richtung genau über die Stelle weg, welche Pferd und Reiter noch den Augenblick vorher eingenommen hatten.

Der Chinese, der, ohne ein Wort zu sagen, blank gezogen, glitt jetzt zur Erde herab und sprang eiligst hinter den Busch, den er seinem Herrn gezeigt hatte.

»Dort... dorthin!... Wenden Sie um diesen Busch!... Lassen Sie sich verfolgen!« rief er noch einmal.

Der Elefant wendete sich, wütend über den Mißerfolg seines ersten Angriffs, auf sie zurück. Ohne die Gründe Lîs vollständig zu durchschauen, folgte Cyprien doch dessen Anweisung. Er sprengte um den Busch, gefolgt von dem keuchenden Tiere, und vereitelte noch zweimal dessen Angriff durch schnelle Wendung seines Pferdes. Konnte diese Taktik aber lange von Erfolg sein? Hoffte Lî auf diese Weise das Tier zu ermüden?

Ohne befriedigende Antwort zu finden, legte sich Cyprien eben diese Frage vor, als der Elefant zu seiner größten Verwunderung sich auf die Knie niederließ.

Mit unvergleichlicher Gewandtheit den richtigen Moment abpassend, war Lî in dem hohen Grase dem Tiere unter die Füße geschlichen und hatte diesem mit einem einzigen Hiebe die Sehne an der Ferse, die man beim Menschen Achillessehne nennt, durchschnitten.

So gehen bei ihren Elefantenjagden die Hindus gewöhnlich zu Werke, und der Chinese hatte dieses Verfahren auf Ceylon gewiß oft genug nachgeahmt, denn er führte dasselbe mit einer Sicherheit und Kaltblütigkeit ohnegleichen aus.

Niedergeworfen und ohnmächtig, rührte sich der Elefant kaum noch und wälzte nur den Kopf in dem dichten Grase. Ein aus seiner Wunde hervorquellender Blutstrom raubte ihm sichtlich mehr und mehr die Kräfte.

»Hurra!... Bravo!...« riefen gleichzeitig Annaibal Pantalacci und James Hilton, welche jetzt auf dem Kampflatz erschienen.

»Wir müssen ihm durch eine Kugel ins Auge den Garaus machen!« erklärte James Hilton, der ein unwiderstehliches Bedürfnis zu fühlen schien, in diesem Drama eine tätige Rolle zu spielen.

Mit diesen Worten schlug er schon an und gab Feuer.

Sofort hörte man, wie die Explosionskugel im Körper des riesigen Vierfüßlers zersprang. Er zuckte noch einmal krampfhaft zusammen und lag dann unbeweglich da, gleich einem grauen, zur Erde gestürzten Felsblock.

»Es ist zu Ende!« rief James Hilton, der sein Pferd ganz nahe an das Thier herantrieb, um dieses besser zu sehen.

»Abwarten!... Abwarten!...« schien der listige Blick des

Chinesen, den er auf seinen Herrn richtete, zu sagen.

Das schreckliche und unvermeidliche Nachspiel dieser Szene ließ denn auch nicht lange auf sich warten.

Kaum war James Hilton nahe an den Elefanten herangekommen, als er sich im Steigbügel niederbeugte, um jenem, wie zum Spott, eines der großen Ohren aufzuheben. Mit plötzlicher Bewegung erhob das Tier aber noch einmal den Rüssel, schlug diesen auf den vorwitzigen Jäger nieder und zertrümmerte ihm dabei die Wirbelsäule und die Hirnschale, ehe die entsetzten Zuschauer nur Zeit hatten, ihm hilfreich beizuspringen.

James Hilton stieß noch einen letzten Schrei aus. Binnen drei Sekunden war er nichts mehr, als eine blutige Fleischmasse, auf welche der Elefant teilweise niedersank, um sich nicht wieder zu erheben.

»Ich wußte, daß es ihm an den Kragen gehen würde!« sagte der Chinese, und hob dazu den Kopf in die Höhe. »Wenn sie irgend Gelegenheit finden, versehen es die Elefanten niemals, ihren Feind noch in den letzten Todeszuckungen zu vernichten!«

Das war die ganze Leichenrede für James Hilton. Noch immer unter dem Eindrucke des Verrates, dem er hatte zum Opfer fallen sollen, erkannte der junge Ingenieur in diesem plötzlichen Ende die gerechte Vergeltung der Vorsehung, geübt an einem Schurken, der ihn hatte wehrlos der Wut eines so furchtbaren Tieres preisgeben wollen.

Die Gedanken, welche dem Neapolitaner jetzt aufsteigen mochten, hütete dieser sich weislich, andern zu erkennen zu geben.

Inzwischen hatte der Chinese schon begonnen, in dem Rasen der Prärie mit dem Jagdmesser eine Grube auszuheben, in welcher mit Hilfe Cypriens bald die unförmlichen Reste seines Freundes für immer gebettet wurden.

Alles das nahm einige Zeit in Anspruch, und die Sonne stand schon hoch am Horizonte, als die drei Männer den Weg nach dem Halteplatze wieder einschlugen.

Wie groß war aber ihr Erstaunen, als sie daselbst anlangten! . . . Bardik war hier nicht mehr zu finden.

Sechzehntes Kapitel

Verräterei

Was mochte also während der Abwesenheit Cypriens und seiner zwei Gefährten hier vorgefallen sein? Es wäre schwer zu sagen gewesen, wenn der junge Kaffer nicht vielleicht wieder erschien.

Man erwartete zunächst Bardik, rief nach ihm und suchte überall, aber ohne daß eine Spur von demselben zu entdecken war. Das noch bei dem schon erloschenen Feuer stehende Frühstück, welches er zu bereiten begonnen hatte, schien darauf hinzudeuten, daß er vor zwei oder drei Stunden verschwunden sein konnte.

Cyprien sah sich also auf reine Mutmaßungen beschränkt, was die Abwesenheit seines Dieners veranlaßt haben könne, ohne daß er jedoch dadurch zu einer Erklärung derselben gelangte.

Daß der junge Kaffer etwa von einem Raubtiere überfallen worden wäre, war kaum anzunehmen, denn es fand sich keine Spur eines stattgehabten blutigen Kampfes, nicht einmal eine Unordnung in den Reiseeffekten usw. Daß er davongelaufen sei, um nach seiner Heimat zurückzukehern, wie das die Kafern allerdings nicht selten tun, hatte ebenso wenig Wahrscheinlichkeit für sich gegenüber einem sonst so treu ergebenen Burschen, und der junge Ingenieur wies auch diese, zuerst von Annibal Pantalacci angedeutete Annahme mit aller Entschiedenheit zurück.

Kurz, nach halbtägiger Nachforschung wurde der junge Kaffer noch immer nicht wiedergefunden, und sein Verschwinden blieb ein vollkommen unerklärliches Vorkommnis.

Annibal Pantalacci und Cyprien beratschlagten also miteinander und beschlossen darauf, mit der Aufhebung des Lagers jedenfalls noch bis zum anderen Tage zu warten. Vielleicht erschien Bardik bis dahin wieder, da er sich ja bei Verfolgung eines Wildes verirrt haben konnte, das seine Jagdleidenschaft erregt haben mochte.

Erinnerte man sich freilich an den unliebsamen Besuch, den eine Abteilung Kaffern an einem der früheren Lagerplätze abgestattet, und vergegenwärtigte man sich die Fragen, welche jene an Bardik und Lî gestellt hatten, sowie ihre Furcht, hier Fremdlinge anzutreffen, vielleicht gar Spione, welche sich in das Gebiet Tonaïas begaben, so lag wohl die Frage nahe, ob

Bardik nicht in die Hände solcher Eingebornen gefallen und von diesen gewaltsam bis nach der Hauptstadt geschleppt worden sein könne.

Der Tag verlief ziemlich trübe und der Abend eher noch trauriger. Es war, als ob das Unglück die Expedition jetzt auf Tritt und Schritt verfolgte. Annibal Pantalacci war wütend, aber stumm. Seine beiden näheren Genossen, Friedel und James Hilton, waren tot, und jetzt stand er allein seinem jungen Rivalen gegenüber, den er sich jedoch eher mit größerer Hartnäckigkeit als vorher vom Halse zu schaffen bestrebt blieb, da er ihm ebenso bezüglich der Aufsuchung des Diamanten gefährlich, wie bezüglich der als Preis dafür winkenden Heirat lästig erschien. Für ihn war ja das Ganze eine reine Geschäftsangelegenheit.

Cyprien, dem Lî inzwischen mitgeteilt hatte, was er von der Entfernung der Patrone aus der Büchse wußte, sah sich genötigt, jetzt seinen Reisegefährten Tag und Nacht zu überwachen, obwohl der Chinese freiwillig einen Teil dieser beschwerlichen und widerlichen Aufgabe übernahm.

Schweigend und mit den Pfeifen am Feuer sitzend, verbrachten Cyprien und Annibal Pantalacci den Abend und zogen sich endlich unter die Wagenplane zurück, ohne sich eine gute Nacht zu wünschen. Lî blieb es nun überlassen, beim Feuer zu wachen, um etwaige Raubtiere fernzuhalten.

Auch mit Anbruch des folgenden Tages war der junge Kaffer noch nicht nach dem Lagerplatz zurückgekehrt.

Cyprien hätte gerne noch vierundzwanzig Stunden zugegeben, um seinem Diener eine weitere Möglichkeit, zurückzukehren, zu gewähren. Der Neapolitaner bestand aber darauf, nun sofort aufzubrechen.

»Wir werden wohl auch ohne Bardik auskommen«, sagte er, »und hier länger zu zögern, setzt uns der Gefahr aus, Matakit überhaupt nicht zu finden.«

Cyprien gab nach, und der Chinese ging daran, die Büffel zusammenzutreiben, um weiterfahren zu können.

Da traf sie aber eine neue Enttäuschung. Auch die Büffel waren nicht mehr aufzufinden. Noch am Vorabend hatten sie bestimmt im hohen Grase der Umgebung des Lagerplatzes geweidet . . . jetzt war es unmöglich, auch nur einen derselben zu entdecken.

Erst jetzt konnte man die Tragweite des Verlustes ermessen, den die Expedition durch das Verschwinden Bardiks erlitten hatte! Wäre der intelligente Diener noch an seiner Stelle gewesen, so würde er bei seiner Bekanntschaft mit den Gewohnheiten der Büffel des südlichen Afrikas gewiß nicht versäumt haben, diese, nachdem sie einen ganzen Tag gerastet, an Bäume oder irgendwelche feste Pfähle zu binden. Nach langen Marschtagen ist diese Vorsicht gewöhnlich unnötig; bei ihrer Ermüdung denken die Tiere an gar nichts anderes, als in der Nähe zu weiden, legen sich darauf behaglich nieder und werden am nächsten Morgen kaum in der Entfernung von hundert Metern von den Lagerplätzen wiedergefunden. Das gestaltet sich aber anders, wenn sie einen Tag lang geruht und sich durch reichliches Futter gekräftigt haben.

Beim Erwachen hatten die Tiere offenbar zunächst schmackhaftere Nahrung gesucht, als sie vielleicht am Abend vorher fanden. Dabei mochten sie sich immer weiter entfernt und den Lagerplatz ganz aus den Augen verloren haben, und jedenfalls waren sie dann, getrieben durch einen gewissen Instinkt, der sie nach dem gewohnten Stalle zurückzieht, ganz einfach den Weg nach dem Transvaal zurückgetrabt.

Das war ein Unglück, welches, wenn es bei den Zügen durch das innere Afrika auch nicht so selten vorkommt, darum nicht minder ernst erscheint, denn ohne Zugtiere wurde der Wagen natürlich nutzlos, und für den afrikanischen Reisenden bildet der Wagen gleichzeitig das Haus, das Magazin und die Festung.

Cyprien und Annibal Pantalacci fühlten sich also stark enttäuscht, als sie, nachdem sie zwei oder drei Stunden die Tiere eifrig gesucht, einsahen, daß sie hier auf jede Hoffnung, dieselben wiederzufinden, verzichten mußten.

Ihre Lage wurde dadurch eine ausnehmend schwierige und sie traten noch einmal zur Beratschlagung zusammen. Unter den gegebenen Umständen gab es nur einen Entschluß, den Wagen zurückzulassen, sich mit soviel Mundvorrat und Munition zu beladen, wie es möglich war, und die Reise nur zu Pferde fortzusetzen. Trafen sich die Verhältnisse glücklich, so konnten sie vielleicht mit einem Kaffernhäuptling über den Ankauf neuer Zugochsen einig werden, wenn sie ihm ein Gewehr und einige Patronen abtraten. Lî sollte nun das Pferd James Hiltons, das jetzt ja keinen Herrn mehr hatte, besteigen.

Alle gingen also daran, eine Menge harziger Äste abzuschlagen, um damit den Wagen wie unter einem Strauche zu verbergen. Darauf belud sich jeder, was er in den Taschen und in einem Quersacke unterbringen konnte, so daß sie wenigstens einige Vorräte an Leibwäsche, Konservenbüchsen und Schießbedarf hatten. Der Chinese mußte freilich zu seinem größten Leidwesen darauf verzichten, seinen roten Kasten, weil derselbe zu schwer war, mitzunehmen; er ließ sich aber nicht überreden, auch den Strick aufzugeben, sondern band sich denselben als Gürtel unter seine Kutte.

Nach Vollendung dieser Vorbereitungen und nachdem sie einen letzten Blick durch das Tal geworfen, das für sie so verhängnisvoll geworden war, schlugen die drei Reiter den Weg nach den Bergen wieder ein. Dieser Weg bestand übrigens, wie alle anderen im Lande, nur aus einem von wilden Tieren getretenen Fußpfade, welcher gewöhnlich in kürzester Linie nach den Stellen führt, wo diese ihren Durst zu löschen pflegen.

Schon war die Mittagsstunde vorüber, und unter brennender Sonnenglut trabten Cyprien, Annibal Pantalacci und Lî ziemlich schnell bis zum Anbruch des Abends weiter; nachdem sie dann in einer tiefen Schlucht unter dem Schutze eines großen Felsblocks haltgemacht und sich um ein tüchtiges Feuer aus trockenem Holz gelagert, sagten sie sich, daß alles in allem der Verlust des Wagens doch kein so unersetzliches Unglück sei.

Zwei Tage hindurch reisten sie in dieser Weise weiter, ohne einen Zweifel daran zu hegen, daß sie sich auf der richtigen Fährte des Flüchtlings befänden. Am Abende des zweiten Tages, als sie sich, schon langsamer reitend, einer Gruppe von Bäumen näherten, unter denen sie die Nacht zu verbringen gedachten, stieß Lî plötzlich einen ganz eigentümlichen Gaumenlaut aus.

»Hugh!« rief er und zeigte mit dem Finger nach einem kleinen schwarzen Punkte, der sich beim letzten Scheine der Abenddämmerung am Horizonte fortbewegte.

Cypriens und Annibal Pantalaccis Blicke folgten selbstverständlich der von dem Chinesen angedeuteten Richtung.

»Ein Reisender!« rief der Neapolitaner.

»Das ist Matakit selbst!« erklärte Cyprien, welcher sofort ein Fernrohr vor die Augen gesetzt hatte. »Ganz deutlich erkenne ich seinen Wagen mit einem vorgespannten Strauße! . . . Er ist es sicherlich!«

Nachdem er das Fernrohr Pantalacci gereicht, konnte auch dieser sich von der Richtigkeit der Tatsache überzeugen.

»Wie weit mag er sich, Ihrer Schätzung nach, jetzt von uns befinden?« fragte Cyprien.

»Mindestens sieben bis acht Meilen; es können aber auch zehn sein«, antwortete der Neapolitaner.

»Sonach müssen wir darauf verzichten, ihn noch heute, bevor wir haltmachen, einzuholen?«

»Unzweifelhaft«, versicherte Annibal Pantalacci. »Binnen

einer halben Stunde ist's tiefdunkle Nacht, und wir können gar nicht mehr daran denken, in jener Richtung einen Schritt weiter vorwärts zu dringen.«

»Nun gut, so haben wir, einen recht frühzeitigen Aufbruch vorausgesetzt, doch morgen die sichere Aussicht, ihn zu erreichen.«

»Das ist ganz meine Ansicht!«

Die Reiter waren damit nach der Baumgruppe gelangt und stiegen nun aus dem Sattel. Hergebrachter Gewohnheit folgend, gingen sie zuerst daran, die Pferde mit Stroh abzureiben und zu striegeln, ehe diese an eingeschlagene kurze Pfähle gebunden wurden, um in deren Umgebung zu weiden. Inzwischen hatte der Chinese schon ein Feuer angezündet.

Unter diesen Vorarbeiten war es Nacht geworden. Heute verlief das Abendessen vielleicht bei etwas heiterer Stimmung als an den letztvergangenen drei Tagen. Kaum war es indes verzehrt, da wickelten die drei Reisenden sich schon in ihre Decken und streckten sich neben dem für die ganze Nacht mit genügendem Brennmaterial beschickten Feuer, den Kopf auf die Sättel gestützt, zum Schlummer nieder. Es galt ja, morgen zeitig auf den Füßen zu sein, einen doppelten Marsch zu machen und Matakit einzuholen.

Cyprien und der Chinese waren bald fest eingeschlafen, was ihrerseits vielleicht etwas unklug erschien.

Nicht so der Neapolitaner. Zwei oder drei Stunden wälzte er sich, wie von einer fixen Idee besessen, unter seiner Decke umher. Wiederum führten ihn seine schurkischen Gelüste in Versuchung.

Endlich erhob er sich, wie zu einem Entschlusse gelangt, schlich nach den Pferden hin und sattelte sein eigenes; dann band er Templar und das des Chinesen los, packte sie an der Halfter und führte sie mit weg. Das den Erdboden bedeckende feine Gras erstickte vollständig den Laut der Tritte der drei Tiere, die, wahrscheinlich auch verwundert über die ungewohnte Unterbrechung ihrer Nachtruhe, alles ruhig mit sich machen ließen. Annibal Pantalacci stieg mit ihnen nach der Sohle des Tals hinunter, an dessen oberem Hange Rast gemacht worden war, band sie hier an einen Baum und kehrte nach dem Lagerplatze zurück. Von den hier Schlafenden hatte keiner auch nur ein Glied bewegt.

Der Neapolitaner raffte nun schweigend seine Decke, ein gezogenes Gewehr, die nötige Munition nebst etwas Mundvorrat zusammen und ließ kalt und herzlos seine beiden Gefährten inmitten der Wüstenei zurück.

Schon seit Sonnenuntergang hatte ihm der Gedanke vorgeschwebt, mit Entfernung der Pferde Cyprien und Lî außer Stand zu setzen, Matakit einzuholen. Damit aber sicherte er sich selbst den Sieg. Weder der Schurkenstreich, den er damit eigentlich schon beging, noch die Gemeinheit, seine Gefährten so der wichtigsten Hilfsmittel für ihr Fortkommen zu berauben, vermochten den Elenden zurückzuhalten. Er schwang sich in den Sattel, nahm von dem Versteck, wo er sie zurückgelassen, die ungeduldig schnaubenden Pferde mit fort, und trabte beim Scheine des Mondes, dessen Rand eben über den Kamm der Hügelkette emporstieg, schweigend ins Land.

Cyprien und Lî schliefen noch immer. Gegen drei Uhr morgens erwachte der Chinese und betrachtete die Sterne, welche am östlichen Horizonte schon erbleichten.

»Es ist wohl Zeit, den Kaffee zu bereiten«, sagte er für sich.

Ohne weiteres Zögern warf er die ihn umhüllende Decke ab, sprang in die Höhe und begann seine Morgentoilette, die er in der Wüste ebensowenig wie in der Stadt vernachlässigte.

»Wo steckt denn der Pantalacci?« fragte er sich plötzlich.

Schon stieg die Morgenröte höher empor und die nächste Umgebung des Lagerplatzes wude deutlicher erkennbar.

»Auch die Pferde sind nicht mehr zur Stelle!« fuhr er in seinem Selbstgespräch fort. »Sollte dieser wackre Kumpan etwa ...«

Mit dem aufkeimenden Verdachte, was hier vorgefallen sein möge, eilte er nach den Pfählen, an welche die Pferde am Abend vorher gebunden worden waren, überblickte sorgsam den ganzen Lagerplatz und gewahrte, daß auch das ganze Gepäck des Neapolitaners verschwunden war.

Die Sache lag nun klar.

Ein Mann von weißer Rasse hätte gewiß dem sehr natürlichen Bedürfnis, Cyprien zu wecken und ihm sofort das neue schwere Unglück mitzuteilen, nicht widerstehen können. Der Chinese gehörte aber zur gelben Menschenrasse und meinte, daß es mit der Ankündigung eines Unfalls niemals so große Eile habe. Er beschäftigte sich also ruhig mit der Bereitung des Morgenlabsals.

»Es ist noch recht liebenswürdig von dem Spitzbuben, daß er uns wenigstens den nötigen Mundvorrat zurückließ!« sagte er für sich.

Nachdem der Kaffee sorgsam durch ein zu diesem Zwecke angefertigtes Leinensäckchen gegossen war, füllte Lî damit zwei Tassen – wenn man die Gefäße so nennen darf, denn sie bestanden aus je einer Hälfte von Straußeneierschalen, die er gewöhnlich an einem Knopfloch hängend trug – und näherte sich dann Cyprien, der noch immer schlafend dalag.

»Ihr Kaffee ist fertig, Väterchen«, sagte er höflich, während er dem jungen Ingenieur leise auf die Schulter klopfte.

Cyprien schlug die Augen auf, dehnte und streckte die Glieder, lächelte den Chinesen an und verzehrte halb aufgerichtet das dampfende Getränk.

Erst dann bemerkte er die Abwesenheit des Neapolitaners, dessen Platz ja leer war.

»Wo ist denn Pantalacci?« fragte er.

»Auf und davon gegangen, Väterchen!« antwortete Lî in so gleichgültigem Tone, als ob es sich um die gewöhnlichste Sache von der Welt gehandelt hätte.

»Wie? . . . Von uns fortgegangen?«

»Ja, Väterchen, und mit den drei Pferden obendrein!«

Cyprien befreite sich schnell aus der ihn noch halb umschließenden Decke und warf einen Blick umher, der ihn über alles belehrte.

Er besaß jedoch ein zu stolzes Herz, um seine Unruhe und Entrüstung über das Vorgefallene merken zu lassen.

»Das ist ja recht erbaulich«, sagte er, »aber der Elende mag sich nur nicht einbilden, daß er bei unserer Angelegenheit das letzte Wort haben wird!«

In Gedanken versunken, machte Cyprien fünf bis sechs Schritte hin und her, wobei er überlegte, was nun am besten zu tun sei.

»Wir müssen zur Stunde aufbrechen«, kündigte er dem Chinesen an. »Sattel und Zaumzeug sowie alles, was zu umfänglich oder zu schwer ist, lassen wir hier zurück und nehmen nur die Gewehre und die noch übrigen Nahrungsmittel mit. Bei schnellem Gehen kommen wir vielleicht fast ebenso schnell vorwärts und können wohl gar gelegentlich noch direktere Wege benützen.«

Lî ließ sich nicht zweimal auffordern. Binnen weniger Minuten waren die Decken eingerollt und der Quersack über die Schulter geworfen; dann wurde noch alles, was hier zurückgelassen werden mußte, mit einem dichten Haufen von Zweigen und Laubwerk überdeckt, und die beiden Männer zogen ihres Weges.

Cyprien hatte recht gehabt, daß es unter gewissen Verhältnissen fast bequemer sei, zu Fuß weiterzuziehen. Er konnte so die kürzesten Wege wählen und zuweilen steile Abhänge ersteigen, die ein Pferd niemals zu erklimmen vermocht hätte, wenn das natürlich auch schwere Anstrengung kostete.

Etwa um ein Uhr mittags gelangten die beiden Wanderer nach dem Nordabhange der Hügelkette, der sie seit drei Tagen gefolgt waren. Nach den von Lopepe erhaltenen Mitteilungen konnte die Hauptstadt Tonaïas jetzt nicht mehr weit entfernt sein. Unglücklicherweise waren freilich dessen Angaben über den einzuhaltenden Weg so unbestimmter Art und die Bezeichnung der Entfernung in der Betchuanasprache so verwirrend, daß es sehr schwer erschien, vorher darüber klar zu werden, ob noch zwei oder fünf Tage darüber hingehen würden, bevor jene Stadt zu erreichen war.

Als Cyprien und Lî den ersten Abhang des Tales, das sich vor ihnen nach Übersteigung des Bergkammes geöffnet, hinunterstiegen, ließ letzterer ein kurzes Lachen hören.

»Ah, Giraffen!« sagte er.

Cyprien richtete den Blick nach abwärts und bemerkte wirklich gegen zwanzig jener Tiere, welche friedlich im Talgrunde grasten. Man kann kaum, wenigstens aus einiger Entfernung, etwas Graziöseres sehen, als ihre langen Hälse, die sie gleich Mastbäumen aufgerichtet tragen oder gleich langen Schlangen im Grase umherbewegen, und welche von dem mit gelben Flecken übersäten Leibe drei bis vier Meter weit reichen.

»Es ließe sich so eine Giraffe vielleicht einfangen, um Templars Stelle zu ersetzen«, bemerkte Lî trocken.

»Auf einer Giraffe reiten? Oh, wer hat das schon jemals gesehen?« rief Cyprien.

»Ich weiß nicht, ob es jemand schon gesehen hat, aber es wird doch nur von Ihnen abhängen, es zu sehen, wenn Sie mir nur freie Hand lassen wollen«, erwiderte der Chinese.

Cyprien, der niemals etwas nur deshalb für unmöglich zu halten pflegte, weil es für ihn noch neu war, erklärte sich bereit, Lî bei seinem Vorhaben zu unterstützen.

»Wir befinden uns gegenüber den Giraffen unter dem Winde«, meinte der Chinese, »was sich sehr glücklich trifft, denn sie haben eine sehr feine Nase und hätten uns im andern Falle gewiß schon gewittert. Wenn Sie sich also nach rechtshin wenden wollen, um jene durch einen Gewehrschuß zu erschrecken und nach meiner Seite zuzutreiben, so brauch ich nichts weiter und werde das übrige allein besorgen.«

Cyprien legte sofort alles zur Erde, was ihn in seinen Bewegungen hätte hinderlich sein können, und mit der Büchse bewaffnet ging er daran, das von seinem Diener angedeutete Manöver auszuführen.

Letzterer verlor ebenfalls keine Zeit. Er kletterte behende den steilen Abhang hinunter, bis er im Grunde des Tales einen daselbst befindlichen Wildpfad erreichte. Die unzähligen Hufabdrücke darauf verrieten, daß dies der gewöhnliche Weg der Giraffen war. Hier nahm der Chinese hinter einem Baume Stellung, entrollte den langen Strick, der ihn niemals verließ, zerschnitt ihn und bildete so aus demselben zwei Stücke von je dreißig Meter Länge. Nachdem er dann ein Ende von jedem mittelst eines ziemlich großen Steines beschwert hatte, knüpfte er das andere fest um die unteren Zweige eines Baumes, und als er endlich die freien Enden dieser urwüchsigen Wurfgeschosse sorgsam um seinen linken Ellbogen gewickelt, verbarg er sich hinter dem Baumstamme und wartete der weiteren Entwicklung der Dinge.

Fünf Minuten waren noch nicht verstrichen, als in einiger Entfernung ein Gewehrschuß durch die öde Gegend donnerte. Gleich darauf verriet ein rasches Getrappel, das dem von einer Schwadron Reitern ähnelte und von Sekunde zu Sekunde mehr anschwoll, daß die Giraffen, ganz wie Lî vorausgesetzt, sich zur Flucht gewendet hatten. Sie kamen, ihrem gewohnten Pfade folgend, gerade auf ihn zu, ohne die Anwesenheit eines vor ihnen unter dem Winde lauernden Feindes zu argwöhnen.

Mit den hoch aufgerichteten Nasen, den kleinen, ihre Bestürzung verratenden Köpfen und den herabhängenden Zungen sahen die Giraffen wirklich prächtig aus. Lî ließ sich jedoch nicht hinreißen, sie bewundernd zu betrachten. Sein Posten war vorsorglich nahe einer Verengerung des Weges gewählt, wo die Tiere nur zu zweien nebeneinander vorüberziehen konnten, und er erwartete dieselben in gewohnter Ruhe.

Erst ließ er drei oder vier vorüberlaufen, dann faßte er eines von besonders hohem Wuchse ins Auge und schleuderte seinen ersten Lasso. Das Seil pfiff durch die Luft, wickelte sich um den Hals des Tieres, das noch einige Schritte tat, bald aber spannte sich das Seil an, schnürte jenem die Luftröhre halb zu, und es machte entsetzt halt.

Der Chinese ließ sich jedoch keine Zeit, das zu beobachten. Kaum hatte der erste Lasso das Ziel erreicht, als er schon den zweiten ergriff und nach einer andern Giraffe schleuderte.

Dieser Wurf fiel nicht minder glücklich aus. Alles war in weniger als einer halben Minute abgetan. Schon hatte sich die erschrockene Herde nach allen Richtungen hin zerstreut; die beiden Giraffen aber blieben, halb erdrosselt und nach Luft schnappend, als Gefangene zurück.

»Kommen Sie nur heran, Väterchen!« rief der Chinese Cyprien zu, der ohne zuviel Vertrauen auf das Manöver auf ihn zukam.

Bald mußte er jedoch jeden Zweifel schwinden lassen. Hier sah er zwei prächtige, große, starke Tiere mit feinen Beinen und glänzenden Rücken vor sich. Doch wie er auch deren äußere Erscheinung bewunderte, erschien ihm der Gedanke, dieselben als Reittiere zu benützen, doch ebenso wenig ausführbar.

»Wahrhaftig, wie soll man sich auf einem solchen Rückgrat halten, das bei seiner verhältnismäßig geringen Länge nach hinten zu um wenigstens sechzig Zentimeter abfällt?« fragte er lachend.

»Oh, man setzt sich eben rittlings auf die Schultern und nicht auf die Seiten des Tieres«, erklärte Lî. »Ist es denn übrigens so schwierig, unter dem Hinterteil des Sattels eine zusammengerollte Decke anzubringen?«

»Wir haben ja gar keinen Sattel.«

»Ich werde den Ihrigen sofort herbeiholen.«

»Und welchen Zaum sollen die Tiere ins Maul bekommen?« – »Das werden Sie bald sehen!«

Der Chinese hatte auf alles eine Antwort, und wie man von ihm nicht anders gewöhnt war, folgte die Tat dem Worte immer auf dem Fuße.

Die Stunde zum Essen war noch nicht herangekommen, als er aus einem Teile seines Strickes schon ein Paar starke Halftern hergestellt hatte, die er den Giraffen über den Kopf zog. Die armen Tiere waren durch ihr Mißgeschick so betroffen und außerdem von so sanftem Charakter, daß sie nicht den mindesten Widerstand leisteten. Andere Stücke Stricke wurden zu eigentlichen Zügeln hergerichtet.

Nach Vollendung dieser Vorbereitungen war es ganz leicht, die beiden Gefangenen wegzuführen. Cyprien und Lî wandten sich rückwärts und suchten den gestrigen Halteplatz auf, um die Sättel, und was sie sonst noch zurücklassen müssen, nachzuholen.

Der Abend reichte hin, um alles vollends in Ordnung zu bringen. Lî legte eine wirklich wunderbare Anstelligkeit an den Tag. Er hatte nicht allein Cypriens Sattel sehr bald in der Weise abgeändert, daß derselbe auf dem Rücken einer der Giraffen horizontal befestigt werden konnte, sondern auch für sich selbst einen Sattel aus Zweiggeflecht hergestellt. Aus übergroßer Vorsicht verwendete er noch die halbe Nacht dazu, etwaige Widerstandsgelüste der Giraffen zu brechen, indem er sie nacheinander bestieg und ihnen durch recht merkbare Mittel die Überzeugung beibrachte, daß sie ihm zu gehorchen hätten.

Siebzehntes Kapitel

Eine afrikanische Steeple-Chase

Das Bild, welches die beiden Reiter boten, als sie am folgenden Tag aufbrachen, war natürlich ein ziemlich sonderbares. Es bleibt sehr zu bezweifeln, ob Cyprien sich in einem solchen Aufzuge gern vor den Augen der Miß Watkins auf der Hauptstraße des Lagers von Vandergaart gezeigt hätte. Doch Not bricht ja Eisen. Hier befanden sie sich ja in der Wüste, und die Giraffen bildeten gewiß kaum merkwürdigere Reittiere als etwa Dromedare. Ihre Gangart hatte übrigens eine gewisse Ähnlichkeit mit der jener »Schiffe der Wüste«. Sie war entsetzlich hart und gleichzeitig von einem solchen Schwanken begleitet, daß die beiden Reisegefährten zuerst fast eine ganz gleiche Übelkeit wie von der Seekrankheit verspürten.

Nach zwei bis drei Stunden hatte sich jedoch Cyprien so gut wie der Chinese an diese Schaukelbewegung gewöhnt. Da die Giraffen nun einen sehr schnellen Schritt einhielten und sich nach einiger, schnell unterdrückter Widerspenstigkeit auch sehr gelehrig erwiesen, so gestaltete sich alles ganz nach Wunsch.

Es kam jetzt vor allem darauf an, durch vermehrte Geschwindigkeit die während der letzten drei oder vier Tage verlorene Zeit wieder einzuholen. Matakit mußte jetzt schon ein gutes Stück Weges vorausgekommen sein. Oder sollte Annibal Pantalacci ihn gar schon erreicht haben? Mochte dem sein, wie es wollte, jedenfalls blieb Cyprien entschlossen, nichts zu unterlassen, um an sein Ziel zu gelangen.

Drei Reisetage hatten die Reiter oder vielmehr die »Giraffenhocker« in ein ebenes Land gebracht. Sie hielten sich jetzt längs des rechten Ufers eines ziemlich windungsreichen Wasserlaufes, der genau in der Richtung nach Norden strömte – ohne Zweifel einer der Nebenzuflüsse des Sambesi.

Die jetzt vollständig gezähmten und nebenbei durch anstrengende Tagesmärsche nicht weniger wie durch Lîs streng eingehaltene magere Fütterung derselben etwas abgematteten Giraffen ließen sich nun mit vollkommener Leichtigkeit regieren. Cyprien konnte sogar die langen Zügel seines Tieres gänzlich loslassen und dasselbe durch einfachen Schenkeldruck nach Belieben leiten.

Befreit von der früheren Beschwerlichkeit und Unsicherheit, gewährte es ihm jetzt ein förmliches Vergnügen, aus den eben durchmessenen wilden und verlassenen Gegenden herauszukommen und von allen Seiten Spuren einer schon etwas vorgeschrittenen Zivilisation zu bemerken. Hier fanden sich von Strecke zu Strecke Maniok- oder Tarofelder von sehr regelmäßiger Anlage und bewässert durch ein System aneinandergefügter Bambusrohre, welche das Wasser vom Flusse her zuführten, breite und gut erhaltene Wege – kurz, das allgemeine Bild fröhlichen Gedeihens; auf den den Horizont umgebenden Hügeln erhoben sich weiße, bienenstockähnliche Hütten, welche eine, übrigens ziemlich dünne Einwohnerschaft bargen.

Dennoch wies hier verschiedenes darauf hin, daß man sich an der Grenze der Wüste befand, und wäre es nur die erstaunliche Menge Raubtiere, Wiederkäuer und andere gewesen, welche die Ebene bevölkerten. Da und dort verdunkelten ungeheure Schwärme von Geflügel jeder Art und Größe die Luft. Man sah ganze Gesellschaften von Gazellen oder Antilopen, welche über den Weg hineilten; dann wieder erhob ein riesenhaftes Flußpferd den plumpen Kopf aus dem Wasser, schnaufte geräuschvoll und verschwand darauf mit dem Toben eines Wasserfalls in den wirbelnden Wellen.

Ganz eingenommen von diesem Schauspiele, versah sich Cyprien sehr wenig dessen, was der Zufall ihm hinter der Ecke des kleinen Hügels aufgespart hatte, den er eben mit seinem Begleiter überschritt.

Es bestand in nichts Geringerem als in der Person Annibal Pantalaccis, der, noch immer zu Pferde, Matakit mit verhängtem Zügel verfolgte! Nur eine Meile lag etwa noch zwischen beiden, während sie wenigstens vier Meilen von Cyprien und den Chinesen trennten.

Bei der hellen Sonne, welche ihre Strahlen fast senkrecht herabsandte, und in dieser von einer Fülle von Licht übergossenen Ebene, nebst der durch einen frischen, noch immer anhaltenden Ostwind gereinigten Atmosphäre konnte ein Zweifel an dem Gesehenen gar nicht aufkommen.

Beide waren von dieser Wahrnehmung so entzückt, daß es ihre erste Bewegung war, dieselbe durch eine wirkliche arabische Phantasie zu feiern! Cyprien stieß sein Hurra hervor und Lî sein Hugh, welches dieselbe Bedeutung hatte, dann setzten sie ihre Giraffen in scharfen Trab.

Offenbar hatte Matakit den Neapolitaner bemerkt, der gegen ihn an Distanz zu gewinnen schien; seinen alten Herrn und seinen Kopje-Kameraden konnte er jedoch wegen der zu weiten Entfernung am Rande der Ebene gewiß noch nicht wahrnehmen.

Der junge Kaffer trieb auch beim Erblicken Pantalaccis, der nicht der Mann dazu war, lange Umstände zu machen, und der ihn gewiß wie einen Hund niederschießen würde, ohne erst weitere Erklärungen abzuwarten, seinen von einem Strauße gezogenen Karren so schnell wie möglich vorwärts.

Das schnellfüßige Tier flog nur so dahin und sauste weiter wie der Wind, bis es sich plötzlich an einem großen Stein heftig stieß. Das veranlaßte einen so starken Stoß, daß die durch die lange und beschwerliche Fahrt mitgenommene Achse des Karrens glatt abbrach. Da sich gleichzeitig ein Rad aus seinem Lager löste, blieb Matakit mit dem Gefährt, das ihn bisher getragen, mitten auf dem Wege unerwartet sitzen.

Der unglückliche Kaffer mochte durch den dabei erlittenen Sturz stark beschädigt sein. Der Schreck aber, der ihm einmal in den Gliedern saß, widerstand auch einem solchen Stoße oder wurde vielmehr durch denselben verdoppelt. Fest überzeugt, daß es um ihn geschehen sei, wenn er sich von dem grausamen Neapolitaner fangen ließ, erhob er sich eiligst, spannte den Strauß aus und setzte diesen, indem er sich auf seinen Rücken schwang, in schnellsten Galopp.

Jetzt begann eine halsbrecherische Steeple-chase, wie die Welt seit den römischen Kampfspielen wohl noch keine gesehen, in welchen ebenfalls Strauße und Giraffen verschiedene Programmnummern ausfüllten.

Während nämlich Annibal Pantalacci den flüchtigen Matakit verfolgte, eilten Cyprien und Lî nun den Spuren des einen wie des andern nach. Sie hatten ja ein lebhaftes Interesse daran, beide zu erreichen, den jungen Kaffer, um die Frage wegen des gestohlenen Diamanten zum Austrag zu bringen, und den schurkischen Neapolitaner, um ihn zu züchtigen, wie er es verdiente.

Die von ihren Reitern angetriebenen Giraffen flogen denn auch, als jene den eingetretenen Unfall bemerkt, bald die langen Hälse weit vorgestreckt, das Maul geöffnet und die Ohren zurückgeschlagen, angespornt und gepeitscht, so daß sie ihr Möglichstes an Geschwindigkeit leisten mußten, fast ebenso schnell wie die besten Vollbluthengste dahin.

Matakits Strauß leistete wirklich Wunder an Schellligkeit. Kein Sieger im Derbyrennen oder in dem um den großen Preis der Stadt Paris hätte mit ihm in die Schranken treten können. Seine zum Fliegen zwar zu kurzen Schwingen unterstützten ihn doch, seinen Lauf zu beschleunigen. Alles das ging so schnell vor sich, daß der junge Kaffer schon binnen weniger Minuten über den, der ihn verfolgte, einen ganz beträchtlichen

Vorsprung gewonnen hatte.

Oh, Matakit hatte sich, als er einen Strauß dazu wählte, ein vortreffliches Reittier zugelegt. Wenn er sich nur eine Viertelstunde in dieser Gangart halten konnte, so mußte er unzweifelhaft aus dem Bereiche jeden Angriffs und aus den Klauen des Neapolitaners gerettet sein.

Annibal Pantalacci begriff recht wohl, daß die geringste Verzögerung ihn um all seinen Vorteil bringen mußte. Schon vergrößte sich die Entfernung zwischen dem Flüchtling und ihm selbst. Jenseits des Maisfeldes, durch welches diese wilde Jagd ging, erstreckte sich über Sehweite hinaus dichtes Buschwerk von Mastixbüschen und indischen Feigenbäumen. Wenn Matakit diese erreichte, war es so gut wie unmöglich, ihn wiederzufinden, da er damit den Augen völlig verschwand.

Dahingaloppierend verfolgten Cyprien und der Chinese den Wettstreit mit leicht erklärlichem Interesse. Endlich waren sie an dem Fuß des Hügels angelangt und jagten nun auch durch das ausgedehnte Feld, aber immer noch trennten sie drei Meilen ebenso von dem Jäger wie von dem Gejagten.

Dennoch konnten sie sehen, daß der Neapolitaner durch übermenschliche Anstrengung zuletzt ein wenig über den Flüchtling an Wegstrecke gewonnen hatte. Ob der Strauß nun erschöpft war, oder sich an einem Baumstumpf oder einem Felsstück verletzt hatte, jedenfalls erschien seine Schnelligkeit jetzt wenigstens vermindert. Annibal Pantalacci befand sich bald nur noch dreihundert Fuß von dem Kaffern entfernt.

Da erreichte Matakit aber den Saum des Dickichts; sofort verschwand er in demselben; im nächsten Augenblick stürzte Annibald Pantalacci, mit Gewalt aus dem Sattel geschleudert, zu Boden, während sein Pferd querfeldein entfloh.

»Matakit entwischt uns!« rief Lî.

»Ja, aber Pantalacci, der Schurke ist in unsere Hand gegeben!« antwortete Cyprien. Beide trieben ihre Giraffen schneller vorwärts.

Eine halbe Stunde später, nachdem sie das Maisfeld fast vollständig durchmessen, waren sie nicht weiter als höchstens noch fünfhundert Fuß von der Stelle entfernt, wo der Neapolitaner zum Stürzen gekommen war. Für sie entstand nun die Frage, ob Annibal Pantalacci sich hatte erheben und das Mastixdickicht erreichen können, oder ob er noch, schwer verletzt von dem Falle – vielleicht gar tot – dort am Boden lag.

Der Bube war noch immer da. Hundert Schritt vor ihm hielten Cyprien und Lî. Der Grund seines Unfalls erwies sich als folgender:

In der Hitze der Verfolgung hatte der Neapolitaner ein ungeheures Netz nicht bemerkt, welches hier von Kaffern ausgespannt war, um die Vögel zu fangen, welche deren Ernten unaufhörlich beraubten. In dieses Netz hatte Annibal Pantalacci sich verwickelt.

Das war aber kein Netz von geringen Verhältnissen! Es maß mindestens fünfhundert Meter auf jeder Seite und enthielt schon mehrere tausend Vögel jeder Art, Größe und Gefieders, unter anderen auch ein halbes Dutzend jener riesigen Gypaëten mit einer Flügelspannweite von einundeinhalb Meter, welche zuweilen in diesen Gegenden des südlichen Afrikas vorkommen.

Das plötzliche Hineinstürzen des Neapolitaners in diese Welt von Vögeln brachte letztere natürlich in ungeheure Aufregung.

Zuerst von dem Falle etwas betäubt, hatte Annibal Pantalacci fast sofort versucht, sich wieder zu erheben. Seine Füße, Beine und Hände waren aber in den Maschen des Netzes so fest gefangen, daß es ihm auf den ersten Anlauf nicht gelang, sich daraus zu befreien.

Dennoch hatte er keine Zeit zu verlieren. Er stieß und schlug um sich herum, zerrte aus Leibeskräften an dem Netze, hob es teilweise auf und suchte es von den Pfählen am Erdboden, die dasselbe hielten, abzureißen, während die großen und kleinen Vögel dasselbe taten, um ihre Freiheit wieder zu erlangen.

Je mehr der Neapolitaner aber sich abmarterte, desto mehr verwickelte er sich in die festen Maschen des gewaltigen Netzes.

Da sollte ihm auch noch die schlimmste Erniedrigung bevorstehen. Eine der Giraffen hatte ihn erreicht, und der Reiter derselben war kein anderer als der Chinese. Lî war mit kalter Bosheit zur Erde gesprungen und hatte, in der Meinung, sich des Gefangenen gar nicht besser versichern zu können, nichts Eiligeres zu tun, als die entgegengesetzte Seite des Netzes teilweise abzulösen und dessen Maschenwerk auch noch um jenen herumzuschlagen.

In diesem Augenblick aber ereignete sich ein höchst unerwarteter Theatercoup.

Es erhob sich nämlich urplötzlich ein so heftiger Wind, daß er die Bäume in der Umgebung niederbog, fast als wenn eine Windhose über den Erdboden wegstriche.

Durch verzweifelte Anstrengung war es Annibal Pantalacci inzwischen gelungen, schon eine ziemliche Anzahl Pfähle aus der Erde zu zerren, welche den unteren Rand des Netzes festgehalten hatten.

Jetzt, wo er seine bevorstehende Gefangennahme vor sich sah, verdoppelte er nur seine fruchtlosen Versuche.

Plötzlich, als der Sturm mit erneuter Wut einsetzte, wurde das Netz zerrissen, die letzten Fesseln, welche dieses ungeheure Schnurgespinnst noch am Boden gehalten, wurden gebrochen, und der Vogelschwarm darin flatterte mit ohrzerreißendem Geschrei nach aufwärts. Den kleinen Vögeln gelang es zu entkommen; den größeren aber, deren Krallen noch in den Maschen verwickelt saßen, als ihre Flügel frei wurden, zusammen zu arbeiten. Die Vereinigung aller dieser Windflügel und die vielen Brustmuskeln, deren Bewegung gleichzeitig vor sich ging, bildeten, unterstützt von dem wütenden Sturme, eine so gewaltige Kraft, daß hundert Kilogramm gegenüber derselben nicht mehr als eine Feder wogen.

Das ausgerissene, halb zusammengerollte, in sich selbst verwickelte Netz, das dem Winde immerhin einen ziemlich großen Angriffspunkt darbot, wurde denn auch plötzlich mit dem an Händen und Füßen gefesselten Annibal Pantalacci wenigstens dreißig Meter hoch emporgehoben.

Cyprien kam in diesem Augenblicke hinzu, konnte aber nur der Entführung seines Feindes nach der Region der Wolken noch zusehen.

Jetzt zeigte das gefiederte Volk der Gypaëten, vielleicht erschöpft von der ersten Anstrengung, offenbar Neigung, unter Beschreibung eines weiten Bogens wieder herunterzukommen. Binnen drei Sekunden erreichte dasselbe den Saum der Mastix- und Feigenbäume, welcher sich westlich von dem Maisfelde hinzog. Nachdem die Tiere drei oder vier Meter über dem Erdboden deren Gipfel gestreift, erhoben sie sich noch einmal in die Lüfte.

Mit Schrecken sahen Cyprien und Lî den Unglückseligen in dem Netze hängen, mit dem er jetzt durch die gewaltige Anstrengung der Vögel und mit Hilfe des Sturmwindes mehr als hundertfünfzig Fuß über den Erdboden erhoben wurde.

Plötzlich gaben einige Maschen den Angriffen des Neapolitaners nach. Man sah ihn einen Moment an den Händen hängen und nach den Stricken des Netzes greifen ... Da öffneten sich aber seine Hände, er ließ los, fiel, eine schwere Masse nieder, und zerschmetterte sich auf dem Erdboden.

Das um sein Gewicht erleichterte Netz flog jetzt noch einmal höher, wude noch einige Meilen mit fortgerissen, und sank dann hinab, als die Gypaëten ihre Krallen befreit hatten und nun hoch hinauf entflohen.

Als Cyprien hinzugelaufen kam, um ihm Hilfe zu bringen, war sein Feind schon tot . . . tot unter diesen entsetzlichen Umständen!

Jetzt war er also allein und übrig von den vier Rivalen, welche zur Erreichung desselben Zieles durch die Ebenen des Transvaal ausgezogen waren.

Achtzehntes Kapitel

Ein sprechender Strauß

Nach dieser erschreckenden Katastrophe hatten Cyprien und Lî nur noch einen Gedanken: die Stelle derselben schnellstens zu verlassen.

Sie beschlossen also, längs des Dickichts nach Norden hinzuziehen, ritten so eine Stunde lang weiter und kamen endlich an ein fast ausgetrocknetes Flußbett, welches einen Durchgang in dem Mastix- und Feigenwald bildete, den sie bequem benützen konnten.

Hier wartete ihrer aber eine neue Überraschung. Der Strom ergoß sich nämlich in einen geräumigen See, an dessen Ufer sich eine Wand von üppigstem Grün erhob, die dem Auge bis jetzt verdeckt gewesen war.

Cyprien wäre gerne umgekehrt, um längs des Seeufers hinzugehen, das Ufer war aber so abschüssig, daß er bald darauf verzichten mußte. Eine Rückkehr auf dem eben zurückgelegten Wege beraubte ihn andererseits auch fast jeder Hoffnung, Matakit wiederzufinden.

Am jenseitigen Ufer erhob sich nun eine Hügelreihe, welche sich durch eine Strecke wellenförmigen Landes an ziemlich hohe Berge anschloß. Cyprien hoffte durch Erklimmung eines Gipfels einen allgemeineren Überblick gewinnen und dann einen bestimmten Plan entwerfen zu können.

Lî und er brachen also auf, um den See zu umkreisen. Der Mangel jedes eigentlichen Weges machte das sehr schwierig, vorzüglich, da sie zuweilen genötigt waren, die beiden Giraffen am Zügel abzuführen. Deshalb brauchten sie wohl über drei Stunden, um eine Entfernung von sieben bis acht Kilometern in der Luftlinie zurückzulegen.

Als sie dann endlich auf dem Wege rund um den See etwa an einer ihrem ersten Ausgangspunkt ziemlich genau gegenüberliegenden Stelle anlangten, wurde es schon finster. Erschöpft von der Anstrengung, beschlossen sie zu übernachten. Bei den wenigen ihnen gebliebenen Hilfsmitteln konnte das Lager freilich nur sehr notdürftig ausgestattet werden. Lî loieß sich das jedoch mit gewohntem Eifer angelegen sein, und als er damit fertig war, trat er an seinen Herrn heran.

»Väterchen«, begann er mit seiner schmeichelnden und gleichzeitig tröstenden Stimme, »ich sehe, daß Sie sehr ermattet sind. Unser Proviant ist fast gänzlich erschöpft. Lassen Sie mich nach einem Dorfe auf Kundschaft gehen, wo man mir Hilfe gewiß nicht verweigern wird.«

»Mich verlassen, Lî?« rief zuerst Cyprien.

»Es muß sein, Väterchen!« antwortete der Chinese. »Ich nehme die eine Giraffe und reite nach Norden zu hinauf... Tonaïas Hauptstadt, von der Lopepe uns sprach, kann nun nicht mehr weit sein, und ich werde alles vorbereiten, daß Sie dort einen guten Empfang finden. Dann kehren wir nach dem Griqualande zurück, wo Sie nichts mehr von solchen Schurken zu fürchten haben werden, wie von den dreien, welche im Laufe unserer Reise alle zugrunde gegangen sind!«

Der junge Ingenieur überlegte den Vorschlag, den ihm der ergebene Chinese machte. Er sah einerseits ein, daß, wenn der junge Kaffer wiedergefunden werden könne, es bestimmt in der hiesigen Gegend sein mußte, wo man ihn am Tage vorher gesehen, und daß es von Bedeutung war, diese nicht zu verlassen. Andererseits erschien es höchst notwendig, die allmählich unzureichend werdenden Vorräte zu erneuern. Cyprien entschied sich also, wenn auch zu seinem großen Leidwesen, dafür, sich von Lî zeitweilig zu trennen und es wurde dabei abgemacht, daß er diesen achtundvierzig Stunden lang an der nämlichen Stelle erwarten werde. In achtundvierzig Stunden konnte der auf seiner schnellen Giraffe reitende Chinese eine ziemlich große Wegstrecke zurückgelegt haben und nach dem Lagerplatz zurückgekehrt sein. Nachdem dieser Beschluß gefaßt, wollte Lî auch keine Minute verlieren. Ob er ausruhen konnte oder nicht, das machte ihm keine besondere Sorge. Er war schon imstande, einmal eine Nacht den Schlaf zu übergehen. Er nahm also Abschied von Cyprien, indem er diesem die Hand küßte, holte seine Giraffe, sprang auf dieselbe und verschwand in der Finsternis.

Zum ersten Male seit seinem Aufbruche aus der Vandergaart-Kopje sah Cyprien sich nun allein in der weiten Wüste. Er fühlte sich recht traurig und konnte nicht umhin, sich, nachdem er seine Decke umgeschlagen, den traurigsten Ahnungen zu überlassen. Vereinsamt, fast am Ende mit allen Nahrungsmitteln und mit dem Schießbedarf, was sollte hier im unbekannten Lande, mehrere Hundert Meilen von jeder zivilisierten Gegend wohl noch aus ihm werden? Matakit wieder zu treffen, war ja nur eine ziemlich schwache Aussicht. Konnte dieser sich nicht vielleicht einen halben Kilometer von ihm entfernt befinden, ohne daß er dessen Nähe zu mutmaßen vermochte? Wahrhaftig, dieser Zug wurde schwer vom Unglück verfolgt und war schon durch so viele traurige Vorkommnisse ausgezeichnet. Fast jedes Hundert zurückgelegter Meilen hatte einen seiner Mitglieder das Leben gekostet. Nur ein einziger war noch übrig! ... Er selbst! ... War vielleicht auch ihm ein ebenso elender Tod beschieden wie den übrigen?

Solcher Art waren die trüben Reflexionen Cypriens, der aber doch zuletzt dabei einschlief.

Die Morgenfrische und die Ruhe, welche er eben genossen, verliehen seinen Gedanken, als er wieder erwachte, eine mehr Hoffnung erweckende Richtung. In Erwartung der Rückkehr des Chinesen beschloß er, den höchsten Hügel zu besteigen, an dessen Fuße sie haltgemacht hatten. Dort konnte er voraussichtlich eine größere Strecke der Umgebung überblicken und vielleicht mit Hilfe seines Fernrohres gar irgendeine Spur von Matakit entdecken. Um das auszuführen, mußte er sich freilich unbedingt von seiner Giraffe trennen, da bekanntlich noch kein Naturforscher diese Vierfüßler in die Ordnung der Klettertiere versetzt hat.

Cyprien begann also damit, jener die von Lî so sinnreich hergestellte Halfter abzunehmen, dann band er einen Stock an das Knie des Tiers und an einen mit dichtem feinen Grase umgebenen Baum, wobei er den Strick so lang hängen ließ, daß jenes nach Belieben Futter suchen konnte. Wenn man die Länge seines Halses der des Stockes hinzurechnete, so ließ gewiß der Umkreis der dem graziösen Tiere gelassenen Weidefläche nichts zu wünschen übrig.

Nach Vollendung dieser Vorbereitungen nahm Cyprien die Büchse auf die eine Schulter, seine Decke auf die andere, und nachdem er sich von der Giraffe mit einem freundlichen Streicheln verabschiedet, begann er die Besteigung des Berges.

Dieser Aufstieg wurde lang und beschwerlich. Der ganze Tag verlief damit, steile Abhänge emporzuklimmen, Felsen oder unübersteigliche Spitzen zu umgehen und von Osten oder Süden her einen von Norden oder Westen fruchtlos gebliebenen Versuch aufs neue anzufangen.

Bei Anbruch der Nacht befand sich Cyprien erst in halber Höhe und mußte die weitere Besteigung bis zum nächsten

Tage verschieben.

Mit Tagesanbruch, und nachdem er sich durch scharfes Heruntersehen überzeugt hatte, daß Lî noch nicht nach dem Lager zurückgekehrt war, gelangte er endlich gegen elf Uhr vormittags auf den Gipfel des Berges.

Hier erwartete ihn eine grausame Enttäuschung. Der Himmel hatte sich mit Wolken bedeckt. Dichte Nebelmassen wallten um die unteren Bergwände, und vergeblich bemühte sich Cyprien die Schleier zu durchschauen, um die benachbarten Talmulden zu überblicken. Das ganze Land ringsum verschwand unter dieser Anhäufung unförmiger Dunstmassen, welche unter sich nicht das mindeste erkennen ließen.

Cyprien ließ sich nicht abschrecken; er wartete und hoffte noch immer, daß eine Aufklärung ihm gestatten würde, den fernen Horizont, wie er wünschte, absuchen zu können – vergeblich! Je mehr der Tag vorschritt, desto mehr schienen die Wolken an Dichtheit zuzunehmen, und als die Nacht herankam, schlug das Wetter gar noch in Regen um.

Der junge Mann sah sich also von dieser höchst prosaischen Naturerscheinung gerade auf der Höhe dieser kahlen Hochfläche überrascht, welche keinen einzigen Baum trug und kein Felsstück zeigte, das einigen Schutz hätte gewähren können. Nichts als der nackte, ausgetrocknete Erdboden und alles ringsum von herabsinkendem Regen verhüllt, der nach und nach Decken, Kleidung und alles bis auf die Haut durchtränkte.

Die Lage war in der Tat eine kritische, und doch mußte er sich wohl oder übel mit derselben abfinden. Unter jetzigen Verhältnissen einen Abstieg zu versuchen, wäre die reine Tollheit gewesen. Cyprien ließ sich denn auch ruhig bis auf die Knochen durchnässen, indem er darauf rechnete, sich am Morgen in der warmen Sonne wieder zu trocknen.

Nachdem die erste Unannehmlichkeit überwunden, sagte sich Cyprien, daß dieser Regen – eine erfrischende Dusche nach der Trockenheit der vorhergehenden Tage – wie um sich über sein Mißgeschick zu trösten, eigentlich etwas recht Wünschenswertes sei, eine der peinlichsten Folgen bestand aber darin, daß er sein Essen, wenn auch nicht ganz roh, so doch ganz kalt genießen mußte. Ein Feuer anzuzünden oder selbst nur ein Streichhölzchen bei solchem Wetter in Brand zu setzen, daran war gar nicht zu denken. Er begnügte sich also, eine Büchse mit konserviertem Fleisch zu essen, und dasselbe zu verzehren, wie es eben war.

Eine oder zwei Stunden später gelang es dem jungen Ingenieur, der von dem Regen halb erstarrt war, doch einzuschlafen, wobei er den Kopf auf einen großen, mit seiner tropfenden Decke belegten Stein stützte.

Als er mit dem Morgenrote erwachte, war er – die Beute eines hitzigen Fiebers geworden.

Unter der Einsicht, daß er verloren sei, wenn er einer solchen Dusche noch länger ausgesetzt blieb – denn der Regen fiel noch immer in Strömen herab, raffte sich Cyprien mit aller Anstrengung auf, erhob sich auf die Füße und begann, auf seine Büchse wie auf einen Stock gestützt, den Berg wieder hinabzuklettern.

Wie er unten ankommen würde, das hätte er sich freilich selbst nur schwer sagen können. Bald auf den erweichten Lehnen halb rollend, bald über das nasse Felsgestein gleitend, erschöpft, keuchend, halb erblindet und vom Fieber geschüttelt, vermochte er doch seinen Weg fortzusetzen, und gelangte gegen Mittag nach dem Lagerplatze, wo er seine Giraffe zurückgelassen hatte.

Das Tier war jedenfalls ungeduldig, weil es sich so allein befand, oder vielleicht auch getrieben durch den Hunger, denn in dem großen Kreise, dessen Radius sein Stock gebildet hatte, war das Gras abgefressen, davongelaufen. Jedenfalls hatte es zuletzt den Strick, der dasselbe hielt, angenagt und war, nachdem es diesen durchbissen, frei geworden.

Cyprien hätte diesen neuen Schlag des Mißgeschickes gewiß viel schwerer empfunden, wenn er sich in normalem Zustande befunden hätte. Die unendliche Schlaffheit und die Erschöpfung ließen ihm dazu jedoch kaum die Kraft. Als er ankam, konnte er sich nur noch auf seinen Reisesack werfen, der keinen Regen durchließ und den er zum Glück wiederfand, warf sich dann schnell noch in trockene Kleider und brach dann aber unter dem Schutze eines Baumes, der das Lager beschattete, zusammen.

Nun begann für ihn eine Periode wunderlichen Halbschlafes, von Fieber und Delirien, in der sich alle Wahrnehmungen vermischten, wo Zeit, Raum und Entfernung für ihn keine Bedeutung mehr hatten. War es Nacht oder Tag? Herrschte Regen oder Sonnenschein? Befand er sich hier seit zwölf oder sechzig Stunden? Lebte er noch oder war er tot? Er wußte sich über nichts Rechenschaft zu geben. Liebliche Träume und peinliches Alpdrücken lösten einander auf der Bühne seiner Einbildung ab. Paris, die Bergwerksschule, der väterliche Herd, die Farm der Vandergaart-Kopje, Miß Watkins, Annibal Pantalacci, Hilton, Friedel, Legionen von Elefanten, Matakit und große Vogelschwärme, die einen grenzenlosen Himmel bedeckten, alle Empfindungen, alle Antipathien, alles, was er liebte und haßte, prallte in seinem Gehirn, wie in unzusammehhängendem Kampfe, gegeneinander. An diese Fiebergestalten schlossen sich dann noch zuweilen äußere Eindrücke. Wahrhaft schrecklich war vorzüglich ein solcher, als der Kranke inmitten eines vollen Ungewitters von bellenden Schakalen, vom Geschrei von Tigerkatzen und dem Grinsen von Hyänen ängstlich diese Bilder seines Deliriums verfolgte und einen Flintenschuß zu hören glaubte, auf den es dann merkwürdig still wurde.

Bald darauf begann aber das Höllenkonzert von neuem, um bis zum Tagesgrauen fortzudauern.

Unter diesen Bildern wäre Cyprien sicherlich, ohne eine Empfindung davon zu haben, zur ewigen Ruhe eingegangen, wenn nicht ein höchst eigentümlicher Zwischenfall, auf den hier gewiß kein Mensch gerechnet hätte, dem natürlichen Laufe der Dinge Einhalt tat.

Als der Morgen kam, regnete es nicht mehr und die Sonne stand schon ziemlich hoch am Himmel, als Cyprien die Augen aufschlug. Da bemerkte er, ohne besondere Überraschung, einen sehr großen Strauß, der auf ihn zukam und zwei oder drei Schritte vor ihm stehen blieb.

»Sollte das vielleicht der Strauß Matakits sein?« fragte er sich, noch immer seiner fixen Idee nachhängend.

Der Stelzfüßler selbst übernahm es da, ihm Antwort, und was gewiß noch merkwürdiger war, in französischer Sprache zu geben.

»Ich täusche mich nicht! . . . Cyprien Méré! . . . Mein armer Kamerad, was zum Teufel machst denn du hier?«

»Ein Strauß, der seine Muttersprache redete, ein Strauß, der seinen Namen kannte, das hätte gewiß jeden Mann mit gesundem Verstande in das größte Erstaunen versetzt. Cyprien wurde durch dieses so unwahrscheinliche Phänomen dagegen nicht im geringsten erregt, und fand es vielmehr ganz natürlich. Er hatte im Laufe der letzten Nacht in seinen Träumen noch ganz anderes gesehen! Das Ganze erschien ihm höchstens als eine Folge seiner augenblicklichen geistigen Verwirrung.

»Sie sind nicht besonders höflich, Madame Strauß!« antwortete er. »Wer gibt Ihnen das Recht, mich zu duzen?«

Er sprach mit dem trockenen, kurz abgebrochenen Tone, der Fieberkranken eigen ist und keinen Zweifel über deren Zustand aufkommen läßt, was dem Strauße hier sehr zu Herzen zu gehen schien.

»Cyprien! ... Alter Freund! ... Du bist krank und allein in dieser Einöde!« rief das Tier und sank neben ihm in die Knie.

Das war eine nicht minder abnorme physiologische Erscheinung wie die Sprachfähigkeit eines Stelzfüßlers, denn die Kniebeuge ist eine Bewegung, die ihnen gewöhnlich von der Natur versagt ist. In seinem Fieber erstaunte Cyprien auch hierüber nicht weiter. Er fand es sogar ganz einfach, daß der Strauß unter seinem linken Flügel eine Art Lederflasche mit frischem, mit etwas Cognac vermischtem Wasser hervorlangte und ihm die Öffnung derselben an den Mund brachte.

Das einzige, was ihn doch zu verwundern anfing, war, daß das merkwürdige Tier plötzlich aufstand, dann eine Art mit Marabus bedeckten Pelzes zur Erde warf, der sein natürliches Gefieder zu bilden schien, und nachher ebenso einen langen Hals, auf dem ein Vogelkopf saß. Dieser erborgten Zieraten entkleidet, zeigte er sich ihm dann als ein großer, kräftiger Bursche, der kein anderer war als Pharamond Barthès, der große Jäger vor dem Herrn und den Menschen.

»Nun ja, ich bin es!« rief Pharamond. »Hast du mich denn nicht bei den ersten Worten, die ich an dich richtete, erkannt? ... Du erstaunst über meine Vermummung? ... Das ist eine Kriegslist, die ich den Kaffern nachgeahmt habe, um richtige Strauße aufzusuchen und sie mit dem Wurfspieße zu erlegen. Doch reden wir jetzt von dir, armer Freund! ... Wie kommst du krank und verlassen hierher? ... Nur infolge großen Zufalls hab' ich dich aufgefunden, als ich diese Seite des Berges umwanderte, und wußte ja nicht einmal, daß du hier im Lande warst.«

Cyprien, der ja kaum sprechen konnte, vermochte seinem Freunde natürlich nur sehr dürftige Auskunft über sich selbst zu geben. Pharamond sah auch zeitig genug ein, was hier am nötigsten zu tun sei, das heißt, dem Kranken mußte die Hilfe zuteil werden, die er bis jetzt entbehrt, und er ging denn sofort daran, ihn so gut wie er konnte in Behandlung zu nehmen.

Der kühne Jäger hatte in der Wüste schon hinreichende Erfahrungen gesammelt und von den Kaffern eine sehr wirksame Heilmethode des Sumpffiebers, von dem sein armer Freund befallen war, kennengelernt.

Pharamond Barthès begann also in der Erde eine Grube auszuheben, die er mit Holz anfüllte, wobei er eine Röhre aussparte, um der freien Luft den Eingang zu gestatten. Als das Holz entzündet und verbrannt war, hatte es die Grube zu einem wirklichen Backofen umgewandelt. Pharamond Barthès steckte den sorgfältig eingewickelten Cyprien dann so hinein, daß nur dessen Kopf noch frei blieb. Zehn Minuten waren noch nicht verflossen, als sich schon reichlicher Schweiß zeigte, eine Absonderung, welche der improvisierte Doktor noch mit fünf bis sechs Tassen eines Aufgusses zu verstärken suchte, welchen er aus mehreren ihm bekannten Kräutern hergestellt hatte.

Cyprien verfiel in diesem Backtrog bald in tiefen erquickenden Schlaf.

Als er bei Sonnenuntergang die Augen wieder öffnete, fühlte der Kranke sich so bemerkbar erleichtert, daß er zu essen verlangte. Sein erfinderischer Freund wußte allemal zu helfen; er bereitete ihm sofort eine kräftige Suppe, die er aus den besten Erzeugnissen der Jagd und verschiedenem Wurzelwerk hergestellt hatte. Ein gebratener Trappenflügel, eine Tasse heißes Wasser mit Cognac vervollständigten diese Mahlzeit, welche Cyprien einige Kräfte wiedergab und sein Gehirn von dem dasselbe noch umhüllenden Dunste befreite.

Eine Stunde nach diesem Wiedergenesungs-Diner saß Pharamond Barthès, der auch selbst tüchtig gegessen hatte, neben dem jungen Ingenieur und erzählte, wie es gekommen war, daß er sich hier allein und in dieser seltsamen Vermummung befunden hatte.

»Du weißt«, sagte er, »wessen ich fähig bin, wenn sich's darum handelt, eine neue Art der Jagd zu versuchen. Seit sechs Monaten hab' ich nun soviel Elefanten, Zebras, Giraffen, Löwen und anderes Haar- und Federwild – einen Kannibalen-Adler, den Stolz meiner Sammlung, nicht zu übergehen – erlegt, daß mich vor einigen Tagen die Lust anging, einmal meine Jagdbelustigungen zu verändern. Bis hierher zog ich in Begleitung meiner dreißig Bassutos, einer Herde entschlossener Gesellen, die ich per Monat mit einem Säckchen Glaskügelchen bezahle und die für ihren Herrn und Meister durchs Feuer gehen würden. Kürzlich hab' ich aber die Gastfreundschaft Tonaïas, des großen Häuptlings des Landes, genossen, und in der Absicht, von ihm die Berechtigung zur Jagd auf seinem Gebiete zu erhalten – ein Recht, auf das er ebenso eifersüchtig ist wie ein schottischer Lord –, stimmte ich zu, ihm meine Bassutos nebst vier Flinten zu einem Zuge gegen seine Nachbarn zu leihen. Diese Bewaffnung machte ihn natürlich unbesiegbar, und er hat auch über seine Feinde den erhofften Triumph davongetragen. Daraus entstand eine innige Freundschaft zwischen ihm und mir, die durch einen Blutsaustausch besiegelt wurde, das heißt, wir brachten uns gegenseitig einen kleinen Stich am Vorderarm bei. Seitdem bin ich also mit Tonaïa auf Leben und Tod verbündet. Vor jeder Belästigung in seinem ganzen Gebiete sicher, zog ich nun vorgestern aus, um Tiger und Strauße zu jagen. Einen Tiger hatte ich das Glück, vergangene Nacht zu erlegen, und es sollte mich wundern, wenn du den Lärm, der jenem Zweikampfe voranging, nicht vernommen hättest. Stelle dir vor, daß ich neben dem Körper eines vorher getöteten Büffels eine Schutzhütte errichtet hatte, in der gegründeten Hoffnung, einen Tiger im Laufe der Nacht heranschleichen zu sehen. Und wahrlich, der Bursche ließ nicht auf sich warten, da ihn der Geruch des frischen Fleisches anziehen mochte; das Unglück wollte aber, daß zwei- bis dreihundert Schakale, Hyänen und Tigerkatzen den nämlichen Gedanken wie er gehabt hatten. Daraus entstand denn ein Höllenkonzert, das wohl bis zu dir hierher hörbar gewesen sein muß.«

»Ja, ich glaube es vernommen zu haben«, antwortete Cyprien. »Ich glaubte sogar, dasselbe würde mir zu Ehren gegeben!«

»Keineswegs, wackerer Freund!« rief Pharamond Barthès. »Es ertönte zu Ehren eines toten Büffels, dort in dem Tale, das du zur rechten Hand sich öffnen siehst. Als der Tag graute, hatte ich von dem gewaltigen Wiederkäuer nur noch die Knochen übrig. Ich werde dir's zeigen. Es ist ein hübsches anatomisches Präparat! Du wirst auch meinen Tiger sehen, das schönste Tier, welches ich seit meiner Ankunft in Afrika erlegt habe. Ich habe es schon abgehäutet und sein Fell hängt nun zum Trocknen an einem Baume.«

»Warum aber die seltsame Verkleidung, welche du heute morgen trugst?« fragte Cyprien.

»Ja, das war ein Straußkostüm. Wie ich dir sagte, gebrauchen die Kaffern oft diese List, um sich den Stelzfüßlern zu nähern, welche sonst sehr scheu und nur schwer zu schießen sind. Du wirst mir antworten, ich hätte ja meine vorzügliche Büchse. Das ist wohl wahr, doch . . . ich hatte nun einmal Lust bekommen, auf Kaffernweise zu jagen, und das hat mir außerdem den Vorteil gewährt, dich gerade zur rechten Zeit aufzufinden, nicht wahr?«

»Wahrhaftig, zur rechten Zeit, Pharamond! . . . Ich glaube, ohne dich gehörte ich dieser Welt jetzt wohl nicht mehr an!« antwortete Cyprien, indem er die Hand des Freundes herzlich drückte.

Er befand sich jetzt nicht mehr im Backofen, sondern lag gemächlich ausgestreckt auf einem Bette von Blättern, das sein Gefährte ihm am Fuße des Baobab hergerichtet hatte.

Der wackere junge Mann begnügte sich aber hiermit noch nicht. Er wollte aus dem benachbarten Tale das Schutzzelt holen, welches er bei allen Ausflügen mit sich zu führen pflegte, und eine Viertelstunde später hatte er es schon über dem ihm teuren Kranken aufgestellt.

»Und nun laß mich deine Geschichte hören, Freund Cyprien«, sagte er, »vorausgesetzt, daß dich die Erzählung nicht zu sehr anstrengt.«

Cyprien fühlte sich kräftig genug, den so natürlichen Wunsch Pharamond Barthès' zu erfüllen. Immerhin nur ziemlich kurz, schilderte er ihm die Ereignisse, welche sich im Griqualande zugetragen; warum er dasselbe in der Verfolgung Matakits und seines Diamanten verlassen, ferner die Hauptvorkommnisse des Zuges, den dreifachen Tod Annibal Pantalaccis, Friedels und James Hiltons, das Verschwinden Bardiks und endlich, daß er hier die Wiederkehr seines Dieners Lî erwarte, welcher ihn an eben dieser Stelle wieder aufsuchen sollte.

Pharamond Barthès lauschte dem allen mit gespannter Aufmerksamkeit. Auf die Frage, ob er einem jungen Kaffer begegnet sei, dessen äußere Erscheinung Cyprien ihm möglichst genau beschrieb – er meinte Bardik –, antwortete er verneinend.

»Aber«, setzte er hinzu, »ich habe doch ein herrenloses Pferd aufgefunden, welches vielleicht das deinige sein könnte.«

So erzählte er denn in einem Atem, unter welchen Umständen das betreffende Pferd in seine Hände gefallen sei.

»Es ist genau zwei Tage her«, sagte er, »ich jagte mit meinen Bassutos in den Bergen des Südens, als ich plötzlich aus einem Hohlwege ein sehr schönes graues Pferd hervorbrechen sah, das nur noch eine Halfter hatte und eine Leine hinter sich herzog. Das Tier wußte offenbar nicht, was es beginnen sollte. Da rief ich es an, wies ihm eine Handvoll Zucker und – es kam zu mir heran. Damit war genanntes Pferd also gefangen, ein herrliches Tier voll Feuer und Mut, und ›gesalzen‹ wie der beste Schinken.«

»Das ist das meinige! ... Das ist Templar!« rief Cyprien.

»Natürlich, lieber Freund, Templar gehört dir«, antwortete Pharamond Barthès, »und es wird mir ein besonderes Vergnügen gewähren, dir denselben zurückzugeben. Doch nun gute Nacht! Schlaf ordentlich aus! Morgen mit Tagesanbruch machen wir uns auf den Weg!«

Um dem Freunde mit gutem Beispiele voranzugehen, wikkelte sich auch Pharamond in seine Decke und schlief neben

Cyprien ein.

Am folgenden Morgen kehrte der Chinese pünktlich mit einigem Mundvorrat nach dem Lagerplatz zurück. Nachdem Pharamond Barthès ihn, noch ehe Cyprien erwachte, über alles unterrichtet, empfahl er ihm, über seinen Herrn zu wachen, während er das Pferd holen wollte, dessen Verlust dem jungen Ingenieur so schmerzlich gewesen war.

Neunzehntes Kapitel

Die Wundergrotte

Es war wirklich Templar, den Cyprien am folgenden Morgen vor sich sah, als er aufwachte. Das Wiedersehen gestaltete sich fast zärtlich. Man hätte wohl sagen können, daß das Pferd ein ebenso großes Vergnügen empfand wie der Reiter, als er den treuen Reisebegleiter wiederfand.

Cyprien fühlte sich nach dem Frühstück kräftig genug, um sich in den Sattel zu schwingen und sofort aufzubrechen. Pharamond Barthès packte dabei alle seine Habseligkeiten auf Templars Rücken, faßte das Tier am Zügel, und man machte sich nun auf den Weg nach der Hauptstadt Tonaïas.

Unterwegs erzählte Cyprien seinem Freunde die merkwürdigsten Vorkommnisse der Expedition seit dem Verlassen des Griqualandes. Als er auf das letzte Verschwinden Matakits, von dem er eine Personalbeschreibung lieferte, zu sprechen kam, fing Pharamond Barthès laut zu lachen an.

»Ah, halt einmal, das ist ja noch etwas Neues, und ich glaube, imstande zu sein, dir einige Neuigkeiten über deinen Dieb, wenn auch nicht über deinen Diamanten, mitteilen zu können.«

»Was willst du damit sagen?« fragte Cyprien verwundert.

»Nun, daß meine Bassutos vor kaum vierundzwanzig Stunden einen Gefangenen, einen jungen, im Lande umherschweifenden Kaffern gefangen und an Händen und Füßen gefesselt meinem Freund Tonaïa eingeliefert haben. Ich bin überzeugt, daß diesem recht übel mitgespielt werden möchte, denn Tonaïa hat große Furcht vor Spionen, und der, einem mit dem seinigen verfeindeten Stamme angehörige junge Kaffer mußte von Anfang an der Spionage verdächtig erscheinen. Bisher hat man sein Leben noch geschont. Zum Glück für den armen Teufel ergab sich, daß er ein paar Zauberkunststückchen kannte und auf den Rang eines Propheten Anspruch machen konnte . . .«

»Jetzt zweifle ich keinen Augenblick mehr, daß das Matakit ist!« rief Cyprien.

»Nun, er kann sich Glück wünschen, so mit blauem Auge davongekommen zu sein«, antwortete der Jäger.

»Tonaïa hat für seine Feinde eine große Musterkarte von Strafen ersonnen, die wahrlich nichts zu wünschen übrig lassen. Doch ich wiederhole dir, du darfst wegen deines alten Dieners ganz ruhig sein. Ihn schützt seine Eigenschaft als Zauberer, und wir werden ihn noch heute abend heil und gesund antreffen.«

Wir brauchen wohl nicht hervorzuheben, daß diese Mitteilung Cyprien zur größten Befriedigung gereichte.

Jetzt war sein Ziel so gut wie erreicht, denn er zweifelte gar nicht, daß Matakit, wenn er sich noch im Besitz des Diamanten John Watkins' befand, denselben ohne Widerstand herausgeben werde.

So plauderten die beiden Freunde im Laufe des Tages weiter, während sie die Ebene durchmaßen, welche Cyprien einige Tage früher auf dem Rücken der Giraffe durchzogen hatte.

Gegen Abend wurde die Hauptstadt Tonaïas sichtbar, welche halbkreisförmig auf einer Bodenerhöhung lag, die den Horizont im Norden abschloß. Es war das eine wirkliche Stadt von zehn- bis fünfzehntausend Einwohnern, mit guten Straßen und geräumigen, fast eleganten Hütten darin, und verriet einen gewissen, hier herrschenden Wohlstand. Das von hohen Pfahlwänden umschlossene und von schwarzen Kriegern bewachte Palais des Königs nahm selbst ein Viertel von der ganzen Oberfläche des städtischen Gebiets ein.

Pharamond Barthès brauchte sich nur zu zeigen, da senkten sich schon alle Barrieren vor ihm, und er wurde sofort mit Cyprien durch eine Reihe geräumiger Höfe geführt bis zu dem Zeremoniensaale, in dem sich der »unbesiegliche Eroberer« inmitten zahlreicher Gesellschaft, in der es an Offizieren und Wachen nicht fehlte, gewöhnlich aufhielt.

Tonaïa mochte etwa vierzig Jahre zählen. Er war groß und stark. Bedeckt mit einer Art Diadem aus Eberzähnen, bestand seine Kleidung aus einem Überwurfe von rotem Stoffe ohne Ärmel und aus einem reich mit Glasperlen gestickten Schurze von der nämlichen Farbe. An Armen und Beinen trug er viele Spangen aus Kupfer. Sein Gesichtsausdruck war geistvoll und fein, aber auch herrisch und hart.

Pharamond Barthès, den er seit mehreren Tagen nicht gesehen, wurde höchst feierlich empfangen, und, da er einmal mit ihm kam, auch Cyprien als der Freund seines getreuen Verbündeten.

»Die Freunde unserer Freunde sind auch die unseren!« sagte er, wie es jeder Spießbürger auch getan hätte.

Und als er hörte, daß sein neuer Gast leidend sei, beeilte sich Tanaïa, ihm eines der besten Zimmer seines Palastes einzuräumen und ein vortreffliches Abendessen auftragen zu lassen.

Auf Pharamonds Rat hin wurde die Frage wegen Matakits nicht sofort berührt, sondern für den nächsten Tag aufgeschoben.

Am nächsten Morgen hatte Cyprien seine Gesundheit vollständig wiedererlangt und war imstande, vor dem Könige zu erscheinen. Im großen Saale des Palastes war jetzt der ganze Hof versammelt; Tonaïa und seine beiden Gäste befanden sich in der Mitte des Kreises. Pharamond Barthès führte in der ihm schon ziemlich geläufigen Landessprache die Verhandlungen.

»Meine Bassutos«, sagte er zu dem Könige, »haben dir kürzlich einen jungen, von ihnen gefangenen Kaffern gebracht. Nun hat sich herausgestellt, daß dieser Kaffer der Diener meines Begleiters, des großen weisen Cyprien Méré ist, der von deinem Edelmute erwartet, daß du ihm denselben auslieferst. Aus diesem Grunde nahe ich, sein Freund und der deinige, mich dir mit dieser Bitte.«

Bei den ersten Worten hatte Tonaïa geglaubt, sich ein diplomatisches Ansehen geben zu müssen.

»Der große Weise ist mir willkommen!« antwortete er. »Doch was bietet er für den Austausch meines Gefangenen?«

»Eine vortreffliche Flinte, zehnmal zehn Patronen und ein Säckchen mit Glasperlen«, erklärte Pharmond Barthès.

Ein zustimmendes Murmeln lief durch den Kreis der Zuhörer, welche dieses freigebige Angebote in Erstaunen setzte. Nur Tonaïa allein hielt noch immer an sich und schien davon gar nicht besonders berührt.

»Tonaïa ist ein großer Fürst«, fuhr er, sich auf seinem Königssessel aufrichtend, fort, »und die Götter beschützen ihn! Erst vor einem Monat haben sie ihm Pharamond Barthès mit wackeren Kriegern und Gewehren gesendet, ihm zu helfen, seine Gegner zu überwinden. Deshalb soll, wenn Pharamond Barthès darauf besteht, jener Diener seinem Herrn heil und gesund wiedergegeben werden.«

»Und wo befindet er sich jetzt?« fragte der Jäger.

»In der heiligen Grotte, wo er Tag und Nacht bewacht wird«, antwortete Tonaïa mit der Feierlichkeit, welche einem der mächtigsten Herrscher des ganzen Kaffernlandes zukam.

Pharamond Barthès beeilte sich, Cyprien diese Antwort mitzuteilen, und erbat sich vom Könige die Begünstigung, mit seinem Freunde nach der bezeichneten Grotte zur Aufsuchung des Gefangenen gehen zu dürfen.

Bei diesen Worten erhob sich aber ein mißbilligendes Gemurmel in der Versammlung. Das Verlangen dieser Europäer überstieg doch alles. Noch niemals war ein Fremder unter irgendeinem Vorwande in diese geheimnisvolle Grotte zugelassen worden. Eine Überlieferung drohte, daß an dem Tage, wo einst weiße Männer dieses Geheimnis kennenlernten, das Reich Tonaïas zu Staub zerfallen werde.

Der König aber liebte es nicht, daß sein Hof sich zustimmend oder mißbilligend über seine Entscheidungen äußerte, und gerade jenes Murmeln brachte ihn infolge tyrannischer Launen dahin, zuzugestehen, was er ohne jene öffentliche Meinungsäußerung vielleicht doch abgeschlagen hätte.

»Tonaïa hat mit seinem Verbündeten Pharamond Barthès Blut getauscht«, antwortete er in befehlerischem Tone, »und er braucht vor ihm nichts mehr verbergen. Du und dein Freund, versteht ihr einen Eid zu halten?«

Pharamond Barthès machte ein bejahendes Zeichen.

»Nun wohl«, fuhr der König fort, »so schwört, nichts anzurühren, was ihr in jener Grotte sehen werdet! Schwört, daß ihr, wenn ihr die Grotte wieder verlassen habt, euch stets so halten werdet, als wenn euch deren Vorhandensein gänzlich unbekannt geblieben wäre! Schwört, daß ihr nie versucht, noch einmal in dieselbe einzudringen, noch auch nur deren Eingang aufzuspüren! Schwört endlich, daß ihr niemals jemandem ein Wort von dem sagt, was ihr gesehen haben werdet!«

Mit emporgehobener Hand wiederholten Cyprien und Pharamond Barthès jedes Wort der ihnen auferlegten Eidesformel.

Als Tonaïa dann mit gedämpfter Stimme einige Befehle erteilte, erhob sich der ganze Hof, und die Krieger bildeten zwei Reihen. Einige Diener brachten leinene Streifen her, um den beiden Fremdlingen die Augen zu verbinden; dann setzte sich der König selbst in einen großen Palankin, den ein Dutzend Kaffern auf den Schultern trugen, zu ihnen, und der Zug setzte sich in Bewegung.

Der Weg war ein ziemlich weiter; er nahm wohl zwei Stunden in Anspruch. Aus den Stößen, die sie selbst im Palankin empfingen, schlossen Pharamond Barthès und Cyprien sehr bald, daß sie nach einer bergigen Stelle geführt wurden.

Dann verriet die auffallende Frische der Luft und der laute Widerhall der Schritte des Gefolges, der sich an einander offenbar ziemlich nahe stehenden Wänden brach, daß man einen unterirdischen Raum betreten hatte. Endlich belehrte sie auch noch der Rauch von brennendem Harze, der ihnen ins Gesicht kam, daß wohl Fackeln angezündet worden waren, um dem ganzen Zuge voranzuleuchten.

Noch dauerte der Weg etwa eine halbe Stunde; nachher wurde der Palankin auf die Erde niedergesetzt. Tonaïa ließ seine Gäste aussteigen und befahl, ihnen die Binde von den Augen abzunehmen.

Unter dem Einflusse jener Blendung, welche durch die plötzliche Rückkehr zum Lichte dann entsteht, wenn die Funktion der Sehorgane längere Zeit unterbrochen gewesen war, glaubten Pharamond Barthès und Cyprien zunächst, die Beute einer außerordentlichen Halluzination geworden zu sein, so glänzend und unerwartet gestaltete sich das Schauspiel, welches sich jetzt ihren Augen darbot.

Beide befanden sich nämlich im Mittelpunkte einer ungeheuren Grotte, deren Boden mit feinem, mit goldigen Flimmern übersäten Sande überdeckt war. Ihre Wölbung, welche der eines gotischen Domes gleichkam, verlor sich doch in für den Blick unerreichbarer Tiefe. Die Wände dieses unterirdischen Baues zeigten sich ausgekleidet mit Stalaktiten von unvergleichlicher Verschiedenheit des Tons, von welchen die zurückstrahlenden Fackeln farbige Regenbogen bildeten, die halb gebrochen wurden und halb unter dem ersten Schein des hereinstrahlenden Morgenrotes verschwanden. Die schimmernden Färbungen, die merkwürdigsten Formen und auffallendsten Schnittwinkel charkterisierten diese zahllosen Kristallisationen. Hier sah man, nicht wie in den meisten Grotten, nur einfache Anhäufungen von Quarz in Säulen, die sich einförmig immer wiederholen; die Natur schien vielmehr ihrer Phantasie völlig freien Spielraum gelassen zu haben, alle Zusammenstellungen von Farben und Effekten zu erschöpfen, wozu sich ja die Verglasung ihrer Mineralienschätze – wenn man so sagen darf – vorzüglich eignete.

Felsen von Amethysten, Mauern von Sardonix, Bänke von Rubinen, Nadeln von Smaragden, Säulengänge von Saphir, welche wie Weidenbäume tiefe Wälder bildeten, Eisberge von Aquamarin, Girandolen von Türkisen, Spiegel von Opalen,

Gänge von rosa Gips, und Lapislazuli mit Goldadern – alles, was das Mineralreich nur Kostbares, Seltenes, Durchsichtiges und Glänzendes bieten konnte, hatte als Material zu diesem bezaubernden Bauwerke gedient. Allerlei Formen, sogar solche aus dem Pflanzenreiche, schienen bei diesem, die menschliche Einbildungskraft weit hinter sich lassenden Werke verwendet zu sein. Tapeten aus mineralischem Moose von derselben Sammetweiche wie der feinste Rasen, kristallinische Baumgeflechte mit Blumen und Früchten aus edlem Gestein erinnerten stellenweise an die Feengärten, welche die Japaner zuweilen so naiv bei ihren Illuminationen nachzuahmen suchen.

Weiterhin bot ein See, bestehend aus einem einzigen Diamanten von zwanzig Meter Länge, der in dem Sande versenkt lag, offenbar Schlittschuhläufern seine Spiegelfläche an. Luftige Paläste aus Chalcedon, Kioske und Glockentürmchen aus Beryl und Topas erhoben sich Stockwerk über Stockwerk so hoch, bis das durch ihren Glanz ermüdete Auge ihnen weiter zu folgen versagte. Endlich bildeten die Spalten der Lichtstrahlen durch diese ungezählten Tausende von Prismen das Funkenfeuerwerk, welches von allen Seiten aufschoß und in Garben wieder niederfiel, die erstaunlichste Symphonie von Licht und Farben, welche mehr als hinreichend war, das Auge des Menschen vollkommen zu blenden.

Cyprien Méré konnte jetzt nicht länger in Zweifel sein. Er sah sich in eines jener geheimnisvollen Becken versetzt, deren Vorkommen er schon so lange geahnt, in welchen die Natur die kostbaren Edelsteine anhäufen und kristallisieren lassen konnte, welche sie den Menschen auch in den reichsten Fundstätten nur als vereinzelte unzusammenhängende Bruchstücke zukommen läßt. Zuerst versucht, an der Wirklichkeit dessen, was er vor sich sah, zu zweifeln, hatte es doch, als er beim Vorüberkommen an der ungeheuren Kristallbank über dieselbe mit seinem Ring strich, hingereicht, ihm zu beweisen, daß dieselbe dem Geritztwerden vollständig widerstand.

Das war hier also Diamant, Saphir und Rubin, was diese ausgedehnte Höhlung barg, und das in so enormer Menge, daß der Preis des Ganzen, wenn man an denselben den für jene Mineralstoffe gebräuchlichen Maßstab anlegte, sich jeder Berechnung entzog. Nur astronomische Zahlen hätten davon eine annähernde, wenn auch nur unsichere Vorstellung gewähren können. Hier lagen unbekannt und unbenützt wirklich Trillionen und Quadrillionen an Wert begraben.

Daß Tonaïa von dem ungeheuren Reichtum, der hier zu seiner Verfügung stand, etwas wüßte, war kaum anzunehmen, denn auch Pharamond Barthès, der in solchen Dingen freilich unbewandert war, schien keinen Augenblick zu ahnen, daß diese Kristalle alle die edelsten Gesteine waren.

Der Negerkönig hielt sich ohne Zweifel nur für den Herrn und Besitzer einer ziemlich merkwürdigen Höhle, deren Geheimnis zu bewahren ihn ein Orakelspruch oder irgendeine Art Überlieferung zu bestimmen schien.

Diese Anschauung fand noch dadurch weitere Bestätigung, daß Cyprien bald eine ziemlich bedeutende Anhäufung menschlicher Gebeine fand, welche da und dort in Winkeln der Grotte lagen. Bildete dieselbe den Begräbnisplatz des Stammes oder – freilich eine schrecklichere, aber wahrscheinlichere Annahme – diente dieselbe früher oder vielleicht auch noch jetzt zur Abhaltung schauerlicher Feste, bei denen Menschenblut, vielleicht zu kannibalischen Zwecken, in Menge vergossen wurde?

Pharamond Barthès neigte der letzteren Anschauung zu und sagte das auch heimlich seinem Freunde.

»Übrigens hat Tanaïa mir versichert, daß eine solche Zeremonie seit seiner Übernahme der Herrschaft niemals stattgefunden habe«, setzte er hinzu. »Ich gestehe aber, daß der Anblick dieser Gerippe mich in meinem bisherigen Zutrauen erschüttert hat.«

Er wies dabei auf einen gewaltigen Knochenhaufen, der erst kürzlich aufgeschüttet schien und an dem man noch Spuren davon bemerkte, daß das frühere Fleisch daran gekocht worden war.

Dieser Eindruck sollte nur wenige Augenblicke später noch mehr bekräftigt werden.

Der König und seine beiden Gäste waren nach dem Grunde der Grotte gelangt, bis vor den Eingang einer Wandvertiefung, welche etwa den Seitenkapellen ähnelte, die man öfter in Domkirchen findet. Hinter dem Gitter von sehr festem Holze, welches den Eingang abschloß, sah man in einem hölzernen Käfig einen Gefangenen, der nur Raum hatte, um darin zusammenkauern zu können, und offenbar bestimmt war, durch erzwungene Ruhe etwas – gemästet zu werden.

Das war Matakit.

»Sie! Sie! Väterchen!« rief der unglückliche Kaffer, sobald er Cyprien bemerkt und erkannt hatte. »Ach, nehmen Sie mich mit fort von hier! Befreien Sie mich! . . . Ich will lieber nach dem Griqualande zurückkehren und wenn ich dort gehangen werden sollte, als länger in diesem Hühnerbaue zu schmachten und den schrecklichen Tod zu erwarten, den der grausame Tonaïa mir aufgespart hat, ehe ich verzehrt werde!«

Diese Worte sprach er mit so kläglicher Stimme, daß Cyprien sich, als er den armen Teufel hörte, ganz ergriffen fühlte.

»Gut, Matakit!« antwortete er ihm. »Ich kann dir die Freiheit wieder verschaffen, aber ehe du den Diamanten nicht herausgegeben, wirst du diesen Käfig nicht verlassen.«

»Den Diamanten, Väterchen!« rief Matakit. »Den Diamanten! Den hab' ich nicht! ... Den hab' ich niemals gehabt! ... Ich schwöre es Ihnen!«

Das sagte er mit einem solchen Akzente der Wahrheit, daß Cyprien an seiner Aufrichtigkeit nicht wohl zweifeln konnte. Wir wissen übrigens, daß es ihm von Anfang an schwer gewesen war, Matakit für den Urheber eines solchen Verbrechens zu halten.

»Wenn du es aber nicht warst«, fragte er weiter, »der jenen Diamanten entwendet hat, warum ergriffst du überhaupt die Flucht?«

»Warum, Väterchen?« erwiderte Matakit. »Weil man, wenn meine Kameraden die Probe mit der Gerte bestanden hätten, sicher gesagt haben würde, ich selbst sei der Dieb und habe durch List den Verdacht nur auf falsche Fährte lenken wollen. Im Griqualande, das wissen Sie ja selbst nur zu gut, henkt man, wenn es sich um einen Kaffern handelt, einen Angeschuldigten noch bevor man ihn verhört und verurteilt ... das flößte mir Angst ein, und ich floh gleich einem Schuldbelasteten durch den Transvaal.«

»Was der arme Teufel da ausgesagt, scheint mir wirklich auf Wahrheit zu beruhen«, bemerkte Pharmod Barthès.

»Ich zweifle daran auch nicht«, antwortete Cyprien, »und vielleicht hat er gar nicht so unrecht daran getan, sich der griqualändischen Justiz gleich ganz zu entziehen.«

Dann wendete er sich wieder an Matakit.

»Nun gut«, sagte er zu ihm, »ich bezweifle nicht, daß du an dem Diamantendiebstahl, dessen man dich angeklagt hat, unschuldig bist. Doch wenn wir auch beteuern, daß du keinen Anteil daran hattest, wird man das in der Vandergaart-Kopje schwerlich glauben. Willst du dich dennoch der Gefahr aussetzen, dahin zurückzukehren?«

»Ja ... ich will alles wagen ... um nicht noch länger hier zu bleiben!« versicherte Matakit, dem der Schrecken alle Glieder zu lähmen schien.

»Wir werden das Nötige ordnen«, antwortete Cyprien, »und hier mein Freund Pharamond Barthès wird die Verhandlungen führen.«

Der Jäger zögerte keinen Augenblick, dem großen Tonaïa die Angelegenheit vorzutragen.

»Sprich offenherzig! ... Was verlangst du im Austausch gegen deinen Gefangenen?« fragte er den Negerkönig.

Dieser besann sich kurze Zeit und erklärte schließlich:

»Ich verlange vier Flinten; zehnmal zehn Patronen für jede Waffe und vier Säckchen mit Glasperlen. Das ist noch nicht zuviel, nicht wahr?«

»Das ist zwanzigmal zuviel; doch Pharamond Barthès ist dein Freund und wird alles tun, dir gefällig zu sein!«

Dann schwieg auch er ein Weilchen und fuhr nachher fort:

»Höre mich an, Tonaïa! Du sollst die vier Gewehre, die vierhundert Patronen und die vier Säckchen Perlen erhalten. Du aber lieferst uns dafür das nötige Ochsengespann nebst Nahrungsmitteln und ein Ehrengeleit, um alle diese Männer durch das Transvaalgebiet zu schaffen.«

»Abgemacht!« erklärte Tonaïa mit höchst befriedigter Stimme.

Dann schlug er einen mehr vertraulichen Ton an und sagte, sich zu Pharamond Barthès' Ohr neigend:

»Die Ochsen wären schon vorhanden. Sie sind von den Leuten, welche meine Krieger im Begriffe fanden, nach den Ställen heimzukehren, und die sie in meinen Kral trieben ... Oh, das war ein schöner Kriegszug, nicht wahr?«

Der Gefangene wurde nun in Freiheit gesetzt, und nachdem sie noch einen letzten Blick auf die Wunderherrlichkeiten der Höhle geworfen, ließen sich Cyprien, Pharamond Barthès und Matakit ohne Widerspruch die Augen verbinden und gelangten so zurück nach dem »Palaste« Tonaïas, wo zur Feier des abgeschlossenen Vertrags ein großes Fest gegeben wurde.

Man einigte sich schließlich dahin, daß Matakit nicht sofort in der Vandergaart-Kopje erscheinen, sondern in deren Nähe nur zum Dienste bei dem jungen Ingenieur bereit bleiben solle, bis dieser es für sicher genug ansehen würde, ihn wirklich zurückzurufen. Der Gang der Ereignisse wird lehren, daß das keine unnütze Vorsichtsmaßregel war.

Am folgenden Tage brachen Pharamond Barthès, Cyprien, Lî und Matakit unter zahlreicher Bedeckung wieder nach dem Griqualande auf. Jetzt konnte man sich freilich keiner Selbsttäuschung mehr hingeben. Der »Südstern« war unwiederbringlich verloren, und Mr. Watkins konnte ihn nicht nach dem Londoner Tower senden, um dort inmitten der prächtigsten Edelsteine Englands deren Glanz zu überstrahlen.

Zwanzigstes Kapitel

Die Rückkehr

John Watkins war nie schlechterer Laune gewesen als seit der Abfahrt der vier zur Verfolgung Matakits ausgezogenen Bewerber. Jeder Tag, jede Woche, welche verstrich, schien in seiner Rechnung einen Querstrich mehr zu machen, indem sich damit die Aussicht, seinen kostbaren Stein wieder zu erlangen, immer mehr verminderte. Außerdem fehlten ihm seine gewohnten Gesellschafter, James Hilton, Friedel, Annibal Pantalacci und selbst Cyprien, den er ja so häufig neben sich sitzen sah. Er vertrieb sich die Zeit also nur mit dem Ginkruge, und wir müssen gestehen, daß die Alkoholzufuhr, welche er sich gestattete, seinen Charakter nicht gerade zu mildern geeignet war.

Dazu hatte man in der Farm alle Ursache, über das Schicksal der Überlebenden der Expedition ziemlich unruhig zu sein. Bardik nämlich, der, ganz wie die andern es vermuteten, von einer Bande Kaffern abgefangen worden war, hatte diesen doch nach wenigen Tagen zu entwischen gewußt und bei der Rückkehr nach dem Griqualande dem Mr. Watkins von dem Tode Friedels und James Hiltons erzählt. Das war doch für die überlebenden Zugteilnehmer, Cyprien Méré, Annibal Pantalacci und den Chinesen, von ziemlich schlimmer Vorbedeutung.

Auch Alice fühlte sich höchst unglücklich. Sie sang jetzt nicht mehr, und ihr Piano blieb völlig stumm. Kaum bewahrte sie noch einiges Interesse für ihre Straußherde. Selbst Dada brachte es mit ihrer Gefräßigkeit nicht mehr dazu, ihr ein Lächeln abzunötigen, und verschlang ungestraft, ohne daß jemand das Tier daran zu hindern suchte, die verschiedenartigsten Gegenstände, die ihm in den Weg kamen.

Miß Watkins litt jetzt unter zweifacher Furcht, welche durch ihre Einbildungskraft noch mehr vergrößert wurde; die erste, daß Cyprien niemals von der unseligen Expedition wieder heimkehren könnte, und die zweite, daß Annibal Pantalacci, den sie von allen Bewerbern am meisten verabscheute, den »Südstern« bringen und den Preis für seinen Erfolg fordern könnte. Der Gedanke, gezwungen die Gattin dieses boshaften, rohen Neapolitaners zu werden, flößte ihr einen unbesiegbaren Widerwillen ein, vorzüglich seitdem sie einen Mann wie Cyprien Méré näher kennen und wertschätzen gelernt hatte. Sie dachte hieran am Tage, träumte davon in der Nacht, und ihre frischen Wangen erbleichten, ihre blauen Augen verhüllten sich unter einem immer dunkler werdenden Schleier.

Jetzt währte es schon drei Monate, daß sie schweigend und kummervoll wartete. Am heutigen Abend saß sie hinter dem Lichtschirme der Lampe neben ihrem Vater, der der Ginflasche besonders kräftig zugesprochen hatte. Den Kopf über eine Stickerei gebeugt, die sie angefangen hatte, um anstelle der vernachlässigten Musik doch irgend etwas zu treiben, hing sie ihren Gedanken nach.

Da unterbrach ein gelindes Kopfen an der Tür ihre lange Träumerei.

»Herein!« rief sie ziemlich verwundert und fragte sich, wer zu dieser Stunde bei ihnen noch vorsprechen könnte.

»Oh, ich bin's nur, Miß Watkins!« erklang da eine Stimme, die ihr das Herz vor Freude hüpfen machte – die Stimme Cypriens.

Er war es in der Tat, der hier heimkehrte, aber bleich, abgezehrt, erschöpft, mit einem Barte, der ihn ganz unkenntlich machte, und in einer Kleidung, welche durch die lange Fahrt stark abgenützt war, aber noch immer lebhaft, immer höflich und zuvorkommend, immer mit leuchtenden Augen und lächelndem Munde.

Alice hatte sich mit einem Aufschrei der Freude und des Erstaunens erhoben. Mit einer Hand suchte sie das laute Klopfen ihres Herzens zu dämpfen, während sie die andre dem jungen Ingenieur entgegenstreckte, der sie warm in den seinigen drückte, als Mr. Watkins aus seinem Halbschlummer erwachte, sich die Augen rieb und fragte, was es denn Neues gäbe.

Der Farmer brauchte einige Minuten, um klar sehen zu lernen. Kaum hatte er aber einiges Verständnis der Sachlage erlangt, als auch ihm ein Schrei – ein Schrei aus der Tiefe des Herzens – entfuhr.

»Und der Diamant?«

Der Diamant war leider nicht mit zurückgekehrt.

Cyprien schilderte kurz die Vorkommnisse auf der Fahrt. Er erwähnte des Todes Friedels, Annibal Pantalaccis und James Hiltons, der Verfolgung Matakits und seiner Gefangenschaft bei Tonaïa – seine Rückkehr nach dem Griqualande natürlich verschwieg er –, dagegen ließ er schon durchblicken, daß er von der Schuldlosigkeit des jungen Kaffern vollständig überzeugt sei.

Er vergaß nicht der Ergebenheit Bardiks und Lî's, wie der Freundschaft Pharamond Barthès' Anerkennung zu zollen, erzählte, was er dem wackren Jäger alles zu danken habe und daß er nur durch seine Mithilfe von der für seine übrigen Begleiter so mörderischen Fahrt mit den beiden Dienern habe zurückkehren können. Unter der Erregung, welche sich seiner bei Schilderung der vielen tragischen Ereignisse bemächtigte, zog er gern einen Schleier über die verbrecherischen Absichten seiner Rivalen und wollte diese nur als Opfer eines gemeinsam gewagten Unternehmens betrachtet wissen. So erzählte er alles, außer das eine, das Vorhandensein jener Wundergrotte mit ihren Mineralschätzen, gegen welche alle Diamanten des Griqualandes nur wertlose Kiesel waren.

»Tonaïa«, so schloß er seine Worte, »kam seinen Verpflichtungen pünktlich nach. Zwei Tage nach meiner Ankunft in seiner Hauptstadt war alles zu unserer Rückkehr fertig und besaßen wir außer dem nötigen Mundvorrat auch Zugtiere und sichere Bedeckung. Unter Anführung des Königs selbst begleiteten uns dreihundert, mit Mehl und geräuchertem Fleische beladene Schwarze bis zum Lagerplatze, wo der Wagen zurückgelassen worden war, den wir unter seiner Laubdecke zum Glück in bestem Zustande antrafen. Dann verabschiedeten wir uns von unserem Gastwirte, nachdem wir ihm fünf Gewehre, statt der vier, auf welche er rechnete, übergaben – einen Waffenvorrat, der jenen Herrscher in dem ganzen Gebiete zwischen dem Limpopo und dem Laufe des Sambesi so gut wie unüberwindlich macht.«

»Doch Ihre Rückfahrt von jenem Lagerplatze aus?« fragte Miß Watkins.

»Unsere Rückfahrt ging zwar langsam, aber ziemlich leicht und ohne Unfall vonstatten«, antwortete Cyprien. »Die Begleitmannschaft verließ uns erst an der Grenze des Transvaal, wo auch Pharamond Barthès mit seinen Bassutos sich von uns trennte, um nach Durban zu ziehen. Nach vierzigtätigem Zuge quer durch das Veld sehen Sie uns nun hier, aber leider um keinen Schritt weiter vorwärts als bei der Abreise.«

»Warum ist aber Matakit überhaupt entflohen?« fragte Mr. Watkins, der dieser Erzählung mit großem Interesse gelauscht hatte, ohne übrigens wegen der drei Männer, welche nicht mehr wiederkehren sollten, eine besondere Teilnahme merken zu lassen.

»Matakit floh einfach, weil er an der ›Furchtkrankheit‹ litt«, erwiderte der junge Ingenieur.

»Gibt es denn im Griqualand etwa keine Gerechtigkeit?« versetzte der Farmer, die Schultern emporziehend.

»Oh, zuweilen eine gar zu summarische Justiz, Herr Watkins, und in der Tat, ich kann den armen, unschuldig angeklagten Kerl nicht allzusehr tadeln, daß er sich den Folgen der ersten, durch das Verschwinden des Diamanten hervorgebrachten Erregung zu entziehen suchte.«

»Ich auch nicht«, stimmte Alice ihm zu.

»Jedenfalls, das wiederhole ich Ihnen, war er nicht schuldig, und ich hoffe, daß man ihn in Zukunft in Ruhe läßt.«

»Hm!« brummte John Watkins, der von der Verläßlichkeit dieser Versicherung nicht so vollständig überzeugt schien. »Glauben Sie wirklich nicht, daß dieser listige Matakit seinen Schreck nur geheuchelt hat, um sich den Händen der damals anwesenden Polizeibeamten zu entziehen?«

»Nein, er ist unschuldig! . . . Meine Überzeugung steht nach dieser Seite unwandelbar fest«, sagte Cyprien etwas trocken, »und diese hab' ich wohl etwas teuer erkauft, glaub ich!«

»Oh, Sie mögen ja Ihre Ansicht behalten«, rief John Watkins; »ich werde deshalb doch bei der meinigen bleiben.«

Alice sah, daß das Gespräch eine unangenehme Wendung anzunehmen drohte, und wünschte dem zuvorzukommen.

»Da fällt mir ein, Herr Cyprien Méré«, sagte sie, »wissen Sie denn schon, daß Ihr Claim während Ihrer Abwesenheit ein ganz ausgezeichneter geworden, und daß Thomas Steele, Ihr Geschäftsteilhaber, auf bestem Wege ist, einer der reichsten Mineurs der Kopje zu werden?«

»Nein, wahrhaftig nicht«, antwortete Cyprien offenherzig. »Mein erster Besuch galt Ihnen, Miß Watkins, und ich weiß überhaupt nichts von allem, was sich während meines Fernseins ereignet hat.«

»Vielleicht haben Sie noch nicht einmal zu Mittag gegessen?« rief Alice mit dem ihr eigenen Instinkt der Hausfrau.

»Ich gestehe es!« erwiderte Cyprien errötend, obwohl er dazu ja keine besondere Ursache hatte.

»Oh, Sie dürfen aber nicht fortgehen, ohne gegessen zu haben, Herr Méré . . . ein Rekonvaleszent und nach so beschwerlicher Reise! . . . Bedenken Sie doch, es ist schon elf Uhr abends!«

Ohne auf seine weiteren Einreden zu achten, lief sie nach der Speisekammer und brachte auf einem mit weißem Linnen bedeckten Brett mehrere Teller mit kaltem Fleisch nebst einer schönen, selbstgebackenen Pfirsichtorte herein.

Alles das wurde dem ziemlich verlegenen Cyprien vorgesetzt, und da er etwas zögerte, von dem vortrefflichen »Biltong«, eine Art Straußenkonserve, zuzulangen, sagte Miß Watkins:

»Soll ich Ihnen vorschneiden?« Dabei lachte sie den jungen Mann mit heiterem Jugendmute an.

Bald verlangte auch der Farmer, dem die aufgestellten Lekkereien selbst Appetit gemacht, einen Teller und eine Schnitte Biltong, Alice beeilte sich, ihn nicht warten zu lassen, und nur um den Herren Gesellschaft zu leisten, wie sie sagte, fing sie an, einige Mandeln zu kosten.

Das improvisierte Mahl war vorzüglich. Niemals hatte der junge Ingenieur einen so unbezwinglichen Appetit empfunden. Er legte sich dreimal von der Pfirsichtorte vor, trank zwei Gläser Constancia-Wein und setzte seinen Übungen dadurch die Krone auf, daß er zustimmte, den Gin des Mr. Watkins zu kosten, welch letzterer übrigens bald sanft einschlief.

»Und was haben Sie während dieser drei Monate begonnen?« fragte Cyprien Alice. »Ich fürchte, Sie werden Ihre Chemie völlig vergessen haben.«

»O nein, darin irren Sie doch!« antwortete Miß Watkins in etwas vorwurfsvollem Tone ... Im Gegenteil, ich habe tüchtig studiert und mir sogar erlaubt, in Ihrem Laboratorium einige Experimente anzustellen. Doch seien Sie ruhig, ich habe nichts zerbrochen, und alles wieder bestens geordnet. Offen gestanden, ich liebe die Chemie sehr und begreife kaum, wie Sie eine so schöne Wissenschaft hatten aufgeben können, um Minengräber oder Veldläufer zu werden!«

»Aber Sie wissen doch, grausame Miß Watkins, aus welchem Grunde ich zeitweilig auf die Chemie verzichtete?«

»Ich weiß davon gar nichts«, erwiderte Alice rot werdend, »und finde nur, daß das nicht recht ist! An Ihrer Stelle würde ich versuchen, Diamanten zu erzeugen; das ziemt Ihnen jedenfalls mehr, als solche unter der Erde zu suchen.«

»Ist das ein Befehl, den Sie mir erteilen?« fragte Cyprien mit leise zitternder Stimme.

»O nein«, antwortete Miß Watkins, »höchstens eine Bitte! ... Ach, Herr Méré«, fuhr sie fort, wie um den leichten Ton ihrer ersten Worte zu verwischen, »wenn Sie wüßten, wie unglücklich ich gewesen bin, Sie so vielen Anstrengungen und Gefahren ausgesetzt zu wissen. Wohl kannte ich sie im einzelnen nicht, kann mir aber eine Vorstellung von dem Ganzen machen. Mußte ein Mann wie Sie, sagte ich mir, der so gelehrt, so geeignet ist, die schönsten Arbeiten zu liefern, die wichtigsten Entdeckungen zu machen, mußte dieser Gefahr ausgesetzt werden, in der Wüste vielleicht elend umzukommen, ohne Nutzen für die Wissenschaft und für die Menschheit vielleicht dem Bisse einer Schlange oder dem Tatzenschlage eines

Tigers zu erliegen? ... Wahrlich, es ist ein Verbrechen, daß man Sie abreisen ließ! ... Und wie sehr hatte ich recht! Ist es nicht ein wahres Wunder zu nennen, daß Sie überhaupt zurückgekommen sind? Und ohne Ihren Freund Pharamond Barthès, den der Himmel dafür segnen möge ...« Sie beendete den Satz nicht, aber zwei große Tränen, die ihr in die Augen traten, vollendeten ihre Gedanken.

Auch Cyprien fühlte sich tief bewegt.

»Oh, zwei Tränen, die mir mehr wert sind, als alle Diamanten der Welt, und die mich noch ganz andere Anstrengungen vergessen machen würden!« sagte er einfach.

Jetzt entstand ein Stillschweigen, welches erst das junge Mädchen mit dem ihr eigenen Takte dadurch unterbrach, daß sie das Gespräch wieder auf chemische Fragen lenkte.

Es war schon Mitternacht vorüber, als Cyprien sich entschließen konnte, nach seiner Wohnung zu gehen, wo ihn eine Anzahl Briefe aus der Heimat erwartete, welche Miß Watkins sorglich auf seinen Arbeitstisch gelegt hatte.

Wie es nach längerem Abwesendsein öfter vorkommt, wagte er diese Briefe kaum zu erbrechen. Wenn sie ihm nun Nachricht von einem Unglücksfalle brachten ... sein Vater, seine Mutter, seine kleine Schwester Jeanne ... Was hatte sich binnen drei Monaten nicht alles ereignen können! ...

Als sich der junge Ingenieur durch eine flüchtige Durchsicht seiner Briefe im voraus überzeugt, daß sie ihm nur gute und erfreuliche Mitteilungen brachten, seufzte er erleichtert tief auf. Alle seine Lieben befanden sich wohl. Seine vorgesetzte Behörde erteilte ihm warmes Lob für seine sinnreiche Theorie der Diamantbildung und gestattete ihm gleichzeitig, noch ein halbes Jahr im Griqualand zu verweilen, wenn er das für die Wissenschaft für nutzbringend hielt. Alles gestaltete sich also nach Wunsch, und Cyprien schlief diesen Abend mit einem so leichten Herzen ein, wie er es lange Zeit nicht gekonnt.

Der folgende Vormittag verging mit Besuchen bei seinen Freunden, vorzüglich bei Thomas Steele, der in dem gemeinsamen Claim wirklich vorzügliche Funde gemacht hatte. Der brave Lancashireman empfing seinen Teilhaber deshalb mit nicht minderer Herzlichkeit. Cyprien verabredete mit ihm, daß Bardik und Lî ihre Arbeiten wieder aufnehmen sollten wie vorher. Er behielt sich vor, ihnen, wenn sie gute Erfolge erzielten, einen Teil abzutreten, um für sie allmählich ein kleines Kapital zu sammeln.

Er selbst war freilich entschlossen, in der Mine das Glück nicht wieder zu versuchen, das ihm immer so ungünstig gewesen war, dagegen nahm er sich vor, nach dem Wunsche Alices wieder chemische Untersuchungen zu beginnen. Das Gespräch mit dem jungen Mädchen hatte überhaupt nur seine eigenen Absichten und Gedanken bestätigt; schon lange hatte er sich gesagt, daß weder die rauhe Handarbeit noch abenteuerliche Züge für ihn der richtige Weg wären. Viel zu ehrenwert und worthaltend, um nur einen Augenblick an einen Mißbrauch des Vertrauens Tonaïas zu denken und sich die Kenntnis zunutze zu machen, die er von der mit Kristallgebilden erfüllten Höhle besaß, erblickte er in dieser tatsächlichen Gewißheit nur eine höchst schätzenswerte Bekräftigung seiner Theorie von der Entstehungsweise der edlen Steine, die seinen Forschungseifer nur weiter anzufeuern vermochte.

Cyprien nahm also das frühere Leben im Laboratorium wieder auf, er wollte aber nicht von dem Wege abweichen, auf dem er schon einmal Erfolg gehabt hatte, und entschied sich dahin, die früheren Untersuchungen wieder von vorn anzufangen. Dazu hatte er nicht nur einen Grund, sondern einen sehr zwingenden Grund, wie man leicht durchschauen wird.

Seit der künstliche Diamant nämlich als unwiederbringlich verloren zu betrachten schien, sprach Mr. Watkins, wenn er vorher einer Verbindung Cypriens und Alices geneigt gewesen war, jetzt davon kein Wort mehr. Dagegen war ja anzunehmen, daß er, wenn es dem jungen Ingenieur gelang, noch einmal einen Stein von außerordentlichen, vielleicht Millionen betragendem Werte herzustellen, doch auch zu der früheren Sinnesart zurückkehren könnte.

Cyprien entschloß sich daher, sofort an die Arbeit zu gehen, und machte gegenüber den Minengräbern der Vandergaart-Kopje daraus kein Geheimnis, wenigstens bemühte er sich in dieser Richtung nicht besonders.

Nachdem er sich ein neues und widerstandsfähigeres Rohr verschafft, begann er seine Arbeiten ganz in der früher geübten Art und Weise.

»Was mir jedoch fehlt, den Kohlenstoff in Kristallform zu erhalten«, sagte er zu Alice, »ist ein geeignetes Lösungsmittel desselben, welches durch Verdunstung oder durch Abkühlung die Erzeugung des Diamanten gestatten könnte. Für das Aluminium hat man dieses Lösungsmittel im Schwefelkohlenstoff, oder auch für dem ähnliche Körper, wie das Boron und das Silber, zu entdecken vermocht.«

Obwohl er indes nicht im Besitz dieses Lösungsmittels war, betrieb Cyprien doch sein Werk mit allem Eifer. In Ermangelung Matakits, der sich aus Vorsicht im Lager noch nicht wieder sehen ließ, fiel es jetzt Bardik zu, das Feuer Tag und Nacht zu unterhalten. Dieses Auftrags entledigte derselbe sich übrigens mit gleichem Eifer wie sein Vorgänger.

Inzwischen und in der Voraussicht, daß er nach der für seinen Aufenthalt im Griqualand jetzt festgestellten Frist doch wohl nach Europa zurückreisen müsse, wollte Cyprien auch noch eine in seinem Bericht schon erwähnte Arbeit vornehmen, die er noch nicht hatte beendigen können; er gedachte nämlich, die ganz genaue Lage einer Bodendepression im Nordosten der Ebene zu bestimmen, eine Depression, welche er für den Ausflußort der Gewässer ansah, von denen in weit entlegener Zeit die Diamantbildungen des Distriktes überhaupt ausgegangen sein mochten.

Fünf oder sechs Tage nach seiner Heimkehr aus dem Transvaal beschäftigte er sich also mit dieser Bestimmung, der er, wie allen Arbeiten, die peinlichste Genauigkeit widmete. Schon seit einer Stunde hatte er mehrfach Stangen in die Erde gesteckt und trug die gefundenen Punkte in einen sehr speziellen Plan ein, den er sich in Kimberley verschafft hatte. Merkwürdigerweise fand er aber bei allen Ziffern scheinbar starke Irrtümer und wenigstens keine Übereinstimmung mit jenem Plane. Endlich konnte er sich der Einsicht nicht verschließen, daß der Plan falsch aufgenommen und Längen- und Breitengrade auf demselben nicht richtig eingetragen seien.

Um die Länge des Ortes zu bestimmen, bediente sich Cyprien genau zu Mittag eines ganz vorzüglichen, auf der Pariser Sternwarte regulierten Chronometers. Da er ferner von der Verläßlichkeit seines Kompasses und seines Deklinationsinstrumentes völlig überzeugt sein konnte, war es ihm leicht, bezüglich des Planes nachzuweisen, daß derselbe wirklich ziemlich hohe Orientationsfehler zeigte, wenigstens soweit das seine eigenen Aufnahmen erkennen ließen.

Der auf dieser Karte nach englischer Gewohnheit durch einen Pfeil mit verschobenem Kreuze bezeichnete Endpunkt lag tatsächlich in Nordnordwest oder doch ziemlich so weit seitwärts. Infolgedessen litten natürlich alle darauf gegründeten Angaben der Karte an entsprechender Ungenauigkeit.

»Aha, ich sehe, wie das gekommen ist!« rief plötzlich der junge Ingenieur. »Die gesattelten Esel, welche einst dieses Meisterwerk schufen, haben ganz einfach die Abweichung der Magnetnadel außer acht gelassen. Hier beträgt dieselbe aber nicht weniger als neunundzwanzig Grad nach Westen ... Daraus ergibt sich, daß alle ihre Längen- und Breitenangaben, um richtig zu sein, gleichsam um ein Bogenstück von neunundzwanzig Graden in der Richtung von West nach Ost um den Mittelpunkt der Karte gedreht werden müssen! Man muß wahrlich glauben, daß England, um diese Aufnahmen zu machen, nicht seine geschicktesten Geometer hierhergesandt habe!«

Er lachte für sich über diesen Schnitzer.

»Gut! Errare humanum est! Möge der den ersten Stein auf diese wackeren Leute werfen, der sich nie in seinem Leben, und wär's auch nur ein einziges Mal, geirrt hätte!«

Cyprien hatte übrigens keine Ursache, die Richtigstellung, welche ihm eben bezüglich der Lage der Diamantengebiete gelungen war, zu verheimlichen. Als er an demselben Tage auf dem Wege nach der Farm Jacobus Vandergaart begegnete, machte er diesem also davon Mitteilung.

»Es ist wirklich merkwürdig«, fügte er hinzu, »daß ein so starker geodätischer* Fehler, welcher natürlich alle Pläne des Distrikts beeinflußt, nicht früher schon bemerkt worden ist. Er erheischt doch eine sehr bedeutende Berichtigung auf allen Karten des Landes.«

Der alte Steinschneider sah Cyprien mit eigentümlichem Blicke an.

»Sprechen Sie die Wahrheit?« fragte er voll Interesse.

»Gewiß!«

»Und Sie wären bereit, diese Tatsache auch vor den zuständigen Behörden zu vertreten?«

»Vor zehn Behörden, wenn es nötig wäre!«

»Es wird auch nicht möglich sein, Ihre Aussage zu widerlegen?«

»Offenbar nicht, weil es schon hinreichen dürfte, auf die Ursache des Fehlers hinzuweisen. Er liegt doch wahrlich klar genug auf der Hand! Die magnetischen Abweichungen außer acht zu lassen, das ist denn doch stark!«

Jacobus Vandergaart zog sich zurück, ohne etwas weiteres zu sagen, und Cyprien hatte bald vergessen, mit welch besonderer Aufmerksamkeit dieser die Mitteilung aufgenommen, daß alle Karten des Distrikts einen bedeutenden Fehler enthielten.

Zwei oder drei Tage später aber, als Cyprien den alten Steinschneider wieder einmal aufsuchen wollte, fand er dessen Tür verschlossen.

Auf der Füllung derselben las man nur die erst kürzlich mit Kreide geschriebenen Worte:

»In Geschäften abwesend.«

---

*Historisch.

Einundzwanzigstes Kapitel

Venetianische Justiz

Im Laufe der folgenden Tage war Cyprien eifrig damit beschäftigt, die fortschreitende Entwicklung seines Experiments zu beobachten. Infolge einer neuen Einrichtung des Schweißofens – er hatte demselben besseren Zug gegeben – hoffte er, daß die Entstehung des Diamants diesmal weniger Zeit in Anspruch nehmen werde als beim ersten Versuch.

Es versteht sich von selbst, daß Miß Watkins sich für diesen zweiten Versuch lebhaft interessierte, da sie sich ja zum Teil als dessen Urheberin betrachten konnte. Deshalb begleitete sie auch den jungen Ingenieur häufig zum Ofen, den dieser täglich wiederholt besuchte, und vergnügte sich damit, durch die Gucklöcher im Mauerwerk desselben die Intensität des darin lodernden Feuers zu beobachten.

John Watkins interessierte sich, freilich aus ganz anderen Gründen, nicht weniger als seine Tochter für diese Fabrikation. Es verlangte ihn, bald aufs neue Besitzer eines Steines zu sein, dessen Wert nach Millionen maß. Seine große Furcht war nur die, daß das Experiment ein zweites Mal nicht gelingen könnte, und daß der Zufall bei dem Gelingen des ersten vielleicht unbemerkt eine sehr große Rolle gespielt habe.

Wenn der Farmer ebenso wie Miß Watkins den jungen Ingenieur aber aufmunterte, die künstliche Herstellung von Diamanten weiter zu verfolgen und zu vervollkommnen, so war das mit den Minengräbern des Griqualandes freilich nicht der Fall. Zwar befanden sich Annibal Pantalacci, James Hilton und Herr Friedel nicht mehr hier, dagegen viele Kameraden derselben, welche in dieser Beziehung ebenso dachten wie sie. Mittels heimlicher Hetzereien suchte auch der Jude Nathan die Inhaber der Claims gegen den jungen Ingenieur einzunehmen. Wenn die künstliche Herstellung von Diamanten einmal praktisch geübt wurde, war es um den Handel mit Diamanten und anderen kostbaren Steinen geschehen. Man hatte ja schon weiße Saphire oder Corindons, Amethyste, Topase und selbst Smaragde fabriziert. Doch waren alle diese Edelsteine nur Tonerdekristalle und gefärbt durch geringe metallische Beimischungen. Immerhin erschien schon das für den Handelswert dieser Steine beunruhigend, da derselbe langsam herabging. Wenn nunmehr der Diamant nach Belieben erzeugt werden konnte, so bedeutete das den Ruin der Diamantendistrikte des Kaps ebenso, wie den der anderen Fundstätten.

Alles das war schon nach dem ersten Versuche des jungen Ingenieurs wiederholt worden und wurde jetzt mit noch mehr Gehässigkeit und mit noch größerem Eifer beobachtet. Die Minengräber traten oft zu vertraulichen Gesprächen zusammen, welche für die Arbeiten Cypriens nichts Gutes vorhersagten. Dieser selbst ließ sich darum freilich kein graues Haar wachsen, und blieb nach wie vor entschlossen, seine Versuche zu Ende zu führen, was man auch sagen oder tun mochte. Nein, er wollte vor der öffentlichen Meinung nicht zurückweichen, und seine Entdeckung, da sie überhaupt allen zugute kommen sollte, jedenfalls nicht etwa geheimhalten.

Wenn er aber sein Vorhaben ohne Zögern und ohne Furcht weiterführte, so fing doch Miß Watkins, welche alles erfuhr, was vor sich ging, an, für ihn zu zittern. Sie machte sich Vorwürfe, ihn zu diesen Versuchen ermuntert zu haben. Auf die Polizeigewalt des Griqualandes zu vertrauen, um ihn zu schützen, das hieß auch auf sehr losen Grund gebaut. Ein Schurkenstreich war ja so schnell ausgeführt, und Cyprien konnte vielleicht mit seinem Leben den Schaden zu bezahlen haben, den seine Arbeiten den Minengräbern Afrikas anzudrohen schienen.

Alice war also sehr unruhig und konnte diese Empfindung auch dem jungen Ingenieur gegenüber nicht verhehlen. Dieser beruhigte sie, so gut er konnte, und dankte ihr für die Teilnahme, die sie ihm schenkte. In dem Interesse, welches das junge Mädchen für ihn hegte, erkannte er ja den Ausdruck des wärmeren Gefühls, welches zwischen ihnen kaum ein Geheimnis zu nennen war. Abgesehen von allem anderen, wünschte Cyprien sich Glück, daß sein Vorhaben seitens der Miß Watkins einen ihm so wohltätigen Herzenserguß veranlaßte, und fuhr unbeirrt in seiner Arbeit fort.

»Was ich hier tue, Fräulein Alice, geschieht für uns beide!« wiederholte er ihr.

Wenn Miß Watkins dagegen bedachte, was und wie in den Claims gesprochen wurde, dann lebte sie in immerwährenden Ängsten.

Das war auch wirklich nicht ohne Grund! Gegen Cyprien erhob sich allmählich ein »Tolle«, der sich nicht immer auf bloße Einsprüche oder Drohungen beschränken, sondern zu handgreiflichen Ausschreitungen führen würde.

Wirklich fand Cyprien, als er eines Abends zu einem Besuche des Ofens kam, die ganze Einrichtung geplündert. Während der Abwesenheit Bardiks hatte ein Haufen Männer, welche sich die Dunkelheit zunutze machten, binnen wenigen Minuten die Arbeit von vielen Tagen zerstört. Das Mauerwerk war demoliert, die Feuerstätte zertrümmert, das Feuer selbst gelöscht und die Geräte zerbrochen und verstreut. Von der ganzen Anlage, die dem jungen Ingenieur so viele Mühe und Sorge gemacht hatte, war rein nichts mehr übrig – alles mußte er von neuem beginnen – wenn er der Mann dazu war, der Gewalt nicht zu weichen, oder er mußte die ganze Sache aufgeben.

»Nein«, rief er, »nein! Ich gebe nicht nach, und morgen schon führe ich Klage gegen die Buben, welche mein Eigentum zerstört haben. Ich will doch sehen, ob es im Griqualande keine Gerechtigkeit mehr gibt!«

Es gab zwar eine, aber nicht eine solche, wie der junge Ingenieur sie bedurft hätte.

Ohne gegen jemand etwas zu äußern, selbst ohne Miß Watkins etwas mitzuteilen, was sich zugetragen hatte, aus Furcht, ihr noch einen neuen Schreck einzujagen, ging Cyprien nach seiner Hütte zurück und legte sich, fest entschlossen, morgen seine Klage anzubringen, und müßte er bis zum Gouverneur des Kaplandes gehen, ganz ruhig nieder.

Er mochte zwei oder drei Stunden geschlafen haben, als das Geräusch der sich öffnenden Tür ihn plötzlich weckte.

Fünf schwarz maskierte, mit Revolvern und Gewehren bewaffnete Männer drangen in sein Zimmer. Sie trugen jene Laternen mit grünen Linsengläsern, welche man in englischen Ländern »Bulls eyes« (Ochsenaugen) nennt, und stellten sich stillschweigend an seinem Bette auf.

Cyprien hatte keinen Augenblick den Gedanken, diesem mehr oder weniger tragischen Aufzuge eine zu hohe Bedeutung beizumessen. Er dachte vielmehr an irgendeinen Scherz und fing schon fast an zu lachen, obwohl er im Grunde dazu wenig Lust verspürte und den ganzen Spaß etwas ungezogen fand.

Da legte sich aber eine rauhe Hand auf seine Schulter, und einer der maskierten Männer, der ein Papier in der Hand hielt, begann mit einem Tone, in dem gar nichts Scherzhaftes lag, folgendes laut zu lesen:

»Cyprien Méré!

Beifolgendes soll Ihnen anzeigen, daß Sie durch das Geheimgericht des Vandergaart-Lagers, welches aus zweiundzwanzig Beisitzern besteht und im Namen der allgemeinen Wohlfahrt handelt, am heutigen Tage um Mitternacht und fünfundzwanzig Minuten einstimmig zum Tode verurteilt worden sind.

Sie sind beschuldigt und überführt, durch eine unzeitgemäße, ungesetzliche Entdeckung alle Menschen, die, seit sie im Griqualande oder anderswo von der Aufsuchung, der Bearbeitung und dem Verkaufe von Diamanten ihr Leben fristen, in ihrem Interesse und in dem ihrer Familien schwer geschädigt zu haben.

Das Gericht hat in seiner Weisheit beschlossen, daß eine solche Erfindung vernichtet werden müsse, und daß der Tod eines einzigen dem Untergange vieler Tausende von menschlichen Wesen weit vorzuziehen sei.

Es hat ferner festgestellt, daß Ihnen zehn Minuten gegönnt werden, sich zum Tode vorzubereiten, daß Sie die Art desselben selbst wählen dürfen, daß alle Ihre Papiere verbrannt werden sollen, mit Ausnahme der offenen Briefschaften, die Sie etwa für Ihre nächsten Verwandten hinterlassen, und daß Ihre Wohnung endlich dem Erdboden gleichgemacht werde.

So geschehe es mit allen Verrätern!«

Als er sich so verurteilt hörte, fühlte Cyprien sein voriges Vertrauen doch merklich erschüttert, und er fragte sich, ob diese düstere Komödie, wenn man die wilden Sitten des Landes in Rechnung zog, doch nicht vielleicht ernster gemeint sei, als er anfänglich geglaubt hatte.

Der Mann, welcher ihn an der Schulter hielt, sollte ihm sehr bald die letzten Zweifel rauben.

»Stehen Sie sofort auf«, drängte er ihn roh, »wir haben keine Zeit zu verlieren.«

»Das ist ein Mord!« erwiderte Cyprien, der aus dem Bette entschlossen auf die Füße sprang, um einige Kleider umzuwerfen.

Er war mehr empört als erregt und konzentrierte alle Macht seines Denkvermögens über das, was ihm hier widerfuhr, mit derselben Kaltblütigkeit, die er etwa beim Studium eines mathematischen Problems angewandt hätte. Wer waren diese Männer? Er vermochte das, selbst aus dem Tone ihrer Stimme, nicht zu erraten.

Jedenfalls bewahrten diejenigen von ihnen, die er persönlich kannte, klugerweise Stillschweigen.

»Haben Sie unter den verschiedenen Todesarten Ihre Wahl getroffen? . . .« nahm der maskierte Kerl wieder das Wort.

»Ich habe keine solche Wahl zu treffen, sondern nur Widerspruch zu erheben gegen das schändliche Verbrechen, dessen ihr euch schuldig zu machen im Begriffe steht!« antwortete Cyprien mit fester Stimme.

»Erheben Sie Widerspruch, aber gehenkt werden Sie deshalb doch! Haben Sie etwa noch eine letzte Willensäußerung niederzuschreiben?«

»Keine, die ich meinen Mördern anvertrauen möchte.«

»Vorwärts also!« befahl der Anführer.

Zwei Männer stellten sich zu den Seiten des jungen Ingenieurs und der kleine Zug schickte sich an, nach der Türe zu gehen.

In diesem Augenblick ereignete sich aber ein ganz unerwarteter Zwischenfall. Mitten unter die Henker der Vandergaart-Kopje stürzte sich eben ein Mann herein.

Das war Matakit, der junge Kaffer, der in der Nacht zuweilen in der Umgebung des Lagers umherzuschweifen pflegte; er war den vermummten Männern aus Instinkt nachgefolgt, als diese sich eben nach der Hütte des jungen Ingenieurs begaben, um deren Tür zu sprengen. Dort hatte er alles belauscht, was gesprochen wurde, und auch begriffen, was seinem Herrn drohe. Ohne zu zögern und ohne zu bedenken, welche Folgen für ihn selbst dieser Schritt haben könnte, hatte er die Gruppe der Männer geteilt und sich Cyprien zu Füßen geworfen.

»Väterchen, warum wollen diese Männer dich töten?« rief er, die Knie seines Herrn umklammernd, trotz der Anstrengung, welche die anderen machten, ihn von jenem loszureißen.

»Weil ich einen künstlichen Diamanten hergestellt habe«, antwortete Cyprien, welcher die Hand Matakits, der sich von ihm nicht trennen wollte, bewegt drückte.

»Ach, Väterchen, wie unglücklich und beschämt bin ich wegen dessen, was ich getan habe«, schluchzte der junge Kaffer weinend.

»Was soll das heißen?« rief Cyprien.

»Ach, ich will ja alles gestehen, da man dich zum Tode führen will!« fuhr Matakit fort. »Ja . . . ich verdiene es, getötet zu werden, denn ich war's, der den großen Diamanten in den Ofen gesteckt hatte.«

»Werft diesen Schwätzer hinaus!« rief der Anführer der Bande.

»Ich wiederhole, daß ich es war, der den Diamanten in den Apparat steckte!« erklärte Matakit, sich wehrend, noch einmal. »Ja, ja, ich habe das Väterchen getäuscht! . . . Ich wollte ihn glauben machen, daß sein Experiment geglückt sei! . . .«

Er gebärdete sich bei seiner Erklärung so wild, daß er sich schließlich Gehör erzwang.

»Sprichst du die Wahrheit?« fragte Cyprien, gleichzeitig erstaunt und enttäuscht über das, was er eben hörte.

»Ja doch! . . . Hundertmal ja! . . . Ich rede die Wahrheit!«

Er kauerte jetzt auf der Erde, und alle hörten ihm zu, denn was er hier aussagte, gab der Sache ja eine ganz andere Wendung.

»Am Tage jenes großen Einsturzes«, erklärte er, »als ich unter dem Gewölbe begraben lag, hatte ich jenen großen Diamanten gefunden! Ich hielt ihn noch in der Hand und dachte an Mittel und Wege, ihn zu verbergen, als die Erdwand neben mir einstürzte, um mich für mein verbrecherisches Vorhaben zu bestrafen . . . Wieder zum Bewußtsein gekommen, fand ich den Stein in dem Bette, in welches das Väterchen mich hatte schaffen lassen. Ich wollte ihm denselben ausliefern, schämte mich aber zu gestehen, daß ich ein Dieb sei, und beschloß, eine günstige Gelegenheit dazu abzuwarten. Nun wollte das Väterchen bald nachher versuchen, selbst einen Diamanten zu machen und hatte mich beauftragt, das Feuer zu unterhalten. Am zweiten Tage, als ich mich allein am Ofen befand, platzte der Apparat mit schrecklichem Krachen, und es fehlte nicht viel, so wurde ich von den Bruchstücken erschlagen. Da dachte ich mir, das Väterchen werde sich darüber härmen, daß sein Experiment mißglückt sei. Ich brachte also in das gesprungene Kanonenrohr den mit einer Handvoll Erde umhüllten Diamanten und beeilete mich, alles im Ofen möglichst wieder in Ordnung zu bringen, so daß das Väterchen nichts bemerkte . . . Dann wartete ich ruhig, ohne ein Wort zu sagen, und als das Väterchen den Diamanten fand, war er hoch erfreut darüber!«

Ein schallendes Gelächter, das die fünf maskierten Männer nicht zurückhalten konnten, begleitete Matakits letzte Worte.

Cyprien selbst lachte freilich nicht, sondern biß sich aus Enttäuschung in die Lippen. Der Ton des jungen Kaffern ließ gar keinen Zweifel aufkommen. Seine Erzählung beruhte offenbar auf Wahrheit!

Vergeblich forschte Cyprien in seiner Erinnerung oder Einbildung nach Tatsachen, dieselben anzuzweifeln und jenen Lügen zu strafen. Vergebens sagte er sich:

»Ein natürlicher Diamant hätte sich, einer Hitze, wie der im Ofen ausgesetzt, verflüchtigen müssen . . .«

Die einfache gesunde Vernunft gab ihm dagegen ein, daß der von einer Art Lehmhülle umschlossene Stein recht wohl der intensiven Einwirkung der Hitze habe entgehen können, oder daß dieselbe nur teilweise auf ihn gewirkt habe. Vielleicht verdankte er gerade dieser langen Erwärmung seine schwarze Farbe; vielleicht hatte er sich innerhalb seiner Kruste verflüchtigt und war dann erst wieder kristallisiert.

Alle diese Gedanken bestürmten das Hirn des jungen Ingenieurs und verknüpften sich in demselben mit außerordentlicher Geschwindigkeit. Er stand betroffen vor der ihm unerklärlichen Tatsache.

»Ich entsinne mich recht wohl, am Tage jenes Einsturzes in der Hand des Kaffern einen Klumpen Erde gesehen zu haben«, bemerkte da einer der Männer, als die allgemeine Heiterkeit sich etwas beruhigt hatte. »Er preßte denselben so fest darin zusammen, daß man darauf verzichten mußte, den Erdkloß daraus zu entfernen.«

»An der ganzen Sache ist überhaupt nicht mehr zu zweifeln«, meinte ein anderer. »Ist's denn möglich, Diamanten künstlich herzustellen? Wahrlich, wir sind rechte Schwachköpfe, so etwas je haben glauben zu können. Da könnte einer ebensogut versuchen, einen Stern machen zu wollen!«

Wieder fingen alle an zu lachen.

Cyprien litt sicher mehr von ihrer jetzigen Ausgelassenheit, als vorher von ihrem rohen Auftreten.

Nachdem die fünf Männer endlich heimlich beratschlagt, nahm ihr Anführer wieder das Wort:

»Wir sind der Ansicht, Cyprien Méré«, sagte er, »daß wegen des über Sie verhängten Todesurteils noch eine Beratung stattzufinden habe. Sie gehen vorläufig frei aus! Vergessen Sie aber nicht, daß dieses Urteil nach wie vor über Ihnen schwebt! Ein Wort, ein Zeichen, davon die Polizei zu benachrichtigen, und Sie sind unrettbar verloren! Wem's juckt, der kratze sich!«

Mit diesen Worten zog er sich, gefolgt von seinen Begleitern, nach der Tür zurück.

Das Zimmer lag wieder im Dunklen. Cyprien hätte sich fast fragen können, ob er nicht das Spiel eines bloßen Traumes gewesen sei. Das Schluchzen Matakits aber, der sich auf dem Boden niedergestreckt hatte und heftig, den Kopf in die Hände stützend, weinte, zwang ihn wohl zu glauben, daß alles, was hier vor sich gegangen, auch wirklich geschehen war.

Die Wahrheit lag also zutage! Er war zwar dem Tode entgangen, aber um den Preis einer fast vernichtenden Demütigung. Er, ein Bergwerksingenieur, er, ein Zögling der polytechnischen Schule, ein hervorragender Chemiker und schon namhafter Geolog, er hatte sich durch die plumpe List eines elenden Kaffern betrügen lassen! Oder es war vielmehr seine eigene Eitelkeit, seine lächerliche Voreingenommenheit, welche ihn diesen entsetzlichen Bock hatte schießen lassen. Seine Verblendung war so weit gegangen, eine Theorie für die Entstehung der Kristallbildungen finden zu wollen! . . . Konnte es etwas noch Lächerlicheres geben? ... Ist es nicht die Sache der Natur allein, unter Mithilfe Jahrhunderte überdauernder Zeiträume, derartige Bildungsprozesse zu Ende zu führen? ... Und doch, wer hätte sich gegenüber der vor Augen liegenden Tatsachen nicht täuschen lassen? ... Er erhoffte einen Erfolg, hatte alles zur Sicherung desselben vorbereitet und mußte logischerweise annehmen, einen solchen errungen zu haben. Sogar die außergewöhnlichen Größenverhältnisse des Diamanten waren ja nur dazu angetan, eine solche Täuschung zu nähren. Auch ein Depretz hätte dieselbe wahrscheinlich geteilt ... Kommen denn ähnliche Irrtümer nicht alle Tage vor? ... Sieht man z. B. nicht die erfahrensten Numismatiker falsche Münzen häufig genug für echte annehmen?

Cyprien suchte sich durch derartige Vorstellungen einigermaßen zu trösten.

Da machte ihn plötzlich ein Gedanke fast zu Eis erstarren:

»Und mein Bericht an die Akademie! ... Wenn ihn jene Schurken nicht mit weggeschleppt haben!«

Er entzündete eine Kerze. Nein, Gott sei Dank, sein Bericht fand sich noch vor. Niemand hatte ihn gesehen. Er atmete erst auf, nachdem er denselben verbrannt hatte.

Das Wehklagen Matakits war inzwischen so herzzerreißend, daß er wohl versuchen mußte, diesen zu beruhigen. Das sollte nicht so schwer werden. Auf den ersten wohlwollenden Zuspruch »des Väterchens« schien der arme Kerl wirklich neu aufzuleben. Wenn Cyprien ihm jedoch versicherte, daß er ihm keinen Groll nachtrage und ihm von ganzem Herzen verzeihe, so geschah das nur unter der Bedingung, daß er sich zu ähnlichen heimlichen Handlungen nicht wieder verleiten lasse.

Matakit beteuerte das bei dem Namen dessen, der ihm am heiligsten war, und als sich sein Herr darauf wieder niedergelegt, tat er desgleichen.

So endete diese nächtliche Szene, welche erst einen recht traurigen Ausgang zu nehmen drohte.

Wenn sie in dieser Weise für den jungen Ingenieur endigte, sollte das für Matakit nicht ebenso der Fall sein.

Am folgenden Tage nämlich, als man nun wußte, daß der »Südstern« nichts anderes als ein natürlicher Diamant war, daß der junge Kaffer, der seinen Wert genügend erkannte, denselben einfach gefunden hatte, trat die Frage wegen seines Verbleibs mit erneuerter Lebhaftigkeit zutage. John Watkins verlieh seinen Klagen lauten Ausdruck. Nur Matakit konnte der Dieb dieses unschätzbaren Steines sein! Nachdem er schon seinem eigenen Geständnisse nach gleich anfangs daran gedacht, ihn für sich zu behalten, lag ja nichts näher, als die Annahme, daß er ihn auch aus dem Festsaale entwendet hatte.

Cyprien konnte dieser Auffassung widersprechen und für die Rechtlichkeit des jungen Kaffern Bürgschaft übernehmen so viel er wollte, man hörte ihn einfach nicht an, was den mehr als hinreichenden Beweis lieferte, wie recht Matakit, der seine vollständigste Schuldlosigkeit beschwor, daran getan hatte, zu flüchten, und wie unrecht, nach dem Griqualande zurückgekehrt zu sein.

Da brachte der junge Ingenieur, der seine Sache nicht verloren geben wollte, ein Argument zur Geltung, dessen sich niemand erwartete und das seiner Annahme nach Matakit retten mußte.

»Ich selbst glaube an seine Unschuld«, sagte er zu John Watkins; »doch selbst wenn er schuldig wäre, ginge das im Grunde nur mich an. Ob Natur oder Kunsterzeugnis, jedenfalls gehörte der Diamant mir, bevor ich ihn dem Fräulein Alice angeboten hatte ...«

»Ah, er gehörte Ihnen? ...« antwortete Mr. Watkins in eigentümlich schmerzhaftem Tone.

»Ohne Zweifel!« erklärte Cyprien. »Ist er nicht von dem bei mir in Diensten stehenden Matakit in meinem Claim gefunden worden?«

»Ganz richtig«, erwiderte der Farmer; »aber eben deshalb kommt er mir zu, weil laut Kontrakt die drei ersten auf Ihrer Konzession ausgegrabenen Diamanten in mein ausschließliches Eigentum überzugehen hatten.«

Cyprien wußte auf diesen Einwurf nichts zu antworten.

»Nun, ist mein Ausspruch wohl ein gerechter?« fragte Mr. Watkins.

»Ein ganz gerechter!« stammelte Cyprien.

»Ich würde Ihnen sehr dankbar sein für eine ausdrückliche schriftliche Anerkennung meines guten Rechtes, für den Fall, daß wir den Spitzbuben dahin bringen könnten, den auf so unverschämte Weise gestohlenen Diamanten wieder herauszugeben!«

Cyprien nahm ein Stück weißes Papier und schrieb darauf:

»Ich erkenne hiermit an, daß der in meinem Claim von einem in meinen Diensten stehenden Kaffern gefundene Diamant gemäß dem Konzessionskontrakte das Eigentum des Herrn John Napleton Watkins ist.

Cyprien Méré.«

Man wird zugeben, daß dieser Umstand alle Träume des jungen Ingenieurs vernichtete. Kam nun der Diamant jemals wieder zum Vorschein, so gehörte er nicht als Geschenk, sondern von rechts wegen John Watkins, und ein neuer Abgrund, den nur viele Millionen ausfüllen konnten, eröffnete sich zwischen Cyprien und Alice.

Wenn aber die Reklamation des Farmers die Interessen der beiden jungen Leute schädigte, so war das noch mehr bezüglich Matakits der Fall. Jetzt war es John Watkins, gegen den er ein Vergehen sich hatte zuschulden kommen lassen ... John Watkins war der Bestohlene! ... Und John Watkins war nicht der Mann danach, die Verfolgung dieser ihn so tief berührenden Angelegenheit aufzugeben, wenn er den Dieb in Händen zu haben glaubte.

Der arme Teufel wurde also verhaftet, eingesteckt und nach Verlauf von kaum zwölf Stunden, trotz allem, was Cyprien zu seiner Verteidigung anführen mochte, verurteilt, gehenkt zu werden ... wenn er sich nicht entschloß, oder er nur außerstande war, den »Südstern« zurückzuerstatten.

Da er ihn nun tatsächlich nicht zurückliefern konnte, weil er ihn ja gar nicht genommen hatte, so lag seine Sache ganz klar, und Cyprien wußte nicht mehr, was er beginnen sollte, um den Unglücklichen zu retten, an dessen Schuld er nun einmal nicht glauben konnte.

Zweiundzwanzigstes Kapitel

Eine Mine ganz neuer Art

Miß Watkins hatte inzwischen von allen diesen Vorfällen gehört, von dem Auftritte mit den maskierten Männern ebenso wie von dem so unangenehmen Mißgeschick, das den jungen Ingenieur betroffen hatte.

»Ach, Herr Cyprien«, sagte sie zu ihm, nachdem sie sich von allem eingehend unterrichtet, »ist denn Ihr Leben nicht soviel wert wie alle Diamanten der Welt?«

»Liebe Alice ...«

»Denken wir an alles das nicht mehr und verzichten Sie in Zukunft auf derartige Versuche.«

»Sie befehlen mir das? ...« fragte Cyprien.

»Ja, ja!« bestätigte das junge Mädchen. »Ich befehle Ihnen jetzt, dieselben aufzugeben, wie ich Ihnen früher befahl, sie zu unternehmen, da Sie denn einmal von mir nur Befehle entgegennehmen wollen.«

»Ebenso, wie ich alle auszuführen bestrebt sein werde!« versicherte Cyprien, die Hand ergreifend, die Miß Watkins ihm darbot.

Als ihr Cyprien aber auch den Urteilsspruch mitgeteilt, der über Matakit gefällt worden war, war sie wie versteinert, vorzüglich nachdem sie erfahren, welchen Anteil ihr eigener Vater an dieser Verurteilung hatte.

Auch sie glaubte ja nicht an die Schuld des armen Kafffern! Auch sie hätte, in völliger Übereinstimmung mit Cyprien, gern alles getan, ihn zu retten; doch wie sollten sie das anfangen, wie vor allem John Watkins, der in dieser Angelegenheit als unzugänglicher Ankläger auftrat, mehr Teilnahme für den Unglücklichen einflößen, auf den er selbst die ungerechtesten Beschuldigungen gehäuft hatte?

Hier ist noch einzufügen, daß der Farmer von Matakit keinerlei Geständnisse zu erlangen vermochte, weder dadurch, daß er ihm sein Todesurteil vorwies, noch dadurch, daß er ihm volle Begnadigung in Aussicht stellte, wenn er sprechen wollte. Aller Hoffnung beraubt, den »Südstern« je wiederzufinden, emächtigte sich seiner eine wirklich mörderische Laune. Man konnte ihm kaum noch nahetreten. Dennoch wollte seine Tochter bei ihm einen letzten Versuch wagen.

Am Tage nach dem Urteilsspruche hatte Mr. Watkins, da er eben etwas weniger als gewöhnlich von seiner Gicht litt, diese Ruhepause benützt, einmal seine Papiere in Ordnung zu bringen. Vor einem großen Zylinderschreibtisch aus mit gelben Verzierungen eingelegtem Ebenholz – ein schönes, von der holländischen Herrschaft herrührendes Erbstück, das nach mancherlei Schicksalen nach diesem verlorenen Winkel des Griqualandes verschlagen worden war – bequem sitzend, musterte er seine verschiedenen Eigentumsdokumente, die zahlreichen Kontrakte und Korrespondenzen.

Hinter ihm stickte, über ihren Rahmen gebeugt, Alice, ohne sich viel um ihren Strauß Dada zu kümmern, der mit gewohnter komischer Würde im Zimmer umherstolzierte und einmal einen Blick nach dem Fenster warf, ein andermal aber mit den großen, fast menschlichen Augen die Bewegungen des Mr. Watkins und seiner Tochter beobachtete.

Plötzlich veranlaßte ein lauter Ausruf des Farmers Miß Watkins, schnell den Kopf zu erheben.

»Dies Tier wird allgemach unerträglich!« sagte jener. »Da hat es mir eben ein Pergament entführt ... Dada! ... Hier! ...

Willst du's gleich hergeben!«

Kaum waren ihm diese Worte entflohen, als ihnen auch schon ein Strom von Schimpfworten folgte.

»Ah, das abscheuliche Geschöpf hat es verschlungen! ... Ein Dokument von höchster Wichtigkeit! Das Original der Urkunde, welches die Ausbeutung meiner Kopje betrifft! ... Das ist nicht auszuhalten! ... Er soll's aber schon wieder von sich geben und wenn ich das Tier erdrosseln müßte!«

Hochrot vor Zorn und ganz außer Fassung hatte Mr. Watkins sich schnell erhoben. Er lief dem Strauße nach, der erst das Zimmer zwei- oder dreimal umkreiste und dann durch das zu ebener Erde gelegene Fenster entwich.

»Lieber Vater«, bat die über diese neue Übeltat ihres Günstlings untröstliche Alice, »beruhige dich, ich bitte dich! Höre mich an! ... Du wirst dich wieder krank machen!«

Die Wut des Mr. Watkins war jetzt aber auf dem höchsten Gipfel. Die Flucht des Straußes hatte ihr die Krone aufgesetzt.

»Nein«, rief er mit halberstickter Stimme, »das ist zu arg! Das muß ein Ende nehmen! Ich kann nicht so mir nichts, dir nichts auf eine der allerwichtigsten Beurkundungen meines Grundbesitzes verzichten. Eine blaue Bohne in den Kopf wird die Diebin schnell zur Vernunft bringen. Ich werde mein Pergament schon wiedererlangen, dafür verbürg ich mich!«

Weinend folgte Alice ihm nach.

»Ich bitte dich, liebster Vater, hab' Gnade mit meinem armen Tiere!« sagte sie. »Ist denn das Papier wirklich so wichtig? ... Kannst du davon kein zweites Exemplar bekommen? ... Willst du mir den Schmerz bereiten, vor meinen Augen die arme Dada wegen eines so leichten Vergehens umzubringen?«

John Watkins wollte aber nichts hören, sondern sah sich nur, sein Opfer suchend, nach allen Seiten um.

Endlich gewahrte er das Tier, als es sich eben nach der Seite des von Cyprien Méré bewohnten Häuschens flüchtete. Sofort schlug der Farmer das Gewehr an und zielte; Dada aber, als wenn sie die gegen sich gerichteten schwarzen Anschläge durchschaute, sah diese Bewegung kaum, als sie sich beeilte, hinter dem Hause Deckung zu finden.

»Warte! Warte nur! Ich werde dich schon noch erwischen, verwünschtes Tier!« wetterte John Watkins, auf den Strauß zugehend.

Natürlich unterließ Alice in ihrer Herzensangst nicht, ihm zu folgen, um einen letzten Besänftigungsversuch zu machen.

So gelangten also beide nach dem Häuschen des jungen Ingenieurs und umkreisten dasselbe ... Kein Strauß war hier zu finden; Dada schien unsichtbar geworden zu sein. Sicherlich konnte dieselbe aber noch nicht den kleinen Hügel hinabgelaufen sein, sonst hätte man sie wenigstens in der Nähe der Farm sehen müssen. Jedenfalls hatte sie also durch eine nach der Rückseite offene Tür oder durch ein Fenster Zuflucht in der Hütte selbst gesucht.

Das sagte sich John Watkins und beeilte sich, umzukehren und an die Haupteingangstür zu klopfen.

Cyprien öffnete ihm dieselbe in eigener Person.

»Herr Watkins! ... Miß Watkins! ... Hocherfreut, Sie bei mir zu sehen! ...« sagte er, erstaunt über diesen höchst unerwarteten Besuch.

Ganz außer Atem erklärte ihm der Farmer mit kurzen Worten, aber noch in vollem Zorne, den Grund seines Erscheinens.

»Nun, so werden wir die Missetäterin suchen«, antwortete Cyprien, während er John Watkins und Alice in das Häuschen einzutreten nötigte.

»Und ich stehe Ihnen dafür, daß die Sache schnellstens erledigt sein wird!« erklärte der Farmer, der seine Flinte wie einen Tomahawk schwang.

Gleichzeitig verriet Cyprien aber ein flehender Blick des jungen Mädchens, welchen Schreck die beabsichtigte Exekution ihr einflößte. Er wurde sich denn auch sehr bald klar, was ihm hier zu tun bleibe – er wollte den Strauß ganz einfach nicht finden.

»Lî«, rief er dem eben eingetretenen Chinesen in französischer Sprache zu, »ich vermute, daß der Strauß in deinem Zimmer sein wird. Feßle ihn, aber stell es so an, daß er bequem entwischen kann, während ich Herrn Watkins nach der entgegengesetzten Seite führe.«

Leider litt dieser schöne Plan an einer falschen Voraussetzung. Der Strauß hatte sich gerade in das erste Zimmer, in dem die Nachsuchung begann, geflüchtet. Hier befand er sich noch, machte sich ganz klein und hatte den Kopf unter einem Stuhle versteckt, blieb natürlich aber sonst völlig sichtbar.

Mr. Watkins stürzte auf das Tier los.

»Ah, Spitzbube, deine Rechnung ist nun abgeschlossen!«

So wütend er indes war, stutzte er doch vor der Ungeheuerlichkeit, das Gewehr dem Opfer auf die Brust gesetzt, einen Schuß in einem Hause abzugeben, welches, wenn auch nur zeitweilig, jetzt nicht das seinige war.

Alice wandte sich weinend ab, um nichts von allem zu sehen.

Da gab ihr tiefer Kummer dem jungen Ingenieur einen rettenden Gedanken ein.

»Herr Watkins«, sagte er plötzlich, »es kommt Ihnen doch nur darauf an, Ihr Schriftstück wiederzuerhalten, nicht wahr? ... Nun wohl, es ist ganz unnötig, Dada zu töten, um dasselbe zu erlangen. Es genügt, ihr den Magen zu öffnen, über den jenes noch nicht hinausgekommen sein kann. Wollen Sie mir gestatten, diese Operation vorzunehmen? Ich hab' einmal einen Kursus am zoologischen Museum durchgemacht und hoffe, bei diesem chirurgischen Lehrlingswerke zur Zufriedenheit zu bestehen.«

Ob nun diese Vivisektion dem Rachegelüste des Farmers schmeichelte, ob sein Zorn sich zu legen begann oder er sich wider Willen von dem aufrichtigen Schmerze seiner Tochter rühren ließ, kurz, er gab nach und stimmte dem vorgeschlagenen Auskunftsmittel zu.

Sein Dokument wolle er aber auf keinen Fall einbüßen, erklärte er bestimmt, wenn es sich im Magen des Tieres nicht fände, müsse es eben weitergesucht werden. Er brauche dasselbe um jeden Preis.

Die Operation war immerhin nicht so leicht auszuführen, wie man auf den ersten Blick, unter Berücksichtigung der resignierten Haltung Dadas, hätte glauben können. Ein Strauß, selbst ein solcher von mäßiger Größe, ist mit furchtbarer Körperkraft ausgerüstet. Kaum durch das Messer eines Gelegenheitschirurgen ihrer Federdecke beraubt, war es nur zu gewiß, daß die Patientin sich auflehnen, wütend werden und rücksichtslos um sich herum schlagen würde. So wurden also Lî und Bardik hinzugerufen, um als Gehilfen zu dienen.

Zuerst kam man dahin überein, den Strauß gehörig zu fesseln. Dazu wurden die Leinen verwendet, von denen Lî in seinem Zimmer stets einigen Vorrat aufbewahrte. Bald hatte ein ganzes Netz von Schlingen und Knoten die Beine und den Schnabel der unglücklichen Dada umsponnen, welcher es dadurch unmöglich gemacht wurde, irgendwie Widerstand zu leisten.

Cyprien begnügte sich hiermit aber noch nicht. Um die Empfindlichkeit der Miß Watkins zu schonen, wollte er ihrem Strauß überhaupt jeden Schmerz ersparen, deshalb umwikkelte er dessen Kopf mit einem chloroformgetränkten, zusammengelegten Leinentuche.

Erst nachdem das geschehen, schritt er, nicht ohne einige

Besorgnis über den Ausgang derselben, zu der immerhin gewagten Operation.

Schon erregt durch jene Vorbereitungen, hatte sich Alice, bleich wie der Tod selbst, nach dem Nebenzimmer zurückgezogen.

Cyprien begann damit, seine Hand längs des Halses des Tieres herabgleiten zu lassen, um sich über die Lage des Kropfes zu vergewissern. Das war nicht schwierig, denn der Kropf bildete am oberen Vorderteile des Brustkastens eine ziemlich beträchtliche, harte, widerstandsfähige Masse, welche seine Finger mitten unter den benachbarten Weichteilen leicht herausfühlten.

Mit Hilfe eines scharfen Messers wurde nun die Haut am Halse sorgsam eingeschnitten. Diese erwies sich dick und schlaff, wie bei einem Truthahne, und war mit feinem grauen Flaum bedeckt, der sich leicht entfernen ließ. Der Einschnitt veranlaßte kaum eine Blutung und wurde mit angefeuchtetem Leinen vorsichtig ausgetupft.

Cyprien sah nun zunächst zwei oder drei ziemlich starke Pulsadern vor sich liegen, welche er durch kleine eiserne Haken, die Bardik zu halten bekam, an die Seite schob. Dann eröffnete er ein weißes, perlmutterartiges Gewebe, welches eine weite Höhlung unterhalb der Schlüsselbeine umgab, und hatte bald den Kropf des Straußes bloßgelegt.

Man stelle sich den Kropf einer Henne, aber dem Umfang, der Dicke und dem Gewichte nach hundertmal vergrößert vor, und man wird eine ziemlich zutreffende Vorstellung von dem Anblick gewonnen haben, den der vorliegende Behälter darbot.

Der Kropfmagen Dadas zeigte sich in Gestalt einer bräunlichen Tasche, welche sowohl durch das Futter als auch durch die unverdaulichen fremden Körper, die das gefräßige Tier im Laufe des Tages oder wohl auch schon früher verschlungen, stark ausgedehnt erschien. Der erste Blick auf das mächtige, gesunde, fleischige Organ genügte schon, um sich zu überzeugen, daß ein mechanischer Eingriff in dasselbe gefahrlos zu wagen war.

Mit dem großen Jagdmesser, welches Lî bis dahin verborgen gehalten, nachdem er es vorher sorgsam geschliffen hatte, machte Cyprien einen tiefen Einschnitt in den Kropfmagen des Tieres.

Jetzt war es leicht, die Hand bis zum Grunde desselben einzuführen.

Sofort wurde das von Mr. Watkins so schmerzlich vermißte

Schriftstück erkannt und herausbefördert. Es war fast zu einer Kugel zusammengerollt, etwas zerknittert, aber sonst in unverletztem Zustande.

»Da stecken auch noch andere Dinge drin«, sagte Cyprien, der die Hand wieder in die Höhlung eingeführt hatte, aus der er diesmal eine Elfenbeinkugel hervorzog.

»Miß Watkins' Stopfkugel!« rief er. »Wenn man bedenkt, daß das Tier diese vor fünf Monaten verschlungen hat! . . . Offenbar hat sie nicht durch die untere Ausgangsöffnung weitergleiten können.«

Nachdem er Bardik die Billadkugel eingehändigt, setzte er seine Nachsuchungen, wie ein Altertumsforscher in einem Lager aus der Römerzeit, fort.

»Ein kupferner Handleuchter!« rief er verwundert, während er das bescheidene, bestoßene, zerkratzte, platt gedrückte, oxydierte, aber doch völlig erkennbare Hausgerät vorzeigte.

Jetzt fingen Bardik und Lî so unbändig an zu lachen, daß Alice selbst, welche eben in das Zimmer zurückgekehrt war, nicht umhin konnte, es ihnen gleichzutun.

»Goldmünzen! . . . Ein Schlüssel! . . . Ein Hornkamm!« meldete Cyprien, indem er den weiteren Inhalt leerte.

Plötzlich erbleichte er. Seine Finger hatten einen Gegenstand von außergewöhnlicher Form erfaßt . . . Nein! . . . Er konnte kaum darüber in Zweifel sein, was das sei, und doch wagte er kaum an einen solchen Zufall zu glauben.

Endlich brachte er die Hand wieder aus der Höhlung und hob den Gegenstand, den er darin gefaßt hatte, in die Höhe . . .

Da entfuhr John Watkins' Munde ein lauter Aufschrei.

»Der ›Südstern‹!«

Ja . . . der berühmte Diamant war unversehrt wiedergefunden, hatte nichts an seinem Glanze verloren und blitzte beim hellen Tagesscheine wie ein schimmerndes Gestirn. Nur hatte er merkwürdigerweise – ein Umstand, der allen Zeugen dieses Auftritts sofort in die Augen fiel, eine Farbenveränderung erlitten.

War er früher pechschwarz gewesen, so leuchtete der Südstern jetzt rosenrot, so schön rosenrot, daß es seine Wasserklarheit und seinen Glanz womöglich noch erhöhte.

»Glauben Sie nicht, daß dieser Umstand seinen Wert herabsetzt?« fragte Mr. Watkins begierig, als er erst wieder Worte fand, denn Überraschung und Freude hatten ihm anfänglich fast ganz den Atem geraubt.

»Nicht im geringsten!« versicherte Cyprien. »Im Gegenteil,

das ist eine weitere Merkwürdigkeit desselben, welche den Stein in die so seltene Familie der ›Chamäleon-Diamanten‹ einreiht. Offenbar kann es in Dadas Kropfmagen nicht kalt gewesen sein, weil dieser Farbenwechsel an sich gefärbter Diamanten, über den in gelehrten Gesellschaften schon oft genug verhandelt worden ist, im allgemeinen auf eine plötzliche Temperaturveränderung zurückgeführt wird.«

»Oh, dem Himmel Dank! . . . Da bist du ja wiedergefunden, du meines Herzens teuerster Schatz!« rief Mr. Watkins wiederholt und drückte den Diamanten in seiner Hand, wie um sich zu überzeugen, daß er nicht etwa nur träumte.

»Du hast mir durch dein Verschwinden so unsäglichen Kummer bereitet, du undankbarer Stern, so daß ich dich nun nimmermehr von mir lasse!«

Er hob ihn vor seinen Augen in die Höhe, liebkoste ihn mit den Blicken und schien nicht übel geneigt, ihn, nach dem Beispiele Dadas, gleich zu verschlingen.

Cyprien, der sich von Bardik hatte eine Nadel mit ziemlich festem Faden darin holen lassen, nähte inzwischen den Kropfmagen des Straußes sorgfältig wieder zu. Nachdem er dann ebenfalls mittels Naht den Einschnitt in die Weichteile des Halses wieder geschlossen, befreite er das Tier von den Fesseln, die es bisher jeder Bewegung beraubt hatte.

Sehr angegriffen und fast beschämt, hätte man sagen mögen, senkte Dada den Kopf und zeigte gar kein Verlangen, davonzulaufen.

»Glauben Sie, daß sie sich erholen wird, Herr Cyprien?« fragte Alice, welche sich die Leiden ihres Günstlings mehr angelegen sein ließ, als das Wiedererscheinen des Diamanten.

»Wie, Miß Watkins, ob ich glaube, daß Dada sich erholt?« antwortete Cyprien. »Meinen Sie, ich hätte diese Operation unternommen, wenn ich des Ausgangs nicht sicher war? . . . Nein, binnen drei Tagen wird nichts mehr davon wahrzunehmen sein, und ich wette, Dada wird keine zwei Stunden verstreichen lassen, bis sie die merkwürdige Tasche, die wir eben ausgeleert, wieder zu füllen anfängt!«

Durch solche Zusicherungen beruhigt, sandte Alice dem jungen Ingenieur noch einen dankbaren Blick zu, der diesen für alle gehabte Mühe belohnte.

Mr. Watkins hatte sich endlich überzeugt, daß er noch bei klarem Verstande und wieder im Besitz des wunderbaren Sternes sei. Befriedigt verließ er den Platz am Fenster.

»Herr Méré«, begann er in majestätischem, hochfeinem Tone, »Sie haben mir hier einen sehr großen Dienst erwiesen, und ich weiß wirklich nicht, wie ich mich bei Ihnen dafür abfinden soll.«

Cypriens Herz begann vernehmlicher zu klopfen.

Sich abfinden! . . . Oh, Mr. Watkins besaß ja ein so naheliegendes Mittel. Wurde es ihm denn so schwer, sein Versprechen einzulösen, demgemäß seine Tochter dem angehören sollte, der ihm den »Südstern« wiederbrächte? Hatte er diesen denn nicht ebensogut wieder zur Stelle geschafft, als wenn er ihn weit hinten im Transvaal gefunden hätte?

Das sagte er sich wohl selbst, war aber viel zu stolz, diesen Gedanken laut werden zu lassen, sondern hielt es vielmehr für so gut wie gewiß, daß derselbe im Kopfe des Farmers selbst erwachen werde.

John Watkins äußerte aber kein dahin zielendes Wort, sondern verließ, nachdem er seiner Tochter durch ein Zeichen bedeutet, ihm zu folgen, mit ihr das Häuschen und kehrte nach seiner Wohnung zurück.

Selbstverständlich erhielt Matakit sofort seine Freiheit wieder. Es hatte aber doch wenig gefehlt, daß der arme Teufel Dadas sonderbaren Geschmack hätte mit dem Leben bezahlen müssen, und nur ein glücklicher Zufall hatte ihn in elfter Stunde noch gerettet.

Dreiundzwanzigstes Kapitel

Unterbrochene Festfreuden

Der überglückliche John Watkins, jetzt der reichste Farmer des ganzen Griqualandes, konnte, nachdem er früher die Geburt des »Südsterns« gefeiert, nichts Besseres tun, als nun ein zweites Festmahl zur Feier seiner Auferstehung anzustellen. Diesmal verstand es sich indes von selbst, daß alle Vorsichtsmaßregeln, ein nochmaliges Verschwinden desselben zu verhüten, getroffen waren – und Dada wurde auch nicht zum Schmause eingeladen.

Am Nachmittage des folgenden Tages war denn die Festlichkeit schon im vollsten Gange.

Schon vom frühen Morgen an hatte John Watkins den Vor- und Nachbann seiner Tischfreunde aufgeboten, von den Schlächtern des Distrikts Fleischvorräte beziehen lassen, welche eine ganze Infanteriekompanie zu sättigen hingereicht hätten, und dafür gesorgt, daß in seiner Küche alle Viktualien,

Konservenbüchsen, Wein- und Likörflaschen, welche die Kantinen der Umgebung nur zu liefern vermochten, aufgespeichert wurden.

Um vier Uhr stand die Tafel im Saale fix und fertig, die Flaschenbatterie auf dem Schanktisch in musterhafter Ordnung und draußen dufteten die Rinderviertel und Lammbraten aus dem heißen Ofen.

Um sechs Uhr erschienen die Eingeladenen im Festanzuge. Um sieben Uhr hatte die Lebhaftigkeit der Unterhaltung schon einen so hohen Grad erreicht, daß es selbst einem Hornisten schwer geworden wäre, den Trubel zu übertönen.

Hier befanden sich Matthis Pretorius – jetzt viel ruhiger, da er die schlechten Scherze Annibal Panatalaccis nicht mehr zu fürchten brauchte; Thomas Steele, ein Muster strotzender Kraft und strahlender Gesundheit, der Händler Nathan, und daneben Farmer, Minengräber, Kaufleute und Polizeibeamte.

Auf Ansuchen Alices hatte auch Cyprien nicht abschlagen können, dem Festmahle beizuwohnen, da das junge Mädchen ebenfalls bei demselben zu erscheinen gezwungen war. Beide spielten aber recht traurige Figuren, denn – das leuchtete aus allem hervor – der fünfzigfache Millionär Watkins konnte gar nicht mehr daran denken, seine Tochter einem einfachen Ingenieur zu geben, »der nicht einmal Diamanten zu fabrizieren verstand«. Ja, der egoistische Mann ließ das dem jungen Manne, dem er sein Vermögen doch erst verdankte, deutlich genug aus seinem Benehmen gegen ihn merken. Das Gastmahl nahm also unter dem wenig in Schranken gehaltenen Enthusiasmus der Tafelrunde seinen weiteren Fortgang.

Vor dem glücklichen Farmer – heute also nicht hinter ihm – glitzerte der »Südstern« auf kleinem blausamtenen Kissen, aber unter dem Doppelschutze eines befestigten Metalldrahtgewebes und eines Glassturzes, im Scheine zahlreicher Kerzen.

Man hatte schon zehn Toasts auf sein Wohlergehen, auf seine unvergleichliche Klarheit und seinen bisher unerreichten Strahlenglanz ausgebracht.

Allmählich wurde es drückend warm.

Einsam und wie in sich selbst zurückgezogen, schien Miß Watkins inmitten des Tumults gar nichts zu hören. Ihre Augen ruhten auf dem gleich ihr selbst verstimmten Cyprien und drohten sich immer mit Tränen zu füllen.

Drei kräftig gegen die Tür des Saales geführte Schläge unterbrachen plötzlich das Geräusch der Unterhaltung und das

Klingen und Klirren der Gläser.

»Herein!« rief John Watkins mit heiserer Stimme. »Wer es auch sei, er kommt zur rechten Stunde, wenn er nur Durst mitbringt!«

Die Tür öffnete sich.

Auf der Schwelle erhob sich die lange hagere Gestalt Jacobus Vandergaarts.

Alle Tischgäste sahen sich bei dieser unerwarteten Erscheinung verwundert an. Ringsum im Lande kannte ja jedermann zu gut die Gründe der Feindschaft, welche die beiden Nachbarn, John Watkins und Jacobus Vandergaart, voneinander entfernt hielten, so daß sofort ein dumpfes Gemurmel um den Tisch lief. Alle erwarteten einen mehr oder weniger ernsten Auftritt.

Jetzt herrschte Totenstille. Aller Augen waren auf den alten silberhaarigen Steinschneider gerichtet. Dieser erschien, als er so mit gekreuzten Armen, den Hut auf dem Kopfe und in langem schwarzen Überrocke aus besseren Tagen dastand, wie ein Ebenbild der personifizierten Vergeltung.

Mr. Watkins fühlte sich von unerklärlichem Schrecken und geheimem Schauer gepackt. Er erbleichte unter der kupferroten Hautschicht, welche ein langandauernder Alkoholmißbrauch auf seinen Backen erzeugt hatte.

Der Farmer suchte jedoch die unbehaglichen Empfindungen niederzukämpfen, von denen er sich keine Rechenschaft zu geben vermochte.

»He, das hat aber lange gedauert, Nachbar Vandergaart«, sagte er, sich als der erste an Jacobus wendend, »bis Sie mir das Vergnügen bereiten, sich in meinen vier Wänden sehen zu lassen! Welcher günstige Wind führt Sie denn heute zu mir?«

»Der Wind der – Gerechtigkeit, Nachbar Watkins«, antwortete der Greis sehr kühl. »Ich komme nur, Ihnen anzumelden, daß das gute Recht nach einem Zeitraume von sieben Jahren doch endlich triumphiert und zum Durchbruche gelangt; komme, Ihnen zu verkünden, daß die Stunde der Wiedereinsetzung in den vorigen Stand geschlagen und daß die Kopje, der ja von jeher mein Name verblieben ist, in Zukunft auch gesetzlich wieder mein Eigentum ist, wie sie das vor dem Richterstuhle der Billigkeit immerfort war . . . John Watkins, Sie haben einst fast geraubt, was mir gehörte . . . heute ist es das Gesetz, welches Sie wieder aus dem Besitze setzt und Sie verurteilt, mir wieder zu erstatten, was Sie mir vor langer Zeit genommen!«

So sehr John Watkins sich zunächst bei der plötzlichen Erscheinung Jacobus Vandergaarts und bei der noch gleichsam nebelhaften Gefahr, welche diese zu verkündigen schien, versteinert gefühlt hatte, ebenso entsprach es seinem heftigen, gewalttätigen Charakter, einer ihn unmittelbar bedrohenden und deutlich erkennbaren Gefahr trotzig die Stirne zu bieten.

Nachdem er sich sicher gegen die Rückenlehne seines Armsessels gestützt, fing er jetzt in höchst verächtlicher Weise zu lachen an.

»Der gute Mann ist übergeschnappt!« sagte er, sich an seine Gäste wendend. »Ich hab's zwar schon lange gewußt, daß bei ihm eine Schraube locker war . . . seit einiger Zeit scheint aber sein Oberstübchen ganz aus den Fugen zu gehen!«

Die ganze Tafelrunde beklatschte den plumpen Witz. Jacobus Vandergaart verzog dabei keine Miene.

»Wer zuletzt lacht, lacht am besten!« sagte er ernsthaft und zog dabei ein Papier aus der Tasche. »Sie wissen, John Watkins, daß ein oberstes und nicht mehr anzufechtendes Urteil, welches selbst die Königin nicht mehr umzustoßen vermöchte, Ihnen den westlich vom fünfundzwanzigsten Längengrade östlich von Greenwich gelegenen Landstrich dieser Gegend, und mir das Land zugesprochen hat, welches östlich von genannter Linie liegt?«

»Gewiß, mein ehrenwerter Faselhans!« rief John Watkins. »Und deshalb eben täten Sie besser, nach Hause zu gehen und sich ins Bett zu legen, wenn Sie krank sind, als hier Ehrenmänner, welche niemandem etwas schuldig sind, bei ihrer Mahlzeit zu stören!«

Jacobus Vandergaart hatte sein Papier entfaltet.

»Hier ist eine Erklärung«, nahm er in mildestem Tone wieder das Wort, »eine vom Gouverneur gegengezeichnete und in Victoria unter dem gestrigen Datum registrierte Erklärung des Katasteramtes, welche einen bis heute in allen Karten des Griqualandes vorkommenden Irrtum betrifft. Dieser Irrtum, den die mit der Vermessung des Landes betrauten Geometer vor zehn Jahren dadurch begingen, daß sie die Abweichung der Magnetnadel von dem richtigen Nordpunkte unberücksichtigt ließen, dieser Irrtum, sage ich, fälscht nun alle Karten und alle aufgrund jener Vermessungen eingezeichneten Grundpläne. Infolge der eben stattgefundenen Richtigstellung verschiebt sich in unserer Breitenlage die früher als fünfundzwanzigster Längengrad angenommene Linie um etwa drei Meilen weiter nach Westen. Diese von jetzt ab offizielle Berichtigung ferner überweist mir wieder das Eigentum an der früher Ihnen zugefallenen Kopje, denn nach Ansicht der Regierungsanwälte und des Chefs der Justizverwaltung selbst bleibt die frühere Entscheidung unbedingt zu Recht bestehen. Das war es, John Watkins, was ich Ihnen sagen wollte!«

Ob der Farmer diese Auseinandersetzung nicht richtig aufgefaßt hatte oder es nur vorzog, dieselbe absichtlich nicht zu verstehen, jedenfalls versuchte er noch einmal den alten Steinschneider als Antwort mit verächtlichem Lachen abzufertigen.

Diesmal klang dieses Lachen aber doch etwas gezwungen und fand auch keinen rechten Widerhall an der Tafel.

Verblüfft hielten alle Zeugen dieses Auftritts ihre Augen auf Jacobus Vandergaart gerichtet und schienen von seinem würdevollen Ernste, von der Sicherheit, mit der er sprach, wie von der unerschütterlichen Siegesgewißheit, die sich in seiner ganzen Erscheinung ausdrückte, gleichmäßig betroffen.

Zuerst war es der Händler Nathan, der als Dolmetscher der allgemeinen Empfindungen hierbei auftrat.

»Was da der Herr Vandergaart anführt«, begann er, sich an John Watkins wendend, »ist von vornherein nicht als sinnlos zurückzuweisen. Jener Irrtum bezüglich Feststellung des Längengrades kann ja tatsächlich vorgekommen sein, und vielleicht erscheint es, ehe man sich weiter darüber ausspricht, rätlicher, eingehendere Erklärungen abzuwarten.«

»Erklärungen abwarten!« fuhr Mr. Watkins auf und hämmerte mit der geballten Faust wütend auf den Tisch. »Hier hab' nur ich Erklärungen abzugeben. Ich kümmere mich den Teufel um Erklärungen von anderen! Bin ich hier bei mir zu Hause oder bin ich es nicht? . . .

Ist mir nicht das Besitzrecht an der Kopje ordnungsgemäß zugesprochen worden durch eine letztinstanzliche Entscheidung, deren Rechtsgültigkeit das alte Krokodil jetzt anzutasten wagt? Ach, was kümmert mich die ganze Geschichte! Will mich jemand im friedlichen Besitz meines Eigentums stören, so tu ich, was schon einmal geschah, ich wende mich an das zuständige Gericht, und dann wird sich's ja zeigen, wer bei der Sache den kürzeren zieht.«

»Ein ferneres Eingreifen der Gerichte ist jetzt ausgeschlossen«, entgegnete Jacobus Vandergaart mit unerschütterlicher Mäßigung. »Alles liefe nur auf die festzustellende Tatsache hinaus, gelegentlich der Frage, ob der fünfundzwanzigste Breitengrad wirklich längs der Linie verläuft, welche die Katasterpläne dafür enthalten. Nun ist aber schon offiziell anerkannt, daß hier ein Irrtum untergelaufen war, und daraus ergibt sich als notwendige Schlußfolgerung, daß die Kopje wieder in meinen Besitz zurückgeht.«

Bei diesen Worten zeigte Jacobus Vandergaart die offizielle, mit allen Stempeln und Siegeln beglaubigte Bestätigung vor, die er in der Hand hielt.

John Watkins' Unbehagen nahm sichtlich zu. Er rückte auf seinem Stuhle hin und her, versuchte höhnisch zu lachen, aber es gelang ihm nur schlecht. Da fielen seine Blicke zufällig auf den »Südstern«. Dieser Anblick schien ihm das Vertrauen wiederzugeben, das ihn schon verlassen hatte.

»Und wenn's an dem wäre«, rief er, »wenn ich aller Gerechtigkeit zum Hohne auf dieses Besitztum verzichten müßte, welches mir auf gesetzlichem Wege zugesprochen wurde und das ich seit sieben Jahren in Frieden genoß, was kann mir das schaden? Hab' ich nicht etwas, mich darüber zu trösten, und wär's nur dieser einzige Juwel, den ich in der Westentasche mit forttragen kan und vor jeder wiederholten Fährlichkeit zu schützen wissen werde?«

»Das ist wiederum ein Irrtum, John Watkins«, bemerkte Jacobus Vandergaart sehr trocken. »Der ›Südstern‹ gehört in Zukunft aufgrund desselben Titels nur mir an, wie alle Produkte der Kopje, die sich in Ihrem persönlichen Besitz vorfinden, wie das Mobiliar dieses Hauses, der Wein in diesen Flaschen oder das Fleisch, das dort noch auf den Schüsseln liegt. Alles hier ist mein rechtmäßiges Eigentum, da es von der arglistigen Übervorteilung herrührt, die mich einst traf ... Sorgen Sie sich darum nicht weiter«, setzte er hinzu, »meine Vorsichtsmaßregeln sind getroffen.«

Jacobus Vandergaart klatschte gleichzeitig in die fleischlosen Hände.

Sofort erschienen Konstäbler in schwarzer Uniform in der Tür, und ihnen folgte ein Offizier des Sheriffs, der raschen Schrittes eintrat und die Hand auf einen Stuhl legte.

»Im Namen des Gesetzes«, begann er, »verkünde ich hiermit die vorläufige Beschlagnahme aller Mobilien und Wertgegenstände jeder Art, welche sich in diesem Hause vorfinden!«

Alle mit Ausnahme John Watkins' waren plötzlich aufgestanden. Verwirrt und in seinem weiten hölzernen Lehnstuhl zusammengesunken, erschien der Farmer wie vom Blitze getroffen.

Alice hatte sich an seinen Hals geworfen und suchte ihn durch tröstlichen Zuspruch wieder aufzurichten.

Jacobus Vandergaart verlor seinen Gegner inzwischen nicht aus dem Gesicht. Er betrachtete ihn, während er auch auf den

»Südstern« ein wachsames Auge hatte, mit mehr Mitleid als Haß. Der Stein schien inmitten des hereingebrochenen Unglücks nur noch feuriger zu glänzen.

»Ruiniert! . . . Ruiniert! . . .«

Das waren die einzigen Worte, welche sich den zitternden Lippen des Mr. Watkins entrangen.

Da trat auch Cyprien an ihn heran und sagte mit ernster Stimme:

»Herr Watkins, da Ihr bisheriges Eigentum von einem nicht wieder auszugleichenden Schlage bedroht ist, so gestatten Sie mir, in diesem Ereignis nur die Möglichkeit zu sehen, mich Ihrem Fräulein Tochter zu nähern . . .

Ich habe die Ehre, Sie um die Hand der Miß Alice Watkins zu bitten!«

Vierundzwanzigstes Kapitel

Ein verlöschender Stern

Dieses Gesuch des jungen Ingenieurs brachte die Wirkung eines Theatercoups hervor. Trotz der geringen Empfindsamkeit ihrer halbverwilderten Natur konnten die Tischgäste John Watkins' doch nicht umhin, ihren lebhaftesten Beifall zu erkennen zu geben. So viele Uninteressiertheit ging ihnen doch zu Herzen.

Gesenkten Auges und hochklopfenden Herzens, so wie vielleicht die einzige, welche die Äußerung des jungen Mannes nicht in Erstaunen setzte, hielt sich Alice an der Seite ihres Vaters.

Noch völlig niedergeschmettert von dem Schlage, der ihn eben getroffen, hatte der unglückliche Farmer jetzt doch den Kopf erhoben. Er kannte ja Cyprien gut genug, um zu wissen, daß er, wenn er diesem seine Tochter gab, gleichzeitig die Zukunft und das Glück Alices sicherte, er wollte jedoch, jetzt wenigstens, noch durch kein Zeichen verraten, daß er keine Einwendungen gegen die beabsichtigte Verbindung bereit habe.

Etwas verlegen wegen des öffentlichen Schrittes, zu dem ihn die auflodernde Wärme tiefinniger Liebe hingerissen, fühlte er nun auch selbst die Merkwürdigkeit seines Auftretens und machte sich Vorwürfe, seiner selbst einmal nicht mehr Herr gewesen zu sein.

Inmitten dieser allgemeinen und leicht begreiflichen Unbehaglichkeit tat Jacobus Vandergaart einen Schritt auf den Farmer zu.

»John Watkins«, begann er, »ich mag meinen Sieg nicht mißbrauchen und gehöre nicht zu denen, welche den überwundenen Feind noch mit Füßen treten. Wenn ich auf meinem guten Rechte bestand, so tat ich damit nicht mehr, als was jeder brave Mann sich selbst schuldig ist. Ich weiß aber auch aus Erfahrung, und mein Advokat wies noch besonders darauf hin, daß das strenge Recht zuweilen an Ungerechtigkeit grenzt, und ich möchte auf Unschuldige nicht die Folgen von Fehlern fallen lassen, welche sie nicht begangen haben. Nun denn, ich stehe allein in der Welt und vielleicht schon mit einem Fuße im Grabe. Was sollten mir so viele Schätze nützen, wenn ich sie nicht mit andern teilen könnte? . . . Wenn Sie, John Watkins, zustimmen, diese beiden jungen Leute zu vereinigen, so bitte ich dieselben, den ›Südstern‹ von mir als Angebinde entgegenzunehmen, da jener für mich ja doch nutzlos ist. – Ich verpflichte mich überdies, sie als meine Erben einzusetzen, um, soweit es in meiner Macht steht, das unbeabsichtigte Unrecht wiedergutzumachen, das ich Ihrer liebenswürdigen Tochter zufüge!«

Auf diese Worte folgte unter den Zuhörern das, was die Parlamentsberichte als »lebhafter Beifall und Zustimmung« bezeichnen. Alle Blicke ricchteten sich auf John Watkins. Dessen Augen zeigten plötzlich einen feuchten Schimmer und er bedeckte sie mit zitternden Händen.

»Jacobus Vandergaart!« rief er endlich, außerstande, die ihn bewegenden stürmischen Gefühle zu bändigen, »ja . . . Sie sind ein Ehrenmann und rächen sich edelmütig für das Unrecht, das ich Ihnen zugefügt, durch die Begründung des Glükkes dieser beiden Kinder!«

Weder Alice noch Cyprien vermochten, wenigstens nicht mit vernehmlichen Lauten, zu antworten, ihre Blicke aber übernahmen das für sie.

Der Greis streckte dem früheren Gegner die Hand entgegen und John Watkins ergriff dieselbe voller Wärme.

Alle Augen der Umstehenden waren feucht geworden, selbst die eines alten grauköpfigen Konstablers, der sonst so trocken aussah wie ein Schiffszwieback.

John Watkins selbst erschien jetzt ganz umgewandelt. Seine Gesichtszüge drückten ebensoviel Wohlwollen und Sanftmut aus, wie vorher Härte und Bosheit.

Auch das bis dahin ernste, strenge Antlitz Jacobus Vandergaarts nahm wieder den gewohnten Charakter heiterer Gutmütigkeit an.

»Vergessen wir alles«, rief er, »und trinken wir auf das Wohlergehen des jungen Paares – wenn der Herr Offizier des Sheriffs es gestatten will – von dem Weine, den er beschlagnahmt hat.«

»Ein Offizier des Sheriffs hat zuweilen die Verpflichtung, sich dem Verkauf steuerpflichtiger Getränke zu widersetzen, nicht aber der Verzehrung derselben.«

Nach dieser frohlaunigen Entscheidung kreisten die Flaschen von neuem, und bald herrschte wieder die unbeschränkte Heiterkeit im Speisesaale.

Jacobus Vandergaart saß zur Rechten John Watkins' und entwarf mit ihm Pläne für die Zukunft.

»Wir verkaufen alles und folgen unseren Kindern nach Europa«, sagte er.

»Dort gründen wir uns auf dem Lande ein Heim in ihrer Nähe, und werden hoffentlich noch manche schöne Tage mit ihnen verleben!«

Seite an Seite sitzend hatten sich Alice und Cyprien in eine leise, französisch geführte Plauderei versenkt – eine Plauderei, die wegen der Alice ungewohnteren Sprache nicht minder interessant erschien, wenn man das nach der Lebhaftigkeit der beiden Teilnehmer abschätzen durfte.

Jetzt war es ungemein warm geworden. Eine schwüle, drükkende Hitze trocknete die Lippen schon am Rande der Gläser und verwandelte alle Tischgenossen in ebenso viele Elektrisiermaschinen, welche bis zum Funkengeben geladen waren. Vergeblich hatte man Türen und Fenster weit offen stehen lassen. Nicht der mindeste Luftzug bewegte die Flammen der Kerzen.

Jedermann empfand, daß die bedrückenden atmosphärischen Verhältnisse nur eine einzige Art der Lösung finden könnten – einen tüchtigen Sturm mit Gewitter und Platzregen –, wie solche im südlichen Afrika nicht selten, einer Empörung aller Elemente der Natur vergleichbar, auftreten. Ein derartiges Ungewitter erwartete, ja erhoffte man jetzt als eine Erleichterung.

Plötzlich verbreitete ein greller Blitz einen grünlichen Schein über alle Gesichter, und fast gleichzeitig verkündete der über die weite Ebene hinrollende Donner, daß das Konzert begonnen habe.

In demselben Augenblicke fegte durch den Raum ein heftiger Luftstrom, der alle Kerzen verlöschte. Dann öffneten sich ohne Übergang alle Schleusen des Himmels und die Sintflut strömte herab.

»Hörten Sie unmittelbar nach dem starken Donnerschlage nicht ein kurz dauerndes trockenes Geräusch?« fragte Thomas Steele, während sich mehrere bemühten, Fenster und Türen schnell zu schließen, und die Kerzen wieder angezündet wurden; »man hätte dabei an das Zerspringen einer Glaskugel denken können.«

Wie instinktiv wendeten sich alle Blicke sofort nach dem »Südstern« hin.

Der Diamant war verschwunden.

Übrigens standen der Gitterkäfig und die Glasglocke, welche denselben bedeckten, noch auf derselben Stelle, und es war unbedingt auszuschließen, daß jemand den Stein berührt habe.

Die Erscheinung glich fast einem Wunder.

Cyprien, der sich schnell nach dem Diamanten hingeneigt hatte, erkannte an dessen Stelle auf dem blausamtenen Kissen sofort einen feinen grauen Staub. Er stieß einen Schrei der Verwunderung aus, erklärte aber mit vier Worten den hier stattgehabten Vorgang:

»Der ›Südstern‹ ist zersprungen!« sagte er.

Im Griqualande weiß jedermann, daß das sozusagen eine Krankheit ist, an welcher die Kapdiamanten leiden, doch spricht absichtlich niemand davon, um dessen Handelswert nicht zu vermindern. Tatsache bleibt es immerhin, daß gerade die kostbarsten Steine, wohl infolge zunächst unerklärlicher Molekularverschiebung, öfter wie einfache Schlagsätze zerplatzen. In solchen Fällen bleibt von ihnen kein anderer Rückstand als ein wenig Staub, der höchstens noch als Schleifmaterial benützbar ist.

Den jungen Ingenieur beschäftigte augenblicklich die wissenschaftliche Begründung jener Erscheinung offenbar weit mehr, als der enorme Verlust, den er durch dieselbe erlitt.

»Es ist besonders auffallend«, erklärte er inmitten der allgemeinen Bestürzung, »nicht daß der Stein unter den jetzigen Verhältnissen zersprang, sondern daß er damit bis zum heutigen Tage gewartet hat. Gewöhnlich ereignet sich ein solcher Zufall« – »Unfall« sagte er nicht einmal – »nach weit kürzerer Zeit und höchstens zehn Tage nach dem Schliffe, nicht wahr, Herr Vandergaart?«

»Vollkommen richtig! Es ist wirklich zum ersten Male in meinem Leben, daß ich einen Diamanten habe drei Monate nach seiner Bearbeitung noch springen sehen!« erklärte der Greis seufzend ... »Indes, es stand geschrieben, daß der ›Südstern‹ keinem Menschen angehören sollte!« setzte er hinzu. »Und wenn ich bedenke, daß es zur Vermeidung dieses Unglücks hingereicht hätte, den Stein mit einer leichten Fettschicht zu überziehen! ...«

»Wirklich?« unterbrach ihn Cyprien mit der Befriedigung eines Mannes, der endlich die Lösung eines Rätsels gefunden hat. »In diesem Falle erklärt sich ja alles! Der gebrechliche Stern entlehnte diese Schutzdecke offenbar Dadas Kropfmageninhalte, und das hat bis heute seinen Untergang verhindert. Wahrlich, er hätte besser daran getan, vor vier Monaten zu zerspringen und uns die beschwerliche Fahrt durch den ganzen Transvaal zu ersparen!«

Da bemerkten alle, daß John Watkins, der seine frohe Laune wieder völlig eingebüßt hatte, heftig auf seinem Stuhle hin und her rückte.

»Wie können Sie ein so entsetzliches Unheil nur so auf die leichte Achsel nehmen?« sagte er, gerötet von innerer Empörung. »Auf Ehrenwort, Sie besprechen da jene fünfzig in Rauch aufgegangenen Millionen, als ob sich's um eine Zigarette handelte!«

»Das beweist eben, daß wir Philosophen sind!« meinte Cyprien. »Ist der Fall nicht ganz dazu angetan, sich weise zu benehmen, wo die Weisheit zur Nowendigkeit geworden ist?«

»Meinetwegen seien Sie Philosophen, soviel Sie wollen«, erwiderte der Farmer. »Fünfzig Millionen sind aber fünfzig Millionen, und die findet man nicht im Handumdrehen wieder. Ah, Jacobus, Sie haben mir heute, ohne daran zu denken, einen höchst wichtigen Dienst erwiesen. Ich glaube, ich, ich selbst, ich wäre vor Stolz noch ebenso wie eine Marone zersprungen, wenn der ›Südstern‹ noch mir gehörte.«

»Ja, was wollen Sie mir Vorwürfe machen?« sagte Cyprien, der der neben ihm sitzenden Miß Watkins in das liebliche frische Gesichtchen schaute. »Ich habe heute abend einen so köstlichen Edelstein gewonnen, daß der Verlust eines Diamanten mich nicht besonders bekümmern kann!«

So endigte durch einen Theatercoup die seiner Geschichte würdige kurze und wechselvolle Laufbahn des größten geschnittenen Diamanten, den die Welt je gesehen.

Ein solches Ende trug, wie sich leicht denken läßt, natürlich nicht wenig dazu bei, die im Griqualande in bezug auf denselben umlaufenden abergläubischen Ansichten zu bestätigen. Mehr denn je hielten Kaffern und Minengräber sich überzeugt, daß so sehr große Steine nur Unglück bringen können.

Jacobus Vandergaart, der stolz darauf war, den »Südstern« geschnitten zu haben, und Cyprien, der ihn dem Museum der Bergwerksschule anzubieten gedachte, fühlten sich im Grunde doch mehr, als sie eingestehen wollten, enttäuscht über diese unerwartete Lösung. Im Ganzen ging die Welt deshalb doch im alten Geleise weiter, und man kann eben nicht sagen, daß sie bei der ganzen Geschichte soviel verloren habe.

Die sich überstürzenden Vorkommnisse, die schmerzlichen Erregungen, der Verlust seines Vermögens, dem auch der Verlust des »Südsterns« auf dem Fuße folgte, hatten John Watkins indes tief angegriffen. Er wurde bettlägerig, siechte einige Zeit hin, und – verlosch.

Weder die zärtliche Pflege Alices noch die Cypriens, so wenig wie der mannhafte Zuspruch Jacobus Vandergaarts, der kaum von seinem Kopfkissen wich und sich bemühte, dem Kranken neuen Lebensmut einzuflößen, vermochten den traurigen Ausgang abzuwenden.

Vergeblich unterhielt ihn dieser vortreffliche Mann von seinen Plänen für die Zukunft, erwähnte der Kopje nur als ihres gemeinschaftlichen Eigentums und erbat sich seine Ratschläge über alle, dieselbe betreffenden Maßnahmen, um sein Interesse wachzuhalten. Der alte Farmer war einmal in seinem Stolze verletzt, in seiner Monomanie als Eigentümer, in seinem Egoismus, in allen seinen Gewohnheiten – er fühlte seine Auflösung herannahen.

Eines Abends zog er Alice und Cyprien zu sich heran, legte ihre Hände ineinander und hauchte, ohne ein Wort zu sprechen, den letzten Seufzer aus. Seinen geliebten Stern hatte er nicht um vierzehn Tage überlebt.

Es schien in der Tat eine innige Verbindung zwischen dem Glück dieses Mannes und dem Schicksal des merkwürdigen Steines bestanden zu haben. Mindestens wiesen beide soviel Übereinstimmendes auf, daß das, wenn auch nicht vor dem Richterstuhle der Vernunft, doch in gewisser Hinsicht die abergläubischen Voraussetzungen erklärte, welche im Griqualande darüber herrschten. Der »Südstern« hatte seinem Besitzer unzweifelhaft »Unglück gebracht«, mindestens in dem Sinne, daß das Auftreten des unvergleichlichen Edelsteins auf dem Schauplatze der Erde den Zeitpunkt bezeichnete, von dem aus das Wohlergehen des alten Farmers sich seinem Niedergange zuneigte.

Was die Schwätzer aber nicht durchschauten, war der Umstand, daß die Ursache dieses Verfalls in John Watkins' eigenen Fehlern zu suchen war – Fehler, welche, wie eine Schicksalsbestimmung, die Keime des Verdrusses und des Niedergangs in sich trugen.

So viele Unglückliche hier auf Erden werden als die Opfer eines geheimnisvollen Unsterns betrachtet, und doch findet man in der Handlungsweise der Betroffenen, wenn man dieser tiefer auf den Grund geht, die ausreichende Erklärung ihres Mißgeschicks. Es mag auch unverschuldetes Unglück vorkommen, zugegeben; weit häufiger sind jedoch die Fälle, wo dasselbe, ein Ergebnis unerbittlicher Logik, aus den von dem Subjekt selbst gelieferten Grundlagen erwächst. Wäre John Watkins minder gewinnsüchtig gewesen, hätte er den kleinen Kohlenkristallen, welche man Diamanten nennt, nicht eine so ungeheure, fast strafwürdige Bedeutung beigelegt, so würde das Auftauchen wie das Verschwinden des »Südsterns« ihn kalt gelassen haben – wie sie Cyprien kalt ließen – und sein physisches und moralisches Wohlbefinden wäre nicht der Gnade eines derartigen Ereignisses preisgegeben gewesen. Er hatte den Diamanten sein ganzes Herz geweiht; durch die Diamanten mußte er untergehen.

Nach wenigen Wochen wurde die Vermählung Cyprien Mérés und Alice Watkins' zu großer Freude aller in größter Einfachheit gefeiert. Alice ist jetzt die Gattin Cypriens – was konnte sie auf Erden mehr verlangen?

Der junge Ingenieur besaß übrigens auch weit mehr irdische Schätze, als sie gewähnt und er selbst geglaubt hatte.

Infolge der Auffindung des »Südsterns« hatte sein Claim nämlich ohne sein Zutun eine sehr beträchtliche Wertvermehrung erfahren. Während seiner Fahrt durch den Transvaal, wo Thomas Steel inzwischen die Ausbeutung desselben weiter betrieb, hatte sich dieses Teilstückchen der Kopje als ungemein ertragreich erwiesen, und daraufhin überboten sich viele Käufer, um dasselbe zu erlangen. Vor seiner Abreise nach Europa veräußerte er den Claim auch noch für mehr als hunderttausend Francs, die ihm in klingender Münze erlegt wurden.

Alice und Cyprien zögerten nun nicht mehr, das Griqualand zu verlassen, um nach Frankreich zurückzukehren; sie taten das aber nicht, ohne vorher die Zukunft Lîs, Bardiks und Matakits zu sichern – ein gutes Werk, an dem sich auch Jacobus Vandergaart seinen Anteil nicht nehmen ließ.

Der alte Steinschneider verkaufte seine Kopje an eine von dem früheren Händler Nathan gegründete Gesellschaft. Nach glücklicher Durchführung der Liquidation beeilte er sich, in Frankreich seine Adoptivkinder aufzusuchen, welche dank der Arbeitslust Cypriens, seiner gern anerkannten Verdienste und dem Empfange, den ihm die gelehrte Welt bei seiner Heimkehr bereitete, auch in günstigen Vermögensverhältnissen leben, nachdem sie das Glück des Herzens vorher an sich zu fesseln gewußt hatten.

Thomas Steele kehrte mit zwanzigtausend Pfund Sterling nach seinem Lancashire zurück, ist jetzt verheiratet, hetzt den Fuchs trotz jedes Edelmanns und leert jeden Abend seine Flasche Portwein; etwas Besseres kann er sich einmal nicht vorstellen.

Die Vandergaart-Kopje ist noch nicht erschöpft, sondern liefert alljährlich im Mittel den fünften Teil der vom Kap ausgeführten Diamanten; kein Minengräber daselbst hat aber je wieder den glücklichen oder ungücklichen Zufall erlebt, einen anderen »Südstern« zu finden.

COLLECTION JULES VERNE

38./39.	Der Triumph des 19. Jahrhunderts
40./41.	Die Jangada
42.	Die Schule der Robinsons
43.	Der grüne Strahl
44./45.	Keraban der Starrkopf
46.	Der Südstern oder das Land der Diamanten
47.	Der Archipel in Flammen
48./49./50.	Mathias Sandorf
51.	Robur der Sieger
52.	Ein Lotterie-Los
53./54.	Nord gegen Süd
55./56.	Zwei Jahre Ferien
57.	Kein Durcheinander
58./59.	Die Familie ohne Namen
60./61	Mistreß Branican
62.	Das Karpatenschloß
63.	Claudius Bombarnac *Notizbuch eines Reporters*
64./65.	Der Findling
66./67.	Meister Antisers wunderbare Abenteuer
68./69.	Die Propeller-Insel
70.	Vor der Flagge des Vaterlandes
71.	Clovis Dardentor
72./73.	Die Eissphinx
74./75.	Der stolze Orinoco
76./77.	Das Testament eines Exzentrischen
78./79.	Das zweite Vaterland
80.	Das Dorf in den Lüften
81.	Die Historien von Jean-Marie Cabidoulin
82./83.	Die Gebrüder Kip
84./85.	Reisestipendien
86.	Ein Drama in Livland
87.	Der Herr der Welt
88.	Der Einbruch des Meeres
89.	Der Leuchtturm am Ende der Welt
90./91.	Der Goldvulkan
92./93.	Reisebüro Thompson & Co.
94.	Die Jagd nach dem Meteor
95.	Der Pilot von der Donau
96./97.	Die Schiffbrüchigen der Jonathan
98.	Wilhelm Storitz' Geheimnis
99./100.	Cäsar Cascabel